BLAIDD
WRTH
Y DRWS

BLAIDD WRTH Y DRWS

MELERI WYN JAMES

Gomer

Cyhoeddwyd gyntaf yn 2018 gan
Wasg Gomer, Llandysul, Ceredigion SA44 4JL
www.gomer.co.uk

ISBN 978 1 84851 291 7

Cyhoeddwyd gyda chymorth ariannol
Cyngor Llyfrau Cymru.

Argraffwyd a rhwymwyd yng Nghymru gan
Wasg Gomer, Llandysul, Ceredigion.

Er cof am Mam-gu Post,
storiwraig heb ei hail

Diolchiadau

I fy nheulu a fy ffrindiau am eu hamynedd gydag un sydd â'i phen yn y cymylau.

I Mari Emlyn a Huw Meirion Edwards, fy ngolygyddion, a phawb yn Gomer.

I Gyngor Llyfrau Cymru am y grant a wnaeth fy ngalluogi i fynd ati i lunio'r nofel hon.

I Mairwen Prys Jones, Arwel Rocet Jones, Nia Peris a Meinir Wyn Edwards am eu cyngor a'u cefnogaeth.

Hoffwn gydnabod cymorth y Prif Arolygydd Lynn Rees o Heddlu Dyfed-Powys wrth lunio trefn y digwyddiadau hyn, a Natalie Evans, paramedic yn Ysbyty Bronglais, am ei chyngor.

Meleri Wyn James

'You must not say that this cannot be, or that that is contrary to nature. You do not know what Nature is, or what she can do... you must wait a little and see...'

The Water-Babies, Charles Kingsley

Wedi dy ddal di!

'Shh, bydd dawel.'

Dyna roeddech chi i fod i'w wneud os oeddech yn ei glywed yn dod, y Bwci Bo. Cadw mor dawel ag y gallech chi, fel y byddech chi'n ei wneud mewn gêm o gwato, a hynny er bod eich calon yn taranu yn eich brest a'ch anadl yn dod yn dew ac yn fuan. Aros mor llonydd ag y gallech chi. Rhag ofn iddo glywed eich troed yn symud wrth i chi wneud eich gorau glas i ddiengyd. Rhag ofn iddo synhwyro eich braich yn estyn am rywbeth – wyddoch chi ddim beth – i amddiffyn eich hun rhag ei grafangau.

Ond nid distewi wnaeth Andrew, dyn a'i helpo, Bwci Bo neu beidio. Roedd hi'n rhy hwyr i dewi.

Beth yn y byd oedd e'n ei wneud mewn lle mor anghysbell – a hynny yn nhywyllwch y nos? Dyna fyddai Rhian yn siŵr o'i ofyn a'i chwestiwn yn llawn cerydd. A fedrai Andrew ddim gweld bai arni am ei ddwrdio y tro hwn. Llithrodd o'r tŷ heb air o'i ben. Ac os oedd e'n onest, dyna, yn rhannol, oedd wedi rhoi'r fath ias iddo. Pan adawodd ei dir ei hun oriau 'nôl, teimlai fel bachan cryf yn mynd ar antur. Ond os oedd tipyn o'r crwt bach direidus yn ei fwriad y noson honno, buan iawn roedd y wên fachgennaidd wedi pylu. Gwaith caled oedd cario'r pwysau ar ei gefn ac roedd y llwyth yn ei daro i gyd-fynd â phob cam wrth iddo ddringo i fyny, fyny'r allt goediog. Daeth ato'i hun yn go glou wrth gamu i fyd y nos gyda'i holl synau'n codi o'r dirgel. Roedd ymdoddi i'r tywyllwch fel tynnu shîten damp amdano yn y gwely ac roedd yr oglau drewllyd yn ddigon i wneud i'w ben droi.

Am dwpsyn! Yn chwarae bod yn ddyn mawr caled o Oes y Cerrig. Gallai weld nawr na allai ddianc rhag yr hyn oedd e ryw flwyddyn yn ôl – dyn swyddfa a slaf cyflog oedd yn ffansïo ei hun yn dipyn o foi yn y cwmni iawn. Buan y gwelodd y gwir wrth gamu ar hyd tir anwastad y cae, a'r pwysau'n drwm ar ei gefn, y clympiau o laswellt a phridd yn barod i'w faglu.

Y tawelwch. Dyna un o'r pethe oedd yn codi ofn ar Andrew nawr wrth iddo grynu yn ei gwrcwd. Clywai bob smic. Petai yna gamau dierth yn agosáu, fedrai e ddim llai na'u clywed nhwythau 'fyd. Ond a welai'r creadur? Go brin. A hynny er gwaethaf golau'r lantern ar y ddaear gerllaw, er gwaethaf gwynder y lleuad yn gwgu y tu ôl i'r coed a'r wledd o sêr y tu hwnt, fel pinnau newydd yng nghwrlid tywyll yr awyr, yn arwydd o noson rewllyd.

Ychydig filltiroedd i lawr yr allt serth byddai golau tarthog y dre'n felyn ac yn llachar. Yn agosach na hynny, rhyw filltir i ffwrdd ar droed, roedd gatiau ei gartre, y tŷ mawr ar lethrau'r bryn. Pe medrai eistedd i fyny, bron y gallai Andrew ddychmygu gweld cysgod ei dŷ, wedi ei ddal am eiliad fel llun trwy ffrâm y canghennau. Yno, gwelai Rhian yn ei feddwl. Erbyn hyn, byddai ei defod cyn cysgu yn angof – gorffwys ei llyfr ar y cwpwrdd gwely, yfed sip o ddŵr, tsecio'r cloc nad oedd ei angen am fod yr un fach yn ddigon o larwm, diffodd y golau a synnu at y tywyllwch yr oedden nhw'n dal i geisio dod i arfer ag e. Gallai ei dychmygu'n cau ei llygaid a'i chlustiau'n dynn a cheisio cadw cymeriadau'r stori ffantasi yn ei meddwl wrth faglu ei ffordd at gwsg herciog.

Sobrodd o'i freuddwyd. Roedd e'n stiff fel pocer yn yr aer oer. Beth welai e go iawn ond ei bengliniau? Beth fedrai e'i ogleuo ond y pridd gwlyb a'i chwys chwerw... a'r peth arall roedd e'n trio peidio â meddwl amdano? Mewn gwirionedd, welai e ddiawl o ddim na neb arall, a welai'r un dyn yntau chwaith. Fan hyn, ymhell lan y bryn, gyda chynulleidfa o goed yn ei wahanu rhag gweddill dynoliaeth, teimlai fel y dyn cyntaf ar wyneb y lleuad. Roedd yna bobol eraill yn rhywle. Gwir. Ond roedd e ar ei ben ei hun, cyn belled ag y gwyddai. Rhynnodd.

Ond doedd e ddim ar ei ben ei hun, nag oedd? Doedd ots yn y byd ei fod wedi hanner cuddio mewn cawell o frigau, drysni, gwellt a metel. Nid gweld â'u llygaid fydden nhw, creaduriaid y nos, ond sawru'r hyn oedd o'u cwmpas. A sut gallen nhw ei fethu? Roedd e wedi gwneud yn siŵr na ddigwyddai hynny. Gwenodd Andrew'n sur a theimlo lwmp annifyr yn ei wddw oedd yn anodd i'w lyncu. Fel y ddefod a gyflawnodd Lleu Llaw Gyffes wrth wynebu ei dranc, roedd yn feistr ar ei dynged ei hun. Roedd wedi ymlafnio am oriau ers iddi nosi heno, yn cloddio'r ddaear nes bod ei gorff gwan yn chwys oer oedd bellach yn glynu iddo fel oglau drwg. Ond doedd bach o chwys cas yn ddim byd o'i gymharu â'r arogl oedd yn gorwedd nesaf ato, mor agos â'i obennydd fin nos. Roedd yn rhaid gosod rhywbeth yn y cawell i demtio Bwystfil y Bont o'i wâl. Dyna oedd ei resymeg yng ngolau dydd! Ac roedd y peth hwnnw, yr abwyd, yn gwmni i Andrew nawr – carcas gwaedlyd yn drewi o farwolaeth.

Pam dod yno yn y nos o gwbwl? Rhag ofn i bobol ei weld! Dychmygai Andrew ei hun yn chwerthin fel gwallgofddyn pe na byddai'n teimlo mor dost. Beth oedd o'i le ar ddyn yn cloddio twll ar dir neb yng ngolau dydd? Does bosib bod cysgodi'r prysurdeb ym mantell y nos yn taflu hen amheuon ar weithred, fel ystlumod yn hyrddio'n isel trwy'r awyr. Ddim eisiau i neb ei weld, ddim eisiau i Rhian ei weld ac ysgwyd ei phen yn goeglyd, fel pe na byddai honno'n sylwi ar ei absenoldeb yn y gwely. Ac eto, a fyddai hi'n sylwi? Fe fyddai wedi cwympo i drwmgwsg. Eira Wen yn cysgu cwsg y meirw nes cael ei dadmer gan sgrech ddirybudd drws nesaf. A fyddai'n ymateb i'w ddiffyg presenoldeb e wrth dendio Chloe? Fyddai e ddim y tro cyntaf iddo fod oddi cartre heb sôn ble roedd e'n mynd, ble y bu. Diawliodd lonyddwch y nos. Diawliodd ei natur oriog ei hun. Roedd e mor unig byddai'n llefain mewn rhyddhad petai'n clywed chwythiad o wynt trwy'r coed yn gwmni. Ble oedd y dyn mawr nawrte?

Y ffôn. Hy! Ei ffrind, ei swyddfa symudol ar un adeg. Y teclyn bach angenrheidiol a fyddai'n sicrhau nad oedd llonydd i'w gael. Y tsiaen am ei wddw a olygai fod rhywun yn gallu haeru iddo wneud ei waith ac anfon y neges hollbwysig oedd angen ei hateb ar fyrder, y neges nad oedd yntau wedi ei hateb am ei bod yn berfeddion nos. Y ffôn fyddai'n cadw cofnod o ble oeddech chi, oedd wedi ei gadw ar *charge* tu ôl i ddrws y stafell fwyta am yr union reswm hwnnw. Doedd e ddim eisiau i neb wybod ble oedd e! Dechreuodd dagu, yn dawel i ddechrau, ac yna'n fwy caled, yn aflafar, nes iddo droi'n beswch cas oedd yn ysgwyd ei gorff, yn ei bwnio'n boenus yn ei fol.

Pwy fyddai'n cloddio twll yng nghysgod y nos? Dim ond rhywun â rhywbeth i'w guddio. Llofrudd yn claddu corff... lleidr yn cuddio trysor ei gymydog... ar y gorau, cybydd yn diogelu ei gyfoeth ei hun... Doedd Andrew yr un o'r pethe hynny; ond roedd e'n dwyllwr ac yn gynllwyniwr. A nawr roedd e'n rhewllyd o oer, ac yn unig. Rhywle, roedd y gwdihŵ yn nodio ei phen yn ddoeth a'r llygoden fach yn mentro o'i thwll. Roedd y mochyn daear yn chwyrnu'n fygythiol a'r cadno'n ymestyn ei goesau'n llechwraidd a sawru'r awyr yn awchus... a beth arall, dwedwch? Beth arall oedd yn symud pan oedd hi'n dywyll bitsh? Dyna oedd y cwestiwn mawr. Dyna oedd y cwestiwn oedd wedi ei flino ers misoedd. Panther milain ger Amwythig... ci rheibus yn Nhrefdraeth yng ngogledd Penfro... cath fawr newynog yn

Llanbed. Stopiodd ei hun. Diolchodd am yr oerfel brathog oedd yn tynnu ei sylw. Cynddrwg oedd y cnoi yn ei fysedd nes eu bod yn teimlo'n drwm fel talpiau o rew. Ceisiodd rwbio'i ddwylo gyda'i gilydd. Roedd yn ymdrech fawr ond gallai wneud hynny o leiaf, er mor gyfyng ei symudiadau. Shh! Beth oedd y sŵn yna?... Caeodd ei lygaid yn dynn rhag ei feddwl ei hun.

Ar ôl i'w swper setlo y cychwynnodd Andrew ar ei berwyl danjerus. Tro Rhian oedd hi i roi Chloe yn y gwely ac fe fu yntau'n clirio'r gegin yn fud gan gadw llygad ar yr wyneb cyfarwydd uwch ei ben. Wyth o'r gloch. Roedd wedi cyfri'r oriau gyda'r hen gloc dat-cu, pob ergyd yn bytheirio fel argoel ddrwg. Roedd Chloe wedi setlo'n syth ar ôl cael stori am unwaith, a Rhian hithau wedi sêto o flaen cellwair a checru rhyw raglen realiti. Ar ôl gwisgo digon amdano, fe aeth cyn styrbo'r un ohonyn nhw i gyfeiriad y garej yr hoffai ei alw'n weithdy a gwrando'n ddiamynedd ar rwgnach y drws wrth iddo agor.

Roedd Rhian yn hen gyfarwydd â'i arfer o ddiflannu pan gâi gyfle, a ddywedodd hi ddim byd wrth iddo fynd y noson honno. Roedd e ffaelu aros. Roedd wedi mwynhau'r cyffro'n llifo trwy ei wythiennau ac yn troi'r cloc 'nôl ar ei gorff tri deg saith oed nes ei fod yn llawn egni ac antur unwaith eto. Troi'r cloc 'nôl... Rhoddai rywbeth... popeth... Daeth yn ôl i realiti ac at y syniad mawr oedd wedi rhoi modd i fyw iddo am y tro cyntaf, am y tro cyntaf ers... wel... Dyn ar antur, ar berwyl... Felly fuodd hi ers iddo gael y syniad wythnosau 'nôl. Mynd ati wnaeth e wedyn i ymchwilio, i gynllunio, archebu'r parts dros y we a phrynu ac estyn twls i roi cynnig ar adeiladu. Teimlodd y fath gyffro, roedd cywilydd arno nawr. Dyn swyddfa yn troi ei ddoniau at waith llaw. Fuodd Rhian ddim yno'n busnesu, hyd y gwyddai, ac er iddo ei dal yn trio cuddio gwên o dro i dro wnaeth hi ddim dannod yr holl oriau y bu wrthi, yr holl sylw gafodd y peth ganddo. Creu rhywbeth â'i ddwylo ei hun a diawlio ei reddf ddynol am ei wneud mor fawr a lletchwith.

Roedd wedi cuddio'r rhaw yng nghysgod coeden y diwrnod cynt. O leiaf roedd yna damed o realaeth yn ei gydnabyddiaeth na allai gario honno hefyd. Byddai'n ddigon i gario'r oen bach a brynodd gan y cigydd ac, wrth gwrs, ei greadigaeth. Ei greadigaeth, wir! Waeth iddo fod yn onest ag e'i hun. Roedd wedi adeiladu trap, un digon mawr i ddal creadur y nos. Un digon mawr i ddal dyn.

Nodiodd ei ben yn fodlon wrth godi'r bag pabell ar ei gefn. Ynddo, roedd y carcas a'r trap yn ffito'n deidi. Oedden, mi oedden nhw'n drwm ar ei gefn lled anghyfarwydd, cefn a fu'n crymu wrth ddesg, ond roedd y pwysau'n beth da. Roedd y trap yn solet, fel y dylai fod. Wrth adael, edrychodd Andrew i fyny ar y golau cynnes ar ail lawr y tŷ a sylwi ar ble roedd y stêm o'r bàth, canolbwynt defod noswylio Chloe, wedi cymylu'r ffenestri. Bron nad oedd e wedi eu galluogi i ddiflannu mewn niwl, fel cymeriadau mewn llyfrau ffantasi. Trodd i wynebu'r ffordd a cherdded i lawr y dreif yn fodlon. Croesi'r heol wedyn, ffordd breifat, a sŵn ei draed yn dawel ar y tarmac newydd. Yna, camu dros y ffos ac ar y gwair trwchus gan sathru'r mieri wrth iddo chwilio â golau'r tortsh lantern am y bwlch bach yn y gwrych. Bu'n rhaid iddo ddiosg y bag a'i wthio gydag ymdrech dros ben y clawdd. Yna, gwasgodd ei hun trwy'r bwlch, y gwrych yn ei bigo'n boenus. Rhyddhad oedd cael bod ar yr ochr arall, wedi ei guddio gan y clawdd. Cododd ei bac yn ofalus a dechrau'r ddringfa tuag at y copa, yn igam-ogam i fyny'r allt.

Dyna ddechrau'r gwaith go iawn a'r diawlio o dan ei anadl. Gyda phob cam, trawai'r cawell metel ei gefn fel gordd yn waldio shîten o fetel. Er gwaethaf hynny, roedd yn hapus, yn fodlon. Gweithiai'r adrenalin fel cyffur cryf i iro briwiau'r misoedd a fu. Heno, roedd Andrew yn mynd i ddal y creadur oedd wedi bod yn ei flino, roedd yn mynd i roi stop ar y poenydio un ffordd neu'r llall. Fe fyddai ganddo'r pŵer i benderfynu lladd, neu i beidio â'i ladd. Ei gadw'n fyw er mwyn cael gwneud yr hyn na chafodd ei wneud – ei arddangos? Dial arno? Diolchodd am noson sych, ond roedd blas barrug yn yr awyr. Dyna natur, yn llawn syrpreisys creulon, fel sarff â gwenwyn marwol yn ei chynffon.

Cloddio twll digon mawr i guddio'r cawell. Dyna roedd ei reddf yn ei ddweud wrtho. Claddu'r cawell yn y ddaear fel petai'n arch a chorff yr oen bach fel plentyn ynddi. Bwriadai grogi rhaff am wddw yr anifail hwnnw ac un arall am ddrws y trap. Pe deuai bwystfil barus i reibio'r bychan byddai'n styrbio'r rhaff. Wrth ddarnio'r cnawd yn awchus fe fyddai, heb yn wybod iddo, yn deffro'r glicied ac yn cau'r drws am ei ben. Bang. Byddai'n sownd. Syml. A phetai'r system raffau'n methu byddai ef, Andrew, yno i roi help i'r drws glepian ynghau. Gallai'r anifail brotestio ac udo faint fynnai, doedd dim dianc o'r caets hwn.

Dyna oedd y cynllun. Ond gwyddai cyn gynted ag y plannodd lafn y rhaw yn y ddaear am y tro cyntaf nad fel'na fyddai hi. Roedd y ddaear yn galed reit, er gwaetha'r glaw, a dim ond rhyw hanner modfedd y gallai suddo'r llafn i'w pherfedd, hyd yn oed â phwysau dyn ar ei ben yn ceisio ei wthio i lawr. Gwaith rhwystredig oedd. Bob hyn a hyn byddai'r rhaw yn atsain gyda chlanc i fyny'r goes ac yn goglis ei fysedd yn annifyr. Yna, byddai'n rhaid penlinio ar y gwair tamp a chwilota am gerrig gyda'i fysedd, fel petai'n dal pysgodyn. Adrenalin pur fu'n ei gadw i fynd tra bod ei amynedd yn mynd yn fyrrach â phob ergyd. Roedd e'n chwys oer drosto a phenderfynodd dynnu ei got – twpdra oedd yn ei fwyta'n fyw nawr.

Yfodd yn awchus o'r botel ddŵr. Wedi dadebru, bwrodd ati ag egni newydd. Yna, cafodd sioc. Trawodd garreg fawr maint torth o fara ac roedd adlais yr ergyd fel sioc drydanol, yn ddigon i'w lorio. Landiodd yn galed ar ei ben-ôl a rhegi. Yna, chwarddodd gan edrych o'i gwmpas, i fyny ar y sêr, lond yr awyr ar noson ddigwmwl, ac i lawr tua'r coed. Y funud honno, gwnaeth y penderfyniad nad oedd angen i'r cawell fod yn lefel â thop y ddaear. Islaw roedd yna ganopi bendigedig. Gallai'r trap eistedd mewn bedd bas wedi'i orchuddio â brigau a pha bynnag fflwcs eraill y gallai eu fforio.

Pan agorodd ddrws y trap, cwynodd fel caead arch mewn ffilm arswyd. Cofiodd Andrew iddo longyfarch ei hun am fod mor flaengar â dod ag olew yn ei boced i'w iro nes bod y peirianwaith yn symud yn rhwydd. Mor falch oedd ohono'i hun. Chwarddodd yn chwerw nawr a daeth pelen o boer i'w geg i'w dagu.

Camodd i mewn i'r trap gan sefyll er mwyn gallu neidio i fyny ac i lawr i'w sadio'n solet yn y pridd. Gosododd y rhaff a thynnu fel ei bod yn ddigon tyn i ddal y drws yn syth i fyny. Yna trodd ei sylw at yr oen. Bu'n hir yn rhoi y cig yn ei le. Gwneud ffŷs! Fel tasai gwahaniaeth gan fwystfil newynog sut olwg fyddai ar ei bryd. Ffordd hyn neu ffordd arall? Pa wahaniaeth fyddai gan gath, gan flaidd, panther neu biwma, pob un yn gyfarwydd â lladd am ei swper? Ac eto roedd Andrew ar ei liniau erbyn hyn yn ceisio gwneud pethe'n iawn. Yna, clywodd e'r glic. Roedd e'n swnio fel gwn parod a'r fwled wedi'i hanelu tuag ato. Ond nid gwn oedd e. Rhewodd Andrew pan ddylai fod wedi ymateb, pan ddylai fod wedi gwthio ei gefn yn galed yn erbyn y drws, er mwyn gallu ymbalfalu ar ei bedwar o'r fagl a diengyd am ei fywyd. Rhy hwyr. O fewn llai nag eiliad roedd caead y drws newydd ei iro wedi dechrau cau ar ei ben. Ac wrth gau ar gyflymdra, bwrodd Andrew yn glatsh ar ei gefn. Awtsh! Teimlodd yr ergyd fel clap annisgwyl. Cafodd ei lorio am eiliad, ac yn yr eiliad honno clywodd y glec. Roedd y trap wedi cloi'n dynn ac Andrew ynddo.

Pe byddai'n credu yn Nuw, byddai Andrew wedi rhannu'r jôc greulon achos, oedd, roedd bellach mewn sefyllfa berffaith i gusanu'r llawr o flaen yr allor a gweddïo am ei fywyd. Ond doedd e ddim yn un am grefydd ar y gorau. Ac ar ôl beth ddigwyddodd iddyn nhw, doedd e ddim eisiau gwybod, wir. Crymodd ei gefn fel cath fawr a dechrau waldio'r drws nes bod y metel yn siglo fel sgerbwd. Bang, bang, bang, yn ei ddicter nes bod ei gorff ar dân. Nes ei fod mas o anadl yn llwyr, yn chwys drabŵd. Fyddai e ddim byw ar y rât yna. Am ba hyd y buodd yn gwneud hynny, pwy a ŵyr, nes iddo flino, nes iddo ddod at ei goed a sylweddoli. Efallai ei fod e'n berwi nawr ond buan iawn y byddai'r chwys yn oeri. Callach fyddai iddo gadw'i egni er mwyn goroesi a gweld y bore. Efallai y deuai rhyw gi a'i gerddwr ar ei draws. Efallai y deuai rhyw gymydog yn chwilio am ddafad golledig. A beth am Rhian? Efallai y byddai hi'n codi o'i gorffwysfan i chwilio amdano?

Y drewdod! Teimlodd y cyfog yn codi yn ei lwnc a gwnaeth ei orau glas i'w gadw i lawr. Roedd hi'n ddigon drwg arno heb iddo orfod gorwedd yn ei chwd ei hun. Petai ganddo'i got byddai'n cuddio'r cig i leddfu'r drewdod. Ac i beth? Gyda'u synhwyrau miniog, bydden nhw'n dal i'w sawru, oglau marwolaeth fyddai'n eu denu o bell. Petai ganddo'i got byddai'n well o lawer iddo ei gwisgo. Achos os na ddeuai'r gath roedd y rhew yn siŵr o'i fwyta'n fyw.

Os oedd yr ystlum yn fflapian ei adenydd yn fygythiol a'r minc yn dangos ei ddannedd, beth am y gath? Hen greadur slei, hen gnawes gyfrwys, yn derbyn mwythau pan mae eisiau tamed bach ffein, yn gyndyn o symud o sêt dwym hyd yn oed pan mae meistr y tŷ eisiau ymlacio. Anifail clefer sy'n gweld pob dim trwy ddau gwrlyn o lemwn pefriog mewn marblis gloyw. Beth amdani hi? Aros fyddai hi, aros am yn hir. Yna, heb rybudd o fath yn y byd, byddai'n llamu.

Cofiodd am y diwrnod cyntaf hwnnw pan symudon nhw i Fryn Bugail, neu Shepherd's Hill House fel ag yr oedd, a'r glaw fel peledi yn dyrnu'r ffenest nes bron â dallu gyrrwr y fan a'i rhwystro rhag cyrraedd pen ei thaith. Pa fath o fywyd newydd fyddai e, yn gaeth i'r elfennau? Os oedd e'n credu mewn argoelion drwg, dyna'r cyntaf ond nid yr olaf.

'Shh, bydd dawel.'

Dyna roeddech chi i fod i'w wneud. Ond nid distewi wnaeth Andrew, dyn a'i helpo, Bwci Bo neu beidio. Agorodd Andrew ei geg led y pen, er bod ei ddannedd yn clecian yn yr oerfel. Cymerodd anadl fach, nes bod yr awyr oer yn llenwi ei ysgyfaint fel llymaid rhewllyd. A gollyngodd hi: y waedd fwyaf a rannodd erioed, cri o waelod ei enaid. Ac nid unwaith y daeth y gri, ond ddwywaith, dair, ddeg gwaith, ganwaith, fel bleidd-ddyn yn galw ar ddyn y lleuad. Pwy fyddai'n gwastraffu amser yn gweiddi yn y fath sefyllfa? Dim ond dyn o'i go', dyn gwirioneddol desbret.

Yn eu gwely, styriodd Rhian. Ar noson lonydd, hawdd i sŵn deithio yn bell ar hyd y nos ac roedd rhyw riddfan yn yr awyr heno, yn ddigon main i'w dihuno o'i chwsg. Digon dieithr i wneud iddi agor ei llygaid, i wneud iddi ofyn: a yw Chloe'n iawn? A digon cyfarwydd iddi beidio â gorfod eu cau yn syth gan ofn.

Roedd llygaid Rhian ar agor nawr, er ei bod yn dal i'w rhwbio nhw i geisio bwrw Sioni Cwsg ymaith. Roedd wedi codi yn ei phyjamas ac eistedd ar erchwyn y gwely i wrando. Ni symudodd nes ei bod yn siŵr. Ac unwaith ei bod hi'n sicr ei meddwl ynglŷn â'r hyn yr oedd hi wedi ei glywed, safodd ar ei thraed. Cododd ymyl y garthen fel petai i orchuddio'r gwely'n daclus, ond tynnu'r garthen 'nôl wnaeth hi drachefn. Roedd hi mor oer â chorff ar y shîten, sylwodd Rhian wrth orwedd i lawr unwaith eto. Cysurodd ei hun wrth feddwl mai buan iawn y byddai hi'n cynhesu o dan y garthen drom. Tynnodd y dillad i fyny dros ei phen a chaeodd ei llygaid a'i chlustiau'n dynn rhag y Bwci Bo.

I

Y gaeaf cynt

'I know there are all sorts of strange records of large cats seen in Britain... many of extremely dubious nature. However I feel this case merits further examination...'
Llythyr Dr Gerald Legg i'r *Mammal News no. 87*, 1991.

1

Ar ei ffordd adre o'r gwaith roedd Dafydd ar ôl sbloet gythryblus yn Amgueddfa Sain Ffagan i lansio *Tu Mewn ein Tai*, llyfr newydd ar bensaernïaeth fewnol. Bu'n ddiwrnod hir, ac roedd wedi ymlâdd. Ond gwaith oedd gwaith ac fe ddylai fod yn falch ohono, fel yr oedd hi ar yr economi dihyder yn dilyn pleidlais Brexit. Doedd gan y sector preifat ddim mo'r arian i'w wario ar farchnata fel yr oedd yn nyddiau da dechrau'r mileniwm. Ond anodd oedd bod yn ddiolchgar pan oeddech chi lan ers pump ac wedi dewis peidio aros y nos yn y brifddinas am ei bod yn well peidio rhwng un peth a'r llall. Teimlodd y swmp cyfarwydd ar ei stumog ac estynnodd am y Rennies.

Hoffai Dafydd feddwl nad oedd yn ddiegwyddor wrth ei waith, ond roedd yn cael ei gymell fwyfwy i adael ei broffesiynoldeb wrth y drws. Doedd hi ddim yn hawdd i Phil arwain y cwmni, gwyddai hynny, ac eto roedd cael ei wthio i arbed amser ar draul cadw safonau yn dân ar ei groen. Cafodd ei ddal rhwng y pared a'r wal y tro hwn. Ar un llaw, disgwyliai'r cwsmer iddyn nhw gynhyrchu llyfr deniadol llawn lluniau a lliw, ac onid am hynny roedden nhw wedi rhoi'r tendr i Cyf@threbu yn y lle cyntaf? Ar y llaw arall safai corpws tew Phil, milgi bach mewn arth fawr o gorff, yn gwasgu'r gyllideb ac yn dirmygu Dafydd am yr oriau angenrheidiol – yn ei farn ef – yr oedd yn eu treulio yn ceisio cynhyrchu cyhoeddiad o safon.

Taflodd y bocs Rennies gwag yn flin ar lawr; byddai'n rhaid iddo ddiodde'r llosg cylla. Mewn gwirionedd, digon tila oedd y cynnyrch gorffenedig ac ni ddiolchwyd yn bersonol i Dafydd gan yr Ysgrifennydd Treftadaeth yn y lansiad gwin a *canapés*. Gwyddai y byddai'n saff o gael ei grybwyll yn y cyfarfod cyllideb pan fyddai Phil yn darganfod faint roedd ei oriau ychwanegol e a Julie'r dylunydd wedi mynd â nhw y tu hwnt i fathemateg y tendr. Mwynhaodd ddau wydraid o win coch da yn ystod y noson, er ei fod yn gyrru – rhywbeth y gwyddai y byddai'n ymestyn artaith y noson ddiflas iddo pan allai fynd adre'n gynnar at ei wraig a'i blantos. Ond ni allai wadu iddo deimlo rhyw fath o ryddhad o gael ei ymddihatru rhag ymrwymiad dyletswyddau bàth a gwely am un noson, a gwraig na wyddai beth fyddai ei hwyl nes iddo gau drws ffrynt ei gartre ar ôl diwrnod hir.

Doedd dim deall arni weithiau, er cymaint roedd e'n ei charu, ac mi oedd yn ei charu hi. Roedd hi wedi ysu am gael aros adre i fagu'r ddau fach, a hynny er y gwyddai y byddai'n dynn arnyn nhw bob mis. Ac felly y bu ers prynu'r tŷ tair stafell wely, ar y stad drwsiadus ar gyrion y dre. Ond nawr eu bod nhw wedi mentro a gwireddu yr hyn oedd, wel, yn freuddwyd iddi, rhoi'r gorau i'w gwaith nes bod y plant yn yr ysgol, roedd hi'n gallu bod yn ddigon di-hwyl. Roedd Dafydd yn ei chael hi'n anodd clywed am drafferthion diwrnod Helen pan oedd yntau'n lwcus os câi gipio awr o amser gwerthfawr ddiwedd nos gyda'r ddau fach oedd werth y byd.

Roedd ei feddwl ymhell yn y car ar y ffordd adre, ond roedd yno i gyd. Ni hoffai yrru yn hwyr y nos. Teimlai Dafydd fod yn rhaid iddo ganolbwyntio'n galetach i weld yr heol yng ngolau lampau'r car ac felly dyna a wnâi. Roedd yn fwy gofalus fyth o wybod bod yna fwy nag y dylai fod o alcohol yn llifo trwy ei wythiennau. Yr oedd angen hwnnw arno i oroesi'r sbloet. Sbloet i ddathlu creu rhywbeth a allai fod gymaint gwell. A dyna barodd iddo ddewis y ffordd gefn gul, goediog, yr un oedd yn osgoi'r hewl fawr, ar ei ffordd adre. Roedd hi'n noson dawel a'r cysgodion coediog a'i ddychymyg oedd ei unig gwmni. Safent fel bwganod uwch ei ben yn ysgwyd eu pennau a murmur yn fud. Llyncodd ei ofnau ac agor y ffenest i'w gadw ar ddihun.

Clywodd a theimlodd y glec yr un pryd. Yn wir, fe ysgydwodd y car a rhoi siglad i Dafydd yr un pryd. Neidiodd ei galon. Diawl erioed! Roedd wedi taro rhywbeth ar y ffordd! Aeth yn oer drosto. Croesodd ei feddwl yn frysiog, dyn a'i helpo, y dylai ddal ati i yrru. Doedd neb arall o gwmpas yn dyst i'r digwyddiad. Roedd wedi yfed gormod, er ei fod yn berffaith saff i yrru yn ei feddwl ei hun, ond sut fyddai dweud hynny mewn llys barn? Ai ei gydwybod a enillodd y dydd? Ni allai ddweud. Cofiodd feddwl y byddai'n rhaid stopio – nid am ei fod yn ddyn da, er y credai fod hynny'n wir hefyd. Roedd rhaid stopio i dawelu ei feddwl ei hun. Fel arall, ni fyddai byth yn gwybod i sicrwydd beth a ddaeth ar draws ei lwybr y noson honno.

A'i feddwl ar ras, stopiodd y car â sgrech ar y brêc, a chan adael y golau ymlaen, daeth allan yn frysiog. Gadawodd y drws ar agor, rhag ofn y byddai angen dihangfa arno. Roedd ei galon yn ei wddw. Fyddai yna blentyn mas ffor' hyn yr adeg hyn o'r nos? Roedd arno ofn edrych. Gorfododd ei hun i wynebu'r gwaethaf ac edrych yn wyllt i bob cyfeiriad, ond ni allai weld dim byd. Roedd y ffordd y tu cefn iddo'n glir. Anadlodd allan yn uchel. Nid oedd wedi taro plentyn, felly, diolch i'r mowredd, er mor annhebygol fyddai hynny ar yr amser yma. Ac nid anifail mohono chwaith, oni bai i hwnnw ei heglu hi i dros ben clawdd i lyfu'i friwiau. Aeth yn ôl i'r car i estyn tortsh bach o'i guddfan yn y dashfwrdd a fflachio hwnnw fan hyn a fan draw. Yn fwy hyderus nawr, yn herio. Ond dim ond ysbrydion y dail a'r canghennau ac ellyllon y cloddiau oedd am amlygu eu hunain. Wedi dod i'w iawn bwyll yn dilyn 'hit' awyr oer mis Ionawr, roedd yn benderfynol o wneud y peth iawn. Felly, aeth yn ei gwrcwd o dan yr olwyn gefn, lle tybiodd iddo deimlo'r ergyd. Craffodd oddi tanodd yn hanner disgwyl gweld yr *exhaust* yn ymddihatru neu giard yr injan yn llusgo ar y cerrig mân. Edrychai popeth yn union fel yr oedden nhw o'r blaen. Saethodd ei lygaid o gwmpas unwaith eto. Doedd neb na dim i'w weld. Teimlai briciau tân ar gefn ei wddw. Ysgydwodd ei gorff.

Aeth Dafydd yn ôl i'r car a dechrau'r injan. Rhyddhaodd yr handbrêc, edrych i'r gwyll tu cefn iddo unwaith eto a gwasgu'r sbardun yn hamddenol. Trodd ei feddwl at y plant, yn cysgu'n dawel yn eu gwelyau, ac unwaith neu ddwywaith daliodd ei hun yn meddwl iddo ddychmygu'r glec. Eto, ni wnâi hynny mo'r tro i Dafydd achos credai nid yn unig dystiolaeth ei synhwyrau, ond ei reddf. Bu'n gwrando a chraffu yr holl ffordd adre. Llenwodd ei galon ag ofn achos gwyddai nad oeddech chi'n dihuno ellyllon y nos o'u trwmgwsg a disgwyl iddyn nhw glwydo drachefn, heb iddyn nhw achub ar y cyfle i chwarae tipyn bach yn gyntaf.

2

Dihunodd Dafydd yn sydyn. Eisteddodd i fyny'n syth fel brwynen yn yr hesg yn ei wely a gwrando... Ni allai glywed dim byd anarferol. Ai ei ddychymyg ei hun oedd wedi ei ddeffro? Goleuodd y cloc ar y cwpwrdd bach wrth ei ymyl. Hanner awr wedi hanner nos. Prin awr ers iddo lusgo ei hun oddi wrth y gliniadur a dod i'r gwely. Clywai gyfeiliant cyfarwydd ambell gar ar y ffordd fawr yn y pellter, ac yn y stafell wely hym y peiriant Freeview oddi tan y teledu, yn ei atgoffa bod angen ei drwsio, a dim byd gwaeth na hynny. Ond gwyddai yn ei galon: roedd rhywbeth wedi ei ddihuno.

Cribodd ei ffrinj du bachgennaidd â'i law yn ddifeddwl. Doedd hi byth yn gwbwl dywyll yn y tŷ, hyd yn oed ar ôl hanner nos pan fyddai un o lampau'r stad oedd benben â'r ffenest yn cael ei diffodd. Goleuid y stafell gan wawr fyglyd a rhyw olau artiffisial o dŷ cymydog islaw. Blinciodd ei lygaid wrth iddo ymgyfarwyddo'n araf â'r hyn oedd o'i gwmpas a gweld siapiau'n rhythu arno trwy'r tywyllwch. Clustfeiniodd eto. Dim byd.

Cysgwr gwael oedd e ers cael y plant. Cafodd Pryderi ei eni â brest wan ac fe âi o un pwl o annwyd a pheswch i'r llall. Hyd yn oed pan fyddai'n anadlu'n rhydd ac yn rhwydd yn ystod y dydd, unwaith y byddai'n gorwedd yn ei wely byddai'r peswch yn dechrau. Ceisiodd Dafydd a Helen godi ei ben yn y gwely gyda gobennydd a rhoi Vic ar ei frest, ac fe fyddai'n defnyddio'r pwmp asthma pan fyddai pethe'n mynd yn drech nag e, ond fe ddeuai pwl cas o beswch i'w ddihuno yn amlach na pheidio ac unwaith y byddai ar ddihun ni fyddai dim byd ond ei fagu yn ei leddfu a'i gysuro yn ôl i wlad cwsg. Roedd yr holl nosweithiau yna o godi i fwydo, i gysuro, i estyn tedi 'nôl i'r gwely, i newid cewyn, newid dillad, wedi ailosod patrwm cwsg naturiol y corff ac, o ganlyniad, gallai siffrwd llygoden fach yn y nos ddihuno Dafydd – os oedd ei isymwybod yn penderfynu bod y plant dan fygythiad.

O leiaf, dyna roedd Dafydd yn ei gredu tan y noson honno.

Craffodd eto am yr hyn oedd wedi ei ddeffro... Clywai rywbeth erbyn hyn. Mwmial Mew y gath fach drilliw, a rhywbeth arall?, meddyliodd. Ymlaciodd ei gyhyrau mewn rhyddhad. Roedd y plant yn iawn, felly.

Sylweddolodd fod Helen yn gorwedd ar ei chefn, ar ddihun, wrth ei ochr.

'Glywest ti'r sŵn 'na?' gofynnodd Dafydd gan obeithio mai breuddwydio oedd e.

'Do – wnest ti?' atebodd Helen yn ddifywyd, yn cadarnhau ei ofnau.

'Do.' Cododd ei ben.

'Beth ti'n meddwl yw e?' Rhoddodd ei llaw yn ysgafn ar ei fraich, yn chwilio am gysur.

'Sai'n gwbod. Dim byd, gobeitho.' Ceisiodd swnio'n ddidaro.

Nawr roedd yn rhaid gweithredu, codi o wely clyd ar noson rewllyd ddiwedd Ionawr. Roedd dychmygu clywed Bwci Bo yn y nos yn un peth, ond i'r ddau ohonyn nhw ei glywed yr un pryd? Beth os oedd lleidr yno? Damio'i ddychymyg gwyllt.

'Gloiaist ti ddrws y ffrynt 'na, do fe?' sibrydodd Helen.

'Do,' pendwmpiodd. Oedd, roedd e wedi ei gloi... Roedd e wastad yn ei gloi... on'd oedd e? Ond nawr allai e fyth fod yn siŵr, yn hollol siŵr, hynny yw. Byddai'n rhaid iddo fentro o glydwch y dwfe ac estyn dwy droed betrus ar hyd y landin oer.

'Ble ti'n mynd?'

Clywai'r ofn yn llais ei wraig wrth iddo orfodi ei goesau dros ochr y gwely.

'Blydi hel.' Ni allai ffeindio ei slipers yn syth.

'Tŷ bach,' atebodd yn gelwyddog a brasgamu i gyfeiriad y drws, ei galon yn ei geg.

'Paid bod yn hir,' galwodd Helen wrth i gysgod Dafydd fynd heibio iddi fel drychiolaeth. Gwyddai'n iawn na fyddai hi'n gallu cysgu nes ei fod yn ôl wrth ei hochr.

'Paid poeni,' atebodd yntau ac aeth mor gyflym ag y gallai trwy ddrws y stafell wely, i dop y landin, ei fryd ar fynd yn ôl at ei wraig. Gwrandawodd y tu allan i stafell Pryderi ble roedd y ddau yn cysgu heno tra'u bod nhw'n ailaddurno byd bach Magw. Roedd hi fel y bedd. Aeth i lawr y staer ac at ddrws y ffrynt. A hynny cyn iddo newid ei feddwl. Triodd y drws gan droi'r handlen i lawr yn siarp. Roedd ar glo. Felly, dyn a ŵyr pam y teimlodd yr angen i ddad-gloi'r drws a'i agor gan fwriadu syllu allan i bob cyfeiriad ar hyd eu stryd nhw ac i lawr ar y tai eraill islaw ar y stad yn Nhre Ioan. Oedodd am eiliad cyn agor y drws. Rhag ofn beth? Rhag ofn bod yna ddyn arfog yr ochr arall? Yna anadlodd yn ddwfn a mynd amdani. Roedd angen bôn braich ar y drws oedd bob amser yn stico. Ie, ie, byddai angen mynd ato â WD40 rhyw ddydd. Pryd oedd rhywun yn cael amser, dywedwch. Rhoddodd y drws ar latsh rhag ofn iddo gau tu ôl iddo. Hwpodd ei ben allan i'r oerfel a gorfodi ei hun i edrych. Cythrel, roedd hi'n oer. Gwelodd yr hyn yr oedd e'n disgwyl ei weld mewn gwirionedd. Dim byd llawer. Ond roedd yna dacsi tu fas i dŷ islaw eu rhes o dai *semi* nhw. Rhywun ar ei ffordd adre o rywle. Roedd yn ddigon i'w fodloni mai dyna oedd wedi ei ddihuno ac ymlaciodd unwaith eto. Roedd ei feddwl eisoes yn ôl yn y gwely cynnes.

Clywodd y gri, ac yntau ar ei ffordd yn ôl i'r gwely, a gwyddai i sicrwydd nad tacsi y tu allan mohono. Fe ddaeth ellyllon ei daith yn ôl o'r brifddinas i'w ddychryn. Roedd hi'n dywyll ar y landin ac anadlodd Dafydd yn ddwfn cyn estyn am y switsh ar y wal i oleuo'i lwybr gan wybod y byddai'r weithred honno'n neges glir i unrhyw droseddwr ei fod ar ei ffordd. Roedd yn rhy hen a chall i gredu mewn ysbrydion. Ond roedd y newyddion yn dod ag anghyfiawnderau creulon o'i dŷ ef i'ch tŷ chi. Lladron dideimlad yn arteithio dynion canol oed cyffredin i gael eu dwylo ar ffortiwn ddychmygol nad oedd gan y boi bach mohono. 'Have a go hero' yn gwaedu'n araf a phoenus i farwolaeth achos i wn danio wrth iddo amddiffyn yr hyn oedd yn annwyl iddo. Beth oedd angladd i arwr os oeddech yn gelain geg-oer? Beth oedd gwerth yr holl gydymdeimlad os oedd gwraig wedi colli gŵr a phlant heb eu tad? Siarad sens, meddyliodd wrtho'i hun. Ambell stori oedden nhw, ond bydden nhw'n mynnu sylw am ddyddiau, gan ystumio'r ffeithiau a gwneud i bob dyn a dynes ofni nad oedden nhw'n ddiogel yn eu cartrefi eu hunain. Ni allai Dafydd lai na chredu bod yna rywun rywle eisiau creu cymdeithas ofnus. Fflach. Llwnc o boer. Fel petai'n cael ei ddal gan gamera papur newydd hen ffasiwn. Gorfododd ei hun i gofio ble roedd, nawr ei fod yn gallu gweld ei hun. Ond ag ef yn rhynnu yn ei byjamas a'i slipers ar y landin yn y bore bach, aeth stori eithriadol yn ddigwyddiad cyffredin.

Clustfeiniodd. Yn ôl yn eu stafell nhw, roedd Helen yn styrio, yn codi efallai, ac roedd y ddau fach i fod yn cysgu yng nghwmni ei gilydd. Estynnodd am y polyn a gadwai yn ymyl y silffoedd llyfrau i ddiben agor yr atic. Llithrodd y pren rhwng ei fysedd ond gorfododd ei hun i afael ynddo. Oni fyddai tresmaswr wedi ymateb i'r golau? Gwrandawodd.

Aeth ar hyd y landin ac i lawr y staer a gwrando eto ar y stepen waelod. Aeth at y drws ffrynt a'i agor ac edrych i bob cyfeiriad. Yna, clywodd y sŵn a llanwodd ei galon ag ofn.

Roedd yn dod o lan staer. Rhuthrodd Dafydd yn ôl i fyny, dwy stepen ar y tro, y polyn yn ei law o hyd. Ar y landin, o'i flaen yn rhywle, clywai glindarddach ysgafn mân bethe. Sŵn symud. Sŵn busnesu. Ond nid sŵn Mew fach oedd hwn. Roedd yn uwch ac yn llawer mwy gwyllt.

'Dafydd?'

Ar goll yn ei feddyliau, bu bron iddo neidio o'i groen wrth deimlo ei phresenoldeb.

'Cer 'nôl i'r gwely,' sisialodd mewn pryder ar ei wraig. Oedd hi eisiau i'r lleidr ei glywed yn agosáu? Oedd hi eisiau iddo wybod amdani hi? Gwrthodai ei feddwl ystyried bod yna fwy nag un ohonyn nhw. Cydsyniodd Helen. Arhosodd iddi ddychwelyd yn ddiogel i'w stafell nhw cyn symud ymlaen. Yna, clywodd slaes a rhywbeth yn cwympo. Er ei ofn, prysurodd Dafydd ei gamau. Pa ddewis oedd ganddo? Roedd bellach wedi sylweddoli un ffaith arswydus: deuai'r twrw o stafell y plant.

Beth ddaeth drosto, ni wyddai. Rhyw atgof am floedd ryfel gyntefig, efallai? Casglodd ei holl nerth ynghyd ac agorodd y drws yn siarp. Neidiodd a'i goesau ar led i'r ffrâm bren, y polyn wedi ei anelu fel gwaywffon. Gobeithiai y byddai golau'r landin tu cefn yn gwneud cawr ohono.

'Pwy sy 'na?' sgyrnygodd, yn anfoddog o hyd, diolch i ysgol brofiad, i ddihuno'r plant. Gorfododd ei hun i edrych i bob cyfeiriad.

Yn sydyn, hisiodd rhywbeth yn ffyrnig yn yr hanner gwyll. Gollyngodd Dafydd sgrech fach mewn ofn. Cafodd gip ar ddwy lygad loyw. Yna, cyn iddo gael cyfle i ymateb ymhellach, clywodd a hanner gwelodd ruthr corff tywyll yn dod tuag ato ar gyflymder. Beth yn y byd?! Yn ddiarwybod iddo'i hun, camodd yn ôl i'w osgoi. Yna, daeth rhyw dawelwch rhyfedd dros bob man wrth i'r peth – beth bynnag oedd – lamu i'r awyr dros ei ben a sgrialu am y staer fel

33

petai ei fywyd yn dibynnu ar hynny. Clywodd Dafydd ef yn disgyn i lawr y grisiau yn dwmbwl dambal, ar ras fel cath i gythrel heb drefn o gwbwl i'r camau, a chri drws y ffrynt wrth iddo ddiflannu. Rhuthrodd ar ei ôl a chau'r drws yn dynn. Gallai ddweud un peth i sicrwydd. Nid dyn mohono.

'Wow!' Teimlodd chwistrelliad o adrenalin na theimlodd ei debyg erioed o'r blaen. Roedd wedi gwrthsefyll y bwystfil! Roedd e yma o hyd! Roedd ar dân. Ni theimlodd mor effro â hyn yn ei fyw, glei.

Erbyn hynny, roedd Helen wedi mentro ymuno ag e unwaith eto. Sut gallai ddisgwyl iddi beidio ar ôl y fath ddrama?

'Welaist ti hwnna?' Ni allai Dafydd gredu ei lygaid.

Siglodd Helen ei phen. 'O's rhywun yma?' Clywai'r panic yn ei llais.

'Cadno,' meddai. Ond pan feddyliai yn ôl dros ddigwyddiadau'r noson, fel y gwnâi'n ddidrugaredd fyth ers hynny, ni wyddai'n iawn beth wnaeth iddo ddweud hynny â'r fath sicrwydd.

Y peth nesaf glywon nhw oedd Magw fach yn mwmial yn ei chwsg. Hyd yn oed wedyn, roedd y rhyddhad a deimlai Dafydd erbyn hyn yn fwy na'r ofn, ac felly araf oedd ei ymateb. Ond roedd greddf famol Helen yn gryf yn y foment.

'Magw!' gwaeddodd a baglu ati, ei chodi'n ddiseremoni o'r cot a'i chwtsio'n dynn. Doedd Magw ddim yn crio; yn waeth na hynny erbyn hyn, roedd hi'n ielpan fel rhyw gi bach ofnus.

'Magw, fy nghariad bach i, cariad bach Mam!' Roedd Helen yn llefain yn uchel, dagrau ofn a rhyddhad yn powlio i lawr ei gruddiau.

O glywed a theimlo ei mam yn agos, dechreuodd Magw grio hefyd.

'Odi hi'n iawn?' Roedd Dafydd yn sefyll reit tu ôl iddyn

nhw nawr, yn ceisio astudio ei fabi pum mis yn y golau o'r cyntedd, gystal ag y gallai dros ysgwydd ei wraig.

'Odi hi'n iawn?' Roedd y panic yn codi eto. 'Ateb fi, plis!'

'Odi, odi, wy'n credu, mae'n iawn,' yn gymysg â'r dagrau.

Ymlaciodd Dafydd ychydig o glywed geiriau Helen. 'Sori, sori,' meddai'n syth. Cofiodd feddwl mor bert yr edrychai y funud honno, ei gwallt hir coch yn rhimyn o dân yn ymledu i lawr ei chefn. Ag adrenalin yn llenwi ei gorff, teimlodd yr hen gariad tuag ati. Estynnodd ei law a'i gosod yn ysgafn yn erbyn gwaelod ei chefn.

'Aw.' Teimlodd ergyd ysgafn ei wraig ar ei law fel petai'n siarp fel chwip. Cyn iddo allu esbonio, roedd hi wedi troi ei chefn ato.

Doedd dim cysuro ar Magw. 'Shh. Shh nawr.' Magai Helen y corff bach yn erbyn ei brest a gorweddai Magw bengoch yn llipa ar ei hysgwydd. Yn raddol, daeth Helen yn ymwybodol o ryw wlybaniaeth ar groen ei merch. 'Ti'n wlyb! O, gad i Mami sychu'r dagrau 'na,' ac anwesodd Helen y foch fach â chefn ei llaw.

Gwyliodd Dafydd y ddwy'n fud, heb fod eisiau tarfu arnyn nhw, heb wybod beth i'w wneud, nes i rywbeth dynnu ei sylw.

'Ga i weld?' Ceisiodd Dafydd afael yn llaw ei wraig.

'Gad fi fod,' meddai Helen, heb ddeall ei bryder.

'Dere 'ma, 'chan!' Yn ei ofid, roedd Dafydd yn gafael yn llaw Helen nawr a hithau'n trio ei thynnu yn ôl. Rhyw 'nôl a blaen a 'nôl a blaen rhyngddyn nhw.

'Paid, Dafydd. So ti'n gallu clywed bo Magw eisie Mam?'

Llenwai'r geiriau ei geg. Daliodd ei afael ynddyn nhw, yn anfoddog i'w rhannu.

'Helen. Ma dy law di... Nage dagrau sy 'na...' Ni wyddai sut oedd dweud heblaw yn blwmp ac yn blaen. 'Helen – gwaed.'

Stopiodd Helen yn stond ac edrych ar ei llaw ac yna, am y

tro cyntaf, yn fanwl, yn y golau pŵl o'r cyntedd, ar wyneb ei merch. Gwisgai'r un fach fasg o waed.

Sgrechiodd Helen yn uchel, sgrech a aeth ymlaen am oes. Ceisiodd Dafydd ei chysuro, ei distewi. Ei lais yn llawn panic gwyllt. Rhedodd fel iâr heb ben i'r stafell folchi i nôl clwtyn glân. Trawyd ef gan chwa oer o'r ffenest. Golchodd y clwt â dŵr. Roedd e'n parablu yr holl amser.

'Falle'i fod e ddim mor wael â ma fe'n disgw'l. Ti'n cofio pan gwmpodd Pryderi lawr y staer a cholli dau ddant? O'dd e'n waed i gyd.'

Rhuthrodd 'nôl.

'Ond o'dd e'n iawn – fel y boi – ac wrth ei fodd yn ca'l rhoi dau ddant dan y glustog i'r tylwyth teg.'

Roedd Dafydd mas o wynt. Ni wyddai beth i'w ddweud na'i wneud, ond ni chredai ei eiriau ei hun am funud. Cynigiodd y clwtyn cynnes i'w wraig, er na chymerodd hi mohono.

Roedd Magw'n dal i grio wrth i Helen sychu'r dagrau gwaedlyd gyda'i gŵn nos.

'Ai cadno wnaeth hyn?' gofynnodd.

'Sai'n gwbod.' Safai Dafydd uwch eu pennau. 'Shh, Mags fach. Fyddi di'n iawn nawr. O's eisie doctor? 'Na ti, Magw, ma'n iawn.'

'Pryderi!' Roedd meddwl Helen yn effro. Os oedd Magw wedi ei hanafu, beth am Pryderi?

Trodd Dafydd i edrych ar ei fab yn y gwely tywyll. 'Ma fe'n cysgu o hyd.'

Roedd y crio'n fwy poenus nawr. O leiaf roedd hynny'n arwydd da, meddyliodd Dafydd yn ei bryder.

'Sai moyn brifo hi!' Roedd Helen yn gwneud ei gorau i lanhau'r briw â dwylo crynedig.

'Wna i ffonio ambiwlans, 'te.'

'Na.'

'Helen –' Beth oedd yn bod arni? Roedd hi'n anodd siarad dros sŵn yr holl wylo.

'Meddylia… ble ma'r ambiwlans… os o's un yn rhydd… a fydde'n rhaid iddo fe ffeindio ni… Na, fydd e'n gynt i fi fynd â hi 'yn hunan.' Wrth iddi siarad, roedd hi'n brysur, yn lapio blanced o dop y cot am ei merch, yn mynd am y drws, goslef y llais yn codi bob yn dipyn wrth i'r panic gynyddu.

'Ddo i i helpu, ei rhoi hi yn y car…'

'Aros di fan hyn gyda Pryderi – rhag ofn i'r peth 'na ddod 'nôl.' Aeth cryd drwyddi.

'Arhosa. Ddown ni 'da ti,' galwodd Dafydd ar ei hôl ond yn ofer. Roedd hi wedi mynd tu hwnt i'r stafell wely. Clywodd ei llais wrth iddi ddiflannu.

'Plis. Sdim amser 'da fi i ddadlau…' Prysurodd ei chamau wrth fynd i lawr y staer yn ei choban a'i slipers, fel dynes o'i cho', ac wrth ei chlywed yn mynd cofiodd am gamau'r bwystfil.

'Cofia wisgo cot!' galwodd Dafydd a chlywed clep y drws yn ateb. Yn derfyn ar bopeth fel ag y bu.

Ar ôl y gofid a'r rhyddhad, teimlai Dafydd yn aneffeithiol tost. Roedd yr adrenalin wedi hen lifo o'r corff a theimlai wedi ymlâdd yn sydyn. O stafell wely'r plant, lle safai, clywai injan car a chrensh teiars ar yr heol. Swniai'n bell i ffwrdd. Eisteddodd Dafydd ar wely Pryderi a meddwl mor braf fyddai cysgu. Byddai'n rhaid gosod trap, dal yr anghenfil oedd wedi anafu ei fabi bach. Ond doedd e ddim yn grac. Byddai Magw'n ocê. Fyddai ddim angen pwythau o reidrwydd. Ond i Helen bwyllo a chyrraedd yr ysbyty'n saff. Pam na fynnodd e fynd yn ei lle hi?

Dadebrodd a rhoi ei law ar ben y crwt, oedd yn cysgu'n dawel bach o hyd â'i gefn at ei dad. Braf arno, meddyliodd, yn gallu cysgu trwy'r holl sŵn yna, yn gwybod dim am yr hyn ddigwyddodd o'i gwmpas. Ond, wedyn, roedd plentyn yn gyfarwydd â sŵn. Doedd hi byth yn dawel mewn gwirionedd. Bu'n eistedd yno am dipyn a gofid am Magw a Helen yn ei fwyta'n fyw. Clywodd sisial y gwynt tu allan ac aeth ias trwyddo. Daeth awydd sydyn arno i godi ei fab o'i wely, i afael ynddo'n iawn, ei gwtsio gyda holl nerth ei freichiau. Oedodd, achos roedd e'n dal yn ansicr a ddylai ei ddihuno ai peidio. Digon i'r diwrnod ei ddrwg ei hun, efallai. Ond, yna, fe'i llenwyd â'r fath ymdeimlad o angen am y mab nad oedd prin wedi clywed ei lais ers pedair awr ar hugain nes iddo, mewn hunanoldeb, afael yn ysgwydd Pryderi bach. Sylwodd ar rywbeth a goleuo'r lamp ger y gwely yn syth. Gwelodd am y tro cyntaf y briw bach ar gefn ei ben.

'Ydy'r bwystfil wedi dy frifo di hefyd?' Hanner o ddifrif oedd e.

Trodd Dafydd ei gorff i wynebu Pryderi a syrthiodd y crwt bach yn naturiol yn ôl ar ei gefn. Anwesodd Dafydd ei foch. Roedd yn glaear, er nad oedd hi'n oer iawn yn y stafell. Tynnodd y dwfe yn ôl i allu gafael yn ei fab a sylwi gydag ofn ar y rhwyg yn ei dop pyjamas. Ai'r peiriant sychu dillad oedd wedi ei wneud? A oedden nhw wedi methu â sylwi a'i wisgo ynddo yn hytrach na rhoi top newydd amdano? Helen oedd yr un oedd ofn ysbrydion, ofn y Bwci Bo. Pethe'r byd arall oedd y rheini yn ei feddwl e, ond doedd Dafydd ddim yn ormod o ddyn i ofni pethe'r byd hwn. Cerddodd rhywun neu rywbeth dros ei fedd a theimlodd y cyfog yn carlamu lan y beipen o'i stumog, i fyny ei frest ac yn mynd yn sownd yn ei lwnc. Bu bron iddo dagu, ond gwyddai fod rhaid iddo ymladd yn erbyn ei gorff a llyncu y chwd yn ôl. Gwnaeth beth oedd raid. Gafaelodd yn ei fab a'i lusgo ato'n wyllt, er i'w goesau fynd yn sownd yn y dwfe, fel petai hwnnw'n llawn seirff y môr. Teimlai Pryderi fel sach hanner gwag. Roedd fel ergyd galed i'r frest. Ni allai Dafydd anadlu, ac yna deuai ei anadl yn fân ac yn fuan i mewn i glust ei fab.

Daliodd Pryderi fel babi – un fraich o dan gefn ei wddw a'r llall y tu ôl i'w bengliniau. Cwtsiodd ef i'w dwymo, ei ddwy law yn gwasgu ei fab yn erbyn ei gorff. Sylwodd fod ei ben-ôl yn wlyb. 'Paid poeni, ddyn bach, fyddwn ni ddim siffad yn dy newid di.' Disgwyliai weld ei fab yn styrio nawr, yn estyn llaw i frwydro yn erbyn y caru mawr hyd yn oed. Ond ni ddigwyddodd. Cwympodd pen Pryderi yn ôl yn llipa dros ymyl braich ei dad. A dyna pryd y sylweddolodd.

Cydiodd Dafydd yn ei fab yn dynn a'i gusanu, gan deimlo ei ysgyfaint yntau'n llenwi â'r fath ofn nes mai prin y gallai anadlu. 'Pryderi?... Pryderi?... Pryderi?...' Daeth y dagrau tawel i'w dagu â phob cri. Roedd arno ofn edrych. Doedd e ddim eisiau edrych. Ond gorfododd ei hun i wneud, i syllu i mewn i'r llygaid llonydd ac i weld y gwir. Doedd dim pwrpas anadlu i'r geg fach oer. Doedd dim pwynt gwasgu'r frest wan. Ac eto... Cododd yn sydyn a rhoddodd y corff i lawr ar y gwely. Sychodd ei ddagrau, a gorfodi ei hun i lyncu'r crio ofnus. Doedd e ddim yn gwybod yn iawn beth roedd e'n ei wneud, ond fe wnaeth e yr un fath. Agorodd y geg rhwng ei fysedd ac anadlu iddi, yn galed. Sawl gwaith. 'Pryderi!' galwodd. Pwysodd ei ddwylaw ar ei frest a gwasgu. Anadlu. Gwasgu. Anadlu. Gwasgu. 'Nôl a 'mlaen. 'Nôl a 'mlaen. Fel yr oedd wedi ei weld ar y teledu. Ni wyddai am ba hyd. Ffôn! Fflachiodd yr angen am y ffôn trwy ei gorff i gyd, a baglodd i'w nôl o'i grud ar y landin. Ffwmblodd wrth ddeialu a siarad fel dyn meddw, wedi ei feddiannu gan banics gwyllt.

Roedd yr ambiwlans ar y ffordd. Llefodd ar hynny. Ond fedrai e ddim aros yno yn gwneud dim byd. Daliodd ati i drio adfywio Pryderi gyda'i anadl, i wasgu egni'r tad i mewn i'r mab. Roedd pob defnyn o nerth wedi ei ddwyn o'i gorff a'i feddwl lluddedig ar chwâl. Eisteddodd i lawr yn boenus.

Cododd Pryderi, a'i gwtsio yn erbyn ei frest, sïo ei unig

fab, a hynny achos bod y weithred yn rhoi cysur iddo fe. Ni allai symud, hyd yn oed petai wedi meddwl bod yna bwrpas i hynny. A fan'na fuodd e'n cwtsio ac yn wylo'n dawel am ba hyd, wel, ni wyddai ar y pryd... Ar goll yn ei alar, dim ond y paramedic yn canu cloch y drws ffrynt wnaeth ei ddeffro a'i atgoffa bod yna fyd y tu hwnt i'r byd hwn ac y byddai'n rhaid iddo agor cil y drws ar hwnnw. Cododd gan obeithio, gobeithio.

3

'Glywest ti beth ddwedes i? Mae'n mynd i fod yn iawn.'

'Iawn.' Edrychodd Dafydd ar y blew ar dop ei draed noeth yn y slipers wrth iddo shifflo 'nôl a 'mlaen achos yr oerfel. Methai aros yn llonydd, fel plentyn bach sydd wedi bod yn ddrwg. Doedd e ddim yn mynd i godi'r ffôn, ond yna meddyliodd amdani hi. Roedd rhaid iddo ateb, er gwaethaf yr hyn oedd yn mynd ymlaen o'i gwmpas.

'Dafydd, ti'n hanner cysgu fan'na? Sdim eisie llawdriniaeth fawr arni. Ma'n nhw 'di glanhau'r dolur ar ei breichie hi a rhoi pwythe dros dro yn ei boch a'i gwefus. A gas hi *tetanus* rhag ofn. Ond dyle'r anaf wella'n iawn. Fydd ddim marc arni.'

Parablai Helen fel pwll y môr. Ceisiodd Dafydd wrando arni'n astud a gwisgo ei jîns. Nid oedd yn edrych 'mlaen at ei dro e i siarad.

'O, Dafydd! Yr holl waed 'na... Ond, o'dd e'n edrych yn waeth nag o'dd e. Diolch byth ontefe. Diolch byth.'

Gwrandawodd arni'n wylo'n agored. Pipodd mewn i'r stafell wely, ble roedd y paramedics yn codi Pryderi ar *stretcher*. 'Fydd rhaid i fi fynd, Helen.' Roedd ar bigau.

Mor od oedd y sefyllfa, hi y pen yna i'r ffôn ac yntau'r pen yma. Dychmygai hi wedi ei goleuo gan y waliau a'r lloriau sgleiniog, y lampau artiffisial ar y nenfwd, prysurdeb o'i chwmpas ar hyd y coridorau hir. Gallai fod mewn byd ar wahân.

'O'dd rhaid i fi ffeindio ffôn, gadael i ti wbod bod popeth yn iawn tra bo Magw'n cysgu, ond sai moyn bod yn hir...' Clywodd hi'n llyncu ei phoer. 'Fuon nhw'n gofyn, ti'mod, shwt ddigwyddodd e.'

Ni allai Dafydd feddwl beth i'w ddweud. Teimlai ei ben yn fyglyd a'i freichiau a'i goesau'n drwm, fel petai wedi bod ar ddihun ers dyddiau, neu wedi cymryd rhyw gyffur cryf. Roedd Helen yn llawn bywyd.

'Eisie gwbod a o'dd cath i ga'l 'da ni. Wedes i bod e. Gweud 'tho ni am gau drws y gegin o nawr 'mlaen.'

'Ond nage Mew–'

'Na, na. Dim 'na beth wedes i. Rhag ofn iddi ga'l haint siŵr o fod. Rhag ofn ei bod hi'n setlo i gysgu ar flanced Magw fach.'

Ni allai Dafydd ganolbwyntio ar yr hyn roedd hi'n ei ddweud. Newidiodd ei llais hithau. 'Fi angen ti, ti'mod. Ti a Pryderi. Odi e'n cysgu o hyd?'

Fedrai e ddim dweud wrthi, dim ar y ffôn, dim heb fod yn gwmni i'r boen finiog fyddai'n dwyn y bywyd oddi arni fel pìn siarp yn crebachu balŵn. Felly, cytunodd â hi'n dawel.

Roedd y rhyddhad yn amlwg yn llais Helen. 'Ti'n cofio? Do'n i ddim yn gwbod beth o'dd cwsg nes ei fod e'n ddwy!... Well i fi fynd. Dewch 'ma, 'newch chi? Pan allwch chi. I chi'ch dau ga'l gweld Magw, gwbod ei bod hi'n iawn. I ni ga'l bod yn un teulu bach eto.'

Dechreuodd Dafydd ddilyn y *stretcher*. Yna baglodd ar gorff bach ar lawr. Bu bron iddo ei sathru. Ffred, 'chan! Cododd y ci tegan a'i droi yn ei law fel eu bod yn wynebu ei gilydd, Ffred ac yntau. Cofiai'r ffrind bach mewn dyddiau gwell, yn felyn ei flew. Roedd ar ei waethaf o gael ei garu, yn gwbwl foel mewn mannau ac roedd hyd yn oed y label *sponge dry only* yn frwnt.

'Wel, gwed rwbeth, 'nei di?'

'Wy'n falch am Magw,' petrusodd.

Ar ôl ffarwelio, diffoddodd y ffôn a mynd ar frys at ei fab. Roedd y paramedics yn dal i geisio adfywio Pryderi yn yr ambiwlans er y gwyddai Dafydd y gwir yn ei galon.

'Ni'n barod i fynd,' meddai'r ddynes, ei llygaid lliw cnau yn llawn cydymdeimlad.

Nodiodd Dafydd ei ben, ac estyn am law ei fab.

Llowciai'n boenus wrth siarad, gan osgoi edrych i fyw eu llygaid nhw.

'Helen o'dd 'na. Eisie gwbod… Shwt allen i weud wrthi? Unweth fydda i 'di gweud… wel, dyna ni. Fydd dim byd alla i neud wedyn i droi'r cloc yn ôl.' Daeth y crio allan, yn floeddiadau bloesg. Rhoddodd y dyn main ei law ar ei ysgwydd.

Ni chredai cyn hynny ei fod yn ddyn dialgar ond fe benderfynodd y funud honno y byddai'n dal y peth, y bwystfil a wnaeth hyn. Roedd wedi clywed am ei gastiau cyn heno ac, er na chredai pawb yn ei fodolaeth, fe wyddai Dafydd yn wahanol nawr. Roedd wedi gweld y tân yn ei lygaid gloyw, clywed ei grafangau ar y staer a theimlo'r boen yn ei galon ei hun oherwydd yr hyn roedd wedi ei wneud i'w grwtyn annwyl.

Roedd y ci bach yn ei law o hyd a chofiodd Dafydd am stori Gelert. Gweithredu'n ddiamod wnaeth Llywelyn. Roedd e'n ddigon o ddyn i drywanu ei gydymaith ffyddlon, er bod hynny ar gam, am ddarnio ei fab. Gallai Dafydd weithredu hefyd.

O nunlle ymddangosodd Mew, wrth ei bodd yn ei weld ar ei draed ac yn swnian eisiau brecwast cynnar. Cerddodd pws ar ei draws, yn fwriadol, i dynnu ei sylw.

'Dim nawr.' Gwnaeth rywbeth na wnaeth erioed. Ciciodd hi o'r ffordd â'i droed yn ddiamynedd. Clywodd yr ergyd a chri pws a theimlodd bwl o euogrwydd yn syth.

Cymerodd gegaid fawr o aer oer y bore bach a chau'r drws ar ei ôl, gan wybod â chalon drom ei fod yn dechrau ar ddigwyddiadau dydd na allai ei newid.

4

Dyna'r peth diwethaf roedd e ei eisiau pan gyrhaeddodd e'r ward oedd dod ar ei thraws, mor falch o'i weld. Roedd yna oglau siarp ar hyd y coridorau a âi i fyny ei ffroenau a dod â dŵr i'w lygaid. Roedd y llawr yn slip a cherddodd yn ofalus i Paediatrics rhag llithro yng nghwmni'r nyrs, gan fynnu y byddai'n iawn unwaith y gwelai ei wraig.

'Chi 'ma!' Taflodd Helen ei breichiau o'i gwmpas fel un nad oedd wedi gweld ei chariad ers oes.

'Fi 'ma,' meddai Dafydd i mewn i'w gwallt. Brifai'r dagrau ei lygaid blinedig a rhegodd hi'n dawel am gael y fath effaith arno pan oedd rhaid iddo fod yn galed fel dyn. Buon nhw'n cwtsio yn ddau oedd newydd ddechrau caru, yn gafael yn ei gilydd fel taw nhw oedd yr unig ddau yn y byd. Hi oedd y cyntaf i ymryddhau. Edrychai'n eiddil yn y got nos agored, y gŵn nos oddi tani yn dryloyw yng ngoleuni llachar yr ysbyty. Cofiodd am y fam-gu ddiniwed yn stori'r Hugan Fach Goch, heb neb i'w hamddiffyn rhag y bwystfil wrth y drws. Difarodd Dafydd na feddyliodd ddod â dillad iddi.

'Ma'n nhw wedi neud shwt ffýs ohona i. Dwy neu dair o rai gwahanol, eisie gwbod hyn a'r llall. Ges i ddwy gwpaned o de. A sai'n gwbod ble geson nhw'r hen *dressing gown* 'ma, ond o'dd fy nillad nos i'n frwnt ac ma'n well na rhewi, sbo. Sai'n gwbod pryd fuodd neb mor...' Edrychodd ar y llawr ac i fyny eto, yn sylweddoli yn sydyn. 'Ble ma Pryderi?'

Edrychai y tu hwnt i Dafydd fel petai ar ei gysgod, yn chwilio am ei mab.

'Ma fe gyda'r nyrsys.' Roedd y geiriau'n ei frifo fel cyllell.

Heb ei cholur, edrychai'n ffres, yn ifanc. Roedd ei gwallt yn rhydd ac yn anniben a'i bochau'n wridog yng ngolau'r ysbyty. Daeth awydd unwaith eto arno i'w chofleidio fel blaidd mawr.

'Ond ma fe'n iawn. Ma fe'n iawn Dafs.' Dweud oedd hi, ei llygaid yn fawr, yn ymbilio arno. Ni allai gelu'r gwir oddi wrthi rhagor. Roedd wedi cael cyfle i ddod ato'i hun ychydig ers iddyn nhw siarad ar y ffôn. Byddai angen amser arni hithau hefyd, cyn bod y cwestiynau yn eu bwrw yn annisgwyl, fel cawod o gesair. Pam oedden nhw wedi oedi? Pam nad aethpwyd â'r crwt i'r ysbyty yn syth hefyd? Pam y bu iddyn nhw adael i baramedic roi CPR i'w mab, a hynny'n ofer, beth amser ar ôl yr ymosodiad, a pheri gorfod datgan yn yr ysbyty am 2.43 a.m. bod Pryderi Morgan wedi marw.

'Dere gyda fi.'

'I ble? Wy moyn aros gyda Magw.' Clywodd y cryndod yn y llais.

'Ma'n fishi ar y cythrel yma am ryw reswm, ond ma'r nyrs… mae'n treial ffeindio stafell i ni…' Fe wnaeth ei orau i swnio'n ddidaro.

'Stafell?' Roedd hi'n staro arno nawr, yn ceisio ei ddarllen, ac ni allai ef guddio llwydni galar.

'Dere,' stwmblodd, ac edrych i'r llawr i guddio ei boen.

'Dafydd…?' Rhythai Helen arno'n gyhuddgar, yn llawn ofn, pob cyhyr yn ei chorff yn tynhau, yn paratoi ei hun.

Crynai yntau. 'Wy moyn i ti fod yn ddewr.'

Llwyddodd i'w dal cyn iddi gwympo. Roedd hi'n ysgafn fel merch.

Ceisiai'r Sister guddio'r peth, ond roedd hi'n amlwg i Dafydd ei bod hi wedi cael siglad. Nid menyw ifanc mohoni ac roedd ôl profiad yn y croen llac, llwydfelyn a'r gwallt cwrs. Ond nid bob dydd… yr hen ystrydeb. Ac roedd unrhyw achosion yn ymwneud â phlant – teimlodd y garreg yna eto yn taro ei frest – marwolaeth plentyn, sadiodd ei hun, yn anodd i bawb. Buan iawn roedd hyd yn oed y rhai nad oedden nhw'n ei nabod yn creu rhyw fath o bictiwr ohono, yn magu rhyw fath o berthynas.

Edrychai'r ddau yn fach yn y lolfa ymwelwyr fawr, llawn cadeiriau. Roedd cylchgronau mewn pentwr anniben ar y bwrdd ac ar y top hen gopi o *Good Housekeeping*. Fe allai ddweud wrth ei ffordd bod Sister Glennister yn un fyddai'n amharod i gyfaddef bai. Clywodd gryndod yn ei llais gan wybod mor barod oedd eraill i daflu sen.

'Pryd ga i fynd 'nôl at Magw? Fe alle hi ddihuno'n gynnar iawn – fydd hi angen fi.'

Clywai Dafydd y gofid yn ei llais.

'Fyddwn ni ddim yn hir nawr.'

Llygadodd Dafydd y Sister yn wyllt, a daliodd hithau ei lygad.

'Fe ddwedodd eich gwraig ma'r gath nath e,' meddai.

'Fy ngwraig, ma hi wedi ca'l sioc,' sibrydodd.

'Pardwn?' gofynnodd y Sister yn ca'l gwaith ei glywed.

'Fy ngwraig, ma hi wedi ca'l sioc. Ni'n dau –' Methodd orffen y frawddeg a chyfaddef ei wendid i hon oedd yn ddieithryn.

Hoeliodd hi ei sylw ar y ffeil, yn hytrach nag ar Dafydd, ac esgus edrych trwy'r tudalennau.

'Ni'n deall, a dy'n ni ddim eisie achosi lo's. Ond ma'n rhaid i ni...' Stopiodd ei hun rhag dweud y geiriau 'gwneud ein job'. Gorfododd ei hun i edrych ar Dafydd a Helen, cyn edrych i lawr ar y ffeil yn syth. 'Roedd yr anafiadau'n debyg i'r hyn fydde rhywun yn ddisgwyl ar ôl ymosodiad gan–' anadlodd, '... gan anifail.' Roedd hi'n amlwg nad oedd yn credu ei geiriau ei hun.

''Na beth o'dd e... anifail...' Edrychodd Dafydd ar ei wraig, ei phen yn ei dwylo.

'Wedoch chi… Wel… Ni 'di gorfod ffono'r he
wyddai'r Sister beth i'w ddweud.

Caeodd y ffeil ac edrych i fyny yn syth i'w lyga
Dafydd oedd hi i edrych yn ansicr. Agorodd ei fre
gan ddechrau meddwl am rywbeth i'w ddweud, rhywt
byddai person normal yn ei ddweud, yn y byd go iawn.
roedd Sister Glennister yn ei hwyliau.

''Na beth yw'r drefn gydag unrhyw fater fel hyn s
ymwneud â phlant.'

'Mater fel hyn?' Roedd e'n ceisio deall. Roedd ei feddw
yn gawl potsh.

Roedd hithau fel petai hi'n cael anhawster dweud y
geiriau. 'Sdim *death certificate*, ch'wel. Wedyn, fydd rhaid
i'r heddlu neud job y *coroner* i weld sut fuodd –' Edrychodd
eto ar y ffeil. 'Pryderi Morgan, sut fuodd e…' Ochneidiodd,
'Druan ag e.'

'Chi'n neud 'ych job.'

Roedd ei lais yn ddideimlad, ond roedd ei eiriau fel
petaen nhw'n rhyw gysur iddi, er lleied y datgelai'r llygaid
pŵl. Aeth yn ei blaen, 'Fyddan nhw ar eu ffordd erbyn hyn.
Odych chi'ch dou'n teimlo'n ddigon –'

Neidiodd Dafydd ar y cyfle, y nerth yn dod o rywle. 'Wna
i ddelio â'r heddlu. Fi oedd yr un glywodd, welodd. Roedd fy
ngwraig yn cysgu.'

'O.' Edrychodd y Sister arno. 'Nid...' Roedd ar fin dweud
rhywbeth arall ond yna newidiodd ei meddwl. 'Fel arfer ma'n
nhw'n lico gweld y ddou 'noch chi, gan bo chi'ch dou yma.'

'Ma digon 'da fy ngwraig ar ei phlât heb i blisman
ddechre hwpo'i hen –' Gwyddai iddo fynd yn rhy bell. Ond
roedd y dicter, dicter y sefyllfa, wedi dechrau llifo trwy ei
wythiennau. Edrychodd i ffwrdd ac at y cylchgronau ar y
bwrdd, gan orfodi ei hun i ganolbwyntio.

'Mae'n sefyllfa anodd iawn, iawn ac ry'n ni'n

ydymdeimlo'n llwyr. Ond 'na'r drefn, ma arna i ofn, 'da achos fel hyn.'

'Fel hyn?' Poerodd ei atgasedd ati, yn cuddio y tu ôl i'w phroffesiynoldeb a'i sbectol.

Parhaodd y Sister i esbonio, yn ei hacen cefn gwlad.

'Anafiade sy ddim wedi digwydd yn ddamweiniol. *Non-accidental injury.* Bydd yr heddlu eisie gwbod beth ddigwyddodd, chi'n gweld. Os y'ch chi'n teimlo bo chi'n gallu helpu nhw...'

'A phwy arall?' Rhyw hanner cellwair, yr hen sinig iddo. 'Pwy arall fydd eisie gwbod am rwbeth sy'n ddim busnes iddyn nhw?' Llenwodd ei wddw â phoen.

'Dafydd,' hisiodd Helen.

'Sori,' meddai wrth ei wraig, a neb arall.

Daeth saib bach cyn i'r Sister ateb a cheisio swnio mor ddidaro â phosib,

'Bydd rhaid i fi ffono'r Gwasanaethe Cymdeithasol.'

Tagodd Dafydd yn uchel.

'Sdim byd i boeni amdano, Mr Morgan, oni bai bo chi'n deulu sy'n adnabyddus iddyn nhw. Os na bo chi ar y *register* "At Risk".'

Teimlodd Dafydd ei galon yn suddo i'w draed.

'Licen i ei gweld hi. Magw. Cyn bo fi'n ateb blydi cwestiyne neb.'

Clywodd ei lais yn torri wrth ddweud enw ei fabi bach. Fe wnaeth ei orau i ddod ato'i hun.

'Wrth gwrs.'

'A sdim pwynt ypseto ni'n dou, dim nawr, yn syth ar ôl iddo fe ddigwydd.'

Ac eto, gwyddai mai dyna'r amser gorau i ateb cwestiynau, mae'n siŵr, cyn i bethe fynd yn gawdel i gyd. Roedd hi'n mynd i anghytuno. Sylwodd Dafydd ar gymylau duon

blinder o dan ei llygaid. Roedd hi'n dod i ddiwedd shifft hir. Problem rhywun arall fyddai hyn cyn bo hir.

'Ni moyn mynd 'nôl at 'yn merch ni,' dywedodd, ei lais yn crynu.

Trwy drugaredd, cododd y Sister.

'Af i â chi nawr.'

Helpodd Dafydd ei wraig i godi, a rhoi ei braich o gwmpas ei wast i'w harwain ar eu siwrne.

5

Nid Magw oedd yn gorwedd yn yr arch wydr ond Eira Wen brydferth. Roedd wedi ei heintio â gwenwyn dros dro, ond fe fyddai'n dihuno un dydd yn iach ac yn gryf o gorff. Yna fe fyddai Dad yn ei chofleidio a'i chusanu, ei gariad bach, fel tywysog yn achub y dydd. Ond am nawr, yn y man hwn lle roedd pob dim mor afreal, teimlai bellter rhyngddyn nhw.

Wrth ei ochr, safai Helen. Ers oriau, edrychai'r ddau ar eu merch rhag gorfod edrych ar ei gilydd. Roeddent wedi dysgu eisoes bod hynny'n dod â'r dagrau. Tu allan, roedd yna brysurdeb. Golau'n dihuno cleifion, nyrsys yn cyflawni archwiliad cyntaf y dydd, brecwast yn cael ei hwylio, glanhawyr yn mynd trwy'r mosiwns. Tu mewn i'r ward breifat, roedd bywyd wedi arafu. Curai'r peiriant fel cloc, yn mesur curiad ei chalon ers iddyn nhw ddeall beth oedd wedi digwydd i Pryderi. Dros dro, roedden nhw wedi rhoi'r gorau i feichio crio'n ddidrugaredd. Daeth rhyw lonyddwch dros Helen, fel petai mewn breuddwyd, a cheisiodd yntau fod yn gryf o ganfod ei gwendid hi. Ymhen hir a hwyr, agorodd Dafydd ei geg.

'Weles i rwbeth... yn y tywyllwch...' meddai.

'Beth?' Ni throdd i edrych arno.

'Sai'n gwbod.'

'Dyn?'

'Nage,' yn ddistawach. Roedd cywilydd arno grybwyll y peth.

'Dynes? Ti'n hala ofan arna i nawr.' Roedd Helen yn dal i astudio'r corff bach yn y cot. Gloywodd ei llygaid difywyd.

'Nage.'

'Beth, 'te?'

'Sai'n gwbod. Welest ti fe 'fyd, on'd do fe?' Roedd yn rhaid iddo wybod.

'Naddo,' yn blwmp ac yn blaen.

'Ond o't ti 'na 'fyd. Ma'n rhaid bo ti wedi gweld.'

'O'n i'n sefyll tu ôl i ti.' Cododd ei gên yn benderfynol. Ai dychmygu'r cryndod roedd e?

Cafodd gryn drafferth i'w pherswadio i fynd adre ac fe wrthododd symud cam nes iddi gael gweld ei mab. Roedd e'n meddwl y byddai hynny wedi ei llorio, ond cafodd nerth o rywle. Roedd y ddau eisiau ei weld ac eto nid oedden nhw am ei weld fel hyn chwaith. Nid Pryderi oedd hwn, y corff llonydd. Brwydrai rhwng ceisio deall beth oedd wedi digwydd ac ysfa i daflu'r lluniau arswydus hyn o'i feddwl a chofio ei fab yn llawn bywyd. Rhoddodd ei fraich am ei wraig a theimlo ei stiffni yn toddi.

Cytunodd y nyrs i adael iddyn nhw gael amser iddyn nhw eu hunain ac ar ôl cyfnod o wylo tawel fe ildiodd Helen a chydnabod nad oedd dim byd y gallai ei wneud fan hyn am y tro, nawr fod Dafydd yno. Ar ôl bod ar ddihun bron trwy'r nos, y peth gorau i Magw fyddai petai Helen yn mynd adre am 'chydig bach, os na allai orffwys, cael cawod, ffresio lan, newid dillad. Byddai'n teimlo'n gryfach erbyn y deuai Magw ati ei hun.

'Ond beth am yr heddlu?'

'Wna i siarad â nhw.'

'Nag o'n nhw moyn siarad â ni'n dou?'

'Na, sai'n credu. Gewn nhw siarad â ti 'to.'

Nodiodd ei phen yn dawel, p'un oedd hi'n ei gredu fe ai peidio, a bodlonodd i fynd.

Oedd e'n gwneud y peth iawn yn gadael iddi fynd ar ei phen ei hun? Roedd ei eiriau'n swnio'n llawer mwy pendant i'w glustiau ei hun nag yr oedden nhw yn ei galon. Gwnaeth sawl addewid iddi – 'Aros gyda hi! Paid â'i gadael hi! Cadw olwg arni trwy'r amser! Ti'n addo i fi!' Roedd hi mor daer, cafodd ei hun yn addo canolbwyntio ar y gwaith, fel giard diogelwch. Llusgo ei thraed o'r ward wnaeth hi i gychwyn, a hynny ar ôl addewid gan Dafydd na fyddai'n symud o'r fan. Ond diflannodd â thân yn ei cherddediad, cyn i neb ei gweld a'i stopio. Ac yna, roedd yntau ar ei ben ei hun gyda'r ferch fach ac roedd yr hen ofn yna'n llenwi ei galon eto.

Ni ddisgwyliai i Helen fod yn hir ac fe ddechreuodd syrffedu. Eisteddodd, ei ben yn ei ddwylo, yn hel meddyliau. Bob hyn a hyn fe ddeuai rhywun ato, yn gofyn ei hynt, yn cadw llygad ar Magw. Teimlai'r amser yn hir. Dechreuodd grio. Yna, ceisiodd reoli ei hun, rhag ofn i rywun weld. Ni chroesodd ei feddwl y byddai hi'n segura a dechreuodd boeni. Cododd a cherdded yn ôl ac ymlaen. Er iddyn nhw ffonio tacsi iddi am nad oedd yn ymddiried ynddi i yrru nawr, oedd e wedi gwneud camgymeriad yn gadael iddi fynd? Roedd wedi gwrthod ei gynnig i ffonio Ner. Nid oedd yn barod am hynny eto. Ble roedd hi? Nid oedd golwg ofnus arni gynne fach ac nid dyn na dynes mohono, beth bynnag oedd wedi llercian i'w byd. Go brin y byddai hi wedi mynd i'r gwely, i gysgu. Beth petai rhywbeth wedi digwydd iddi? Roedd ar bigau yn poeni amdani, yn simsanu rhwng ei addewid i aros yn ymyl Magw ac ysfa i ffonio – roedd wedi ufuddhau i'r arwyddion a diffodd ei fobeil ers oes. Roedd ar fin estyn ei ffôn i'w ffonio hi, i ffonio Ner, ond ni chafodd fwy na hynny o amser i hel meddyliau cyn bod yna rywun wrth y drws eisiau ei weld.

Doedd e ddim yn siŵr beth roedd e'n ei ddisgwyl, ond teimlai'n hen ac yn swp o ddiflastod cyn gynted ag y gwelodd e'r heddwas. Roedd hwnnw wedi eillio'n ffres cyn ei shifft, a rhoddai hynny ryw wedd blentynnaidd iddo, er ei fod yn ŵr ifanc mewn awdurdod.

'PC Hughes.' Estynnodd ei law yn hyderus, chwarae teg. Siglodd Dafydd hi'n awtomatig.

'Flin iawn gen i glywed am eich colled chi.'

Agorodd Dafydd ei geg ac ymddiheuro'n syth. Sawl awr oedd hi nawr?

'Ges i alwad ffôn yn y car. Ar patrôl o'n i. Alla i'ch sicrhau chi 'mod i yma i helpu.'

Estynnodd ei lyfr bach, ond fe gofiai Dafydd nes 'mlaen nad ysgrifennodd air i gychwyn, dim ond gwrando.

'Falle alla i ddechrau trwy ofyn i chi ddisgrifio beth ddigwyddodd yn eich geiriau eich hun?'

Geiriau pwy arall fyddai e'n eu defnyddio, 'te? meddyliodd Dafydd yn gysglyd. Doedd ei drowsus ddim yn newydd, rhai PC Hughes, ond roedd ei sgidiau'n sheino. Eisteddodd Dafydd 'nôl yn ei gadair, yn drwm fel bag o sment. Ofnai beth welai pe daliai gip ohono'i hun yn y lledr sgleiniog.

6

Yn y tŷ, ni chlywodd Helen gloch y drws i gychwyn achos sŵn yr hwfer. Roedd wedi cael tynnu'r gŵn nos a chael cyfle i lefain yn uchel yn y gawod. Boddwyd ei hudo poenus gan yr ergydion poeth. Camodd o'na, fel petai o afon bywyd, yn benderfynol o wneud ei gorau i Magw, i Pryd–. Cydiodd ei enw yn ei llwnc. Siglodd ei phen a gorfodi ei hun i feddwl am bethe eraill. Meddyliodd am y car a welodd a hwnnw ar ei ffordd i'r gwaith, sut roedd wedi codi llaw o gefn y tacsi er nad oedd yn nabod y gyrrwr yn dda. Fe fyddai pobol wrthi'n dihuno, yn codi. A ddylai hi ddechrau cnocio ar ddrysau cymdogion? Tynnodd jîns ddoe amdani. Mor wahanol oedden nhw. Teimlodd gryd yn gafael yn ei chorff a gwisgodd siwmper i gynhesu. Doedd hi ddim yn barod i ddweud wrth bobol eraill.

Safodd y tu allan i'w stafell, eu stafell nhw, a pharatoi ei hun i fynd i mewn a wynebu y cot a'r gwely gwag. Teimlai ddagrau yn pigo ei llygaid. Gwthiodd y drws yn galed a chymryd anadl ddofn. Yr unig beth a welai oedd annibendod. Dim ond dros dro roedd y plant i fod yn rhannu, tra eu bod nhw'n ailaddurno stafell Magw, ceryddodd ei hun. Doedden nhw ddim yn gwybod, cyn iddi gyrraedd, ai bachgen neu ferch fyddai hi. Rhuthrodd y misoedd cyntaf ar ôl yr enedigaeth heibio mewn cowdel o brysurdeb, a nhwythau'n ceisio sefydlu rhyw fath o rwtîn. Cofiodd mor blês oedd hi pan orfododd ei hun i wneud penderfyniad a dewis y papur wal pilipala bendigedig. Pwy ots nawr beth oedd lliw'r waliau?

Meddyliodd am eistedd. Ni allai eistedd ar ei wely e. Arhosodd ar ei thraed ac edrych i bob man ond ar ei glustog. Cropiai pry cop ar hyd sil y ffenest. Disgleiriai golau'r bore arno ac mewn breuddwyd dychmygodd Helen ôl ei draed yn y dwst. Roedd Pryderi yn haeddu gwell. Roedd Magw yn haeddu gwell. Beth petai hi'n cael dod adre y bore yma? Wnâi hi ddim mo'r tro iddi ddychwelyd i dŷ brwnt. Beth petai'n dal haint achos bod ei rhieni yn ddiofal? Meddyliodd wedyn am yr holl bobol fyddai'n dod i'r tŷ, yn deulu, ffrindiau, cymdogion, cyd-weithwyr a chydnabod. Stopiodd. Mor falch oedd hi nad oedd yn rhaid ffonio ei mam i rannu newyddion mor uffernol. Ac, eto, roedd hi'n od teimlo hynny. Teimlai hithau'n od. Llyncodd. Doedd hi ddim yn gwybod beth i'w wneud â hi ei hun. Penderfynodd dorchi llewys cyn mynd yn ôl i'r ysbyty i nôl Magw. Roedd hi'n glòs. Aeth o gwmpas y tŷ fel peth gwyllt, yn agor a chau ffenestri. Ni theimlodd yr oerfel.

Yna, aeth yn ôl i stafell y plant cyn iddi newid ei meddwl. Rhoddodd dywel glân ar y staen ar y shîten wely fel na fyddai'n rhaid iddi ei gyffwrdd na meddwl beth oedd. Stripiodd y gwely yn glou, y gwelyau i gyd, a mynd lawr staer a dechrau gwthio'r cyfan o'r golwg yn y peiriant i olchi.

Wrth lenwi'r peiriant y sylwodd ar y ci bach. Y tegan yr oedd 'Anti' Marian, ffrind Mam, wedi ei brynu i Pryderi pan gafodd ei eni. 'Ffred! O Ffred.' Daeth dŵr i'w llygaid a theimlodd bigiadau poenus yn ei thrwyn. Gwasgodd y ci clwt: rhwng ei dwylo, yn erbyn ei gwddw, ei cheg a'i ffroenau. Roedd oglau chwerwfelys arno. Candi-fflos sydd wedi bod yn rhy hir yn y ffair.

'Oes angen bàth arnot ti?'

Llenwodd y sinc ac arllwys dipyn bach o hylif i mewn. Gallai fynd â Ffred yn lân at Pryderi i'w gysuro wrth iddo gysgu. Defnyddiodd ddawns ei bysedd i gymysgu'r cyfan. Roedd eisiau gwneud y peth lleiaf hyn iddo fe. Triodd yn galed i ganolbwyntio ar unrhyw beth ond... Yn y dŵr, gwelodd Ffred yng nghot Pryderi, yn gorwedd nesaf ato, yn cael ei wasgu'n dynn yn erbyn gên Pryderi wrth iddo ei dilyn o gwmpas y tŷ, yn cysgu ochr yn ochr ag e. Yn sydyn, dechreuodd daro ei dwylo yn erbyn top y sinc, yn galed ac yn ddidrugaredd. Cawod o gesair yn taranu ar ddiwrnod dinod. Cwympodd yn gorff llipa ar lawr a chrio fel anifail. Llefodd nes bod ei gwallt yn gudynnau gwlyb, croen ei hwyneb yn batsys piws, nes ei bod yn ffaelu anadlu bron, a'i hysgyfaint a'i bola yn dost dost. Daliodd y boen ei sylw a stopiodd grio i fwynhau'r dolur. Roedd yna drymder yn ei brest a chofiodd am bwysau Pryderi ar Mam yn fabi.

Beth amser yn ddiweddarach roedd hi'n barod i drio ailafael mewn pethe, i droi ei meddwl. Aeth i'r cwpwrdd o dan y sinc a llwyddo i ddatgloi'r lats diogelwch er ei bod yn fodiau i gyd ac estyn clwtyn glân, Cif, Dettox, dwster a pholish. Roedd hi'n teimlo'n hwyrach nag oedd hi. Gwisgodd ei ffedog rhag trochi, peth na fyddai ond yn ei wneud wrth bobi 'da'r plant. Fe fyddai angen gofal arbennig ar Magw a hithau ar ei ffordd adre a dyna pam y dechreuodd y glanhau mawr yn eu stafell nhw.

'Sori. Chi 'di bod yn aros yn hir?' Dyna'r peth cyntaf a ofynnodd Helen iddyn nhw ar ôl agor y drws. A chyn aros am ateb ategodd, 'Sai 'di gorffen glanhau.'

Safai'r ymwelwyr dan do'r portsh yn bedwarawd anniben, yn cydymdeimlo â hi. Menyw fach yn y blaen, dyn talach bron wrth ei hochr a dyn a dynes dal y tu ôl iddyn nhw. Cofiodd am y ffedog a dechreuodd ei thynnu'n drwsgwl, y rhuban yn ei chrogi wrth iddi ei lusgo dros ei phen ac ar hyd ei gwallt afrosgo ac yn codi cywilydd ar Helen. Sylwodd y bwten ar hynny.

'Peidiwch â phoeni, ni 'di gweld y cwbwl, on'd y'n ni, bois? DC Evans dw i. Dyma PC Hazelby.' Bois, er mai menyw oedd un. Dangoswyd y cardiau ID yn rhy gyflym i Helen eu darllen yn iawn, hyd yn oed petai mewn stad feddyliol i'w dirnad. Gwisgai'r DC het am ei phen, a siaced dywyll gyda llabedi ar bob ysgwydd. 'Mrs Helen Morgan? 5, Sunny Road?' darllenodd.

Nodiodd Helen ei phen, wedi ei tharo'n fud.

'Geson ni drafferth ffeindio chi. *Dispatch* wedi nodi'r cyfeiriad anghywir neu fydden ni yma'n gynt. SOCO yw'r rhain – *Scene of Crime Officers. Standard procedure.* Dim byd i boeni amdano. Gawn ni ddod mewn?'

Roedd y fenyw'n llai na Helen, yn dew o gorff a'i gwallt golau wedi ei glymu. Roedd y PC yn syndod o ifanc. Doedd hi ddim yn eu hofni, ond fe gafodd sioc o weld y pedwar. Welodd hi erioed yr un SOCO, ond ar deledu.

'Sai 'di ffono'r heddlu. Oni bai bo Dafs...'

'Yr ysbyty... Dyna'r drefn pan fydd yna ddigwyddiad...'

Gwingodd Helen o feddwl beth oedd y 'digwyddiad', ond trodd ei chefn yn ufudd, gan adael y drws ar agor, a nodiodd y DC ar y lleill i'w dilyn. Roedd y ddau SOCO wedi eu gwisgo'n daclus, ond yn llai ffurfiol. Roedd bag yr un ganddyn nhw.

Aeth DC Evans a PC Hazelby ar ôl Helen i'r lolfa ac arhosodd y dyn a'r ddynes arall yn y cyntedd cul.

'Mae'n flin 'da fi unwaith eto am eich colled,' meddai'r DC gan eistedd ar gynnig Helen, ond ar ymyl y sedd. Nodiodd y PC ei ben. Eisteddodd Helen hefyd ond bu'n hir yn ateb. Yn y diwedd, cymerodd anadl fach.

'Peidiwch â bod yn neis i fi. Sai'n credu alla i –' Roedd ei llais yn torri.

'Deall yn iawn.'

Ni allai Helen ganolbwyntio wrth i DC Evans esbonio'r sefyllfa. Nawr ei bod wedi stopio'i phrysurdeb roedd y cyfan yn dod 'nôl. Gallai deimlo tonnau o banic a rhywbeth od yn ei thrwyn. Chwaraeai â'r ffedog yn ei chôl yn ddifeddwl.

Tynnwyd ei sylw gan sŵn sifflan o'r cyntedd ac edrychodd 'nôl a 'mlaen o'r lownj i gyfeiriad y ddau arall gan boeni beth oedd yn digwydd.

'Tipyn o olwg arnyn nhw, on'd o's e, yn eu siwtiau gwyn? Fel rhywbeth o sbês.' Roedd y Ditectif Gwnstabl fel petai'n trio bod yn ysgafn, i geisio gwneud pethe'n haws efallai. Ond doedd dim byd allai wneud pethe'n haws. Roedd y sefyllfa mor uffernol. Bod adre ar ei phen ei hun heb y plant amser gwaith Dafydd. A nawr y rhain, pobol ddieithr, yn gwneud eu hunain yn gyfforddus. Doedd Helen ddim yn gyfforddus o gwbwl. Ailgydiodd y DC yn y sgwrs.

'Dwi'n siŵr eich bod chi'n deall mor bwysig yw hi i archwilio unrhyw dystiolaeth tra ei bod hi'n ffres. Fydden i'n iawn i feddwl mai lan stâr oedd y plant yn cysgu?'

'Ie.' Roedd rhaid i Helen feddwl am yr ateb.

'Ac oedd ganddyn nhw bob o stafell, neu oedden nhw'n rhannu?'

'Rhannu, dros dro. Ni'n papuro stafell Magw, ch'wel.'

'A pha stafell oedd hi? Yr un ble roedd y plant yn cysgu neithiwr...'

Siaradodd Helen yn ddifeddwl i ddechrau. 'Ar dop y stâr. Ma llun trên ar y drws. Pam y'ch chi moyn gwbod?... O!' Sylweddolodd Helen beth roedd hi wedi ei wneud. 'Wy 'di bod yn cymoni!' Roedd ei breichiau'n groen gŵydd i gyd a thynnodd ei llewys i lawr. Roedd y siwmper yn pallu dod i lawr ddigon pell i guddio'r brychau oerfel. Tynnodd eto, a dechrau crynu.

'Peidiwch â phoeni, dyw glanhau cyffredin ddim fel arfer yn ddigon i wared tystiolaeth yn gyfan gwbwl.'

Rhwbiodd Helen ei breichiau a nodio ei phen. Edrychai yn bell i ffwrdd a cheisiodd y DC ei dwyn yn ôl i'r sefyllfa, gan siarad mewn llais tawel.

'Mrs Morgan, gafon ni ddisgrifiad byr o'r hyn

ddigwyddodd gan yr ysbyty. Felly, wnawn ni drafod eto sut aethon nhw mewn neu mas o'r tŷ...' Cododd ar ei thraed a mynd at ddrws y lolfa, gan amneidio ar PC Hazelby i aros wrth wneud. Clywodd Helen y gorchymyn. 'Ocê bois, lan â chi, top y landin, trên ar y drws,' meddai a dod yn ôl i eistedd.

Roedd meddwl Helen ar ras wrth iddi graffu i wylio'r ddau yn mynd gyda'u bagiau. Anghofiodd eu rhybuddio i beidio â baglu dros yr hwfer.

'Alla i ffono rhywun i chi? Ma cwmni'n gallu bod yn help.'

Meddyliodd Helen yn syth am Ner. Ond siglodd ei phen. Sut allai hi gadw rhyw fath o drefn arni ei hun petai'n gweld ei ffrind gorau?

Edrychai DC Evans o'i chwmpas. Ni allai lai na sylwi ar y teganau yn bentwr anniben yn y gornel, ar y lluniau ar y silff ben tân, rhes o lygaid gloyw yn syllu, ar y cardiau a'r blodau mewn dŵr, eu gyddfau'n sych a'u pennau'n gwywo, fel petaen nhw ddim eisiau gweld.

'Licech chi 'sen i'n gwneud dished fach, 'te?' gofynnodd yn fwy addfwyn.

'Ges i ddwy yn y sbyty. Os fydda i'n ca'l gormod o gaffîn bydda i ffaelu cysgu.' Clywodd ei geiriau ar goedd a stopio. Edrychodd ar ei dwylo, ar ei thraed. Canolbwyntiodd ar eistedd yn hollol llonydd, ei dwylo'n ddigyffro yn ei chôl.

'Fyddan nhw'n hir? Fi moyn mynd 'nôl i'r ysbyty. Fi moyn gweld Magw.'

Teimlodd y boen fel saeth wrth iddi ddweud ei henw ac aeth y gofid o gofio â'i gwynt.

'Wrth gwrs. Ry'n ni yma i ddiogelu'r dystiolaeth. Dyna'r flaenoriaeth ar hyn o bryd – er mwyn i ni gael neud ein gorau i'ch helpu chi.'

Teimlodd Helen yr oerfel yn gafael, y gwres wedi diffodd erbyn hyn. Bore gaeafol arall, 'te, meddyliodd.

Roedd DC Evans yn dal i siarad. 'Fydd rhaid i ni gloi stafell wely'r ddau fach er mwyn gwneud hynny, a gosod ffin o gwmpas y tŷ. Mae'n flin gen i godi hyn, ond falle y dylech chi ystyried symud dros dro...'

Crychodd Helen ei thalcen. Fyddai Dafydd wedi rhoi llaeth i Magw? Doedd dim angen iddi boeni y byddai'n oer yn yr ysbyty. Roedd naws oer yn y tŷ. Ystyriodd godi i gau ffenestri.

'Petaech chi'n fodlon ateb cwestiwn neu ddau, tra ein bod ni'n aros, fe fydde hynny'n lot o help.'

Handi iawn bod y bensel fach yn ffito ar ben y llyfr. Lle i bopeth a phopeth yn ei le, fel y byddai Mam yn ei ddweud. Gwingodd wrth feddwl amdani.

'Sai moyn gweud dim byd heb...' Aeth ei llais yn ddim.

'Heb gyfreithwr?' Edrychodd y DC arni'n ofalus.

'Heb Dafydd.'

Ailosododd y papur a'r bensel yn y boced ar ei brest. Edrychodd ar PC Hazelby. 'Ocê. Well i ni ffonio fe 'te, ife?'

7

Roedd Dafydd yn anfodlon iawn gadael yr un fach, ond roedd e rhwng y gist a'r pared. Bodlonodd ei hun fod Magw'n cael gofal arbenigol, ac roedd Helen ei angen, ac fe allai ei rhoi hi gyntaf am ychydig. Ym maes parcio'r ysbyty estynnodd ei fobeil. Ffeindiodd gornel dawel yng nghysgod coeden a chyflawni'r orchwyl ofnadwy o ffonio ei rieni a dechrau eu diwrnod gyda newydd i chwalu eu byd. Addawodd eu ffonio eto, cyn gynted ag y gallai. Roedd hi'r amser anghywir o'r dydd i ffonio Sera, chwaer Helen. Beth fyddai ei hymateb hi i alwad ffôn gan deulu doedd hi prin yn eu nabod bellach? Dechreuodd ddeialu rhif ffôn Ner i ofyn iddi fynd at Magw, a stopio. Roedd angen ffonio Phil i esbonio pam na fyddai yn y gwaith. Roedd cydymdeimlad y milgi hwnnw o fòs yn annisgwyl a gwnaeth hynny ei ypseto yn ofnadwy. Bu rhaid anadlu'n ddwfn sawl gwaith cyn mynd at y nesaf, Carwyn. Roedd hynny'n waeth byth: gweld yn ei feddwl lygaid caredig ei fêt yn pylu. Doedd Dafydd ddim yn becso beth o'n nhw'n feddwl, rheini welodd e'n taro'r goeden yn ddidrugaredd gyda'i ddwylo.

Cyn cyrraedd dreif y tŷ yn y tacsi cafodd ei stopio gan Jon drws nesaf yn gaglau i gyd achos y ddrama o ddihuno i weld ambiwlans a rhes o geir heddlu, pob un ar ei stepen drws mewn un bore. Roedd gan Dafydd lai nag arfer i'w ddweud wrtho. Rhyfedd oedd teimlo fel dieithryn yn ei gartre ei hun ac yntau wedi ymlâdd. Rhuthrodd Helen ato yn ei dagrau, yn holi am Magw, yn gweld bai arno am ei gadael er mai hi oedd wedi gofyn iddo ddod. Cafodd siom nad oedd eu merch fach wedi cael dod adre ac y byddai'n rhaid aros i'r doctor ei harchwilio yn gyntaf. Fe ychwanegodd hynny at yr euogrwydd, y surni oedd yn troi'n bwll tywyll yn ei stumog. Rhaid bod yr heddlu wedi gweld eu hangen am funud iddyn nhw'u hunain. Mynnodd DC Evans fynd i wneud paned iddyn nhw, tra bod PC Hazelby y tu allan yn cynorthwyo gyda'r gwaith o osod ffiniau. Bu Dafydd a Helen yn dal dwylo yn dawel, yn gwrando ar ddrysau'n agor a chau a chlindarddach llestri wrth iddi ymbalfalu mewn cegin ddierth. Roedd y ddau wedi eu bychanu gan flinder, yn ymostyngol yng nghwmni'r heddlu.

'Gliriest ti'r gwydrau gwin 'na?' Roedd popeth fel petai'n fwgan i Helen.

'Glased yr un geson ni.' Doedd yr un o'r ddau wedi cael brecwast. Dechreuodd Dafydd feddwl a ddylai drio stumogi darn o dost neu frechdan denau, a ddylai geisio annog Helen i fwyta?

'Doedd dim lot ar ôl yn y botel.' Sylwodd ei bod hi'n cael anhawster siarad, fel petai rhywbeth yn sownd yn ei gwddw. Teimlai yntau'r un pryder.

'Dou lased, 'te. Normal i Gaerfyrddin. Do'n ni ddim yn feddw.'

'A'r botel? Roiest ti hi yn yr ailgylchu cyn dod i'r gwely?'

'Helen, ma pawb yn yfed gwin – hyd yn oed PC blydi Plod.' Edrychodd arni. Fe wnâi unrhyw beth i leddfu'r boen.

'O Dafydd. Beth y'n ni wedi neud?'

'Dim byd. So ni wedi neud dim byd.' Rhoddodd ei fraich amdani a phwysodd Helen yn ei erbyn, ond methodd â ffeindio man esmwyth.

'Wy wedi ffonio gatre.' Torrodd Dafydd ar y tawelwch.

'Beth wedon nhw, 'te?' gofynnodd hithau'n fflat.

'Dad atebodd y ffôn. Fi 'di gofyn iddo fe weud wrth Mam. O'dd e moyn dod lawr yn syth, wrth gwrs, ond wedes i wrtho fe am adael pethe heddi. Galla i ddim, Helen... ddim 'to.'

'Mam druan!' Roedd Helen yn meddwl am ei theulu hithau.

'Sdim gyment o hast i gysylltu â hi. O leia gei di dy arbed rhag hynny nawr,' ceisiodd ei chysuro.

Cododd Helen ei phen a thynnodd Dafydd ei fraich yn ôl.

'Wna i ffono Sera nes 'mlaen os wyt ti moyn i fi.'

Wrth glywed ei henw, dihunodd Helen damaid bach. Crwydrodd ei llygaid at y silff ben tân a'r rhosys yn hongian yn llipa, yn pallu pipo arni. Doedd hi ddim hyd yn oed yn hoffi rhosys, a bod yn onest, er na ddangosodd hi mo hynny i Dafydd. Roedd e eisiau gwneud sioe, fflasho'r cash, ond fe fyddai'n well ganddi hi fod wedi cael bwnshiaid syml a'i amser e.

'Ti 'di gweud wrth rywun arall, 'te?' gofynnodd hi.

Siglodd Dafydd ei ben i arbed gorfod esbonio. 'O'dd Jon lan yn gynnar. 'Di clywed,' meddai'n ddifywyd.

'A neb arall? Unrhyw negeseuon eraill?'

'Dim 'to, ond unwaith fydd e ar y newyddion...' Oedodd ac edrych arni. Roedd ei chroen yn llwyd fel lludw oer a chleisiau duon o dan ei llygaid. 'O'n i'n meddwl ffonio Ner, i fynd at Magw...'

Nodiodd Helen ei phen. 'Ond mae'n helpu 'da'r Cylch bore 'ma.' Daeth y wybodaeth o rywle.

'Sylwais i ar y cardiau. Ers faint y'ch chi'n briod?' Gosododd DC Evans yr hambwrdd ar y bwrdd coffi heb arllwys diferyn o'r te poeth.

'Saith mlynedd. Shgwlwch, sai'n gweld beth sda hynny –'

Rhoddodd Helen ei llaw ar ei fraich. 'Wyth. Ni'n briod ers wyth mlynedd,' meddai'n rhwydd.

Nodiodd y DC. Fyddai hi ddim yn iawn o gwbwl i'w llongyfarch o dan yr amgylchiadau ac eto, roedd hi eisiau dweud rhywbeth i nodi'r garreg filltir.

'Chi 'di cael sawl carden...'

'Do, ni'n lwcus iawn.' Gwelodd Helen yn gwingo'n dawel wrth glywed ei geiriau ei hun. Ni symudodd wyneb Dafydd.

'Chi roddodd y blodau, Mr Morgan?'

'Ie, fi, wrth gwrs.'

Edrychai Dafydd yn syth allan drwy'r drysau patio ar yr ardd gefn. Ceisiodd weld oedd yna ryw symudiad y tu ôl i'r rhes o goed trwchus oedd wedi achosi'r fath drwbwl gyda pherchennog y cae tu ôl. Yr unig beth a welai oedd dau heddwas yn gosod tafod draig o ffin las a gwyn a chorff cadarn y Ditectif Arolygydd Clive Edmonds yn dod tuag at y drysau patio gyda bag yn ei law. Roedd wedi cyflwyno'i hun pan gyrhaeddodd Dafydd adre. Fyddai neb yn cael mynd heibio ceg y stryd heb fod cofnod yn cael ei wneud yn y coflyfr. Dywedodd y byddai'n dod i mewn i 'gael gair' unwaith y byddai'r ffin yn ddiogel yn ei lle. Fyddai hi ddim yn hir cyn bod cwmni gan y DI, tybiodd Dafydd. Roedd Jon yn y *semi* drws nesaf yn lico bod yn ei chanol hi.

'Wel, maen nhw'n hardd iawn,' meddai DC Evans drachefn.

Dwsin o rosynnau. Byddai llai na hynny'n fên. Mor ddidrafferth oedd y weithred ramantaidd oedd yn golygu cymaint i Helen. Codi'r ffôn, archebu, rhoi rhif y garden a gadael i'r dyn blodau sgwennu'r neges yn ei sgribl blêr. Gorfod sillafu 'cariad mawr' am nad oedd yn medru'r Gymraeg. Teimlai'n euog nawr iddo waredu pan glywodd y pris.

'Mae cath 'da chi?'

Am y tro cyntaf, sylwodd Dafydd ar y llyfr bach. Pryd oedd hi wedi estyn hwnnw?

'Oes, Mew, benyw fach.' Dafydd atebodd. Edrychodd yntau a Helen ar ei gilydd. Gwelodd ei hun yn y boen ar ei hwyneb.

'Gen i gi. Golden Retriever. Gallwch chi ddibynnu ar gi,' meddai DC Evans.

Nodiodd Dafydd ei ben. Roedd e'n ddrwgdybus erioed o bobol nad oedden nhw'n hoffi cathod. Gwyddai y byddai Helen yn meddwl yr un peth.

'Mae rhywbeth cysurus iawn am gath yn cysgu'n dawel ar y gwely,' meddai Dafydd.

Cytunodd y DC yn ddigon diemosiwn ond gwyddai Dafydd nad pawb fyddai'n gadael i anifail gysgu ar eu gwely.

'Chi 'di gweld y gath fach heddiw?'

'O. 'Nes i'm meddwl. Fydd hi ddim 'di ca'l ei brecwast,' meddai Helen.

'Fydd hi'n iawn,' atebodd Dafydd yn gadarn i dawelu ei meddwl, gan gofio y byddai'n annhebygol y bydden nhw yn ei gweld hi am rai oriau ar ôl y gic gafodd hi ganddo ben bore.

''Dych chi ddim wedi ei gweld hi heddiw, 'te?'

'Drychwch, ydy hyn yn berthnasol?' Roedd e'n ei chael hi'n anodd dangos amynedd. Rhoddodd Helen ei llaw ar ei goes.

'Ceisio sefydlu'r ffeithiau, dyna i gyd.'

Tynnwyd eu sylw gan y gnoc gadarn ar ddrws y patio. Agorodd DI Edmonds y drws yn ddiwahoddiad a chamu i mewn. Cododd ei law yn fud a sychu ei draed ar y mat o garped ychwanegol ger y gwydr. Gwenodd yn gynnes ar bawb ac eisteddodd yn dawel yn ymyl ei gyd-weithwraig. Rhaid ei fod wedi cyflwyno ei hun i Helen yn ei absenoldeb, meddyliodd Dafydd. Yfodd Dafydd ei de'n awchus tra bod yr hylif yng nghwpan Helen yn oeri ar y bwrdd. Nid oedd yn ymddiried yn ei dwylo rhag crynu. Ac fel yntau roedd ynddi'r nodwedd Gymreig o ochel rhag dangos emosiwn o flaen pobol ddieithr. Nonsens, wrth gwrs, o dan yr amgylchiadau hyn. Roedd yna dawelwch am dipyn bach.

Clywodd Dafydd ddwndwr i fyny'r grisiau a meddyliodd sgwn i beth oedden nhw'n ei wneud mor hir.

'Gorffennwch eich te,' meddai DI Edmonds ymhen hir a hwyr. 'Gyda'ch caniatâd chi, licen i gofnodi'r dystiolaeth ar gamera a gymrith hi funud neu ddwy i ni ei osod yn barod.'

'Falle ddylech chi wbod, fi 'di cael fy holi ganddoch chi, yn yr ysbyty. PC, ymm...' Torrodd Dafydd ar y llif.

'Dy holi?' adleisiodd Helen.

'Ni moyn gwneud popeth gallwn ni i ffindo mas beth sy wedi digwydd 'ma a ni angen eich help ar gyfer hynny. Mae siarad â'r camera yn ffordd decach o wneud pethe. Fydd pob gair yn cael ei gofnodi yn union fel y cafodd ei ddweud.' Roedd gan y ditectif lais hudolus. Teimlai Dafydd y gallai ymddiried ynddo, er nad oedd wedi cwrdd ag e cyn hyn.

'Ond ma rhaid i fi fynd 'nôl i'r sbyty. Magw fach, mae dal yn y sbyty,' meddai Helen yn sydyn a symud i eistedd ar flaen ei sêt.

'Fyddwn ni ddim yn hir,' meddai DC Evans yn gwta.

Ond cododd y DI ei law. 'Ewch chi'ch dau i'r ysbyty,' meddai'n fwyn. Edrychodd y DC arno heb emosiwn; roedd hi'n rhy broffesiynol i ddweud dim byd o'u blaenau nhw. Roedd petalau'r rhosys yn tywyllu'n gleisiau piws. Roedd ambell un eisoes wedi dechrau cwympo fel dagrau tywyll i anharddu'r silff ben tân. I bob ochr safai'r cardiau. Rhyfedd iddo feddwl ar y pryd eu bod wedi cael lot fach o gardiau yn eu llongyfarch, ond nawr edrychent yn bitw iawn, fawr i'w ddangos am wyth mlynedd o briodas. Cododd Dafydd ac estyn ei law yn dyner a chyffwrdd ym mhenelin ei wraig.

'Mae'n flin 'da fi, ond fydd rhaid i mi ofyn am eich dillad – y rhai roeddech chi'n wisgo adeg y digwyddiad,' meddai DI Edmonds.

Er ei lesgedd, teimlai Dafydd y gynddaredd yn codi, yn

rhoi egni iddo. 'Gwrandwch 'ma. Ei dad a'i fam e y'n ni –'
Tagodd ar y geiriau cyn gallu mynegi ei brotest yn iawn.

'A chi'n dystion pwysig – yr unig dystion, hyd y gwyddon
ni. Falle bod blew'r anifail wedi eu trosglwyddo oddi arno fe
i'ch dillad chi.'

Edrychodd Helen ar Dafydd yn syn. 'Anifail?' gofynnodd.

Cofiodd yntau'n sydyn a ffrydiodd y wybodaeth allan.
'Sdim sbel ers bod y lyncs yna ar goll o'r sw lleol. Ddwedon
nhw eu bod nhw wedi ei dal, wedi ei dinistrio hi. Ond...
ond, pwy a ŵyr? Falle mai dweud 'ny o'n nhw... ei ddweud,
i wneud i ni'r cyhoedd deimlo'n well, yn saff yn ein cartrefi
ni'n hunain.' Anadlodd Dafydd i mewn a mas yn ddwfn gan
geisio ymdawelu.

Ddywedodd neb ddim byd am ychydig, yna siaradodd y
Ditectif Edmonds, yn yr un llais awdurdodol.

'Dwi'n siŵr eich bod yn sylweddoli mor bwysig yw
pob darn o dystiolaeth.' Plygodd ymlaen, ei ddwylo ar led.
'Byddai'n help mawr i'r ymchwiliad petaen ni'n cael y dillad
roeddech chi'n eu gwisgo adeg yr ymosodiad.' Roedd y cais
fel pluen fach yn dechrau goglis y croen.

'Fuest ti'n clirio.' Yn y gegin, roedd Dafydd wedi mynnu
gwneud siocled poeth cyflym i fynd gyda nhw, i roi nerth
i'r ddau ar eu ffordd i'r ysbyty. Roedd Magw wedi cael ei
llaeth hi, ond deallodd nad oedd Helen wedi gallu stumogi
dim byd.

'Mmm.' Cododd Helen yr hylif i'w gwefus.

'Ma'n anlwcus, ti'mod, cadw blode 'di gwywo.'

'Sai'n ca'l nhw'n amal? O'n i moyn eu cadw nhw am bach
'to. Ta beth, dim 'na pam ddigwyddodd hyn!'

Ochneidiodd Dafydd yn boenus.

'Sdim ots 'da fi bo ti ddim yn rhamantus. Well o lawer,

ti'mod, 'mod i'n gallu dibynnu arnat ti.' Roedd ei llais yn dawel a digyffro.

Ceisiodd wenu arni. 'Reit, ti'n barod?' Rhoddodd ei law am ei braich a gan nodio ei phen gafaelodd hithau yn ei fysedd yntau. Rhoi nerth i'w gilydd oedd y bwriad, ond wrth gyffwrdd yn y croen cyfarwydd fe doddodd y ddau'n siwps ac roedd rhaid anghofio am fynd i unman am y tro.

Heddlu Dyfed-Powys
Diogelu Ein Cymuned

DATGANIAD I'R WASG

Marwolaeth anesboniadwy yng Nghaerfyrddin

Mae Heddlu Dyfed-Powys yn delio gyda digwyddiad yng Nghaerfyrddin yn dilyn ymosodiad honedig ar fachgen dwy a hanner mlwydd oed.

Yn gynnar fore Mawrth galwyd paramedics i dŷ yn Nhre Ioan a chanfuwyd nad oedd y bachgen yn ymateb.

Mae archwiliad yr heddlu i amgylchiadau marwolaeth y bachgen wedi cychwyn. Ar hyn o bryd, mae'n cael ei thrin fel marwolaeth anesboniadwy.

Anafwyd ei chwaer 5 mis oed yn yr ymosodiad ac mae hi mewn cyflwr sefydlog yn Ysbyty Glangwili.

Mae'r heddlu'n parhau gyda'u hymholiadau.

8

Roedd gwydr patrymog y drws yn stumio ei nodweddion ond nabyddodd Ner yn syth wrth y gwallt tywyll, byr a'r cudyn hir yn y cefn, y corff tal a'r ysgwyddau main. Roedd Dafydd yn falch o'i gweld ac agorodd y drws yn lletchwith.

'So ti fod yn y gwaith?' Ni wyddai Dafydd beth i'w ddweud.

'Fan hyn yw'n lle i nawr.' Roedd gofid lond ei hwyneb.

'Ti'n gwbod?' Roedd hynny'n waeth na dim.

'Glywes i, un o'r mamau wedi clywed trwy ffrind i ffrind – plisman.'

'Yn barod!' Teimlai ias yn mynd i lawr asgwrn ei gefn.

'Mae fel Armageddon ar dop yr heol. Tâp glas a fan heddlu. Y ffwl wyrcs. O'dd raid i fi roi fy enw a fy nghyfeiriad ar gyfer y llyfr mawr,' meddai Ner yn ddifywyd.

'Diogelu'r *scene of crime*,' atebodd yn awtomatig. ''Na beth yw'n tŷ ni nawr.' Cafodd lo's o ddweud y geiriau.

Gafaelodd Ner ynddo'n hyderus a'i gwtsio. Ar ôl y sioc gychwynnol ffeindiodd Dafydd ei hun yn gafael ynddi'n dynn. Roedd popeth mor ddieithr ers oriau fel bod ei phresenoldeb cyfarwydd yn gysur annisgrifiadwy, a daliodd ei afael yn dynn yn hynny gan gael moddion o'r corff cynnes. Buon nhw'n cwtsio am sbel ac roedd yr ymddihatru anorfod yn teimlo'n lletchwith.

'Shwt ma Magw?' Gwelai wrth y gwrid ar ei hwyneb i'r agosatrwydd godi cywilydd arni.

Crymodd ei ysgwyddau. 'Ni ar 'yn ffordd 'nôl 'na nawr.'

'Af i â chi.'

Nodiodd Dafydd ei ben a dweud yn orffurfiol,

'Diolch am ddod. Bydd Helen yn falch o dy weld di.'

Deallodd Ner i'r dim ac aeth yn ei blaen. Roedd yn well ganddo yntau aros yn y cyntedd. Chlywodd e'r un gair o'u heiddo, ond roedd yr wylo uchel yn ddigon i dorri ei galon.

9

Doedd e ddim yn lico'r trefniant y noson gyntaf honno. Hi'n cysgu yn yr ysbyty ac yntau'n mynd 'nôl i'r stad. Roedd hi wedi mynnu bod un ohonyn nhw'n ceisio cysgu, ac roedden nhw'n rhy fregus i ddechrau dadlau. Roedd hi wedi cael y fath siom y byddai'n rhaid i'r un fach aros mewn, er mwyn iddyn nhw allu cadw llygad arni ar ôl yr hyn oedd wedi digwydd i Pryderi. Rhaid oedd iddo fe geisio cael rhyw fath o drefn ar ei deimladau, er ei mwyn hi.

Doedd e ddim yn edrych ymlaen at orfod wynebu noson mewn lle dieithr. Roedd yr heddlu angen amser i archwilio'u tŷ nhw'n iawn. Doedd e ddim yn siŵr iawn sut y trefnwyd y to hwn uwch ei ben, ond o leiaf câi aros yn Ffordd yr Haul i gadw golwg ar beth oedd yn digwydd, a hynny trwy garedigrwydd Jeremy Powell oedd i ffwrdd gyda'r gwaith ac wedi gadael allwedd gyda'i gymydog. Doedd Dafydd ddim yn teimlo'n iawn yn diengyd o gartre Pryderi, ond rywsut roedd wedi gallu gwisgo ei ben busnes ac edrych ymlaen. Roedd yna resymau da dros ildio'r tŷ i ddwylo'r heddlu. Cyntaf i gyd y gallen nhw fwrw at eu gwaith, gorau i gyd o ran dal y bwystfil a wnaeth hyn. Câi Magw gysur mawr o gael ei mam yno, go brin y byddai'n setlo hebddi, ac roedden nhw'n gobeithio'n daer y byddai'n cael ei rhyddhau o'r ysbyty yn y bore.

Byddai Dafydd wedi gwneud rhywbeth i gael Helen yno wrth ei ymyl. Ond doedd ganddo fawr o ddewis ond cydsynio i'r trefniant a gadael cyn iddo gysgu ar ei draed. Roedd golwg mor boenus ar ei wraig wrth iddi sefyll uwchben y cot yn gwrando ar Magw'n anadlu'n drwm. Fe fyddai wedi gorfod tynnu ei bysedd fesul un oddi ar y cot a'i chario o'na dan brotest. Daeth llun i'w ben o rwygo haenen denau o groen oddi ar anaf poenus. Roedd yn ddigon i droi ei stumog.

Aeth Ner â nhw i'r cantîn yn gynharach. Doedd y bwyd ddim hanner cyn waethed ag y byddai wedi ei ddychmygu. Ceisiodd fwyta *chilli con carne* achos bod rhaid iddo. Roedd yn genfigennus o Helen yn cael gwthio omlet o gwmpas ei phlât a chuddio ei hanner o dan y letys llipa. Prynodd Ner hufen iâ yr un iddyn nhw, fel petaen nhw'n blant bach yn cael trît melys mewn parti. Roedd yn haws iddyn nhw i gyd lyncu hwnnw.

Fuodd e erioed mor luddedig, glei, er gwaetha'r ddau Coke roedd e wedi eu llowcio'n farus. Diod ddrwg na fyddai'n ei chyffwrdd fel arfer. Y blinder. Tybiai fod Helen yn teimlo'r un peth. Doedd e heb ofyn yn blwmp ac yn blaen. Roedd pob cwestiwn mor aneffeithiol.

'Wyt ti 'di blino? Wyt ti eisie diod?' Wel, wrth gwrs ei bod hi. Ond dyna ddechrau eu gofidiau nawr. Roedd rhyw gryndod ysgafn yn perthyn iddi. Roedd ei llygaid yn goch. Poenai na fyddai'n cysgu. Ond roedd y Sister newydd, oedd gryn dipyn yn fwynach na Glennister, wedi addo tabled iddi. Typical o drefn yr ysbytai, meddyliodd. Sicrhau eich bod yn cael digon o gyffuriau cryf fel na fyddwch yn poeni neb yn ystod y nos. Roedd hi'n mynnu ei fod yntau'n mynd 'nôl i'r stad i 'gadw llygad ar bethe'. Fe allai wrthod, wrth gwrs, ond roedd e'n falch i allu gwneud cymaint â hynny er ei mwyn hi.

Trueni na fyddai wedi gofyn am dabled iddo'i hun yn yr ysbyty. Ond, yna, byddai cofnod o hynny mae'n siŵr i bwyso a mesur yn ei erbyn. Ceisio cysgu fyddai'r peth call i'w wneud. Ond roedd ei ben yn llawn lluniau ofnadwy. Roedd hi'n glòs. Pryd fuodd Jeremy adre ddiwethaf i agor ffenestri? Agorodd ffenest i adael awyr oer i fewn.

Meddyliodd ddwywaith am ateb cloch y drws. Doedd e ddim yn ei dŷ ei hun wedi'r cwbwl. A doedd e ddim yn siŵr y gallai wynebu unrhyw un. Ond pan welodd amlinell y corff talsyth trwy'r gwydr, y mop o wallt oedd yn dechrau moeli, fe ruthrodd i'w ateb a derbyn coflaid y cawr mawr.

'Ddes i mor bell â'r dreif yn gynharach, ond wedyn weles i'r heddlu… Sai'n gwbod beth i weud, boi.'

Siglodd Dafydd ei ben a cheisio tywys ei ffrind i mewn, cyn i bobol eu gweld. Ond arhosodd Carwyn ble roedd e.

'Ma 'da fi gwpwl o gans yn y *pick-up* a sach gysgu. Meddwl cadw cwmni i ti – ar y soffa, felly paid â ca'l unrhyw *ideas.*'

Fe lwyddon nhw i wenu ar hynny.

Cwmni Carwyn roddodd y nerth iddo ffonio ei rieni unwaith eto. Roedd e wedi diffodd y mobeil am na allai ddioddef meddwl am y canu di-baid. Er ei bod yn hwyr, a Dafydd yn gallu eu dychmygu yn eu dillad nos, cafodd ddiawl o job stopio'i dad a'i fam rhag gwisgo a gyrru yr holl ffordd o Gaer nawr i fod yn gefn iddo. Doedd hi'n gwneud fawr o synnwyr i'w hatal rhag dod yno, gwyddai hynny. Ond rhoddodd y bai ar yr heddlu, a dweud y bydden nhw'n fwy o help ar ôl i Dafydd a Helen gael eu cartre 'nôl mewn diwrnod neu ddau a phan oedd e'n gobeithio y byddai Magw adre o'r ysbyty. Roedd ei dad yn ei flinder yn fodlon derbyn, ac ar ôl gwrando ar ei fam yn llefain o bell cafodd ganiatâd i ddweud nos da. Aeth i chwilio am rif Sera a deialu cyn iddo newid ei feddwl. Roedd hi'n fore yn Awstralia a diolchodd nad oedd y teulu wedi clywed eto. Roedd hi'n od meddwl hynny, y byddai newyddion amdanyn nhw yn cyrraedd pen draw'r byd. Doedd hi ddim yn sgwrs hir ac fe dreuliodd y ddau ohonyn nhw y rhan fwyaf o'r amser yn crio i geg y ffôn. Addawodd y byddai Helen yn ffonio pan fyddai hi'n gallu. A dyna hynny wedi ei wneud, diolchodd.

Goleuodd y lamp fach wrth ochr y gwely ac edrych o gwmpas y stafell ddieithr, yn benysgafn ar ôl y lager. Roedd e am fod yn barod petai'r peth yna yn dod 'nôl i'r stad heno i chwilio am chwaneg o fwyd. Roedd wedi nôl y gyllell fwyaf y gallai ei ffeindio o'r gegin, cyllell fara ddanheddog, a gorweddai honno ar y glustog, yn barod. Fel Bear Grylls, myn asgwrn i. Ystyriodd godi a mynd lan i'r tŷ ac i'r sied gefn i nôl ei dŵls. Sgriwdreifar, morthwyl, llif. Roedd sawl arf peryglus iawn yn segur yno. Ond roedd rhaid meddwl yn wahanol nawr. Un cam ar y blaen. Beth fyddai twrio am dŵls miniog ganol nos yn ei ddweud amdano? Pwy ots? Fyddai e byth yn anafu'r plant! A doedd e ddim eisiau styrbo Carwyn ar y soffa. Pat-patiodd y gyllell fel hen ffrind. Diffoddodd y golau ac estyn am bilw sbâr a'i ddyrnu i'w feddalu. Cwtsiodd e'n galed.

BBC Radio Cymru, newyddion wyth o'r gloch:

Fe enwyd y bachgen a fu farw yn dilyn ymosodiad yn ei gartre yn Nhre Ioan, Caerfyrddin yn ffurfiol fel Pryderi Morgan, dwy a hanner mlwydd oed.

Fe gafodd Magw Morgan, 5 mis oed, ei hanafu yn yr ymosodiad yn y cartref teuluol yn Ffordd yr Haul ddoe ac mae'n parhau mewn cyflwr sefydlog yn Ysbyty Glangwili. Fe aethpwyd â hi i'r ysbyty gan ei mam, Helen Morgan.

Dywedodd llefarydd ar ran yr heddlu:
'Fe ddihunodd Mr Dafydd Morgan yn oriau mân bore ddoe ar ôl clywed sŵn yn stafell y plant.

'Fe ddatganwyd yn swyddogol i Pryderi Morgan farw yn yr ysbyty. Mae'r heddlu'n disgwyl canlyniadau post mortem ar y corff.

'Gofynnir i unrhyw un sydd â gwybodaeth ynglŷn â'r digwyddiad gysylltu â stafell ymchwiliad Heddlu Dyfed-Powys yng Ngorsaf Heddlu Caerfyrddin ar 101. Rydym yn arbennig o awyddus i siarad ag unrhyw un oedd yn y cyffiniau adeg y digwyddiad.'

10

Daliai'r gyllell yn ei law yn barod i daro. Pwysodd ar y carn a mwynhau'r crensh wrth i'r crwstyn ddod yn rhydd oddi wrth y tost. Petai Pryderi yma nawr, fe fyddai'n ei ddwgyd, ac wrth ei fwyta, yn ei ddal yn ei ddwrn fel lolipop. Roedd 'run sbit â'i dad, roedd pawb yn dweud: mop o wallt sgleiniog fel cefn y frân mewn haul, tal am ei oed a chryf, a mewn i bob dim – ac roedd e'n fachgen bach golygus. Ie, fel ei dad eto! Aeth y crystiau i'r bin, ond llwyddodd Dafydd i fwyta. Roedd rhaid.

Roedd e wedi meddwl na fyddai'n gallu cysgu wincad ond, wir, fe gysgodd fel twrch gan ddal lan ar holl nosweithiau di-gwsg y ddwy flynedd a hanner ddiwethaf. O feddwl am ei syrthni, peth ffôl oedd mynd â chyllell i'r gwely. Ddaeth dim byd i'w styrbo a gallai fod wedi trywanu ei hun.

Doedd dim byd amdani, rhyw ddiwrnod myglyd a digon iasol yr olwg oedd hi. A bu'n rhaid i Carwyn ei wynebu ar ôl cael galwad frys peth cyntaf a gorfod mentro i'r oerfel i drwsio peipen ddŵr oedd yn gollwng. Sgwn i oedd yr heddwas ar riniog eu cartre nhw wedi cael paned gynnes? Cymerodd bip trwy'r ffenest a'i gweld hi'n cyrraedd. Gadawodd Helen i mewn i'r tŷ. Edrychai fel petai newydd fod yn mwynhau'r heulwen fwyaf bendigedig, ond yna sylwodd ar ei chroen, fel y galchen.

'Ma DI Edmonds ar ei ffordd. Pw! Beth yw'r oglau 'na?'

'Ma Jeremy yn byw 'ma ar ei ben ei hun, cofia... Mae'r DI yn dod fan hyn?'

'Odi.'

Rhoddodd gwtsh iddi ac, wedi iddynt ymryddhau, edrychodd hi arno mewn syndod.

'Do'dd e ddim 'run peth cwtsio'r pilw,' meddai yntau.

'Gysgest ti?' gofynnodd hi.

'Do, yn rhyfeddol. Ges i gwmni Carwyn, cofia… Tithe?'

'Do – ish.'

'A Magw?'

'Trw'r nos. Ond ddihunodd hi bore 'ma yn sgrechen fel, wel, fel babi, ma'n siŵr.' Roedd ei gwallt yn anniben fel bwgan brain. Mor rhyfedd iddi beidio â chymoni. 'O'dd hi'n chwith iawn ei gadel hi, er bod Ner 'na. Sai moyn bod yn hir.'

'O'n i'n meddwl falle y bydde hi 'di ca'l dod gatre 'da ti.'

'O, Dafydd, gobeitho… Ma'n nhw eisie cadw llygad. Ond fi moyn hi gatre, gatre ma hi fod.'

'Beth od–' Stopiodd Dafydd ei hun, wrth roi gweddill torth ei gymydog yn y bin, yna sylwodd fod dim bag ym mìn Jeremy. Roedd y dorth yn dechrau caledu. Byddai angen i rywun feddwl am siopa, sbo. Beth fydden nhw'n ei wneud gyda'r bwyd? Ei gadw yn y bagiau nes cael mynd adre? Gobeithiai na fyddai hynny'n hir.

'Beth?'

'Na, dim byd. Jest meddwl am – Tesco.'

Chwarddodd Helen yn sur a gwenodd yntau, er ei mwyn hi. Newidiodd ei feddwl am leisio ei ofid ar goedd bod ei ferch yn cael ei chadw'n yr ysbyty'n ddiangen. Oedd yr awdurdodau ddim yn eu trysto nhw neu beth? Ysai am gael ei gweld. Gartre oedd ei lle hi. Gartre roedd plentyn yn cael y gofal gorau, ond roedd gan y Gwasanaethau Cymdeithasol domenni o dystiolaeth i'r gwrthwyneb, mae'n siŵr.

'Ti'n meddwl dylen ni drafod… beth ni'n mynd i weud…?' Doedd Helen ddim yn edrych arno.

'Jest gweud beth ddigwyddodd, 'na i gyd.'

'A beth o'dd hynny? T'wel, sai'n siŵr iawn 'yn hunan.'

Llyncodd Dafydd ei boer. 'Cath fawr o'dd hi.'

'A ti'n siŵr?'

'Odw. Wrth gwrs bo fi.'

'Dim 'na beth wedest ti i ddechre. O, sa inne'n siŵr.'

'Wy'n gwbod,' meddai'n gadarn.

'Ond pam bo hyn 'di digwydd i ni?' Roedd ei gwefus yn crynu.

Tarfodd cloch y drws arnyn nhw.

'Wy'n meddwl tynnu'r blydi peth 'na'n rhydd pan awn ni adre.' Aeth Dafydd i'w ateb gan ddisgwyl yr heddlu. Ond Nia Thomas oedd yno, o'r ail dŷ ar y rhes deras oedd yn mynd i lawr y bryn, menyw smart yn ei phedwardegau, mewn cot a bŵts uchel, ei phen yn uchel. Roedd hon ar y ffordd i'r gwaith, swydd dda yn y Cyngor. Nid oedd yn gwenu.

'Wy'n flin iawn, iawn. Wedi gwneud hwn. Cottage pie. Meddwl bydde angen rhwbeth arnoch chi. Hanner awr yn y ffwrn. Ga i'r fowlen 'nôl pan gewch chi gyfle.'

'Diolch. A sori, am yr anghyfleustra – yn dod mewn a mas o'r clos.'

'Wy'n credu bod mwy yna heddiw – newyddiadurwyr a chwbwl. Ma Mr a Mrs Stevens yn gweud hi, ond fel'na ma rhai. Ma pawb yn deall yn iawn.' Ac roedd hi wedi troi ei chefn ac yn cerdded i lawr y rhiw, gan edrych bob ffordd wrth fynd.

'Pwy o'dd yna?' gofynnodd Helen ar ôl iddo ddychwelyd gyda bag Marks yn ei law.

'Y Nia Thomas 'na. Swper.' Rhoddodd y bowlen ar y cownter.

'O'n i ddim yn gwbod bod pobol yn dal i neud pethe fel'na.'

Ofnodd Dafydd ei fod yn mynd i golli rheolaeth arno'i hun, cymaint roedd haelioni'r weithred wedi ei gyffwrdd.

'Hmm. O's rhaid iddyn nhw fod mor blydi garedig?' gofynnodd, ei lais yn cracio.

Erbyn i DI Edmonds gyrraedd roedd Helen wedi bod ar y ffôn gyda Ner yn yr ysbyty i roi sicrwydd iddi ei hun bod Magw yn olreit. Fe ofynnodd y ditectif a oedden nhw'n barod ar gyfer y cyfweliad, er bod yr heddlu eisoes wedi holi yr un peth, pawb yn ymwybodol cyn lleied o amser a fu ers yr ymosodiad. Roedd y ddau ohonyn nhw wedi cytuno bod man a man iddyn nhw ddweud cymaint ag yr oedden nhw'n ei wybod nawr. Aeth DC Evans i osod yr uned gamera symudol, cyn i'r DI newid ei feddwl, tybiodd Dafydd. Paratôdd ei hun ar gyfer y foment fawr. O flaen y camera. Big blydi Brother, er mwyn dyn. Meddyliodd gymaint mwy moel oedd cartre Jeremy. Roedd ganddo gasgliad rhyfeddol o lyfrau. Roedd yn amlwg wrth ei fodd â nofelau hanesyddol. Symudai Helen yn anghyfforddus yn ei sêt a gwyddai Dafydd y byddai'n teimlo'n anniddig. Roedd hi'n llai cyfforddus yn tynnu llun ers cael y plant. Pam, doedd e ddim yn deall. Roedd y ddau cyn waethed â'i gilydd, yn siarad am fynd mas i redeg, ond byth yn mynd unwaith bod y plant yn y gwely.

'Bydd mwy o amser 'da fi unweth y bydd Magw yn yr ysgol feithrin,' arferai Helen ddweud.

'Falle y gallen ni ga'l rhywun i warchod weithie, mynd gyda'n gilydd,' atebodd.

Ond am ryw reswm doedd hynny ddim fel petai wedi codi ei chalon chwaith.

Doedd dim rhaid iddyn nhw edrych i'r camera, meddai'r DC, dim ond ateb cwestiynau'r ddau heddwas a hynny mor onest ag y gallen nhw. Edrychai Helen tuag at y bwrdd coffi.

'Pwy roddodd y plant yn y gwely?'

''Na gwestiwn od.'

'Dafydd!' Edrychodd Helen arno'n flin a rhoi ei bysedd trwy ei gwallt. Roedd wedi mynnu ei frwsio. Cafodd yntau gerydd ganddi am wisgo hen jîns a chrys-T o oes Adda a baciwyd ar frys. Roedd hithau'n dipyn mwy trwsiadus mewn legins du a thop â phatrwm prysur amryliw arno yr aeth ag e gyda hi i'r ysbyty y noson cynt.

'Sefydlu eich rwtîn, dyna i gyd.'

'Fi sy'n eu rhoi nhw'n y gwely y rhan fwya o'r amser.' Ffeindiodd Helen ei llais.

'Ni'n rhannu. Fi sy'n rhoi nhw'n y bàth ac yn darllen stori.'

'Dim bob nos, wrth gwrs.'

'Gan fwya.'

'Da-fydd.' Roedd cywilydd ar Helen.

'Dim ond gweud.'

Helen gymerodd yr awenau. Roedd Dafydd wedi ofni na fyddai'n dweud dim, ond cafodd ei synnu ganddi. Dywedodd sut roedd e wedi clywed sŵn yn y nos, ond nad oedd yn siŵr beth oedd, ac mai Dafs oedd yr un oedd wedi codi.

'A bod yn onest, ges i ofan ond o'dd Dafs yn grêt.' Unwaith iddi ddechrau, roedd Helen fel pwll y môr. Rhyw barablu nerfus oedd e. 'Wy'n teimlo'n wael nawr, chi'mod, wedi rhoi fy ofnau pitw i o flaen diogelwch y plant...' Stopiodd yn sydyn a dal ei llaw yn erbyn ei brest fel petai mewn poen. 'Fe neidiodd e atat ti, on'd do fe, Dafs?'

'Sai'n siŵr am neidio. O'dd e fel petai e'n hedfan. Whoosh.' Doedd ei lais ddim yn argyhoeddi. Gwnaeth arwydd dros ei ben gyda'i law. Teimlai fel ffŵl yn gwneud y fath fosiwns i lygad y camera a chwbwl.

'Hedfan, 'te. Ond welodd Dafydd e.' Ochneidiodd Helen.

'Allwch chi ddisgrifio beth weloch chi?' Roedd llais DC Evans yn bwyllog iawn.

'Wy 'di gweud beth alla i wrth PC Hughes yn yr ysbyty. Ac arwyddo'r dystiolaeth hynny. Sai'n siŵr beth arall...'

'Ni'n deall yn iawn mor anodd yw hyn ac ry'n ni wir yn gwerthfawrogi'ch cydweithrediad chi. Wy'n siŵr y gallwch chi ddeall mor bwysig yw e ein bod ni'n cael llun cyflawn a chlir.' Dyna'r llais hudolus yna eto, DI Edmonds yn eu sicrhau eu bod yn gwneud y peth iawn. Ochneidiodd Dafydd.

'O'dd e'n chwim iawn, ond yn drwsgwl ar yr un pryd... Sai'n siarad lot o sens, odw i?' O glywed ei eiriau, roedd e'n colli ffydd yn ei dystiolaeth ei hun.

'Chi'n neud yn iawn... Fedrwch chi ddisgrifio'r "fe" 'ma o gwbwl?'

'Wel... sai'n siŵr. Glywes i fe gymaint â'i weld e. Fel rhyw ddwndwr mawr ar y staer.'

Roedd yna saib hir. Ni wyddai beth arall i'w ddweud. Nodiodd DC Evans ei phen yn araf, fel petai'n rhoi trefn ar y ffeithiau. 'Ydych chi erioed wedi clywed pêl denis yn rhowlio lawr y staer? Tipyn o sŵn 'da hi, on'd oes e?' gofynnodd hi.

'Siŵr o fod. Peth od i weud.' Roedd e wedi bod yn amyneddgar. Pam holi'r cwestiynau dwl hyn?

'Meddwl, 'na gyd. Ble oedd y gath pan oedd hyn i gyd yn digwydd?'

Deallodd Dafydd a ffrwydrodd. 'Dim pws weles i, ocê! Fydde cath fach ddim yn gallu lladd bachgen bach, rhoi ei chwaer e yn y sbyty!'

Rhoddodd Helen ei llaw ar ei ysgwydd. Fe fu pawb yn dawel am ychydig.

'Gas y Sister yr argraff mai'r gath oedd wedi neud yr anafiadau hyn,' meddai DC Evans.

'Camargraff. Ei bai hi yw hynny.'

'Dyna ddywedodd eich gwraig.'

'Sai'n credu mai 'na beth wedes i.'

'Dyna sydd yma yn nhystiolaeth y Sister.'

'Sai'n siŵr.'

Synhwyrodd Helen yn crebachu wrth ei ochr. Oedd e'n dychmygu pethe, neu oedd yr heddlu'n gwrando'n fwy astud yn sydyn?

'Mae'r ffaith i staff yr ysbyty ddeall yn wreiddiol mai

cath ddomestig oedd yn gyfrifol yn golygu, o safbwynt yr ymchwiliad, na chafwyd tystiolaeth ffotograffig o'r anafiadau i'ch merch cyn glanhau a thrin y briwiau. Ni archwiliwyd y briwiau'n fanwl chwaith ac ni chadwyd y dystiolaeth.'

Bu'r pedwar yn eistedd yn dawel am dipyn bach i Dafydd a Helen gael eu gwynt atyn nhw yn dilyn datganiad y DI.

'Pryd weloch chi'r gath fach ddiwetha?' Holodd DC Evans yn dyner.

Edrychodd Dafydd a Helen ar ei gilydd.

'Est ti â brecwast iddi hi?' atebodd Helen.

'Naddo. Go brin y gwelwn ni hi. Dim tra bo'r syrcas 'na yn ein tŷ ni.' Teimlai Dafydd yn flin braidd yn gorfod cyfaddef, ond mewn gwirionedd doedd e ddim wedi meddwl am Mew tan y foment honno.

'Pam hynny?' Roedd y DC wedi tynnu ei het, ond gallai Dafydd weld ôl rhimyn lle bu'n gwasgu ar ei gwallt melyn tenau.

'Ofn pobol arni.'

'O?'

'Fel'na fuodd hi erioed.'

'A pham hynny yn eich tyb chi?'

'Gas hi brofiad cas. Pan o'dd hi'n llai.'

'Dafydd achubodd hi. Arwr y dydd.' Cydiodd Helen yn ei fraich. Edrychodd y ddau ar ei gilydd yn gyflym. Daeth y dagrau i bigo eu llygaid yn boenus.

Roedd llais y ditectif yn ddigynnwrf:

'Nid ychwanegu at eich dioddefaint yw'n bwriad ni. Ond os allwn ni ddod o hyd i beth bynnag neu bwy bynnag wnaeth hyn, rhag ofn bod yna beryg i deuluoedd eraill...'

'Beth o'dd e, Dafs?' Clywai'r ofn yn llais ei wraig.

Roedd siarad yn boenus iddo. Gwnaeth ei orau glas. 'Anifail o ryw fath... Cath weden i. Ond llawer mwy na chath neu gadno. Cath fawr neu gath wyllt–' Ni allai fynd ymlaen.

'Chi'n cofio rhwbeth arall? Ei lliw hi? Unrhyw farciau anarferol?' Eisteddai'r ditectif gyda'i phengliniau fymryn ar led.

'Tywyll. Lliw tywyll o'dd hi. A o'dd rhwbeth od amdani, fel tase rhwbeth ddim yn reit am ei llygaid hi. Eiliade, 'na gyd, ac o'dd hi 'di mynd. Weles i whisgers hir a dannedd. O'dd hi'n chwyrnu arna i'n ffyrnig.'

Dechreuodd Helen wylo wrth ei ochr. 'A Mrs Morgan, flin 'da fi holi ond wy'n siŵr eich bod chi'n sylweddoli mor allweddol yw'r dyddie cynnar yma... Weloch chi rwbeth o gwbwl?' Roedd taerineb yn llais y ditectif nad oedd yno o'r blaen.

'Na, 'mbyd.'

'Clywed, 'te?'

Edrychodd Helen ar ei gŵr.

'Do. Glywes i... rwbeth... 'na i gyd... Ond os yw Dafydd yn gweud mai cath wyllt o'dd hi, wy'n ei gredu fe bob gair.'

Sylwodd DC Evans ar ei llygaid yn fflachio. Roedd yna ddur ynddyn nhw.

'Ga i ofyn shwt y'ch chi'n meddwl ddaeth y creadur hwn i mewn? Rydyn ni wedi cynnal archwiliad manwl a sdim arwydd o neb wedi torri mewn i'r tŷ.' DC Evans oedd yn arwain.

Edrychon nhw ar ei gilydd. Daeth cysgod ar hyd wyneb Helen.

'Agorest ti ffenest, Dafs? Gest ti gawod cyn gwely, on'd do fe? Agorest ti'r ffenest?'

Edrychai Dafydd yn anghyfforddus. 'Ti sydd fel arfer yn cau ffenestri, wrth fynd i'r tŷ bach am y tro diwetha cyn cysgu. Gauest ti hi?'

'Fe wnest ti ei hagor hi, 'te, ar noson mor gythreulig o oer?' Rhythodd Helen arno'n gyhuddgar.

'Bach o awyr iach, 'na gyd, i wared y stêm.'

'Ym mis Ionawr!' Cofiodd Helen am y camera.

Suddodd Dafydd yn ôl yn ei sedd.

'Pa ffenest?' gofynnodd DC Evans. 'Allwch chi gadarnhau pa ffenest ry'ch chi'n cyfeirio ati?'

'Ffenest y stafell folchi, ontefe, Dafs?!' Roedd Helen yn gacwn.

'Ie,' cydsyniodd Dafydd yn dawel bach.

Ddywedodd DC Evans ddim gair am funud neu ddwy, dim ond eu gwylio'n dawel bach. Ni ddywedodd y naill na'r llall yr un gair i lenwi'r tawelwch.

'Alla i ddychmygu shwt ma hyn i gyd yn swno, i rywun arall. Wy'n gallu dychmygu beth fydden i'n weud tasen i'n clywed un o'r bois yn gweud y stori yma dros gwpwl o beints yn y dafarn. Sawl potel whisgi yfes i? Ha blydi ha.' Teimlai Dafydd yn sâl yn ei alar.

'Fuoch chi'n yfed?' Roedd DI Edmonds yn edrych i fyw ei lygaid.

'Naddo. Do. Glased neu ddou. Dim byd mawr.'

'Glased neu ddau o beth?'

'Gwin,' atebodd Dafydd.

'Pa win?'

'O's ots? Sai'n cofio. Ma fe yn yr ailgylchu os y'ch chi moyn gweld.'

'Mae'r gwinoedd yma'n amrywio gryn dipyn o ran eu cryfder. Weithiau, dyw rhywun ddim yn sylweddoli. Mae rhai ohonyn nhw'n *twelve, thirteen, fourteen percent* a rydyn ni'n eu hyfed nhw fel pop.' Edrychodd i fyw ei lygaid eto.

'A Mrs Morgan, sawl glased wedech chi gesoch chi?' DC Evans yn holi Helen.

''Run peth â Dafydd. Dim mwy na hanner potel. Sdim byd yn bod ar hynny.'

'A beth am gyffuriau? Unrhyw gyffuriau?' DI Edmonds nawr yn gofyn y cwestiynau caled.

'Naddo!' Doedd Helen ddim yn lico'r trywydd newydd hwn.

'A Mr Morgan?'

'Dyw fy ngwraig a finne ddim yn cymryd cyffurie. Oni bai 'ych bod chi'n cyfri parasetamol.' Ceisiai gadw'i dymer o dan reolaeth, ei lais yn llyfn ac yn rhwydd.

'Fydd rhaid i fi ofyn i chi am brawf gwaed.'

'I beth?'

'I ni gael gwbod yn iawn sawl uned o alcohol oedd yn eich system chi.'

'Ond ma'n rhy hwyr nawr, o's bosib.'

'Ydych chi'n lico glased bach o win, Mr Morgan? Bydd yfwr cyson yn storio alcohol yn y gwaed a'r organau mewnol. Gallai gymryd wythnos i'r alcohol ddiflannu'n llwyr o'r corff.'

Roedd y cyfweliad yn teimlo'n hirach nag yr oedd mewn gwirionedd a chiliodd Dafydd i'r gegin i'w gwylio nhw'n mynd trwy'r ffenest. Daeth Helen i mewn ato fel corwynt, unwaith iddyn nhw fynd, a chodi ei llaw fel petai am ei daro ar ei foch. Bonclust Branwen yn benyd iddo. Llwyddodd i'w hatal er gwaetha'r sioc. Ceisiodd roi ei freichiau amdani, i'w chysuro – i'w gysuro ef ei hun.

'Dy fai di yw hyn!' rhuodd, a'i rhu'n atseinio trwy'r tŷ.

Daeth gwawr ryfedd dros Dafydd a theimlodd fel petai'n colli gafael ar ei feddyliau a'i gorff, fel clai ar fwrdd crochenydd.

11

A oedden nhw'n helpu'r heddlu gyda'u hymholiadau? Oedden, mae'n siŵr. Doedd e ddim yn meddwl iddyn nhw eu hindro yn ystod y diwrnodau cyntaf hynny. Oedd, roedd Helen wedi glanhau, wedi golchi dillad. Ond roedd hynny'n ymateb digon dealladwy, glei. Doedd hi ddim yn gwybod ar y pryd bod yna blisman yn ei holi yntau yn yr ysbyty, bod DC, PC a dau SOCO ar eu ffordd i'r tŷ. Roedd hi'n anodd gwybod beth i'w feddwl gan nad oedden nhw'n ymwybodol o bob peth ro'n nhw wedi ei wneud a nhwythau mewn sioc.

Roedd Dafydd eisiau gorwedd yn ei wely a mynd i gysgu nes i boen affwysol colli Pryderi fynd yn llwyr, ac roedd arno angen pob tamed o egni yn ei gorff i ymladd yn erbyn y rheidrwydd hwnnw. Mor afreal oedd popeth, er eu bod wedi cael caniatâd i ddychwelyd i'w cartre eu hunain. Roedd y newydd wedi bod yn ergyd ofnadwy i'w rieni, ac roedd ei dad wedi ei daro'n wael. Roedd ei fam wedi galw'r doctor ac roedd honno wedi eu cysuro y byddai'n iawn ar ôl cael gorffwys. Roedd rhaid i Dafydd fodloni ar ffonio ei rieni am y tro.

Cynigiodd gysgu yn yr ysbyty, i Helen gael cysgu yn ei gwely ei hun. Ond roedd hi'n gwrthod gadael iddo fe wneud, yn gwrthod gadael Magw. Roedd yr ansicrwydd ynglŷn â marwolaeth Pryderi yn golygu eu bod yn orofalus o'i chwaer yn yr ysbyty nes cael canlyniadau'r post mortem, ac roedd y siom na chafodd yr un fach ddod adre'n syth yn eu bwyta'n fyw. Mynnai Helen fod yno trwy'r nos, er ei fod ef am rannu'r baich. Fel'na fuodd hi ar hyd yr amser ers geni'r plant. Fe'n ceisio helpu, a hithau'n aml yn gwrthod. Ac efallai mai hi oedd yn gall achos roedd mwy o lonydd i'w gael yn yr ysbyty, yn rhyfedd iawn. Roedd pobol yn galw, yn yr ysbryd iawn, ond roedd dal y dagrau yn ôl yn flinedig ac roedd e'n falch i weld y nos yn dod.

Newydd ddiffodd y golau oedd e pan glywodd e'r gri. Ymbalfalodd am y golau bach. Erbyn hynny, roedd wedi ei nabod – roedd Mew adre. Wedi dod trwy'r catfflap fel arfer.

'Mew!' galwodd.

A chael sawl 'miaw' 'nôl yn 'helô'.

Rhuthrodd lawr staer a dyna lle roedd hi yn y gegin. Cafodd y croeso rhyfeddaf ganddi, a hithau wedi maddau iddo'r goes gloff. Roedd Dafydd yn ddwl o falch i'w gweld, yn ei ddagrau hyd yn oed, yn difaru ei wylltineb. Agorodd dun o diwna iddi'n ddiolch. A ddylai ddweud wrth y plismyn iddi ddychwelyd? Ond roedd hi'n hwyr. Yna roedd un ar y drws a dau ar ben ffordd, yn dal i gofnodi pawb a phopeth oedd yn mynd a dod. Gan gynnwys cathod a chŵn? Penderfynodd fynd i ddweud wrthyn nhw, rhag cael ei gyhuddo o gadw tystiolaeth iddo'i hun.

Bore. Roedd yr eiliadau cyntaf ar ôl dihuno fel dechrau o'r newydd. Fe ddihunai i fyd stori dylwyth teg dywyll lle roedd y dywysoges dda a'i thywysog hardd yng nghanol anifeiliaid rhyfedd, corachod cas, cewri milain a chastiau cythreulig. Un peth oedd yn eu cadw rhag suddo i'r llaid, a chariad at Magw oedd hynny.

Roedd e'n falch eu bod yn cymryd eu tro i aros gyda hi yn yr ysbyty yn ystod y dydd. Roedd hi'n gythrel o waith perswadio Helen nad oedd angen iddi fod yno trwy'r amser ei hun, y byddai'n fwy o help i Magw petai'n gorffwys beth o'r amser. Fe wydden nhw na fyddai'n hir cyn iddi gael dod adre, a cheisiai Dafydd ei orau i ddeall hynny. Nid oedd yn siŵr y gallai ymdopi â gofalu am fabi bach. Prin oedd yr amser a gâi i siarad â'i wraig heb sôn am drafod yr hyn oedd wedi digwydd. Doedd datgysylltu'r gloch heb roi stop ar bobol wrth y drws, yn gwneud eu gorau drostyn nhw.

Edrychai wedi ymlâdd pan ddaeth trwy ddrws eu cartre, wedi bodloni y byddai Ner yn gwmni i'w babi bach hi nes bod Dafydd yn cyrraedd. Chwiliodd yntau am rywbeth i'w ddweud i'w gwneud hi'n hapus.

'Ma Mew 'nôl.'

'Mew? Odi hi'n iawn?' Daliodd Helen ei gwynt.

'Odi, berffeth iawn.'

Roedd y wên fel haul yn yr hydref. Yna roedd cnoc wrth y drws.

Aeth yr heddlu o'r tŷ, ond roedden nhw yno o hyd ar stepen drws ac ar ben 'rhewl. Fe fyddai'r ffin yn ddigon i atal rhai rhag tarfu ar eu galar, ond roedd eraill yn fwy penderfynol, fel Phil o'r gwaith. Roedd e'n syndod o barod i ryddhau Dafydd rhag dyletswyddau gwaith. Petai'n teimlo fwy fel fe'i hun byddai Dafydd wedi teimlo'n chwith fod Phil yn gallu gwneud hebddo mor hawdd. Bu'n ei ffonio bob dydd a chlywai o ansawdd ei lais y gwnâi hynny o fobeil y car. Roedd delio â'r holl gydymdeimlad yn waith anodd, er bod pobol yn dymuno'n dda.

Yn ei ffantasi fach hyll gwelai storom eira mewn pelen fregus. Cofiodd fod yn yr ysgol a gweld plu'n powlio tu allan i'r ffenest. Gallai deimlo'r cyffro o glywed y llais ar y Tannoy yn cyhoeddi bod y bysus wedi cyrraedd yn gynnar i'w cludo nhw blantos adre. Rhyddid. A hwnnw'n rhyddid annisgwyl. Gorfoledd. Dyma yntau'n rhydd yn sydyn iawn. Fe oedd wedi'i reoli gan bwysau gwaith, yn gweithio oriau unplyg. Yr unig amrywiaeth ym mhatrwm sefydlog ei fywyd oedd bod ambell ddiwrnod yn hirach na'r nesaf. Ac am ddiwrnodau i ffwrdd? Wel, beth ar y ddaear oedd rheini unwaith bod plant gennych chi? Doedd dim munud i'w gael, rhwng yr holl dasgau ymarferol oedd angen eu cyflawni bob dydd i ofalu am ddau o blant dan dair blwydd oed, a'r angen cyson i ffeindio amser i chwarae ac addysgu eich plentyn. Nawr roedd eu hymennydd yn datblygu. Nawr oedd yr amser i gywasgu cymaint o brofiadau â phosib. Tic toc, tic toc. Roedd e wedi rhoi'r gorau i geisio eistedd lawr i gael paned o de, gan na hoffai Pryderi weld Dad yn segur. Pa bleser oedd yna o warchod paned boeth pan oedd plentyn bach yn tynnu ar eich braich ac yn galw 'Dere 'mlân, Dad. Dere 'mlân, Dad' â dicter cynyddol yn ei lais? Ac, eto, rhoddai'r byd i gyd nawr i glywed y chwerthiniad bach, i gael sbort yn cicio pêl, yn chwarae gêm, i deimlo'r breichiau bach... Tagodd.

Roedd bod yno yn y tŷ yn brofiad rhyfedd iawn. Gallai eistedd faint lice fe, dim ond bod dim ots ganddo rannu'r lle â phobol eraill, pobol ddieithr. Doedd dim prinder te. Ac, eto, roedd yna deimlad o euogrwydd, y dylai fod yn gwneud rhywbeth amgenach na hyn. Roedd Helen lawer gwell nag e am ddelio gyda'r sefyllfa, cuddio'i gwir deimladau. Tybiai iddo gael maddeuant am adael y bwystfil i mewn trwy'r ffenest, ac roedd hi'n fwy sionc nag y bu. Ni theimlai yntau fel gwneud unrhyw ymdrech yn y byd. Roedd e wedi ateb eu cwestiynau nhw – y Sister yn yr ysbyty, y plisman ifanc, y ddynes honno, ar frys, o'r Adran Ddiogelu Plant, DC Evans a Ditectif Edmonds, wrth gwrs. Roedd e wedi gwylio'n ddifater wrth iddyn nhw dynnu dillad gwely'r plant, eu dillad nhw i gyd, o'r peiriant golchi, y cyfan i'w gludo ymaith mewn bagiau i'w profi mewn rhyw lab. Cododd cywilydd annisgwyl arno wrth estyn ei byjamas a diolchodd am unwaith nad oedd yntau a Helen wedi cael rhyw ers oesoedd, ers geni Magw. Aeth Helen yn benwan pan awgrymodd ei bod hi'n mynd 'nôl ar y bilsen. A phan gynigiodd e wisgo condom, fe atebodd yn ddi-flewyn-ar-dafod, 'So fe werth y risg.'

'Beth sy yn y sinc?' gofynnodd DC Evans ar y diwrnod cyntaf hwnnw. Byddai ambell gwestiwn yn dod 'nôl yn annisgwyl i flino Dafydd. Roedd yn gwestiwn a ofynnwyd eto ar gamera.

'Ffred y ci. O'n i'n mynd i hongian e mas i sychu am damed bach,' atebodd Helen.

'Ci pwy? Ci Pryderi? Oedd y tegan hwn gan y bachgen adeg yr ymosodiad?'

'Mmm.' Roedd llygaid Helen wedi llenwi eto. Gallai synhwyro iddi wneud rhywbeth o'i le.

Cofiodd Dafydd y brys yn llais y DC. 'Syr!'

Daeth Edmonds i'r golwg a dilyn arwydd ei gydweithwraig i edrych yn y sinc.

'Hoff degan Pryderi...' Esboniodd DC Evans wrth ei bòs fod y tegan ganddo yn ystod yr ymosodiad.

'Chi wedi ei olchi e?... Beth wnaeth i chi wneud hynny?' Y ditectif oedd wedi holi.

'O, sai'n siŵr. O'dd e'n frwnt. Odw i 'di neud y peth rong? Dafydd?' Roedd Helen yn llefain, fel merch fach yn yr ysgol. Y panic yn cynyddu fel ymchwydd ton. Roedd wedi rhoi ei fraich amdani, yn robotaidd braidd. Nid oedd yn gyfarwydd â dangos ei deimladau o flaen oedolion eraill – dim heb alcohol yn ei waed ta p'un 'ny. Ac roedd ei hymateb hi, yn stiff reit, wedi ei wneud yn fwy hunanymwybodol fyth. Roedden nhw ar eu pennau eu hunain erbyn iddi ddod at ei hun yn iawn, ar ôl i'w thymer dawelu, ac erbyn iddi allu esbonio iddo ei bod hi eisiau i Ffred fod yn lân, iddi gael mynd ag e i Pryderi, i'w helpu i gysgu, ac roedd hynny wedi gwneud synnwyr i Dafydd.

Ym myd hagr y chwedl, roedd y tywysog a'r dywysoges o dan warchae yn eu caer. Fe gaewyd pob drws a ffenest a gosodwyd tâp mewn cylch mawr di-lun o gwmpas y tŷ a'r ardd. Am unwaith, diolchai Dafydd fod Jon yn shwt hen drwyn ac yn ddigon digywilydd i'w ffonio ar y mobeil. Credai Jon fod gan ei gymydog hawl i wybod bod dau heddwas mewn iwnifform wedi cnocio ar y drws yn holi cwestiynau. Roedd Jon yn hapus i helpu ond roedd e'n ffaelu deall pa fusnes oedd e i'r heddlu sut berthynas oedd gan Dafydd a Helen a ph'un a oedden nhw'n cwympo mas ambell waith. 'Alli di ddibynnu arna i i fod yn gynnil gyda'r gwir. Achos ma pobol yn gallu camddeall.' A chlywodd Dafydd y glic yn arwydd bod Jon wedi diffodd y ffôn.

Pan oedd rhywbeth yn digwydd yn eich bywyd, siom yn dod ar eich traws, gallech chi wastad ddod adre i fod yn chi eich hun. Dangos eich teimladau go iawn i'ch câr a'r pedair wal. Ond dim y tro hwn, dim i Dafydd. Roedd y man preifat bellach yn lle cyhoeddus i bwy bynnag a gâi ganiatâd yr heddlu i fynd a dod. Bellach, nid wynebau cyfarwydd yn unig oedd yn landio. Teimlai fel petai unrhyw un oedd yn eu nabod, yn ffrind neu gyd-weithiwr, yn ymddangos ar y rhiniog. Er bod eu calonnau yn y lle iawn, roedd pawb eisiau eu rhan yn stori fawr y foment a diolchai i Ner benodi ei hun yn geidwad y drws. Roedd wedi cyfaddef iddi gael ei holi gan DC Evans, ac roedd galwad ffôn ar y mobeil i Carwyn yn ddigon i gadarnhau ei fod e'n un arall o'u ffrindiau a gafodd ymweliad gan yr heddlu.

Eisoes, ffilmiwyd fideo o'r man lle digwyddodd yr ymosodiad a gofynnwyd i arbenigwr anifeiliaid gwyllt ddod i archwilio'r tŷ a'r ardd. Roedd hi wedi bod yn sych ers diwrnodau ac ni fyddai hynny o help wrth chwilio am olion ar y tir o gwmpas. Bu ras i dynnu lluniau cyn y deuai'r glaw anorfod. Rhoddwyd blew anifail mewn bagiau i'w cludo ymaith a mesurwyd a thynnwyd lluniau o olion trwyn a ffroenau ar y ffenest a fu ar agor y noson honno. Os oedden nhw'n ddiogel yn eu castell, roedd y blaidd wrth y drws.

www.bbc.co.uk/newyddion

BBC Newyddion
Diweddarwyd 07.39

Mae'r heddlu yn parhau i ymchwilio i ymosodiad ar ddau blentyn gan 'gath fawr' mewn tŷ yn Nhre Ioan, Caerfyrddin.

Yn ôl llefarydd ar ran yr heddlu mae'n debygol i'r 'gath' fynd i mewn i'r tŷ trwy ffenest agored yn y stafell ymolchi – mae'r ffenest o fewn cyrraedd i do'r estyniad – ac ymosod ar Pryderi Morgan, dwy a hanner mlwydd oed, a Magw Morgan, 5 mis oed, tra'u bod nhw'n cysgu yn eu gwelyau.

'Dywed Dafydd Morgan, tad y plant, iddo weld cath fawr neu anifail arall yn dianc o stafell y plant,' meddai'r Ditectif Clive Edmonds.

'Daethpwyd o hyd i'r ferch yn crio'n boenus ac aeth y fam â hi i'r ysbyty'n syth.

'Mewn tro trasig i'r stori, roedd y rhieni'n meddwl bod eu mab yn cysgu ac aeth peth amser heibio cyn iddyn nhw sylweddoli ei fod wedi ei anafu. Pan aeth y tad i archwilio'i fab yn fanwl ychydig yn ddiweddarach fe ganfu nad oedd yn ymateb.

'Rydym yn apelio am dystiolaeth oddi wrth y cyhoedd. Does dim ots pa mor ddibwys yw'r wybodaeth, gofynnwn i chi gysylltu â'ch gorsaf heddlu agosaf.'

Mae'r baban yn parhau i gael ei chadw dan wyliadwriaeth yn

Ysbyty Glangwili yng Nghaerfyrddin. Disgwylir i'r briwiau ar ei hwyneb wella'n llwyr.

Nid dyma'r tro cyntaf i anifail gwyllt gael ei gyhuddo o ymosod ar blant wrth iddyn nhw gysgu. Yn 2002, anafwyd babi yn Swydd Caint ar ôl i lwynog ddod i mewn i'r tŷ ac anafwyd efeilliaid yn Llundain yn ddifrifol wrth iddyn nhw gysgu yn eu cot.

Cafodd merch ddiwrnodau oed ei lladd gan gi'r teulu ym Mhontyberem yn 2014.

Mae'r heddlu wedi cysylltu ag Adran Difa Pla y Cyngor.

....

Twitter.com

Newy glywed. Cwpwl cath bachgen marw – alcohol n y gwaed. #mymilyf

Pwy sy ddim? Gwobr fach Mam ar ôl d'nod hir 'da'r plant. #heddwchirbyd

Kate a Gerry eto? #katebait

Madeleine McCann mewn apartment llawr gwaelod, drws heb gloi, Mam a Dad n joio tapas 120m ffwrdd. Chware teg, Dafydd a Helen Morgan adre pan laddwyd Pryderi gan gath wyllt. #ffaithichi

Hyd n oed os o'n nhw'n feddw gaib. #mymilyf

12

Roedd Ner wedi gwneud brechdanau iddyn nhw. Llond hambwrdd mawr o drionglau ham a thiwna yn sychu yn yr awyr heb eu cyffwrdd. Roedd oglau'r pysgod yn troi ar Dafydd.

'Dda bod ganddoch chi rywun i ofalu amdanoch.' Amneidiodd DI Edmonds ar y brechdanau. Eisteddai heb dynnu ei got, y dyn prysur yn cadw golwg ar bob agwedd o'r ymchwiliad.

'Gymrwch chi frechdan?' Cofiodd Helen yn sydyn ei bod yn fenyw foesgar ar y cyfan.

'Diolch yn fawr. Maen nhw'n edrych yn flasus iawn.' Helpodd y ditectif ei hun i ddwy frechdan a bwyta un yn awchus. Estynnodd Ner blât iddo'n frysiog, yn awyddus i blesio, ond anwybyddodd ef hi a briwsioni dros ei got. Gwyddai Dafydd nad dod i rannu cinio a wnaeth, ac arhosodd am yr ergyd.

'Fe gysyllton ni gyda'r Cyngor, yr adran difa anifeiliaid, ac ry'n ni wedi gosod magl yn yr ardd gefn. Os oes bygythiad i deuluoedd eraill, i'r cyhoedd yn gyffredinol, rhaid cymryd hynny o ddifri.'

'Chi'n gweud "os" fel petai rhyw fath o amheuaeth?'

'Ar ôl hyn a hyn yn y ffôrs, mae bod yn wyliadwrus yn ail natur. Maddeuwch i mi, fedrwn ni ddim bod yn sicr o ddim byd nes bod yr holl dystiolaeth yn ei lle.'

'Ond, y post mortem?'

'Ry'n ni'n dal i ddisgwyl y canlyniadau.'

'A phryd gawn ni'r rheini? Ma 'da ni bethe i neud. Trefniade. Gweud 'tho fe, Dafydd.'

Nodiodd Dafydd.

'Ry'n ni'n deall hynny, ond yn y cyfamser mae yna dipyn

o ddiddordeb wrth y wasg, fel y gallwch chi ddychmygu. Sai eisie hel bwganod, ond fydd rhaid i chi feddwl o ddifri am beth y'ch chi'n ei ddweud wrth bobol. Mae hon yn stori fawr, mae arna i ofn.'

'Yn y papurau chi'n feddwl?'

'Ac ar newyddion y teledu, y radio a'r we. Wrth gwrs, un ffordd o roi taw ar bethe fyddai cynnal cynhadledd i'r wasg.' Roedd dwylo'r ditectif mewn pader.

'Rhoi taw ar bethe? Dyw e ddim fel tase pobol yn ein hamau ni... Odi e?'

'Dim o gwbwl. Ond mae cymaint o ddiddordeb. Ry'n ni wedi penodi swyddog y wasg.'

'Ma pobol wastad yn amau'r rhieni.' Helpodd Helen ei hun i frechdan a'i dal yn ei llaw, fel rhywbeth i'w wneud. 'Pam ma hynny? Pam bo pobol yn amau'r rhieni?'

'Yn y rhan fwya o achosion, y rhieni sy'n gyfrifol.' Cododd y ditectif ei aeliau. Datgysylltodd ei ddwylo a dangos cledrau ei ddwylo. Doedd y wep ar ei wyneb ddim cweit yn wên.

'Ond y gath...? Fe welodd Dafydd y gath.' Roedd llais Helen yn codi. Edrychodd Ditectif Edmonds arnyn nhw am amser hir. Roedd golwg onest yn ei lygaid mawr.

'Peidiwch â chynhyrfu, Mrs Morgan. Dyma'r drefn mewn ymchwiliad – beth bynnag yw'r amgylchiadau. Casglu tystiolaeth, dyna'n gwaith ni. Nid pawb sy'n gwneud cynhadledd i'r wasg. Mae'n dibynnu...'

'Dibynnu ar beth wedyn, 'te?' Ffeindiodd Dafydd ei lais.

'Nid pob rhiant sy mewn stad emosiynol i gyflawni'r dasg.'

A dyna awgrym arall na fyddai pethe'n syml.

'Wy 'di bod yn meddwl falle dylen ni ffonio'r gweinidog.' Brwsiodd Helen ei gwallt yn ffyrnig ac astudio ei hun yn y drych.

'Pwy weinidog? O'n i ddim yn gwbod 'yn bo ni'n nabod gweinidog.'

'O'dd Ner yn gweud bod dynes dda iawn yn Heol Awst.'

'Briodon ni ddim yn Heol Awst, pam fydden ni'n –' Ni allai ddweud y gair. Doedd e ddim eisiau ypseto Helen eto a hithau ar ei ffordd i'r ysbyty i godi a bwydo Magw fel y byddai'n cysgu trwy'r nos. Roedden nhw wedi cael eu cynghori i gadw ei rwtîn gystal ag y gallen nhw. Byddai'n help iddi wella. Gwyliodd ei wraig yn chwilota yn ei bag colur. Tynnodd diwb gwyrdd ohono a rhyddhau'r top. Oedd hi am drio cuddio'r cochni, olion y crio uchel gynne fach? Ni thaenodd yr hylif brown ar ei chroen a 'nôl yr aeth y tiwb i'r bag heb ei ddefnyddio.

'O'dd y *registry* yn ddigon da i ti adeg y briodas,' meddai Dafydd yn ddi-lol.

'I fi, o'dd. Fy mhenderfyniad… ein penderfyniad ni o'dd hynny. Falle fyse fe Pryderi wedi dewis rhwbeth gwahanol, ar ôl tyfu'n ddyn.' Roedd ei llais hi'n dawel iawn ond clywodd e bob gair. Gorfu iddo lyncu'n galed, sawl gwaith, i stopio'r boen rhag diasbedain o'i frest. Edrychodd o'i gwmpas yn wyllt am rywbeth i dynnu ei sylw. Meddyliodd am wisgo'i byjamas, ond penderfynodd y byddai awr neu ddwy ar y cyfrifiadur yn cadw'r meddwl yn brysur tan amser gwely. Roedd ei fam wedi cynnig helpu gyda'r trefniadau. Doedd Dafydd ddim yn siŵr beth fyddai waethaf, gorfod trefnu'r ddefod olaf i'w fab neu gael help ei rieni, druain, i wneud hynny.

'Falle dylen ni ga'l gras Duw.' Torrodd Helen ar ei feddyliau.

'Sdim Duw i ga'l.' Roedd llais Dafydd yn galed fel pridd y lawnt tu allan. Sylwodd ar geg ei wraig yn agor. Rhoddodd daw arni.

'So ti'n mynd i anghytuno? Ar ôl beth sy 'di digwydd?' arthiodd.

Atebodd Helen mohono. Aeth Dafydd yn ei flaen,

'Gallwn ni weud gweddi yn yr amlosgfa. Sai moyn meddwl amdano fe –' 'Yn y pridd' fyddai e wedi ei ddweud, petai e wedi gallu lleisio'r geiriau. Daeth curo ar y drws i'w achub.

'Ffycin hel –' Ni ddywedodd hynny'n dawel.

Clywodd lais hyderus o'r tu allan i'r stafell, 'Mae bron yn chwarter i.'

'Fydda i yna nawr.' Cododd Helen y gardigan oddi ar erchwyn y gwely.

'Ocê. Af i ddechre'r injan.' Nid agorodd Ner y drws.

'Ffycin hel,' meddai Dafydd eto.

Trodd Helen at ei gŵr. 'Ni'n lwcus iawn ohoni. Mae'n gysur mawr i fi – yn enwedig gan bo Mam ddim yma.'

Deallodd Dafydd nawr ei fod yn loes mawr i Helen na fedrodd yrru i lawr i Aberteifi i ddweud wrth ei mam drosti ei hun beth oedd wedi digwydd. Rhaid oedd iddi fodloni bod y Sister wedi gwneud hynny drosti gan wybod mai go brin y byddai ei mam wedi deall y newydd yn iawn. Roedd wedi ffonio nes 'mlaen ac roedd Mam wedi bwyta cinio. Roedd bywyd y Cartref yn mynd yn ei flaen.

'So ni'n ca'l lot o amser i ni'n hunen chwaith.' Gwyddai mor blentynnaidd oedd y geiriau ond ni allai rwystro'i hun.

'Dim ers blynyddo'dd.' Gwenodd Helen yn goeglyd gan lapio ei hun yn y gardigan hir. 'Ond bydd rhaid i ni drafod, cyn y gynhadledd i'r wasg.'

'So ni 'di cytuno i ddim byd 'to.' Roedd Dafydd rhwng dau feddwl.

'A shwt fydd e'n dishgwl os wrthodwn ni? Bydd rhaid i ni drafod beth y'n ni'n mynd i weud.'

Ddywedodd Dafydd ddim byd. Beth oedd e'n mynd i'w ddweud ond y gwir?

'Wy'n mynd.' Trodd Helen ato'n ddisgwylgar. Roedd wedi dechrau gwisgo mwy o golur nag yr arferai ei wneud ac, yn annisgwyl, fe ddaliodd Dafydd ei hun yn ei hedmygu hi am geisio rhoi wyneb ar y drasiedi.

'Reit-o,' atebodd yntau.

'Caru ti.'

'Caru ti 'fyd.'

'O't ti ddim yn mynd i weud e. Ni wastad yn gweud "caru ti" ar ddiwedd y dydd.'

Gallai weld y dŵr yn dod i lygaid ei wraig. Gwnaeth ymdrech fawr i godi ei hun o'i lesgedd. Gafaelodd ynddi, un fraich ym mhob llaw, fel athro ar fin rhoi cerydd.

'Caru ti. Ocê?' A rhoddodd gusan ar ei phen.

Ar ôl iddi fynd eisteddodd ar y gwely. Cofiodd nad oedd *charge* ar ei ffôn ac estynnodd y *lead* o'r cwpwrdd bach a'i gysylltu i'r mobeil. Ar ôl ychydig goleuodd y ffôn; aeth i'r 'Inbox', chwilio am negeseuon Ner a dileu pob un.

13

Lai nag wythnos yn ôl, fe fyddai Dafydd wedi gwrthod ar ei ben. Ond wedyn, bellach, doedd dim byd fel ag yr oedd. Doedd e ddim yr un un. O glywed bod seicolegydd yn dod i'r tŷ i siarad â nhw, byddai'r hen Dafydd wedi dweud 'ta-ta' chwim, cau'r drws yn go glou a mynd mas am wâc. A gadael Helen i sgwrsio – os oedd hi'n benderfynol o wneud. Ond nawr teimlai fod dyletswydd arno i aros. Allai Helen ddim bod ei hun â Ner yn yr ysbyty, roedd yn rhaid iddo fod yno i reoli'r sefyllfa.

DI Edmonds awgrymodd y peth, wrth gwrs. A gallai hyd yn oed dyn pengaled fel Dafydd weld bod angen help arnyn nhw erbyn hynny. Roedd eu meddyliau ar chwâl. Roedd yr hen rwtîn yn rhacs jibidêrs. Roedd hyd yn oed y pethe roedd rhywun yn eu cymryd yn ganiataol – fel bwyta a chysgu – wedi mynd i'r gwynt.

Roedd ymateb Helen o glywed geiriau'r Sister yn un esiampl.

'Mae'n meddwl y bydd Magw'n ddigon da i ddod adre, unwaith daw canlyniadau'r pm,' meddai Dafydd wrthi. Doedd e ddim yn siŵr beth roedd e wedi disgwyl iddi ei ddweud, beth fyddai ei hymateb i'r newydd y câi eu merch fach ei rhyddhau o'r ysbyty o'r diwedd. Roedd Helen wedi edrych arno mewn sioc, fel petai'r newydd yn gwbwl annisgwyl. Roedd e'n methu deall y peth. Daeth canlyniadau'r profion gwaed arnyn nhw yn ôl ac roedden nhw'n 'normal'. Onid oedd hi'n falch? Wrth gwrs ei bod hi'n falch. Gwyddai wedyn fod y ddau ohonyn nhw'n ofni nad oedden nhw'n barod mewn gwirionedd, na fydden nhw'n gallu ymdopi. O gofio beth oedd wedi digwydd i... Stopiodd ei hun. Anadlodd. Achos yr hyn oedd wedi digwydd, byddai rhywun yn dychmygu na fydden nhw eisiau gadael Magw o'u golwg byth eto. Ond roedd eu hemosiynau yn fwy cymhleth na hynny. Ac roedd yna gysur yng ngofal yr ysbyty. Daliodd ei hun: fe... yn meddwl am 'emosiynau'... Doedd dim nerth gan yr un ohonyn nhw i feddwl ymhellach na'r noson honno.

Dyw hi ddim rhy ffôl. Dyna'r peth cyntaf feddyliodd e pan gerddodd Jane Lewys trwy'r drws. Roedd hi ychydig yn hŷn na nhw, yn ei phedwardegau hwyr, roedd e'n tybio. Roedd ganddi wallt at ei hysgwyddau, lliw llygoden. Trwyn main. Ambell grych. Yr hyder i ysgwyd llaw yn gadarn a syllu i fyw eich llygaid. Roedd ganddi gylchoedd tywyll o dan ei llygaid a hynny'n arwydd efallai fod ganddi blentyn neu blant oedd yn ei chadw hi ar flaenau ei thraed. Twymodd ati'n syth. Roedd Helen fel cnonyn aflonydd ac edrychai i bob cyfeiriad.

Ar ôl eistedd, a gwrthod paned, esboniodd ei bod yn gweithio fel seicolegydd trawma i'r Ganolfan Seicoleg Mewn Argyfwng ers bron i ugain mlynedd a hynny yn ynysoedd Prydain a thramor. Roedd wedi gweithio ar achosion di-ri – nifer ohonynt yn gyfarwydd i Dafydd a Helen, gan gynnwys yr ymosodiad ar Ganolfan Fasnach y Byd. Nid am y tro cyntaf, fe drawyd Dafydd at ei fêr gan y manylyn hwn. Mor fawr roedd dau bysgodyn bach fel nhw'u dau wedi tyfu ers y drychineb. A chafodd ei hun yn sythu yn ei sêt yn ddiarwybod iddo'i hun, rhywbeth a nodwyd yn syth gan Jane Lewys.

Dechreuodd hi trwy ofyn iddyn nhw feddwl am bethe bach bob dydd, y pethe normal yn eu byd nhw: pwy oedd yn eu teulu nhw? Pa ffrindiau oedd yn rhan o'u bywyd cymdeithasol? Beth oedden nhw'n ei wneud i ymlacio? Roedd Dafydd mor sicr na fyddai ganddo unrhyw beth i'w ddweud wrthi. Ond roedd yn dechrau deall na allai fod yn benstiff heb reswm mwyach, a hynny er eu mwyn nhw i gyd.

'Sai'n gwbod ble ma dechre,' meddai Helen ar ôl amser hir.

'Pwy weloch chi ddoe?'

'Www, sai'n siŵr. Ma cymaint o fynd a dod 'ma. A bydd rhieni Dafydd yn dod unwaith fydd Magw adre... Ma tad Dafydd wedi ca'l pwl, ma'r newyddion, wel...'

'Daeth Mrs Ifans â bara brith.' Llenwodd Dafydd y tawelwch. Byddai siarad am garedigrwydd ei fam, ar y ffôn bob dydd, yn ddigon iddi fynd yn nos arno.

'O, do 'fyd. Ma pobol mor garedig. Caserol fan hyn, cawl cartre fan 'co – a teisenne... o'n i ddim yn gwbod bod pobol mor gymwynasgar. Ond y peth yw, sai moyn dim un o'n nhw.'

'Mae fel mynd 'nôl mewn Tardis i oes Mam-gu.' Roedd ei lais yn fflat ac ôl straen ar ei lwnc.

'Yn gwmws,' gwenodd Helen, gan gofio eu bod nhw'n arfer lico gwylio *Doctor Who* ar nos Sadwrn.

'Sai'n credu bo fi erioed wedi siarad cymaint â fy chwaer yng nghyfreth ar FaceTime,' meddai Dafydd.

Crychodd Helen ei thalcen arno. Aeth ymlaen i sôn am Ner, oedd 'wedi bod yn bart o'r teulu ers, wel, ers... Ry'n ni'n trio mynd i'r Clwb Gwawr unweth y mis, ond dyw e ddim wastad yn bosib achos gwaith Dafydd.'

Gofynnodd Jane a oedd yntau'n mynd mas weithiau, a chafodd Dafydd ei hun yn rhannu hanes ei nosweithiau pump bob ochr, fel tasai e'n rhyw Gareth Bale, wir.

O dipyn i beth gwrandawodd ar Helen yn dweud wrth y ddynes am ei mam yn yr ysbyty yn Aberteifi, am y penderfyniad dirdynnol a orfodwyd arni gan ddementia. Fe allai fod wedi ei symud i Gaerfyrddin, yn agosach ati hi. Ond yna fe fyddai ei mam yn colli gweld ei thylwyth a'i chydnabod yng ngwaelod y sir oedd wedi mor dda iddi. Clywodd y cryndod yn llais Helen wrth iddi rannu hynny.

A'r sylw'n troi ato fe, wedyn, ei waith a'i deulu... Doedd e'n dal ddim yn teimlo bod ganddo ryw lawer i'w ddweud wrthi, na bod llawer o fudd o'i ran ef, ond roedd e eisiau trio, er mwyn Helen. Roedd y bêl fawr o falchder oedd wedi ei arbed rhag rhannu pethe yn y gorffennol wedi dechrau crebachu. Roedd e'n fodlon trio rhywbeth i'w cael nhw 'o fan hyn', fel yr arferai ei dad ddweud. Buon nhw'n siarad am yn hir, nes ei fod e'n barod i rannu ei ofid mawr, nad oedd pwrpas bellach i ddim byd.

'Ddaw e ddim 'nôl, ch'wel.' Siaradai Dafydd yn ei lais mwyaf difrifol, gan wneud ei orau i beidio â thagu ar bob gair. 'Newch chi ddim ffeindio mas mai camgymeriad mawr oedd y cwbwl. Mai plentyn rhywun arall sy 'di marw. Ma fe wedi mynd. Am byth. A sdim neb yn gallu newid hynny.'

Delwodd Helen wrth ei ymyl.

'Dim bo fi'n dymuno hyn ar neb arall. Wy'n teimlo'n ofnadw –'

Esboniodd Jane ei bod hi'n deall, ac nad newid hynny oedd ei bwriad. Roedd hi yno i geisio rhannu eu teimladau nhw ac i newid y ffordd roedden nhw'n teimlo am golli Pryderi.

Chwarddodd Dafydd yn uchel trwy ei drwyn. Roedd e'n barod i weiddi, i anelu ergyd at rywbeth. Achubodd Helen y blaen arno.

'Euog,' meddai llais bach wrth ei ochr. 'Tasen i yna, fydde fe ddim wedi digwydd. Tasen i 'di gorffen addurno fydde'r ddau ddim yn y stafell yna o gwbwl.'

'Fydde Pryderi yno,' ychwanegodd Dafydd, gan ryfeddu iddo lwyddo i ddweud ei enw heb i bethau fynd yn drech nag e.

Aeth Helen yn ei blaen. 'Tasen i 'di cau'r ffenest... Tasen i 'di gofalu ar ei ôl e, fydde 'nghariad annwyl i yma nawr.'

'Fi agorodd hi,' ceisiodd ei chysuro.

Ddywedodd neb ddim byd am funud neu ddwy.

'Chi'n gwbod beth dw i'n ei weld?... Teulu normal, teulu cariadus.' Llais Jane Lewys.

Teimlodd Helen yn ymlacio wrth ei ochr. Arafodd curiadau ei galon yntau. Hyd yn oed gan ddynes ddieithr, roedd hynny'n meddwl y byd.

Wrth gwrs, roedd hi am wybod am y ffenest. Beth oedd Helen yn ei feddwl am 'gau'r ffenest'. Gorfodwyd i'r ddau ohonyn nhw gyfaddef, rhwng ei gilydd, sut a pham roedd y gath wedi gallu dod i mewn. Roedd fel cyfaddef i'r prifathro – ond bod y profiad hwn ganwaith gwaeth o gofio'r hyn ddigwyddodd o ganlyniad i'r weithred. Os oedden nhw'n disgwyl stŵr gwaethaf eu bywydau, ni ddaeth. Gorfododd Jane iddyn nhw feddwl yn rhesymegol am yr hyn roedden nhw'n ei ddweud. Ceisiodd wneud iddyn nhw ddeall bod pethe'n digwydd weithiau, ar ein gwaethaf ni, yn drasiedïau bach a mawr. Oedd, roedden nhw'n gwbwl, gwbwl annheg, a phetaen ni'n gallu mynd 'nôl mewn amser bydden ni'n sicrhau y bydden ni a'n ceraint fil o filltiroedd i ffwrdd, ond roedden nhw yn digwydd, wedi digwydd, ac nid oedd beio ni'n hunain am weddill ein bywydau yn help o fath yn y byd i neb.

'Pwy sy'n dod i'r tŷ ar hyn o bryd i'ch helpu chi?' gofynnodd Jane, gan ddod â'r drafodaeth 'nôl at y presennol.

Rhestrodd Dafydd y prif gyfranwyr.

'Wel, y tro nesa fydd rhywun yn cynnig paned i chi, gwrthodwch, dwedwch "na" wrthyn nhw.' Roedd y ddau'n synnu at hynny. 'Ar hyn o bryd mae'n teimlo fel tase'r byd ar eich ysgwyddau, yn eich gwasgu chi i lawr ar y sedd. Ond peidiwch â theimlo bod yn rhaid i chi wneud y cyfan ar unwaith. Dechreuwch trwy godi i ferwi'r tegell a gwneud paned o de drostoch chi eich hun.

'Bydd Magw angen i Dad a Mam fod yn barod i ofalu

amdani pan ddaw hi mas o'r ysbyty. Rhaid i chi ddechre trwy ofalu amdanoch chi eich hun ac edrych 'mlaen.'

Bu'r ddau'n ymostyngol yn eu poen. A doedd dim brys ar Jane Lewys nes i Helen droi ato fe a dweud ei bod hi eisiau mynd i'r ysbyty. Cytunodd Dafydd i fynd â hi ar un amod: roedd yn rhaid iddi fwyta rhywbeth bach yn gyntaf.

Cafodd Helen dabledi gan yr ysbyty i'w helpu hi i gysgu, ond yn nrôr y cwpwrdd y bu'r pecyn bach o bils rhyfeddol heb ei agor, a hynny o achos Magw. Fe fyddai'n well ganddi fethu cysgu'r nos na'i bod yn methu dihuno petai ei babi bach yn galw amdani. Bu Dafydd yn simsanu wrth dwrio yn y drôr y noson honno, a chanddo ben tost uffernol ar ôl cyfaddef cymaint wrth Jane Lewys. Ond roedd e'n falch yn y bore iddo ymatal achos roedd y pethe hynny wastad yn gadael eu hôl. A fyddai e ddim wedi dymuno pen clwc, fel y digwyddodd hi. Gyda'r wawr daeth Ditectif Edmonds â chanlyniadau'r post mortem. Roedd Pryderi wedi marw achos bod ei galon wedi stopio. Ond beth barodd hynny mewn un mor ifanc, ni allai'r un prawf ddweud i sicrwydd.

14

Doedd Dafydd ddim yn meddwl ei fod yn cofio cofleidio ei dad, hyd yn oed fel plentyn. Ond dyna'r peth cyntaf wnaeth e pan ddaeth Edward a Ruth trwy'r drws. Nawr bod ei dad yn ddigon da, roedd wedi mynnu dod o Gaer yn blygeiniol o gynnar, ac yn edrych yn drwsiadus, fel arfer. A'r gwaethaf o'r holi a'r ymchwilio ar ben, teimlai y gallai wynebu cydymdeimlad ei rieni. Synnodd ei hun mor falch oedd o'u gweld. Ac ar ôl y don fawr o emosiwn a ddaeth i mewn trwy'r drws yn eu sgil, fe gafodd Helen ac yntau gryfder o'u presenoldeb. Wedi cyfnod i ddod atynt eu hunain ar y soffa, roedd Helen ar bigau i fynd i'r ysbyty i nôl Magw a derbyniodd gynnig ei dad a'i fam i ddod gyda nhw yn gefn. Arhosodd Ner yn y tŷ i dwtio a chynhesu *lasagne* llysieuol un o fenywod y Cylch.

Roedd y Sister dan deimlad wrth drosglwyddo Magw iddyn nhw.

'Gofalwch ar ôl eich hunain,' meddai, gyda gwên gam ar ei gwefus yn dal y dagrau 'nôl.

Byddai'r hen Ddafydd wedi ei cholli hi – wrth gwrs y byddai eu merch yn cael pob gofal. Ond daeth o hyd i ryw gryfder o wybod y byddai'n dad unwaith eto. Roedd yn edrych 'mlaen at gael pwrpas i'w ddiwrnodau, at gael rheswm dros ei fodolaeth.

Pigo ar y *lasagne* wnaeth Edward amser cinio. Roedd e'n ddyn cig a llysiau. Ond ar ôl holi am enw i'r 'peth piws a gwyrdd anarferol' a'i gael – 'aubergine' – roedd gan Ruth y cwrteisi i ddatgan bod y pryd yn 'neis iawn'.

'Well gen i *lasagne* mins,' cytunodd Dafydd.

'Dafydd! Ma rhywun wedi mynd i lot o drafferth er ein mwyn ni.'

'Wy'n gwbod. Jest gweud, 'na i gyd.'

Roedd rhywbeth cysurlon iawn am glywed cerydd ei fam a chyfnewid gwên slei gyda Helen o'i achos. Roedd hi wrth ei bodd gyda Magw yn ei breichiau. Roedd Ner wedi mynnu mynd adre, iddyn nhw gael llonydd fel teulu.

'Mae croeso i chi aros heno.' Synnodd at ei eiriau ei hun gan nad oedd wedi trafod y peth gyda'i wraig.

'Na. Ni'n iawn yn y B&B, diolch yn fawr i chi.' Ei dad atebodd, gan sythu ei wallt llwydaidd yn ôl i guddio unrhyw foelni.

'A beth am eich cefn?'

'Ma 'nghefn i'n syndod dyddie 'ma.'

'Digon da i gario bag golff mawr ta beth,' ategodd ei fam. Roedd hithau'n dal i liwio ei gwallt er mwyn ceisio cwato'r ffaith ei bod yn heneiddio.

'Ma'r golff yn help, Ruth. Faint o weithie...?'

Gwenodd Dafydd a Helen ar ei gilydd. Aeth pawb yn dawel am dipyn bach. Edward oedd y cyntaf i agor ei geg.

'Chi 'di meddwl am y trefniadau?' Doedd hyd yn oed e ddim eisiau dweud y gair 'angladd'. 'Nawr bo canlyniadau'r post mortem mas sdim rheswm pam na allwch chi fwrw 'mlaen.'

'So ni 'di ca'l lot o gyfle i drafod, y'n ni, Helen?'

'Na.' Roedd Helen yn canolbwyntio ar ddal bysedd Magw yn ei bysedd hi ei hun.

'Preifet licen i,' meddai Dafydd.

'Call iawn,' cydsyniodd ei dad.

'A beth amdanoch chi, Helen?' Ruth oedd yn gofyn gan ddal *serviette* papur i'w cheg yr oedd wedi ei ffeindio yng nghefn rhyw ddrôr.

Cliriodd Helen ei gwddw a dweud mewn llais bach, 'Licen i ei gladdu fe.'

'Ma Helen yn gwbod bod dim gweinidog 'da ni wrth gwrs.' Roedd Dafydd yn gadarn ei farn.

'Ie, wel, wy'n siŵr y bydde modd trefnu hynny. Ma rhywun yn nabod rhywun, on'd o's e, Ted?' Rhoddodd Ruth ei llaw yn gysurlon ar ben-glin Dafydd.

Agorodd Dafydd ei geg, ond achubodd Edward y blaen arno. 'O, o's. Ma rhywun wastad yn nabod rhywun.'

Newyddion Cymru
Diweddarwyd 3:47

Cafodd angladd y bachgen o Gaerfyrddin a fu farw ar ôl ymosodiad honedig gan 'gath' ei gynnal heddiw.

Fe gafodd Pryderi Morgan, dwy a hanner oed, ei gladdu mewn seremoni breifat yn y dre. Mynychwyd y gwasanaeth gan deulu a ffrindiau agos yn unig.

Mae'r heddlu'n dal i ymchwilio i'r ymosodiad ar Pryderi Morgan a'i chwaer Magw. Fe gafodd Magw, 5 mis oed, ei rhyddhau o Ysbyty Glangwili ar ôl triniaeth i anafiadau i'w hwyneb a'i braich. Yn ôl canlyniadau'r archwiliad post mortem fe fu'r bachgen farw o achosion naturiol ar ôl trawiad ar y galon.

'Rydym yn dal i apelio am unrhyw wybodaeth a allai fod o help i ddatrys yr achos hwn,' meddai DI Clive Edmonds sy'n arwain yr ymchwiliad. 'Rydym yn pwysleisio nad oes peryg uniongyrchol i'r cyhoedd yn dilyn yr ymosodiad.'

15

Cnoad annisgwyl gan chwannen, mor ddisymwyth oedd e.
A'r marcyn pen pìn yn gwrido ac yn chwyddo'n lwmp, fel
petai yna dywarchen fechan yn twrio o dan y croen, nes bod
pawb yn gallu ei weld. Ac felly y buodd hi iddyn nhw.

Fe ddechreuodd yn ddirybudd: gair caredig gan y Ditectif
Clive Edmonds, oedd wedi bod mor ddynol yng nghanol
ei broffesiynoldeb, nes iddyn nhw yn eu galar ddechrau
meddwl amdano fel ffrind. Yna, ymddangosodd yr erthygl,
erthygl fach yn y *Guardian*, yn gofyn yn hytrach na dweud.
Roedd yr erthygl yn gofyn yr hyn na feiddiai'r un person call
ei holi, a'r cwestiwn hwnnw oedd 'Beth os?'

Roedd DI Edmonds wedi dweud wrthyn nhw mai'r
rhieni oedd fel arfer yn euog mewn achosion o gam-drin
plant. Roedd yna ddeddf i ddiogelu plant. Ac eto, roedd
yna achosion adnabyddus lle doedd neb yn meiddio holi yn
gyhoeddus: ble oedd y rhieni pan gafodd y plentyn ei gipio?
A fyddai'r plentyn wedi mynd i'w dranc petaen nhw yno'n
darparu'r gofal y dylen nhw?

Ac efallai fod hynny'n swnio'n od o gofio'r hyn
ddigwyddodd wedyn, ond feddylion nhw erioed... Wel,
roedd ganddo fe – ganddyn nhw – bethe amgenach ar eu
meddyliau, fel bodlondeb eu merch. Roedd Magw'n fyw
ond ni allai Dafydd afael ynddi. Ei ferch ei hun! Rhag ofn
iddo ei gollwng, rhag ofn iddi gael niwed yn ei ofal. Roedd
hi'n fwy eiddil iddo nawr na phan oedd hi'n fabi bach, yn
gynnes o'r groth.

Unwaith iddo ei gweld mor bitw mewn ysbyty, fe beidiodd
â bod yn dad iddi hithau hefyd, y tad oedd e cyn y drasiedi.
Efallai fod hynny'n swnio'n beth od i'w ddweud. Ond wedyn,
roedd rhai bob amser yn chwilio am ryw ddrwg yn y caws.

Doedd yna ddim tystiolaeth gadarn i gadno neu gath fod yn agos i'r lle, ond nawr roedd yna flaidd oedd yn bygwth chwythu eu tŷ o wellt yn ffliwcs.

The Guardian, Chwefror 2018

Ai cath laddodd Pryderi Morgan mewn gwirionedd?
gan Seren Wilkinson

Cathod yng nghefn gwlad? Piwmas yn ein pentrefi? Os oes yna greaduriaid gwyllt o'n cwmpas ni, ble maen nhw, 'te?

Maen nhw'n byw ar ein rhostiroedd ac yn ein coedwigoedd ers canrifoedd, meddai rhai. Ond ble mae eu cyrff nhw, dwedwch? Gafodd pob un ei gladdu mewn angladd barchus?

Mae'r rhai sy'n credu ym modolaeth y creaduriaid mytholegol hyn yn disgwyl i ni lyncu'r ffaith ein bod wedi cyd-fyw yn ddigon bodlon. Eithriadau… Ambell ddafad goll oedd yn credu ym modolaeth yr anifeiliaid gwyllt hyn… nes y newyddion am yr ymosodiad ysglyfaethus, hynny yw.

Nawr, mae yna dro trasig yn stori'r ymosodwr rhyfeddol hwn. Mae'r bwystfil honedig wedi troi ei gefn ar ei brae arferol ac wedi ymosod ar ddau o blant bach gan ladd un ohonyn nhw. Ac, unwaith eto, nid oes tamed o dystiolaeth i gefnogi hyn – wel, ar wahân i ambell flewyn strae ac argraff o rimyn o drwyn ar wydr ffenest y drws… efallai.

Onid yw hi'n bryd dechrau byw yn y byd go iawn a wynebu'r ffaith bod yna rai sy'n fodlon credu yn unrhyw beth – hyd yn oed y Loch Ness Monster?

Oes yna dystiolaeth fforensig neu ganlyniadau awtopsi pendant i gefnogi'r honiad yr ymosodwyd ar Pryderi gan anifail?

Neu oes yna wirionedd mwy erchyll wrth wraidd y stori hon am fachgen bach sydd wedi marw?

....

16

Hi oedd y traed. Hi oedd y dwylo. A hi oedd y pen balŵn yn y ffotograff o'r parti pen-blwydd, meddai'r hen hysbyseb. Yn ei chanol hi, bob amser, ond byth yn ganolbwynt. Roedd y neges yn glir: unwaith eich bod chi'n fam, er gwaethaf eich holl ymdrechion, mae'r ffocws wastad ar y plentyn. Fel'na ddylai hi fod, oedd neges yr oes.

Ond roedd pethe wedi newid i Helen, gwelai Dafydd hynny. Roedd rhywun wedi rhoi pìn siarp yn y falŵn a datgelu wyneb ei wraig yn ei holl ogoniant a'i hansicrwydd. Yn y cartre, yn yr ysbyty, wrth fynd a dod o'r tŷ, roedd yna ddiddordeb ynddi. Roedd llygaid y wlad arni: roedd hi wedi ei dyrchafu'n berson o bwys. Ni allai fentro dros y rhiniog heb frwsio'i gwallt neu roi cot ddydd Sul dros dop a legins. Sylwodd arni'n golchi ei gwallt a chymryd amser i'w sychu, ac roedd wedi estyn y *straighteners* a fu yn y drôr ers eu cael. Roedd hi fel briallen fach, yn mentro allan o'r pridd, a thybiai efallai fod rhan ohoni oedd yn dechrau mwynhau gwres yr haul.

Diolchodd Dafydd am hynny ar ddiwrnod fel hwn oedd o'u blaenau.

Dihunodd â phen tost y bore hwnnw, bore'r gynhadledd i'r wasg – os mai dihuno roedd rhywun yn ei wneud ar ôl noson o droi a throsi, o glustfeinio a gweld siapiau yn y tywyllwch, goleuo'r cloc i weld faint o'r gloch oedd hi a chyfri sawl awr oedd i fynd nes y byddai hi'n bryd codi. Pipiodd trwy'r ffenest ar yr olygfa ar waelod y rhiw. Oedd yna fwy ohonyn nhw na'r diwrnod cynt?

Teimlodd ei ben yn corco a chofiodd am y noson cynt. Roedd wedi methu mynd i brynu gwin ers cyn y noson honno, a chan ei fod yntau a Helen yn yfed wrth iddyn nhw

brynu, doedd dim byd amgenach ar ôl yn y cwpwrdd gwin
na photel o *mulled wine* a rhyw *liqueur* Cymreig amheus
yr olwg oedd ar ôl ers Nadolig flynyddoedd 'nôl. Diawl,
roedd syched arno. Ystyriodd eu hagor. Yna, cofiodd am
Jon. A, wir, doedd e ond yn rhy falch i fod o ddefnydd, i
wneud rhyw ffafr fach i aelod o'r cylch cyfrin. Mynd i Spar i
brynu potel o Jack Daniel's, yn dawel bach, 'a phryna ugain
o Lamberts i ti dy hun am y gymwynas'. 'Fydda i'm yn hir,'
a thapiodd ei drwyn yn gynllwyngar. Ond er iddo fynd yn
sionc, fe gymerodd yn hirach nag y dylai achos y sgrym o
newyddiadurwyr a chamerâu ar waelod y lôn, wedi eu dal
yn ôl gan y tâp swyddogol a'r heddlu. Gobeithiai Dafydd y
gallai'r hen drwyn gau ei geg. Roedd eisoes wedi cael cynnig
pres am arllwys ei galon. Gwell na Lamberts. Roedd ganddo
egwyddorion, diolch byth. Ond faint fyddai pris rheini?
Crynodd wrth feddwl beth oedd o'u blaenau.

Roedd mynd 'nôl ac ymlaen yn mynd yn fwy helbulus.
Bron y gellid dweud bod angen gosgordd bellach i fynd y tu
hwnt i'w ffordd nhw. Anodd gwybod beth oedd beth. Roedd
e wedi dechrau meddwl am rai o'r heddlu fel ei ffrindiau. A
gwyddai fod Helen yn dibynnu ar DI Edmonds. Roedden
nhw wedi cytuno i ateb cwestiynau'r wasg am mai dyna'r
cyngor a roddwyd iddyn nhw.

'Ti'n chwarae â thân – ond wedyn 'na ni. Ti'n neud hynny
erio'd, sbo.' Roedd y gwrid ar fochau ei ffrind Carwyn o
hyd. Daeth yn syth o'r cae ar ôl gêm rygbi galed i'r tîm hŷn.
Arferai Dafydd chwarae rywfaint pan oedd yn iau, ond ers
y plant, wel... hawdd oedd ffeindio esgus. Byddai'n dal i
chwarae pêl-droed a mynd i'r gampfa, weithiau, ond doedd e
ddim am golli mas ar gwmni'r plant trwy dreulio pob dydd
Sadwrn ar y cae pêl-droed, a gallu rhoi bach o amser rhydd i
Helen hefyd. Edrychodd y ddau ar ei gilydd, gan ddeall ystyr

geiriau Carwyn yn iawn. Daliai ei baned o goffi gyda dwy law. Chwith oedd peidio â chynnig can.

'Sdim plentyn ar goll 'da ti. Sdim llofrudd â'i draed yn rhydd. Sdim un gath yn mynd i weld Newyddion Deg a cha'l pwl o gydwybod a mynd i swyddfa'r heddlu.'

'Paid bo'n ddwl.'

'Pam chi'n neud e, 'te?' gofynnodd Carwyn yn blwmp ac yn blaen.

'Falle gewn ni lonydd wedyn. Fi a Helen a Magw.'

'Ti'n meddwl 'ny, wyt ti?'

Roedd yn gwerthfawrogi gonestrwydd ei ffrind. Aeth Dafydd yn ôl a 'mlaen i'r gegin y noson cynt i lowcio'r whisgi ar y slei, a hynny er bod Helen lan staer yn trio cysgu. Pam na chadwodd ben clir?

'Welest ti'r *commotion* ar dop y teras. Ma DI Edmonds yn meddwl –'

'Ie, ie. Fyddan nhw'n cadw llygad barcud arnot ti a Helen – i drial dala chi mas. Ma'n nhw'n gobeitho y byddwch chi'n neud neu'n gweud rhwbeth ar eich cyfer fydd yn neud i chi edrych yn euog,' meddai Carwyn.

'Hei! So ni 'di neud dim byd, gwd boi!'

'Wy'n gwbod 'ny, mêt! Nage 'na beth o'dd 'da fi. Wy'n nabod ti ers blynydde mowr – rhy hir.' Cilwenodd a chodi gan roi tap brawdol ar ysgwydd ei ffrind.

Teimlodd Dafydd y dagrau'n pigo. Pesychodd i geisio disodli'r emosiwn. Pwniodd Carwyn ei fraich yn chwareus. Roedd yn dal y baned yn dynn yn ei law arall o hyd.

'Ma'r heddlu 'di bod yn dda i ni, er gwaetha ambell i blip.'

'Hei, ni gyd yn lico drinc.' Tawelwch anghyfforddus. 'Yr heddlu 'ma, so nhw'n becso ambytu chi, ti'n deall 'ny. Ma'n nhw'n poeni ambytu stats, shwt ma'n nhw'n edrych yn gyhoeddus, storis newyddion, teledu, we.'

'Wy'n gwbod 'ny.' Roedd blas chwerw ar y coffi.

'Wel, rheola dy dymer o fla'n y *journalists* 'na, gwd boi. A phaid â gweud gair mwy na sy angen.'

Edrychodd y ddau ffrind ar ei gilydd. Fe groesodd feddwl Carwyn i roi ei fraich am ei fêt. Yn hytrach, rhoddodd y cwpan ar y cownter gyda chlec a rhoi slap i Dafydd ar ei gefn.

'Ydych chi'n meddwl bod 'na gathod gwyllt yng nghefn gwlad Cymru?' gofynnodd y fenyw.

Am ddyn oedd yn siarad mor hawdd yn ei waith, roedd ffurfio geiriau'n anodd i Dafydd. Llyncodd ei boer, 'Dwi – ni – newydd fyw trwy.' Llyncodd eto, yn galed. Pob gair fel llyncu switsen. 'Amser gwaetha ein bywyd. Bydden i'n barod i gredu unrhyw beth.'

Fflach camera, fel atalnod llawn. Llais DI Edmonds, 'A wnewch chi aelodau'r wasg gofio dweud eich enw a phwy y'ch chi'n gweithio iddyn nhw os gwelwch yn dda?' Siaradai'n hyderus, wedi hen arfer trin geiriau a phobol. Roedd e'n ddyn solet gydag ysgwyddau breision. Roedd ei wallt byr yn britho a chanddo lygaid mwyn a bochau cochion, yn arwydd efallai o'i hoffter o'r awyr iach ac ambell whisgi gyda'r nos.

Safodd y fenyw ar ei thraed unwaith eto. 'Natalie Bilson. Channel Five News.' Eisteddodd.

Daeth yr enw Simon Cowell i'r meddwl. Cofiodd ei weld mewn cynhadledd i'r wasg gan yr *X Factor* ar YouTube flynyddoedd 'nôl. Roedd yn llawn hyder. Cheryl Cole fel yr oedd ar y pryd fel ci bach, yn ei ymyl ond ar ei phen ei hun. Wrth ochr Dafydd eisteddai Helen. Roedd y ddau wedi gwneud ymdrech y bore hwnnw, wedi cael cawod a golchi eu gwallt, wedi cael eu cynghori i wisgo'n drwsiadus ond heb fod dros ben llestri. Dim gormod o golur ar wyneb Helen, gair i gall gan yr heddlu. Wyneb poenus, ond yn trio bod yn ddewr. Fyntau'n trio bod yn ddewr. Pam yn y byd oedd e wedi cytuno? Awgrym gan DI Edmonds. Ffordd o reoli'r wasg. A Helen yn meddwl ei fod e'n syniad da iddyn nhw gydweithredu. A chan ei bod hi mor barod i gydsynio roedd yntau wedi nodio ei ben, yn awyddus i allu gwneud rhywbeth i fodloni ei wraig. A nawr dyma nhw, yn eistedd mewn rhes yn neuadd y dre. Gwydrau dŵr a thri meicroffon o'u blaenau ar y bwrdd. Oglau hen ar y llieiniau ac ambell staen arnyn nhw, er eu bod yn lân. Syllu ar resi o bobol, camerâu o bob math. Hym y camerâu teledu a sŵn shifflan mewn cadeiriau ysgol, pesychu. Roedd fel rhyw gyfweliad swydd gwyrdroëdig. Bydda'n gryf, bydda'n gryf. Fyddai Cowell ddim yn crio fel babi. Edrychodd ar Helen, ond roedd ei sylw hi ar ei bysedd ar ei chôl. Ysai am gael gwasgu ei braich yn ei law, yn gysur bach, ond ofnai pa effaith fyddai hynny'n ei gael. Doedd e ddim eisiau ei gweld yn toddi fel lolipop mewn fflach o heulwen. Difarai na fyddai wedi gallu paratoi'r corff trwy fwyta tamed ffein i frecwast. Roedd Helen wedi gwrthod ei gynnig i wneud *smoothie*, gan ddweud y byddai'n bwyta nes 'mlaen, a doedd ganddo ddim mo'r amynedd i baratoi'r ddiod ar gyfer un. Meddyliodd am weld Magw yn llowcio ei llaeth ym mreichiau ei mam, a sylwodd ar y briw ar ei boch. O leiaf roedd hwnnw'n edrych fel petai'n gwella. Doedd Dafydd ddim yn sylweddoli mor nerfus y byddai'n teimlo nes iddo weld y côr o wynebau yn eu gwylio a theimlo cryndod Helen wrth ei ochr.

'Anthony Lawson, Newyddion BBC Radio 4. Mr Morgan, yn ôl eich tystiolaeth eich hun gesoch chi'ch dihuno gan sŵn anghyfarwydd... fe godoch chi. O'ch chi'n hanner cysgu falle... ydy hi'n bosib o gwbwl i chi wneud camgymeriad ynglŷn â'r hyn weloch chi? Ydy hi'n bosib i chi, mewn stad freuddwydiol, weld rhywbeth neu rywun arall?'

Er gwaetha'r cwestiwn roedd y llais yn fflat a heb unrhyw arwydd o gyhuddiad. Cliriodd Dafydd ei lwnc. 'Na. Dwi ddim yn meddwl.'

Roedd yna fenyw ifanc ar ei thraed. 'Carolyn Bailey, Wales Online. Shwmae?' Roedden nhw'n neis iawn i gyd, cwrtais iawn. 'Mae canlyniadau'r awtopsi'n dangos i Pryderi farw o drawiad ar y galon. Beth yn eich meddyliau chi achosodd hynny?'

Cwestiynau fel cyllell. Blaidd mewn cnu dafad.

Atebodd Dafydd. 'Mae'n gyson gyda'r syniad iddo gael sioc.' Tebyg i blentyn bach sydd ar fin cael ei gnoi gan un o gŵn Annwn, meddyliodd. 'Nghariad i. Teimlodd yr anniddigrwydd cyfarwydd yn ei frest. Roedd ei wyneb yn boenus gan yr ymdrech i beidio ag ildio. Pan eisteddodd Dafydd am y tro cyntaf cofiodd feddwl na fyddai'n gallu dweud gair. Rhyfedd fel roedd rhywun yn cael nerth pan oedd raid. Nerth, galwodd yn dawel am nerth.

'Ry'n ni'n dal i ymchwilio,' meddai DI Edmonds i'w cefnogi, ei ffurfioldeb yn cadw'r haid hyd braich. Dyna oedd Dafydd yn ei deimlo ar y pryd.

'Justin Baxter, *The Sun*. Mrs Morgan, flin gen i am eich colled.' Gwelodd wyneb Helen yn stumio'n salw gan yr ymdrech i ddal y dagrau'n ôl. 'Roeddech chi gyda'ch meddyg lleol yn ddiweddar.'

'Mae gwybodaeth feddygol yn breifat,' ategodd DI Edmonds fel saeth. Edrychodd o un ochr i'r gynulleidfa i'r llall, bron mewn embaras.

'Na, ma'n ocê. Sdim byd 'da ni i gwato... O'n i, y, methu cysgu,' meddai heb argyhoeddiad.

Paid dweud mwy nag sydd raid, meddyliodd Dafydd. Teimlodd y gwres yn mynd trwy ei gorff. Mentrodd roi ei law ar ei llaw hithau, yn arwydd iddi dewi, ond efallai ei bod hi wedi camddeall a'i gymryd fel caniatâd i agor ei chalon. Prociodd y newyddiadurwr ymhellach.

'Gafoch chi gynnig tabledi at iselder ysbryd?'

Clywodd furmur uchel gan y gynulleidfa.

yn dweud wrthoch chi, mae ymosodiad gan gath yn fwy glân. Mae mwy o annibendod gan gi. Mae dau gi yn gweithio gyda'i gilydd fel arfer. Mae cath, ar y llaw arall, yn ymosod ar ei phen ei hun. Fydd ddim cleisiau, dim ond marciau cnoi a chrafangau, fel gyda'r ferch fach.'

Roedd Helen yn igian crio, ei hysgwyddau'n symud i fyny ac i lawr. Doedd hynny ddim yn beth drwg. Peidiwch â bod ofn dangos emosiwn, meddai DI Edmonds. Roedd ei gweld yn brifo Dafydd. Ond allai e ddangos ei boen e hefyd? Torri ar arfer tri deg saith o flynyddoedd?

Yr un boi yn dal i holi. Roedd ganddo groen gwelw fel ysbryd a llygaid bach du fel y frân oedd yn hoelio sylw. 'Roedd yna gamgymeriadau yng ngwaith yr heddlu. Meddwl mai cath ddomestig fu'n ymosod yn wreiddiol a cholli cyfle i gasglu tystiolaeth o'r herwydd.'

Pesychodd DI Edmonds. 'Oedd, yn anffodus, ond ry'n ni'n fodlon gyda'r ffordd mae'r ymchwiliad yn mynd yn ei flaen. I bwy y'ch chi'n gweithio, ddwedoch chi?'

'*Panorama*.'

Roedd Dafydd yn methu deall y peth, yr enwau cyfarwydd hyn – â diddordeb ynddyn nhw?

'Dyw Mr a Mrs Morgan ddim o dan amheuaeth. Tystion y'n nhw,' pwysleisiodd DI Edmonds.

'Oes yna rywun neu rywbeth arall o dan amheuaeth?' Gwaedd o'r gynulleidfa.

'Ry'n ni'n parhau i ymchwilio.'

'Y'ch chi'n credu ym modolaeth cathod gwyllt, DI Edmonds?' Deuai'r cwestiynau'n ddirybudd nawr.

'Odw, heb amheuaeth. Diolch yn fawr.'

Daeth dwndwr oddi wrth y gynulleidfa. Yn sydyn, roedd amheuon yn saethu fel bwledi. Cododd DI Edmonds ar ei draed ac ymestyn i'w daldra llawn – chwe throedfedd a dwy fodfedd.

'Ges i gynnig nhw, ond wnes i wrthod.' Roedd
ateb yn deidi. Ond nawr daeth yr hysteria i'w l
geiriau. 'Shgwlwch, sai'n gwbod shwt y'ch chi'n gwb
Do'dd neb yn gwbod.'

Tawelwch.

'Mr Morgan, o'ch chi'n gwbod?'

'Wrth gwrs bo fi.' Yn fwy cwta nag oedd yn wed

'Huw Evans, *Golwg*. Mi ddudoch chi yn eich datg
heddlu yn yr ysbyty eich bod chi heb fod yn yfed a
y digwyddiad, ond mi oeddach chi'ch dau wedi yfe
win.'

'Dim dyna wedon ni. O'n ni wedi ca'l glased –'

'Un glasiad?'

'Dau, 'te.'

'O'n ni'n hollol sobor.'

''Dach chi'n sticio at bob dim arall ddudoch chi
stori wreiddiol, 'lly?'

'Odw, wrth gwrs 'mod i.' Sylwodd ar Helen yn cr
emosiwn. Roedd e'n methu rhoi ei fraich amdani – c

Achubodd DI Edmonds y blaen. 'Roedd canly
prawf gwaed ar gyfer alcohol a chyffuriau yn norma

'Jason Lewis, *Panorama*. Dwi 'di bod yn holi ff
lleol. Yn ôl beth dwi'n ddeall, pan mae anifail rhe
targedu oen bach, yr unig dystiolaeth o'r ymosodi
croen, pen, traed ac asgwrn cefn. Dydy'r achos yma o
dilyn yr un patrwm, nag'di…'

Aeth yr angerdd trwy gorff Dafydd mewn fflach.

'Ddihunais i, styrbo fe. Redodd e bant mewn br
ca'l cyfle i –' Tagodd ar y geiriau.

'Mae'n flin gen i ofyn, dwi'n deall bod hyn yn
iawn. Ceisio deall y ffeithiau ydw i – shwt y'ch chi m
mai gwaith cath yw hyn a dim ci?'

DI Edmonds atebodd. 'Wel, fel y byddai unrhyw f

Amneidiodd â'i law, yn gwrthod y clepiadau, yn mynnu tawelwch. Clywodd Dafydd glic, clic y camerâu disgwylgar a siffrwd o'r llawr.

'Dwi'n galw'n daer ar bawb i bwyllo – y wasg ac aelodau'r cyhoedd.' Roedd llais Edmonds yn awdurdodol. Ai Dafydd oedd yn dychmygu neu oedd e wedi gwthio ei frest allan yn falch? 'Does dim tystiolaeth bod aelodau'r cyhoedd mewn peryg yn uniongyrchol. Ond byddwn yn cynghori pobol sy'n byw yn yr ardal lle bu'r ymosodiad i fod yn synhwyrol a chau drysau a ffenestri yn dynn gyda'r nos.' Anwybyddodd y môr o ddiddordeb. 'Ry'n ni wedi clywed sawl adroddiad am bobol yn ceisio cymryd y gyfraith i'w dwylo eu hunain er mwyn canfod y gath. Hoffwn ategu'r ffaith bod y sefyllfa o dan reolaeth. Felly, gadewch i'r heddlu wneud eu gwaith a pheidiwch â chymryd y gyfraith i'ch dwylo eich hunain rhag ofn i rywun arall gael niwed.'

Siaradai fel petai'n cyfarch ffrindiau ac eto, roedd yn amlwg o'r ffordd y mynegai ei eiriau mai fe oedd yn rheoli'r sefyllfa. Anwybyddodd y cwestiynau a'r bloeddiadau a gwnaeth arwydd â'i law ar i Dafydd a Helen godi a mynd o'i flaen. Doedd ei neges ddim yn synnu Dafydd, a oedd wedi clywed sawl stori debyg gan Carwyn. Roedd e ar ei draed yn syth, crwtyn ysgol yn barod i ddianc i'r iard, ond am eiliad fe feddyliodd e nad oedd Helen am symud o gwbwl. Yna fe gododd hi, fel ysbryd digyffro.

'Oes peryg i'r cyhoedd?' Llais newydd o'r llawr yn gorn uchel.

Plygodd DI Edmonds o flaen y meic ac achosi iddo chwibanu'n hyll. 'Ry'n ni'n gwneud popeth allwn ni i reoli'r sefyllfa. Ry'n ni'n benderfynol o ganfod ateb boddhaol.'

Ar ôl y gynhadledd i'r wasg, roedd Dafydd yn fud. Ond roedd Helen wedi dod o hyd i'w llais, er mor dawel oedd.

'O'ch chi'n meddwl beth ddwedoch chi... 'ych bod chi'n credu yn y cathod hyn?' gofynnodd i DI Edmonds. Roedd wedi eu hebrwng adre ei hun, yn ymwybodol y byddai diddordeb y wasg ar ei eithaf.

'O'n. Yn bendant.' Edrychai i fyw ei llygaid.

'Wy mor falch bod rhywun yn ein credu ni.' Roedd Helen yn astudio'r llawr.

'Beth yw'r ots os yw pobol yn ein credu ni neu beidio? Ddaw hynny ddim â fe 'nôl.' Gwyddai Dafydd iddo ei brifo, digon i fynd â'r gwynt oddi wrthi.

Roedd e'n ddiolchgar i Nerys am ei phresenoldeb. Fe fyddai'n gysur i Helen, yn bâr o ddwylo i helpu gyda Magw. Aeth yntau i chwilio am ei hoff gadair yn y lownj. Teimlai'n fflat reit. Doedd dim owns o'r gorfoledd y disgwyliai ei deimlo ar ôl sioe y gynhadledd i'r wasg. Dim oedd dim. Trodd y gadair fel bod ei chefn at y drws ac at bawb ac eistedd â'i draed ar y stôl. Sythodd ei goesau fel petaen nhw mewn plastr a mwynhau'r teimlad anghyfforddus a ddaeth ar ôl tipyn. Roedd wedi ymlâdd. Beth oedd y cwestiwn hwnnw, wrth iddyn nhw adael, cwestiwn na chafodd gyfle i'w ateb?

'Oedd ofn arnoch chi, Mr Morgan?'

Oedd, dipyn bach. Yng ngwres y foment. A nawr? Wel... Roedd llond twll o ofn arno nawr.

Rhaid ei fod wedi pendwmpian. Synhwyrai bresenoldeb wrth ei ysgwydd. Disgwyliai weld Helen. Teimlodd ei llaw ar ei ysgwydd a gosododd ei law yntau ar ei hun hithau, yn falch o gael cymod mor rhwydd. Trodd a chafodd syrpréis i weld mai Ner oedd yno.

'Ti'n ocê?' meddai'n dyner.

Symudodd ei law. Doedd dim llawer ganddo i'w ddweud.

'Ga i wneud rhywbeth i ti fwyta? Fues i i Morrisons.'

'Faint o'dd e?' Estynnodd ei law i gefn ei drowsus am y waled oedd wastad yno.

'Gawn ni setlo 'to.'

'Na. Wnawn ni setlo nawr. Ma 'da fi arian parod.'

Ner fuodd yn batho a setlo Magw gan fwyaf, er i Helen aros yno'n gwmni, yn dweud beth oedd y drefn. Rhyfeddodd at amynedd Ner yn gallu dal ei thafod. Gadawodd iddyn nhw. Gallai glywed beth oedd yn mynd 'mlaen a deallodd mai Helen fwydodd y llaeth cyn gwely i Magw. Roedd yn falch o hynny.

Tra bod Helen wrth y cot yn ffysian, halodd Ner adre gyda'r arian am y bwyd. Gwasgodd y daleb yr oedd hi wedi mynnu ei rhannu yn ei ddwrn a cheisio ei thaflu i'r bin, a methu. Roedd e moyn llonydd. Ymhen hir a hwyr daeth Helen i chwilio amdano ac i holi hynt Ner.

Roedd Dafydd â'i drwyn yn y ffrij erbyn hynny. 'Ham neu gaws?' galwodd dros ei ysgwydd.

'Sai moyn dim byd.' Eisteddodd hithau wrth y bwrdd bach a dechrau pori trwy'r papur lleol.

'Ham, 'te.'

Estynnodd y pacyn ham, roedd dwy sleisen ar ôl. Roedd pacyn ffres oddi tano. Agorodd y plastig am y dorth ac estyn pedair tafell. Yna, estynnodd y menyn a'i daenu. Yna rhoddodd yr ham ar y bara menyn a bob o dafell ar ben y cwbwl. Yn eithaf diseremoni. Oedodd.

'Tsiytni?'

'Na.' Crynodd Helen, fel petai'n troi arni.

Meddalodd Dafydd a gwnaeth ymdrech i dorri'r crystiau, fel y gwyddai y byddai'n ei lico. Ac yna i dorri'r frechdan yn drionglau bach twt, i geisio codi awydd arni. Estynnodd ei hoff blatiau, y rhai â'r blodau bach glas yn tyfu rownd yr ymyl. Ystyriodd agor pacyn o greision i'w rannu a thorri cwpwl o domatos bach, fel y bydden nhw'n arfer gwneud. Ond roedd Helen wedi codi.

''Co ti, bach.'

Cynigiodd y plât iddi, ond anwybyddodd ef a throi ei sylw at y rhewgell ac ymbalfalu am rew.

'Rho fe ar y top fan'na.'

Eisteddodd Dafydd. 'Rhaid i ti fyta – yn enwedig os ti'n meddwl ca'l hwnna.' Llygadodd hi'n estyn am y botel jin.

'Un fach. So ti'n gwarafun hynny ar ôl y diwrnod ni 'di ga'l, glei.'

Roedd wedi gosod dau lwmpyn 'clinc, clinc' yn y gwydryn a chegaid eliffant o'r gwirod. Agorodd y tonic newydd gyda *fizz*.

'Un fach.' A chwarddodd yn chwerw. 'Ti moyn un?'

'Odw.' Ildiodd iddi. 'Ar ôl i fi fyta hwn.' Gorfododd ei hun i gnoi'r frechdan.

Rhoddodd Helen ddiod iddo. Yna daeth i eistedd gyferbyn ag e, gwydr yn un llaw, plât yn y llall. Roedden nhw'n syllu ar ei gilydd fel dau ar ddêt. Edrychodd ar ei swper. 'Sai'n credu galla i.' Roedd ei llygaid yn llawn ffieidd-dod a styfnigrwydd.

'Sai moyn chwaith. Ond ma'n rhaid i ni.' Cymerodd damed bach, a chnoi a llyncu fel petai'n wenwyn. 'Nawr ti.'

Aeth eiliad neu ddwy heibio pan oedd e'n meddwl na fyddai'n cytuno hyd yn oed i drio. Cododd Helen y frechdan yn y diwedd a'i dal yn ddelicet rhwng bys a bawd.

Amneidiodd Dafydd arni â'i lygaid i ddilyn ei esiampl. Ond pan welodd nad oedd am symud y bwyd i'w cheg triodd dacteg arall.

'Un, dau, tri. I mewn â –' A chnodd yntau. Dilynodd hithau a chnoi, tamed go lew, a hynny yn gwbl fwriadol.

'Oreit?' gofynnodd ar ôl iddyn nhw lyncu. 'Dim gormod o fenyn?'

'Jest fel wy'n lico fe... Diolch.' Roedd hi'n swnio'n

ddiffuant. Bwytaodd – a hithau, dipyn mwy na ddoe. Roedd y jin yn ei ymlacio ar stumog hanner gwag. Ystyried helpu ei hun i un arall roedd Dafydd pan glywon nhw'r glec.

'Beth yw hwnna?' Llamodd Dafydd ar ei draed.

'Daf, beth o'dd hwnna?' Roedd ofn yn llenwi llygaid Helen.

'Sai'n gwbod... Sh! am funud, i ni ga'l clywed...'

'Magw!'

Rhedodd Helen at y grisiau cyn iddo gael cyfle i'w stopio. Aeth ar ei hôl nerth ei draed, gan obeithio ei sicrhau bod Magw'n iawn, er na wyddai hynny i sicrwydd wrth gwrs.

'Tu fas o'dd yr ergyd,' galwodd arni o waelod y grisiau a hithau eisoes ar dop y landin. Roedd yn rhaid bod Magw'n synhwyro ofn ei mam achos roedd yr un fach eisoes wedi dechrau crio'n swnllyd, ac roedd y rhyddhad o'i chlywed mor llawn bywyd yn ddigon i fynd â'i wynt.

17

Clywodd gnocio gwyllt ar y drws ac, nid am y tro cyntaf, difarodd Dafydd iddo benderfynu datgymalu cloch y drws. Roedd tâp yr heddlu yn cadw newyddiadurwyr a ffotograffwyr draw, ond beth am bobol eraill?

Roedd e'n rhyfedd eu gweld nhw, y wasg, wedi eu dal fel creaduriaid mewn parc anifeiliaid fferm yn aros yn ddifywyd nes iddyn nhw weld sgrapyn o obaith am stori. A phan welen nhw damed ohono fe neu Helen, wel, bydden nhw'n mynd o'u co'. Yn pwsio ac yn hwpo ei gilydd o'r ffordd fel pethe gwyllt.

Galwodd Dafydd yn ddi-ofn, 'Pwy sy 'na?'

'Fi sy 'ma. Agor y drws, 'chan.'

Ufuddhaodd i'r llais cyfarwydd ac edrych y tu hwnt i'r ffurf adnabyddus rhag ofn bod yna gyrff eraill o gwmpas.

'So ti'n cysgu, 'te?' sibrydodd Jon. Edrychai'n ddieithr yn ei gap gwlân tywyll, ond nabyddodd Dafydd y *bodywarmer* a'r trowsus milwrol yn syth. Roedd llygaid Jon ym mhob man, ei fochau'n wridog a'i drwyn yn smwt.

'Bach yn gynnar i fi 'to. Well i ti ddod mewn. Oni bai dy fod ti eisie bod ar y newyddion.'

'Mowredd y byd, nagw wir.' Ond doedd Dafydd ddim yn siŵr ei fod yn ei gredu. Ufuddhaodd Jon a dilyn Dafydd dros y rhiniog. Roedd oglau Lamberts arno. Safodd y ddau yn lletchwith yn y coridor cul.

Torrodd crio lan staer ar y tawelwch. 'Yr un fach, ife? Cadw chi ar ddihun?'

'Y glec yna 'di dihuno hi.'

Nid oedd hi'n ymddangos fel petai sŵn yr ergyd yn poeni dim ar Jon.

'Mam wrthi'n cysuro, ife?' aeth yn ei flaen.

Sylwodd Dafydd ar y bag plastig. 'Wy'n neud 'yn siâr o fagu...' Gorfu iddo stopio. Doedd e ddim eisiau dangos o flaen hwn. 'Beth o'dd y sŵn yna?' gofynnodd.

'Ffarmwr. Treial dal y bwystfil. Meddwl licet ti joino fi.'

Oedd e wir yn awgrymu bod Dafydd yn ymuno â'r helfa? Ar ôl rhybudd Edmonds yn y gynhadledd i'r wasg a'r cwbwl? Beth petai e'n cael ei ddal â gwn yn ei law? Byddai'r wasg wrth eu boddau. 'Sai'n credu alla i adel –' Roedd ar fin defnyddio Helen yn esgus, os esgus yn wir.

'Fyddwn ni ddim yn hir. A gei di wn sbâr 'da fi.'

'Sdim trwydded saethu 'da fi.' Gwibiodd ei lygaid eto at y bag trwm yr olwg. Roedd ei ddychymyg ar dân. Beth yn y byd allai fod ynddo?

'Sdim isie. Sdim isie, 'chan. Fydd neb yn gwbod. Neud e'n dawel bach. Dere.'

Roedd Jon wedi gwrthod y syniad na allai Dafydd adael ei filltir sgwâr heb gael ei weld. Agorodd y bag iddo weld ei gynnwys a diolchodd Dafydd pan estynnodd hen got a het wlân ohono.

Oedodd. Allai e ddim gadael Helen a Magw ar eu pennau eu hunain, oes bosib?

'Dere. Fyddi di'n teimlo'n well yn ca'l neud rhwbeth. Fe ddaliwn ni'r cythrel. Wedyn, geith e ddim taro 'to.'

Beth ddaeth drosto? Doedd Dafydd ddim yn siŵr. Ond llenwyd ei gorff gyda rhyw hyrddiad o egni a theimlodd yn fyw am y tro cyntaf ers iddo ddigwydd. Cymerodd y dillad a dechrau eu gwisgo. Ro'n nhw'n ddieithr am ei gorff. Ynddynt roedd e'n teimlo'n wahanol. Dyn estron yn cael ymddwyn fel boi newydd.

Ymddangosodd Helen ar dop y staer.

'Ma Magw'n iawn, wedi dechre setlo 'to. Pwy sy 'na?' Roedd gofid yn ei llais nawr.

'Dim ond Jon. Newydd sylweddoli ei fod e mas o la'th.

Holi odyn ni moyn rhywbeth o Spar. Credu af i 'da fe.' Swniai ei lais yn gryg a thriodd eto. 'Sdim byd i fecso ambytu. Car yn bwldagu, 'na gyd. Fyddi di'n iawn?'

'Cer di. Neith e les i ti,' meddai'n dawel.

Amneidiodd Dafydd ei ben ar hynny, er nad oedd yn siŵr a allai ei weld yn iawn o ble y safai ar dop y landin, yn ymestyn ei gwddw yn chwithig i geisio deall. Galwodd ar Jon i'w ddilyn i mewn i weddill y tŷ. Aethon nhw allan trwy'r bac, mas o'r giât ac at y goedwig yn y cefn. 'Wy'n gwbod am ffordd fach gudd,' amneidiodd Jon.

Dilynodd Dafydd e trwy'r drain a'r mieri.

'Rhwydd reit,' meddai Jon.

Roedd hi'n dywyll bitsh. Ond roedd e'n deimlad da cael ei draed yn rhydd.

'Tortsh 'da ti, o's e?' cellweiriodd Dafydd.

'Sdim tortsh 'da anifail, 'chan.'

Oedd e'n mynd i ddifaru? Roedd Jon wedi ymddeol o'r fyddin ers pymtheng mlynedd o leiaf ac o flaen desg, yn hytrach nag ar flaen y gad fuodd e am flynyddoedd cyn hynny.

Yn sydyn, fflachiodd golau yn wyneb Dafydd a dal yr olwg ofnus arno'n bictiwr. 'Tynnu dy go's di. Ma pob peth 'da fi, hyd yn oed tortsh. Wy'n gwbod beth wy'n neud.'

Roedd Dafydd yn amau hynny, ond dilynodd Jon. Fe ddechreuon nhw gerdded i fyny trwy'r rhan goediog y tu cefn i'r stad o dai ac at odre'r allt o goniffers. O leiaf roedd e'n cael gwneud rhywbeth. Teimlo awyr iach yn llenwi ei ysgyfaint a'i galon yn dechrau curo. A fyddai Helen yn poeni amdano? Neu a fyddai hi yn ei byd bach ei hun o hyd, yn suo Magw 'nôl i gysgu? Roedd e'n deimlad rhyfedd rhoi ei ffydd yn Jon. Ond mewn cyfnod pan oedd yn rhaid iddyn nhw wahodd dieithriaid pur i'r tŷ a rhoi eu ffydd yn eu dirgel ffyrdd, roedd perthnasau eraill yn teimlo'n agosach – hyd yn oed perthynas hyd braich fel un Jon ac yntau. Aeth yn ei flaen.

Fe gydgyrchodd y ddau trwy'r allt, chwith dde, chwith dde. Ni allai Dafydd weld beth oedd ar lawr a theimlai'r tir yn anwastad, yn frith o binwydd a brigau mân a phwy a ŵyr beth arall. Roedd ei frest wedi dechrau teimlo'n dynn a'i anadl yn dod yn fân ac yn fuan. Oedodd. Roedd wedi sefyll ar rywbeth meddal. Gobeithiodd nad llygoden oedd hi.

'Oreit?' Dyn di-lol oedd Jon.

'Oreit,' adleisiodd, er ei fod yn dechrau teimlo ei fod e am stopio.

Ailgychwynnodd y cerdded. Yna, yn sydyn, stopiodd Jon gan godi ei law o flaen wyneb Dafydd. Bu'r ddau'n gwrando ar synau'r nos. Y gwynt yn chwythu'n llechwraidd trwy'r coed. Cri'r dylluan. Crensh ambell greadur yn eu gwylio'n dawel bach. Ar ôl rhai eiliadau, daeth caniatâd i ddal ati i symud. Ar ôl hynny byddai Jon yn gorchymyn iddyn nhw stopio bob hyn a hyn, rhag ofn mai piwma neu lyncs oedd wedi peri i'r brigyn yna dorri yn eu hymyl gyda 'chlec' ddychrynllyd. Rhwng y cyffro a'r ofn a'r ymdrech o ddringo gallai Dafydd glywed ei anadl yn codi'n uwch na dim. A dyna'r patrwm nes iddyn nhw ddringo bron i dop yr allt goediog a chyrraedd llechwedd bach lle gallent edrych i fyny'r rhiw, heibio ambell goeden brin ac at y gorwel. Stopion nhw. Roedd Jon hefyd yn anadlu'n drwm erbyn hyn. Doedd hi ddim yn dywyll yn y man hwn, ond roedd rhywun wedi cnoi'r lleuad.

Roedd sŵn cysurlon i sip y bag yn datod. Tynnodd Jon un o'r gynnau ohono, ei agor ar ei hanner yn gyflym, tsecio'r bwledi, cau'r gwn gyda chlec a'i basio i Dafydd. Teimlai'n drwm yn ei ddwylo. Roedd yn deimlad dieithr, ond roedd yna gysur yn y ffurf solet. Yna gwnaeth Jon yr un peth â'r llall. Rhoddodd y bag fel blanced anwastad ar lawr.

Penliniodd Jon yn drafferthus, gan ddefnyddio ei wn i'w helpu, ac yna gorwedd ar ei fol yn y pridd. Trodd i edrych ar Dafydd yn fud pan welodd nad oedd wedi gwneud yr un peth yn syth. O dan amgylchiadau gwahanol, byddai Dafydd wedi chwerthin yn floesg. Dim yn aml roedd dyn sy'n gwisgo siwt mewn swyddfa yn cael cyfle i orwedd ar lawr tu fas. Doedd e ddim wedi gwneud shwt beth ers ei fod yn grwt. Roedd yn groes i'r graen. Ond ufuddhaodd, gan feddwl am y sowldiwrs roedd e'n arfer chwarae â nhw. Os oedd y tir yn anwastad o dan draed, roedd ganwaith gwaeth yn erbyn ei groen meddal. Roedd yn genfigennus o fola cwrw Jon, ei fag a'i *bodywarmer* milwrol. Estynnodd Jon y gwn ar ei ysgwydd ac edrych trwy'r annel. Copïodd Dafydd e. Gorweddon nhw fel dau gorff celain. Aeth amser yn ei flaen. Yffach, roedd hi'n oer.

'Ti'n credu bo cathod mawr i ga'l ffor' hyn?' mentrodd Dafydd sibrwd ar ôl ysbaid.

'Wy'n gwbod 'ny. A ti'n gwbod 'ny. Y boi 'na Mike Shepherd o Langadog yn un sy'n gwbod 'fyd. Welodd e'r cr'adur â'i lyged ei hunan – fel tithe. Chwilio am gi ei ffrind o'dd e. Y ci ar goll a'r plant yn torri'u calonnau, a'r wraig, glywes i. A ffeindiodd e'r ci hefyd. Milgi llwyd. Yn farw gelain gyda chath fawr yn sefyll wrth yr ast fach a gwaed drosti i gyd. Aeth e'n syth at yr heddlu.'

'Sai'n credu y bydde diddordeb gan yr heddlu!'

'O, o'dd 'fyd. Fuodd yr heddlu yn Llangadog yn cario gynnau mawr. Dydd a nos am ddiwrnodau.'

'Ffeindion nhw rywbeth?' Roedd gan Dafydd ddiddordeb nawr.

'Naddo. Ond o'dd y post mortem yn gweud yn glir – anifail mawr laddodd y ci yna, a ma hynna yn ffaith i ti.'

Rhoddodd hynny dipyn bach o dân ym mol Dafydd. Roedd yr holl brofiad yn gyffrous i ddechrau. Ddim yn aml roedd y rhan fwyaf o bobol yn cael chwarae ar ôl iddi dywyllu drwy gydol eu bywyd. Teimlai Dafydd yr adrenalin yn saethu trwy ei waed. Ond ar ôl bod yn gorwedd mewn pridd oer am gwpwl o oriau, gyda phwysau'r gwn yn drwm ar ei ysgwydd, roedd e'n breuddwydio am gael mynd sha thre am baned. Ochneidiodd.

Roedd hi'n wirioneddol oer. Meddyliodd Dafydd am yr heliwr unig yn aros am ei gyfle. Meddyliodd am y bwystfil ddaeth i'w gartre; tywydd oer y misoedd diwethaf a'r grwgnach yn ei fol oedd wedi ei orfodi yn agosach at wareiddiad nag y byddai'n mentro fel arfer. Am ba hyd fuodd e'n gwylio'r tŷ cyn llamu? Neu ai anlwc pur oedd ei ddewis y noson honno? Yn sydyn, gwelodd fflach, adfywiodd, yna suddodd yn ei siom. Daeth y lloer i'r golwg o'r tu ôl i goniffer dal ac ymestyn ei golau tua wynebau'r ddau.

'Gollon ni ddou. Cyn iddyn nhw ga'l eu geni. Y ddou wedi marw yn y bola. Aeth yr un cynta cyn bo tri mis 'di mynd heibio. Ond y llall – merch fach o'dd hi. Gariodd Lisabeth hi i ben tymor. Ond o'dd hi wedi mynd. A goffodd Liz ei geni hi.' Daeth cysgod dros ei wyneb.

'Flin 'da fi, Jon.' Teimlodd Dafydd y straen yn llenwi ei geg eto, yn bygwth ei fogi.

'Fuodd hi ddim 'run peth wedi 'ny. O'dd hi'n neud 'i gore, ond o'dd hi wedi ca'l siom. Fuodd hi ddim yn hir unwaith iddyn nhw ffeindio'r lwmpyn 'na...'

Llyncodd Dafydd. Ceisiodd feddwl am rywbeth i'w ddweud.

'O'n i ddim yn gwbod bo ti'n briod, Jon.'

'O'n, o'n, ac yn hapus iawn 'fyd.' Trawodd Dafydd yn galed ar ei gefn. 'Helen yn fenyw gryf.'

'Odi ma ddi.'

'Ble ffindest ti ddi, 'te?'

'Tu ôl i'r bar mewn tafarn.'

'*Barmaid*?'

'Wel, 'na beth o'n i moyn ar y pryd. Menyw gwbwl wahanol i'r hyn o'dd Mam a Dad eisie. O'n i newydd raddio, a o'dd lot o siarad gatre am setlo lawr. A weles i'r gwallt coch 'na a'r gwefusau llawn a meddwl "waw". Os taw 'na beth ma Mam a Dad moyn, 'na beth gân nhw. A gewn ni weld beth fyddan nhw'n feddwl am ferch yng nghyfreth yn syth o'r Nag's Head. Ond nhw o'dd yn chwerthin yn y diwedd. Stiwdent o'dd hi, ar ei hymarfer dysgu.'

'Dwyllodd hi ti?' Roedd Jon yn chwerthin yn chwerw, yna'n tagu achos y ffags.

Buodd y ddau'n dawel am ychydig. Dafydd fentrodd ymlaen.

'O'n ni'n ddigon lwcus iddi allu aros gatre nes bod y plant yn yr ysgol. O'dd hi ffaelu aros.'

'Eidîal,' meddai Jon.

'Hmm, sai'n siŵr.'

'Roien i'r byd i ga'l hi 'nôl, 'chan – ar 'y mhen i am wisgo dillad gwell, bwyta swper wrth y bwrdd a nage ar 'y ngharffed.'

Ai'r draffordd oedd yr hym yna yn y pellter? Ysai Dafydd am fod mewn car cynnes yn rasio am adre.

'Ti wir yn meddwl bod pwynt i hyn?' Roedd wedi cael llond bol.

'Bydd siŵr o fod gwobr i'r dyn sy'n dal y bwystfil.'

'Galla i ddim cymryd arian!'

'Nage 'na pam o'n i moyn dy lusgo di lan fan hyn.'

'Wel pam, 'te?' Dechreuodd weld y ddau mewn gwaed oer. Dau ddyn yn eu hoed a'u hamser yn chwarae sowldiwrs. Beth o'n nhw'n ei wneud?

'I ddangos i bawb. Wedyn allwn ni fynd 'nôl i gofio am beth sy'n bwysig: chi deulu bach.'

Difarai na fyddai wedi rhoi mwy o amser i Jon. Mwy nag

ambell sgwrs dros ben ffens ar benwythnos neu wahoddiad am gan amser Nadolig.

'Shh!' Tarfodd Jon ar ei feddyliau.

Edrychodd Dafydd yn chwith. Roedd e'n dawel.

'Ti'n gweld e?'

Agorodd Dafydd ei lygaid led y pen. Roedd Jon yn syllu trwy annel y gwn gyda'i lygad orau, ei lygad dde. Gwnaeth Dafydd yr un peth.

'Dim byd.'

'Tu ôl i'r coniffer 'na ar y top... Ma fe'n symud!... 'Co fe'n mynd!'

'Ti'n siŵr? Sai'n gweld dim.'

Teimlodd Dafydd ei galon yn dechrau rasio. Yn sydyn roedd yr allt yn fyw o gysgodion. Clywodd Dafydd glic bach bys Jon ar y triger.

'Bang,' meddai Jon. *False alarm.*

Teimlodd Dafydd chwa o aer oer. 'Faint ti'n meddwl aros?'

'Bydd *marksman* da yn barod i aros trwy'r nos. Am ddyddie. Nes iddo ga'l y targed.'

Tan iddo glywed y datganiad hwnnw bu Dafydd yn barod i fod yn amyneddgar. Ond pan ddeallodd beth oedd realiti'r sefyllfa fe gododd, ar ei gwrcwd i ddechrau, ac yna ar ei draed. 'Fydd Helen ffaelu deall.' Roedd ei goesau'n stiff reit ac yn teimlo'n rhyfedd, fel petaen nhw ddim yn eiddo iddo fe. Rhoddodd y gwn i lawr ar bwys Jon a hercian i ffwrdd.

Symudodd Jon ddim wrth i Dafydd ymadael, dim ond ffarwelio ag un cyfarchiad chwim. 'Gwd thing.'

Aeth Dafydd yn syth lan staer ar ôl cyrraedd adre. Roedd Magw'n cysgu'n drwm. Brasgamodd at y cot ac edrych i lawr arni'n ofalus. 'Noson da, calon,' meddai yn dawel ei feddwl wrth ei gwylio'n anadlu'n drwm. Roedd hi'n dywyll yn eu stafell wely nhw ac roedd Helen yn gorff yn y gwely yn chwyrnu'n dawel. Roedd e 'bytu sythu. Tynnodd ei ddillad cyn gynted ag y gallai, er y gwyddai y byddai'n golygu bod yn oerach fyth am gyfnod. Defnyddiodd y golau o'r cyntedd i weld. Roedd e'n crynu. Gwisgodd byjamas neithiwr. Roedden nhw'n teimlo'n damp ond efallai mai ei ddychymyg e oedd hynny. Diffoddodd olau'r landin. Aeth i mewn i'r gwely yn glou heb ddihuno ei wraig.

'Fi 'nôl yn saff,' meddai'n dawel. Doedd e ddim am ei styrbo mewn gwirionedd. Roedd ei chefn tuag ato. Roedd y gwallt coch a oedd wedi tynnu ei sylw y tro cyntaf hwnnw yn un domen fawr anniben, yn ei rybuddio i gadw draw.

Fuodd ganddo'r un cariad sefydlog yn y coleg. Ddim go iawn. Roedd yna un – Emma – yr oedd yn rhannu gwely â hi bob hyn a hyn. Ond rhyw drefniant di-drefn oedd e. Bob tro y byddai'n codi o'r gwely cul yn ei stafell i un â phen tost gwaethaf ei fywyd byddai'n dweud mai dyna'r tro diwethaf. A'r bore ar ôl y seremoni raddio i ddathlu 2:ii mewn Llên Saesneg dywedodd hynny wrthi.

Roedd e'n meddwl iddo wneud strocen yn ffeindio Helen y farmed goch ei gwallt. Cael smôc tu allan oedd e a hithau'n gadael ar ôl ei shifft pan ddechreuon nhw siarad o ddifri.

'Smoking kills,' meddai hi.

'Sdim neb mor hunangyfiawn ag *ex-smoker*,' roedd e wedi ateb. 'Odw i'n iawn?'

'Deg diwrnod, tair awr a, www, gad i fi weld –' Esgusodd edrych ar ei wats. 'Un deg saith munud.' Roedd tân yn ei llygaid.

'Ffansi ffag?'

'Ti'n lot o help.'

'Na? 'Na ni, 'te. Wna i lenwi'n ysgyfaint ar 'y mhen 'yn hunan.'

Helpu Carwyn tu ôl i'r llwyfan yn theatr fach y castell oedd e pan gafodd e wybod y gwir amdani. Roedd côr o'r Brifysgol yn canu ac roedd wedi cynnig pâr o ddwylo ychwanegol i lwytho a dadlwytho'r set dros dro fel bod y gynulleidfa'n gallu gweld pawb yn yr ail a'r drydedd res – a hynny am addewid o gwpwl o beints. Cafodd dipyn o sioc i'w gweld hi yno. A mwy o syndod fyth o weld yr hyn roedd hi'n ei wisgo – sgert ddu fel ysgrifenyddes a blowsen werdd sgleiniog ac arni fow digon mawr i'w alw'n 'chi'.

'Gofalus. Ma'r bow 'na'n edrych fel petai'n goglis.'

'Ma fe.' Gwridodd hithau, y farmed wedi ei dal yng nghanol côr UMCA.

'Shwt ti'n nabod rhein, 'te?' meddai mor ddidaro ag y gallai yn y foment honno. 'Wy'n gweld nawr pam o't ti mor awyddus i roi'r gore i smygu – arbed y llais.'

Crymodd Helen ei hysgwyddau. Sylweddolodd Dafydd y byddai'n maddau unrhyw beth i'r llygaid gloyw 'na. Tra'i fod yn mwynhau smôc yn y gwely gwrandawodd ar ei hanes. Gwrandawodd ar sut y bu'n shagio'r arweinydd am gyfnod. Roedd e'n dechrau moeli ac yn dechrau twchu ond roedd hi'n amlwg o hyd iddo fod yn ddyn golygus yn ei ddydd. Ac roedd e'n gerddor talentog a chanddo dipyn o bres. Doedd e ddim yn ei siwto hi i fod yn stiwdent tlawd. Fel myfyriwr, doedd Dafydd ddim yn un i sefyll gyda'r lleill mewn trowsus a chrys polo yn agor a chau ei geg i'r un gân. Gwnaeth rywbeth y noson honno na wnaeth erioed. Fe drefnodd i gwrdd â hi eto. Helen. Oedd hi wedi cymryd rhywbeth i'w helpu i gysgu? meddyliodd wrth ei gwylio'n huno'n dawel.

Cofiodd fod yr arweinydd yn ddig pan ddeallodd na fyddai Helen yn ymuno ag ef yng nghefn y Touran teuluol. Gwenodd Dafydd yn chwerw. Yr unig beth yng nghefn eu car nhw heddiw oedd dwy sedd plentyn.

'Wyt ti'n meddwl bod e'n bosib hyd yn oed? I gath fawr neidio ar do'r estyniad a mewn trwy ffenest y stafell folchi?' sibrydodd, rhag ei deffro.

Teimlodd y boen yn codi i fyny ei frest at ei wddw a meddyliodd ei fod ar fin chwydu. Ond pasiodd hynny. Gorweddodd i lawr a chau ei lygaid yn fwriadol.

18

Rhaid ei fod wedi cysgu achos fe ddihunodd yn sydyn. Un gnoc. Yn fwriadol. Nabyddodd Dafydd ef. Rhoddodd ei law ar ysgwydd Helen. Deffrodd hithau'n wyllt. Rhoddodd ei fraich amdani'n gysurlon.

'Wy'n siŵr mai Jon sy 'na.'

'Pwy amser yw hi?'

Roedd hi'n hanner awr wedi pump. Dywedodd wrthi am orffwys ac addawodd sicrhau bod Magw'n iawn cyn iddo fynd lawr stacr. Roedd Jon wedi llwyddo i ffrwyno ei hun rhag taranu ar ffenest y drws. Ond ni fyddai Dafydd eisiau dod ar ei draws yn ddiarwybod chwaith.

'Wy 'di ga'l e!' Roedd Jon mas o wynt yn lân. Yn wir, roedd e'n cael trafferth mawr i anadlu ac ofnai Dafydd y byddai'r hen ddyn, oedd dros ei bwysau, yn cael trawiad yn y fan a'r lle.

'Wy 'di ca'l y diawl!' ailadroddodd.

Yn ei law roedd y gwn ac roedd yn pwyso arno fel ffon fagl.

Deallodd Dafydd yn syth. Allai e fod yn wir? Allai Jon fod wedi dal y bwystfil?

'Bydd rhaid i fi ga'l rhywbeth am fy nhraed. A chot,' meddai gan glywed ei anadl ei hun yn ei gyffro. Ond roedd wedi cymryd sbel hir i dwymo yn y gwely achos na châi gwtsio Helen rhag ofn ei dihuno. Doedd e ddim yn ddigon dwl i fentro mas heb got deidi. 'Yn yr allt?' Er gwaetha'r newydd, doedd Dafydd ddim yn edrych 'mlaen at y ddringfa yr eilwaith y noson honno. Oedd e wir am fentro allan eto? Ac eto, beth os oedd Jon yn reit?

'O'n i ar y ffordd 'nôl. Ma fe yn y clawdd. Ma fe wedi marw.'

Dilynodd Dafydd e gan wrando arno'n dweud yr hanes am sut yr oedd wedi clywed yr anifail yn prowlan o gwmpas.

'Weles i'r blew du i ddechre a'r llyged tanllyd. Gofiais i am y crwt bach. A godes i'r gwn a saethu.'

'Ti 'di gweud wrth yr heddlu?'

'Yffarn dân! I beth fydden i'n neud 'ny?'

Oedd e wedi dod 'nôl? Unwaith iddo gael blas ar waed yr un bach? Roedd yn hala cryd ar Dafydd wrth iddo fynd lan y bac ac at yr ardal goediog. Ac eto ni allai stopio ei hun rhag camu ymlaen, ei anadl yn dod yn boenus.

'Ffor' hyn.'

Ro'n nhw'r ochr arall i'r clawdd wrth gwt y rhes o dai *semi*. Trodd Jon fel ei fod yn wynebu'r teras i'r dde o ble roedden nhw'n byw.

'Mewn fan'na. Yn y clawdd.' Defnyddiodd y gwn i bwyntio.

Syllodd Dafydd i'r gwrych, ddim yn siŵr beth oedd e'n disgwyl ei weld. Ceisiodd reoli ei anadl.

'Sdim isie bod ofn. Ma fe wedi marw.'

Aeth Jon yn gyntaf fel ei fod ym môn y clawdd bron, ac yn ei gwrcwd cododd wraidd y gwrych.

Doedd e ddim wedi marw, beth bynnag oedd e. Ni allai Dafydd weld yn syth. Roedd y ffwr tywyll yn codi lan a lawr mewn ochneidiau mawr wrth i'r creadur gymryd ei anadliadau olaf. Roedd yn rhy fach i fod yn gath wyllt a gwelodd Dafydd hynny'n syth. Teimlodd bwniad yn ei frest, y peth bach. Gwthiodd Jon ef â bonyn y gwn. Nid edrychai fel pe byddai'n symud bellach. Roedd wedi gwaedu ers ugain munud, o leiaf, yn ddigon hir i Jon ddod i'w 'nôl yntau. Ffordd boenus i fynd, druan. Cynigiodd Jon y gwn iddo ac amneidio arno i anelu ei ergyd orau, ei ergyd fwyaf hyll. Siglodd Dafydd ei ben. Cydiodd Jon yn y gath gerfydd ei choesau a daeth yr awgrym cyntaf o amheuaeth. 'Ma hi'n llai nag o'n i'n feddwl 'fyd.' Daliodd yr anifail yn uchel yn yr awyr, fel darn o gig ar fachyn yn y lladd-dy. Cath ddu oedd hi.

Roedd Jon wedi saethu cwrci.

Adnabu Dafydd ef. 'Ma hwnna'n dod ffor' hyn i chwilio am sgraps bwyd.' Gwryw tew a chloff. Roedd wedi ei ddal yn y gegin fwy nag unwaith. 'Ma fe dal yn fyw, druan,' sylweddolodd yn boenus.

Roedd y gath yn ysgwyd a gollyngodd Jon hi'n ddiseremoni. Cododd y gwn a'i tharo'n galed. Saethodd poeren o waed at Jon a'i daro ar ei *bodywarmer.* 'O, wel. Gwynt teg.'

Roedd hi ar ddihun pan ddaeth e 'nôl ac yn crio'n dawel. Oedodd Dafydd wrth y drws ac ystyried mynd lawr staer fel na fyddai'n rhaid iddo ei hwynebu, ond roedd wedi ei glywed.

'Pwy o'dd yna?'

'Dim ond Jon.'

'Eto?' Roedd ei chefn ato o hyd.

'Wedi bod yn treial gwrando ar y *police radio.* Peidio cymryd sylw sy ore.'

'Wyt ti'n grac, Dafydd?'

Gwyddai'n syth nad am Jon roedd hi'n sôn.

'Sai'n gwbod beth wy'n teimlo.'

Trodd i orwedd ar ei chefn. Roedd ei dwylo mewn pader ac roedd hi'n syllu ar y nenfwd. Aeth Dafydd i mewn i'r gwely a gorwedd wrth ei hymyl, gan fwynhau gwres ei chorff.

'Ti'n cofio'r gaea cynta 'na, pan o'dd e'n fabi? A'th e o un pwl o annwyd i'r llall. A wedyn fuon ni'n aros 'da dy rieni am y tro cynta ac o'dd e'n peswch bob nos. Ac ar ôl dod gatre o'dd y peswch wedi mynd i'w frest e.' Roedd ei llais yn ddigyffro.

'Fel bob tro.'

'A'r pwmp 'na yn dda i ddim.'

'Ma'n bwysig defnyddio'r pwmp.'

'Doctor Dafydd yn gweud.' Oedd yna wên fach ar ei gwefusau?

'Y doctor sy'n gwbod.'

'Finne'n eistedd fan'na yn ei fagu e.'

'Fi fuodd yn ei fagu e.'

'Ble o'n i, 'te?' Trodd Helen i edrych ar Dafydd.

'O'n i'n dy hala di i dy wely.' Edrychodd y ddau ar ei gilydd.

'Dylen i fod wedi bod wrth ei ochr e.'

'Gormod wrth ei ochr e fuest ti.'

'Gormod?' Suddodd yn ôl i'w hochr hi o'r gwely.

'Ti'n gwbod beth wy'n feddwl.' 'Co hi eto, meddyliodd, yn troi'r gwir.

'Tasen i 'di cau y ffenest.' Roedd ei llais yn fach.

'Fi agorodd y ffenest.'

'Ond fi sydd fel arfer yn cau ffenestri. Cyn mynd i gysgu. Pam wnes i ddim ei chau hi?'

'Gallen i fod wedi'i chau hi, ond pwy fydde 'di meddwl...?'

'Ni 'di ffaelu fe, Dafydd.'

Cododd Dafydd yn sydyn a'i dychryn hi yn ddifeddwl. 'Naddo. Naddo! Byse fe wedi gallu digwydd i rywun. Anlwc. Anlwc uffernol, 'na i gyd.' Ni allai rwystro'i hun.

Roedd e'n lico'r ffordd roedd y geiriau'n swnio mor syml, er bod y cyfan yn troi yn ei feddwl fel llwy mewn cawl. Dafydd... y bwystfil... Jon... y cwrci amddifad...

'Ni yw'r diawled mwya anlwcus yng Nghymru. A paid byth, byth meddwl fel arall. Reit?' Roedd ei waed yn berwi, ond gwnaeth ei orau i reoli ei hun.

'Reit,' atebodd Helen. Ond doedd popeth ddim yn olreit fel y gwyddai hi'n iawn.

19

Roedd hi'n siŵr y byddai rhywun yn cyfarwyddo o fod yma bob dydd: yr oglau yna. Cabej 'di berwi. Cinio ysgol gynradd. Neu rywbeth siarp a melys a thu hwnt o amhleserus. Ond doedd Helen heb fod yno ers oes Adda, felly fe fwrodd y drewdod hi fel clatsien gan lenwi ei thrwyn a stico yn ei llwnc ar ei siwrnai i lawr ei chorn gwddw. Ofnai y byddai'r tost a'r menyn a'r jam yr oedd wedi gorfodi ei hun i'w baratoi y bore hwnnw, a'i fwyta, yn dod yn ôl i fyny.

Teimlodd ei choesau'n sigo a rhoddodd ei llaw yn erbyn y wal oer i sadio ei hun – cyn ei thynnu oddi yno'n go glou a'i rhwbio yn erbyn ei jîns. Doedd hi ddim yn frwnt yno chwaith. Na, roedd rhyw ddisinffectant diwydiannol siep yn y berw hefyd. Caeodd ei thrwyn rhag gwynto'r oglau nes i'r cyfog setlo. Astudiodd y magnolia ar hyd waliau'r cyntedd. Roedd hi yng nghartre'r gwningen dan ddaear, drysau i bob cyfeiriad. Clywai leisiau o bell, a phrysurdeb. Ar y wal, daliwyd ei llygad gan y ddynes ddiwyneb mewn ffrils pinc a chanddi barasól – un o'r prints diflas o oes a fu oedd yn rhannu'r gofod â fframiau llawn rheolau moel, i ddiogelu'r cartre rhag cwynion costus, mae'n siŵr.

Pam wnaeth hi fynnu dod ei hun? Roedd Dafydd wedi cynnig dod yn gwmni, a Ner wrth gwrs. Mynnodd fod Ner yn cael pnawn i'w phethe ei hun. Edrychai'n siomedig o gael ei gwrthod. Ei adael e gartre wnaeth hi, gyda Magw a'i rieni – ar ôl lleisio rhestr ddiangen o gyfarwyddiadau yn ei atgoffa o anghenion yr un fach. Aeth dros ben llestri gyda'r ffysian, braidd, nes i Dafydd afael yn garedig yn ei breichiau i'w stopio rhag mynd o un stafell i'r nesaf, yn clirio a gosod pethe'n barod bob yn ail. Edrychodd i fyw ei llygaid ac meddai, 'Wy'n dad iddi 'fyd.' Nodiodd Helen ei phen yn fodlon a gwisgo ei chot yn dawel pan ddaeth Alison, ffrind Dafs o'r gwaith, i'w chasglu. Roedd rhai pethe'n haws o beidio â nabod rhywun yn rhy dda. Bu bron iddi droi 'nôl pan welodd i Alison ddod â'r plant yn y cefn. Esgus i fynd â nhw i'r lle peli mawr yn Aberteifi tra bod Helen yn y cartre, meddai wrthi'n hwyliog. Ond doedd Helen ddim yn sylweddoli cymaint y byddai rhannu car gyda dau o blant pump a saith oed yn ei hypseto hi nes iddi dreulio deugain munud yn gwrando ar y ddau'n cwmpo mas – 'Fi 'di bîto ti!' Rhyw gêm ar y ffôn. 'Ma Cai wedi cico fi.' 'Fi eisie bwyd.' A'r hen ystrydeb yn goron i'r cyfan – 'Ydyn ni yna eto?' Roedd hi'n falch pan gyrhaeddon nhw. Ac roedd hynny'n beth da.

Daeth un o'r nyrsys ar hyd y coridor yn llawn bywyd. Yn bell tu ôl iddi symudai hen ŵr â ffrâm zimmer yn boenus o araf. 'Chi'n gweld, Elwyn, chi'n gallu mynd yn iawn pan chi'n shiffto o'r gader 'na.' Bu bron iddi stopio'n stond pan welodd hi Helen ac agorodd ei cheg yn llydan. 'Bore da,' meddai wrthi'n dawel. Ond roedd hi'n amlwg bod yna lawer mwy y byddai hi wedi lico ei ddweud. Y peth nesaf roedd Angela Fôn yn prysuro heibio Elwyn oedd yn dal i ymlwybro fel rhyw ymlusgiad. Sgwn i oedd e'n mynd i rywle arbennig? meddyliodd Helen. Roedd Angela yn llawn bwrlwm, ei hiwnifform cotwm yn siffrwd. Dynes yn ei deugeiniau oedd hi, tybiai Helen, fawr hŷn na hithau. Ac eto, fe allai fod yn ifancach na'i golwg. Roedd steil bachgennaidd ei gwallt a'i cholur prin yn dyst i'r ffaith bod ganddi bethe pwysicach ar ei meddwl na'i hymddangosiad. Er gwaetha'r wên a'r bywiogrwydd agored, roedd ganddi ryw ffordd swta a ddatgelai nad oedd hon yn fenyw i'w chroesi.

'Mrs Morgan. Chi yw'r person diwetha –' Edrychai'n syn o'i gweld, ond daeth ati ei hun yn rhyfeddol. 'Ni gyd 'di bod yn meddwl amdanoch chi.' Estynnodd y metron ei llaw a chyffwrdd ym mraich Helen. Gwingodd Helen rhag y cysur a symud ei braich yn ôl.

Meddai'r metron, 'O leia dyw Mam ddim yn gorfod –'

'Sut ma hi?' torrodd Helen ar ei thraws, ei llais yn annisgwyl o gadarn. Pam oedd pawb yn meddwl ei bod hi am rannu rhywbeth mor breifat? Am ei gladdu y tu fewn iddi yr oedd, ffeindio lle bach cudd iddo ble na allai neb ei ffeindio. Ac ar adegau eraill? Roedd hi eisiau gweiddi wrth bawb oedd yn fodlon gwrando.

'Mae'n dda iawn. Yr un peth, ontefe. Ond yn dda iawn a styried,' atebodd Angela.

'O's gobeth am ddished?' Roedd Elwyn wedi eu cyrraedd.

'Te am un ar ddeg, Elwyn bach. Chi'n gwbod 'ny.'

'O'n i'n meddwl ei bod hi yn un ar ddeg. Rhaid bod y wats 'ma 'di stopo 'to.' Rhoddodd ei arddwrn yn erbyn ei glust a'i siglo.

'Ond so chi'n gwisgo wats nawr, Elwyn bach, odych chi?'

Gwelodd Helen ei chyfle ac anelu 'mlaen ffwl sbid am stafell ei mam. Dim ond wrth agosáu yr arafodd hi nes iddi bron â stopio wrth geg y drws. Trodd rownd a gweld Angela yn ei llygadu o bell. Roedd yn ddigon i'w gwthio ymlaen.

'Helô, dere mewn, dere mewn. Tyn dy got a stedda fan'na i ti ga'l gorffwys dy dra'd am bach.' Cafodd Helen ei chyffwrdd gan y diffyg cerydd yn llais ei mam a hithau heb fod yno ers cyhyd. Am ennyd fach gallai dwyllo'i hun ei bod yn ei nabod. Am ennyd yn unig.

'So Geraint 'da ti heddi, 'te, los?'

'O, ma fe 'di slipo i'r dre ar neges.' Chwaraeodd y gêm gan wybod yn iawn bod Geraint yn ei fedd, a hithau Hefina, ei wraig. Gyda Robert, tad Helen, yn drydydd, canser wedi eu dwyn i gyd cyn eu hamser. Buodd y ddau bâr yn bartners mawr am flynyddoedd. Bydden nhw'n treulio pythefnos bob haf yn Ninbych-y-pysgod a sawl penwythnos yn trapsan o gwmpas Cymru. Daeth gwên i wyneb Helen, rhyw wên drist. Oedd hi wedi dod i hyn, ei bod hi'n ymdebygu i Hefs â'i sbectols mawr a'i set hen ffasiwn?

'Gymri di baned o de, neu o's well 'da ti fynd mas? Gallen ni fynd i'r Central Caff.' Ynganai ei mam yr enw Saesneg yn Gymraeg. Swniai wrth ei bodd. Roedd hi'n amlwg i'r ddynes trin gwallt fod yno, achos gwisgai *blow-dry* glamyrys am ei phen, fel petai ganddi rywle i fynd. Edrychai'n od. Tynnwyd ei gwallt oddi wrth ei hwyneb, fel petai'n gwisgo cap tebot oedd yn rhy fach i'w phen. Doedd Helen ddim yn adnabod y ffrog. Roedd y cof yn mynd a dod fel pilipalod. Er y gwyddai fod Angela wedi dweud y newyddion wrthi pan ddigwyddodd, byddai hyd yn oed hwnnw wedi mynd yn angof. Daeth Helen yno heddiw i ddweud drosti ei hun, er na wyddai shwt petai hi'n hollol onest â hi ei hun. Doedd yna'r un 'adeg iawn' i ddweud wrthi fod Pryderi wedi marw. Setlodd ar ddweud wrthi nawr.

'Mam, ma... Ma...' pallodd y geiriau.

Manteisiodd ei mam ar ei phetrustod. Meddai'n llon, 'Neu allwn ni fynd am wâc i'r dre, i Ededa J. Ma hi'n dowel ar bnawn dydd Mercher.'

'Ma fe 'di mynd, Mam.' Tagodd ar ei geiriau ei hun. Taflodd ei hun ar arffed ei mam ac yno ar y coesau esgyrnog a'r neilon siep dechreuodd igian crio'n boenus.

'Jiw, jiw, sdim isie ypseto, swnsh fach. Os yw Geraint 'di mynd â'r car – gallwn ni'n dwy fynd ar y bỳs, w.'

Yno yn ei chôl yr arhosodd Helen nes iddi allu cael ei gwynt ati ac i'w chorff ymlonyddu unwaith yn rhagor.

Ar y ffordd 'nôl roedd pethe'n hollol wahanol i Helen. Teimlai rywbeth, wel, rhywbeth tebyg i ryddhad. Roedd y ddau fach wedi ymlâdd ar ôl oriau yn chwarae yn y lle peli ac ro'n nhw'n syllu trwy ffenestri'r car yn ddi-ddim y rhan fwyaf o'r amser. A phan wnaethon nhw godi lleisiau i gecru am bwy oedd wedi gwneud y nifer mwyaf o ffrindiau newydd, roedd Helen wedi teimlo'n flin gydag Alison am godi ei llais arnyn nhw'n ddiamynedd. Fe fyddai hi'n rhoi rhywbeth i feddwl y gallai hi glywed Pryderi a Magw yn cwmpo mas rhyw ddydd. Fyddai hi ddim yn colli ei thymer, fyddai hi? Roedd y pictiwr yna fel carreg finiog yn naddu ei brest yn boenus, ac yn ddigon i'w stopio hi rhag crio.

20

Gwyddai fod yna rywbeth yn wahanol amdani, ond roedd e'n methu rhoi ei fys ar y peth pan gerddodd e mewn trwy'r drws y noson honno ryw ddwy flynedd yn ôl, ei ben yn dal i fod yn llawn o fwdwl y gwaith. Roedd Pryderi yn ei gadair wrth y bwrdd yn bwyta'i iogwrt gyda'i fysedd gan anwybyddu'r llwy Spider Man o'i flaen. Cymerodd hi funud i Dafydd sylwi ar Helen, a'r ffaith ei fod e'n starfo, ac yn awyddus i wybod a oedd yna swper iddo fe hefyd, a wnaeth iddo glosio ac edrych arni'n iawn. Wrth iddi esbonio bod y pasta, y pesto, y shibwns a'r Parmesan bron yn barod roedd yna wên ar ei hwyneb. Edrychai'n hapus i'w weld ond, yn fwy na hynny, edrychai'n hapus.

'Beth?' gofynnodd gan grychu ei dalcen.

'Fi wedi neud ffrind!' Roedd hi'n wên o glust i glust.

'Da iawn,' atebodd a chodi ei aeliau. Ar ôl rhoi cusan sydyn i'w wraig eisteddodd ar bwys Pryderi a cheisio'i ddarbwyllo i fwyta'r darnau banana wrth ymyl yr iogwrt, yn hytrach na'u stwnshio nhw yn ei law, trwy geisio esbonio y byddai llond bol o ffrwythau yn ei fendithio â phwerau arbennig.

'Nerys yw ei henw. O'dd hi yn Ti a Fi heddiw.' Roedd ganddo ddiddordeb yn y sgwrs ac fe fyddai'n rhaid iddo gyfaddef ei fod yn eithaf balch nad dyn oedd y 'ffrind' newydd. Gwenodd wrtho'i hun am feddwl shwt beth twp. 'Sawl plentyn sy 'da hi, 'te?' gofynnodd.

'Dim un.' Roedd Helen yn mynd i drafferth wrth roi trefn ar ferwr y dŵr.

'Beth o'dd hi'n neud yn Ti a Fi, 'te? Profi'r dŵr?' Rhoddodd y gorau i fwydo Pryderi.

'Ma hi'n helpu yn y Cylch ac ma'n nhw'n cwrdd yn

yr un adeilad. Ti'n gwbod 'ny.' Estynnodd y gogr weiren. Roedd hi'n crenshian ei dannedd wrth iddi ddraenio'r dŵr berwedig ond roedd hi'n dal i siarad bymtheg y dwsin.

'O'dd hi yn yr ysgol gydag Alwen o'r coleg, flwyddyn yn iau na ni'n dwy. (Pryderi, yn dy geg ma'r bwyd i fod i fynd.) Ti'mod? Alwen? 'Na shwt ddechreuon ni siarad. Mae'n byw yn un o'r tai teras 'na ar y ffordd mewn i'r dre. (Pryderi – dim yn dy wallt.) Ar bwys y rowndabowt, ond mae'n gobeitho symud cyn hir os ddaw mwy o fywyd 'to i'r farchnad dai. (Pryderi! Na!... So'r crwt 'na'n gwrando dim.)' Siglodd ei phen.

'Gad e fod, 'chan,' gwenodd Dafydd. 'Dere i Dadi ga'l dy sychu di.'

Cymysgodd Helen y pasta a'r pesto a'r shibwns.

'A beth am ei gŵr hi, 'te? Fydden i'n ei nabod e?'

'So ddi'n briod.' Cododd swper hael ar y platiau.

'Ti moyn help i gario rheina?' gofynnodd Dafydd ac estyn Pryderi o'i sedd. Rhoddodd ef i sefyll ar y llawr a chropiodd y crwt ar ras tuag at y pentwr o flociau yn y gornel.

'Na, wy'n iawn. 'Co ti.'

Roedd stêm yn codi oddi ar y pasta a'r pesto poeth.

'Pupur du?'

Cymerodd Dafydd y teclyn oddi arni a malu pupur dros y cwbwl. Helpodd ei hun i'r Parmesan.

'Ti'n iawn fan'na, Pryderi?'

'Ma fe'n iawn, on'd wyt ti, boi? Joia dy swper.'

Gafaelodd Helen yn y sgwrs unwaith eto. 'Mae 'di dechrau mynd i ddosbarth Pilates. Ofynnodd hi a licen i fynd. Wy'n ca'l 'y nhemtio. Ti wastad yn gweud y dylen i neud rhywbeth i fi'n hunan.'

'Os mai 'na beth ti moyn.' Stwffiodd Dafydd lond pen o ferwr y dŵr (i ddangos ei fod e'n bwyta digon o lysiau) a phasta (i guddio'r blas) yn ei geg yr un pryd.

Gwyliodd Helen ei gŵr yn bwyta.

'Beth?' gofynnodd.

'Dim byd. Jest – wnest ti ddim para'n hir gyda'r Zumba 'na, do fe?'

'O'dd hynny cyn i ni ga'l Pryderi.'

'O'dd, o'dd. Lan i ti – wrth gwrs.' Siaradodd ar ei gyfer, ond edrychodd Helen arno'n hollol ddifrifol.

'Odi, wrth gwrs,' meddai.

Daeth twrw o'r gornel. 'Beth ti 'di neud nawr?'

'Af i.'

'Na, af i,' mynnodd Helen a gadawodd y bwrdd cyn iddo gael cyfle i ddadlau.

Roedd hi yn y lolfa yn magu glased o *rosé*. Nid y cyntaf o'r olwg fodlon ar ei hwyneb wrth iddi wylio hen bennod o ryw ddrama Sgandi.

'Pryderi'n cysgu?'

'Odi gobeitho. Mae wedi wyth.'

'Deimlais i honna.' Esgusodd afael yn ei galon, fel petai hi wedi anelu picell ato. 'Oglau da.'

'Caserol llysieuol. O'dd e'n blydi lyfli. Pryderi yn poeri fe mas wrth gwrs. Goffes i roi Weetabix iddo fe jest i neud yn siŵr ei fod e'n bwyta rhwbeth. Ma dy un di yn y bin. Gymres i dy fod di wedi bwyta erbyn amser hyn.'

'Wy'n iawn.' Doedd e ddim am ildio iddi.

'MacDonalds?'

'Brechdan tiwna o'r garej a gweud y gwir wrthot ti.'

Eisteddodd ar ei phwys ar y soffa, yn ddiangen o agos. Rhoddodd ei fraich amdani a'i chwtsio.

'Fi 'di ca'l cynnig i fynd ar y pwyllgor.' Ni thynnodd ei llygaid oddi ar y teledu. Roedd dau o'r actorion yn cusanu'n wyllt ac wrth eu golwg doedd y ddau ddim yn briod – ddim gyda'i gilydd ta beth.

'Pa bwyllgor?'

'Y Cylch Meithrin.'

'Ond so Pryderi'n mynd i'r Cylch.'

'Dim eto, ond fe fydd e. A'r un nesa os gawn ni un.'

'Digon o amser 'to i fod ar y pwyllgor, 'te.'

Roedd y ddau actor wedi penderfynu eu bod nhw ddim eisiau cusanu'n wyllt wedi'r cwbwl ac roedd un wedi gadael y gegin, ble buon nhw'n lapswchan, mewn pwd.

'Fydde fe ddim yn golygu lot. Helpu mewn ambell ddigwyddiad codi arian, tri chyfarfod y flwyddyn.' Roedd cyffro yn ei llais.

'Cyfarfodydd – 'na beth yw sbort.'

'Fydde aelodau'r pwyllgor i gyd yn helpu'i gilydd.'

'Ddim lot o waith? Swno fel blaen y gyllell i fi.'

'Bydde fe'n gyfle da i gymdeithasu. Drinc bach ar ôl pwyllgor.'

'O, ie, 'na beth yw'r apêl, ife,' tynnodd ei choes. 'Pwy sy 'di gofyn i ti?'

'Ner.'

'Aaa, Ner.'

'So ti'n gwarafun, wyt ti? Fi gatre 'da Pryderi bob dydd.' Cymerodd lond ceg o win. Am y tro cyntaf, sylwodd Dafydd ar y botel wrth ymyl y gadair.

'Paid bo'n ddwl. Os taw 'na beth ti moyn, caria di 'mlaen. Cera. Nele fe les, wy'n siŵr.' Rhoddodd gwtsh sydyn iddi cyn diflannu i'r gegin i estyn ei wydr ei hun, cyn i'r gwin i gyd fynd, a phacyn o grisps i lenwi'r twll yn ei fol.

Daeth adre un diwrnod yn wlyb sopen, ac roedd hi yno, yn y gegin, yn bihafio fel petai'n bart o'r celfi. Roedd Pryderi wrth y bwrdd gyda Helen a Ner, yn chwarae clai, ac roedd lot o chwerthin wrth i'r oedolion greu siapiau anweddus gyda'r Plasticine amryliw. Doedd hi ddim yn edrych dim byd tebyg i'r hyn roedd e wedi ei ddisgwyl rywffordd. Roedd ganddi wallt tywyll, byr a chudyn tamed yn hirach ar gefn ei gwddw yr oedd hi'n hoffi ei dynnu. Roedd ganddi wddw hir a gwnâi sioe o droi ei phen bob hyn a hyn i dynnu sylw ato. Roedd ganddi lygaid fel dau golsyn a chroen gwyn fel y galchen.

'Neis i gwrdd â ti, Dafydd. Wy 'di clywed lot amdanot ti,' meddai Ner.

'Wy 'di clywed lot amdanot ti 'fyd.'

'Watsia'r llawr, Dafs, 'da'r traed gwlyb 'na,' torrodd y cerydd siarp ar eu traws.

Chwarddodd y ddwy fenyw a gwenodd Dafydd yn garedig.

'Ti moyn paned?'

Cododd ei aeliau: Ner oedd yn cynnig. Pan safodd ar ei thraed sylwodd ei bod hi fodfedd yn dalach na Helen. Roedd y gwddw yna'n anhygoel, fel alarch gosgeiddig.

'Ti'n poeni bo fi'n ei harwain hi ar gyfeiliorn?' Trodd i edrych arno wrth estyn y coffi.

'Dim o gwbwl.'

'Ni'n chware caffi gyda'r clai.'

'Ma Helen yn ca'l sosej a tsips.'

Am ryw reswm parodd hyn i Helen fosto mas i chwerthin. Cymerodd yntau ei baned yn dawel a mynd i'r lownj i weld y newyddion. Roedd e'n ddiolchgar i gael pum munud bach iddo'i hun ar ddiwedd diwrnod gwaith.

Ar ôl hynny, daeth yn gyfarwydd â dod adre a'i gweld hi yno, yn helpu Helen gyda Pryderi, neu'n yfed coffi tra bo Pryderi'n chwarae ar lawr. Un noson caeodd ddrws y ffrynt y tu ôl iddo ar boenau'r dydd ac wrth iddo sefyll yn y cyntedd clywai sŵn miri mawr lan staer. Sblasio gwyllt a chwerthin afreolus. Aeth i fyny i weld, yn methu peidio â chydio yn y cyfle i weld beth oedd yn gwneud ei blentyn mor hapus. Roedd pawb yn y stafell folchi, Helen yn eistedd ar sedd y tŷ bach yn magu ei bol chwyddedig ac yn morio chwerthin a

Ner ar ei gliniau yn creu siapiau gwyllt mewn sebon ar ben Pryderi wrth i hwnnw daro'r hyn oedd yn weddill o ffrwyth Mr Messy's Bath Time Fun am y gorau.

Roedd yna afon o ddŵr ar lawr ond, yn groes i'r graen, doedd ei wraig ddim yn gwneud unrhyw ymdrech i'w sychu.

'Ma Ner wedi gofyn i fi fynd i Hamiltons.' Edrychai wedi ymlacio'n llwyr.

'Neis iawn. O's achlysur?'

Aeth cysgod dros wyneb Helen. 'Dwy funud, Pryderi. Wedyn mas o'r bàth yna.'

'Dim Pryderi yw e. Superman. So ti'n lico'r *quiff*?' gofynnodd Ner.

'Dwy funud ac wedyn *up, up and away*, Superman!' Saethodd braich Helen i'r awyr.

'Wy'n ca'l fy mhen-blwydd. Ma croeso i ti ddod 'da ni hefyd, Dafydd.' Edrychai Ner yn syth i mewn i'w lygaid, fel petai'r cynnig yn un cwbl ddilys.

'Na, chi'n ocê. Cyfle am fwy o drafod ar waith y Cylch 'na, ife?'

'Ma fe'n lot o sbort. Chi'n bwriadu anfon Pryderi i'r Cylch, on'd y'ch chi?'

'Siŵr o fod.'

'Wel, cofia di hyn: fydde ddim Cylch i ga'l o gwbwl petai pobol ddim yn fodlon rhoi bach o'u hamser i helpu mas bob hyn a hyn.' Siaradai'n rhydd ac yn rhwydd.

'Yn wirfoddol, wrth gwrs.' Ni allai ymatal rhag tynnu arni.

'Ma'r Cylch yn dibynnu ar ewyllys da am ei fodolaeth. Ti'n llawn ewyllys da, on'd wyt ti?' gwenodd arno. Roedd gwreichion yn ei llygaid.

Nodiodd ei ben a chamu 'mlaen, gan dynnu Pryderi o'r dŵr cyn iddi hi gael cyfle, ar dân am amser gyda'i fab cyn amser gwely.

BBC Radio Cymru, newyddion wyth o'r gloch:

Mae gwyddonydd uchel ei barch wedi creu cynnwrf trwy leisio ei farn ddadleuol ar bwy neu beth laddodd Pryderi Morgan.

Fe aed â'r bachgen dwy flwydd a hanner oed i'r ysbyty ar ôl ymosodiad honedig gan gath fawr yn ei gartre.

Galwyd yr ambiwlans gan ei dad ond nid oedd yn ymateb ac fe ddatganwyd yn swyddogol yn yr ysbyty bod y bachgen wedi marw.

Dyma Dr Rhidian Jones, sy'n arbenigwr ar ymddygiad anifeiliaid gwyllt.

'Does dim tystiolaeth bod yna gathod yn byw yng nghefn gwlad. Petai'n wir fod yna gymuned gyfan o gathod gwyllt yn byw yma yng Nghymru fe fydden i'n disgwyl bod yna gorff neu gyrff wedi cael eu darganfod, un ai ar ôl marw o achosion naturiol neu ar ôl cael eu saethu gan heliwr.'

Er bod canlyniadau'r post mortem a gynhaliwyd wedi datgan y bu Pryderi Morgan farw o drawiad ar y galon, mae gwyddonwyr yn dal i wneud profion ar flew a ganfuwyd ger y man lle digwyddodd yr ymosodiad.

Mae rheolwyr difa pla wedi gosod maglau dal llwynogod yng ngardd gefn y tŷ yn ardal Caerfyrddin ble mae'r teulu'n byw.

'Does yr un anifail wedi ei ddal yn y maglau hyd yn hyn. Fe fydd y maglau'n aros yn eu lle am y tro,' meddai cynrychiolydd ar ran Cyngor Sir Gâr.

Meddai Dr Rhidian Jones, 'Mae'n dipyn o syndod nad oes yr un corff wedi cael ei ganfod erioed. Y gwir yw nad oes tamaid o dystiolaeth i gadarnhau'r hanesion am gathod gwyllt ac felly yn fy marn broffesiynol i dyna ydyn nhw – hanesion, straeon, ffrwyth dychymyg pur.'

Fe holwyd y rhieni yn dilyn yr ymosodiad fel rhan o ymholiadau'r heddlu. Mae'r heddlu'n parhau i ymchwilio i'r mater.

Mwy am y stori hon yn nes ymlaen...

....

21

Roedd hi'n eistedd wrth y bwrdd, powlen o Weetabix o'i blaen, ond wedi ei gwthio i ffwrdd. Roedd hi'n archwilio'i hewinedd. Eisteddai Magw yn ei chadair yn yfed llaeth a chicio'i choesau'n llon. Gwnaeth Dafydd goffi iddo'i hun yn y mỳg cyntaf ddaeth allan o'r cwpwrdd, a dau ddarn o dost. Taenodd haenen anwastad o jam arnyn nhw.

'So'r jam 'ma 'di setio'n iawn.' Ceisiodd falansio'r jam dyfrllyd ar y gyllell.

'Dy fam wnaeth e.'

Ni thrafferthodd Dafydd dorri'r dafell yn ei hanner, heb sôn am wared y crystiau. Aeth â'r coffi a'r tost drwodd i'r lownj. Estynnodd y *remote* a dechreuodd ar y rhes o gamau roedd angen eu dilyn i danio teledu Freeview. O'r diwedd, llenwyd y stafell gan newyddion rhywle arall.

'Mae actores arall wedi datgan heddiw iddi hithau ga'l ei cham-drin tra oedd hi'n gweithio i'r BBC yn yr...'

Edrychodd beth arall oedd ymlaen a dewis *Salvage Hunters* gyda Drew Pritchard lle roedd yr arbenigwr hen bethe mewn sied lychlyd, yn chwilio am ddarnau o gelfi fyddech chi ddim yn edrych arnyn nhw ddwywaith, ac yn eu prynu a'u gwerthu am grocbris.

'So ti'n bwyta brecwast wrth y bwrdd?' daeth llais o'r stafell drws nesaf.

Ochneidiodd. 'Fi'n gwylio'r teledu.'

'Beth amdana i?'

'Ti 'di ca'l brecwast.'

Clywodd sgrech y coesau pren ar y llawr caled a'i llais yn cysuro wrth iddi godi Magw. Daeth i mewn ar ei ôl. Eisteddodd ar gadair.

'Sdim byd 'da ti i weud wrtha i, 'te?' meddai ymhen ychydig.

Gwyddai beth lice fe'i ddweud a'i ddweud e'n uchel 'fyd: pam, pam nad oedden nhw wedi diogelu Pryderi?

'Wy'n byta 'mrecwast,' meddai.

'Ti'n gwbod beth ddywedodd y fenyw 'na. Ni fod i, ti'mod, siarad.'

Diffoddodd y teledu, er y gwyddai y byddai'n drafferth ei roi 'nôl 'mlaen.

'Iawn.'

'Iawn... Wel?' Eisteddodd hithau 'nôl yn y gadair a phlygu ei choesau, gan fwytho boch Magw.

'Ma... ma eisie bara arnon ni.' Roedd e'n teimlo'n eithaf ples gyda'i hun am gofio.

'Wy'n gwbod.' Doedd e heb wneud argraff arni.

'Weda i wrth Ner.'

Roedd tawelwch am damaid bach.

'O'n i'n meddwl falle bydden i'n mynd.' Crafodd ei gwddw yn benderfynol.

'O, ocê.' Roedd wedi'i synnu. 'Ddo i 'da ti, 'te.'

'Na. Wy moyn mynd 'yn hunan.'

'Licen i ddod 'da ti.' Yn annisgwyl, pasiodd Magw iddo fe, ac fe fu'n ei symud yn ôl ac ymlaen yn ei freichiau, yn ceisio cael man cyfforddus, fel petai'n magu slefren fôr. Doedd e ddim eisiau dweud wrth Helen nad oedd e'n lico meddwl amdani'n mynd i'r siop ei hun – rhag ofn. Doedd e ddim eisiau troi pob cam o'i heiddo yn un llawn danjer.

Roedd hi'n bendant. 'Na... Beth arall sy 'da ti i weud?' Roedd hi wedi dadgroesi ei choesau ac roedd hi'n pwyso 'mlaen, ei pheneliniau ar ei phengliniau, ei phen yn gorffwys ar ei dwylo, ac yn rhythu arno.

Roedd e'n dechrau colli amynedd. 'Sdim byd arall 'da fi i weud.'

'So ti'n trial.' A chododd a diflannu 'nôl i'r gegin gyda chlep i ddrws y lownj.

Rhoddodd Dafydd y teledu 'nôl 'mlaen a cheisio dyfalu beth fyddai'n dal llygaid Drew yng nghanol y siop siafins a'r gwe pry cop. Roedd yn rhyddhad pan ddaeth cnoc awdurdodol ar y drws ac yn fwy o ryddhad byth pan ddeallodd mai dim ond ei rieni oedd yno, wedi cyrraedd yn ôl o Gaer.

Doedd Edward ddim yn fodlon o gwbwl ond roedd e'n ffaelu ei stopio a hithau ddim yn ferch iddo, ac roedd hi'n fwy lletchwith byth arno i roi ei droed lawr a Dafydd yn dweud dim. Roedd hwnnw fel petai wedi cymryd yr agwedd, 'os yw hi moyn mynd, gadewch iddi fynd'. A chafodd Helen hyder o hynny a gwisgo ei bŵts a'i chot a lapio'r sgarff ddrudfawr, glòs ei gwead a gafodd yn anrheg Nadolig gan Ner o gwmpas ei gwddw. Pryd oedd y tro diwethaf fuodd trip i siop y gornel yn gymaint o achlysur, meddyliodd. Ddim ers bod Pryderi'n fabi, pan fyddai'n cymryd awr i gael yr holl drugareddau angenrheidiol at ei gilydd dim ond i gamu trwy ddrws y ffrynt. Llosgodd yr atgof yn ei brest.

Penderfynodd fynd â Magw gyda hi. Byddai'n braf iddi gael awyr iach. A beth oedd yr ots am y dynion camera? Fentren nhw ddim cyhoeddi llun o'r ferch fach. Dim ond ei hwyneb hi, Helen, fyddai yn y papurau ac ar y we, yn hen o flaen ei hamser. Roedd proffwydoliaeth DI Edmonds yn gwbwl anghywir. Doedd cynnal cynhadledd i'r wasg heb leihau'r sylw. I'r gwrthwyneb, doedd bwydo'r wasg yn ddyddiol, fel y gwnâi'r tîm a gafodd ei benodi gan yr heddlu, ond yn cadw'r diddordeb yn fyw. Teimlai Helen y gynddaredd yn berwi ynddi. Yna cofiodd nad oedd y sylw yn ddrwg i gyd chwaith. Ni allai ddychmygu byd oedd wedi anghofio am Pryderi.

Roedd hi'n disgwyl camu i wynder mawr ac fe'i siomwyd

ei bod hi fel arall, yn ddiwrnod tywyll iawn – yr awyr yn llwyd ac yn llawn cymylau mawr cuchlyd oedd yn teimlo'n agos, fel soseri oedd am lanio ar ei phen. Wrth fynd i lawr y dreif, sylwodd fod angen trimio'r clawdd yn druenus a bod brigau'r prifet yn chwifio eu pennau arni'n watwarus. Dechreuodd bigo glaw yn annisgwyl ac am eiliad roedd hi'n meddwl bod aderyn wedi gwneud ei fusnes arni. Gwelodd wyneb pryderus Edward wrth y ffenest a chydiodd yn gadarn yn y bygi a dechrau ei wthio i lawr y rhiw yn benderfynol.

'Bore da.' Gwenodd yr heddwas oedd yn diogelu'r ffin arni. 'Ar eich pen eich hun?'

'Odw,' atebodd, a hynny er bod Magw gyda hi. Adnabu e o rywle. Wrth fynd heibio iddo teimlai fel iâr yn mentro y tu hwnt i'r ffens o gwmpas y cwb. Yna cofiodd – PC Hazelby, yr heddwas ddaeth i'r tŷ gyda DC Evans y diwrnod cyntaf ofnadwy hwnnw. Edrychodd o'i chwmpas am lwynog a gweld y newyddiadurwyr o'i blaen. Digwyddodd un ohonyn nhw droi ei phen a chael cip ohoni hi. Gwelodd Helen y cyffro yn ei gwên. Mor benderfynol oedd hi o fynd i'r siop ar ei phen ei hun ond nawr teimlai ei thraed yn simsanu, yr hyder yn diflannu gydag un hwth o wynt. Teimlai mor wan â brigyn noeth. Roedd yn rhaid iddi gydnabod y byddai'n haws dychwelyd i'w chartre yn waglaw at y teulu na wynebu'r sgrym ar waelod y lôn a, gwaeth na hynny, wynebu'r eiliad honno o adnabyddiaeth ac ofn yn siop y gornel, wrth i bobol sylweddoli nad oedden nhw'n gwybod beth i'w ddweud wrthi hi. Trodd y bygi am 'nôl a thrio'n galed i glapian y dagrau o'i llygaid poeth. Byddai'n rhaid bod yn barod am eu hwynebau nhw adre a'r edrychiad 'ddwedais i' anorfod, eu balchder o fod yn iawn yn drech na'i theimladau hi.

BBC Newyddion
Diweddarwyd 8:16

Gwaith llofrudd cyfresol? – Yr heddlu'n archwilio bedd yn y goedwig yng Ngelli Aur, Caerfyrddin

Oes yna lofrudd cyfresol yng Nghaerfyrddin?

Dyna'r cwestiwn sy'n cael ei ofyn gan Heddlu Dyfed Powys ar ôl i fedd gael ei ddarganfod gan gi a'i berchennog ger llwybr coed poblogaidd.

Roedd Adrian Hands, 28 oed, yn credu iddo ddod ar draws bedd yr oedd plant wedi ei wneud ar gyfer anifail anwes. Ond cafodd ei berswadio gan ei wraig i gysylltu â'r heddlu.

Mae'r heddlu wedi cadarnhau bod tîm fforensig yn y goedwig yn archwilio'r man lle canfuwyd y bedd.

Daethpwyd o hyd i'r hyn oedd yn ymdebygu i fedd gan gi Mr Hands – terier Jack Russell o'r enw Pero.

'Mae Pero a finnau'n cerdded trwy'r coed yma bron bob dydd. Dwi'n gallu gadael y ci'n rhydd ond dyw e byth yn mynd yn rhy bell,' meddai Mr Hands heddiw. 'Fe ddechreuodd e gyfarth ac es i draw i weld beth oedd wedi ei gynhyrfu. Rhaid cyfadde, ges i dipyn bach o sioc i ddechre o weld y bedd ond wedyn benderfynais i mai plentyn oedd wedi ei wneud e.

'Roedd e tua thair troedfedd o hyd a throedfedd o led ac roedd cerrig wedi eu gosod o'i gwmpas mewn patrwm anniben.

'Yr hyn wnaeth ddal fy sylw i fwya oedd bod rhywun wedi gosod bwnshyn o flodau mewn pot jam. Lili wen fach o'n nhw, wy'n credu. Roedd 'na ddoli glwt fach hefyd ag adenydd ganddi, tylwyth teg neu angel falle.'

Fe ffoniodd Mr Hands yr heddlu ar ôl dweud y stori wrth ei wraig. Mae arbenigwyr fforensig bellach yn archwilio'r man, ac mae ffin wedi ei gosod rhag i aelodau'r cyhoedd na'u cŵn ymyrryd â'r bedd.

'Nawr bo fi wedi cael cyfle i feddwl ambytu fe, a'r crwtyn bach Pryderi Morgan 'na, odw, wy'n credu ei fod e'n amheus iawn,' meddai Mr Hands wrth gael ei holi.

'Gall Heddlu Dyfed-Powys gadarnhau ein bod yn archwilio rhan o goedwig Gelli Aur yng Nghaerfyrddin ar ôl darganfyddiad gan aelod o'r cyhoedd ddoe. Mae'n rhy fuan i rannu gwybodaeth bendant. Fe fydd yn rhaid aros am ganlyniadau fforensig,' meddai llefarydd.

....

22

Aeth ei rieni yn ôl i'r B&B wedi i'w fam fynnu paratoi swper, a chymoni yn y gegin ar eu hôl. Roedd Dafydd yn falch o'u cwmni, ac fe ddywedodd hynny wrth ei fam, ar ôl y pryd bwyd o gwmpas y bwrdd ble doedd neb fel petaen nhw'n gwybod beth i'w ddweud wrth ei gilydd. Wrth fynd, gwrthododd ei dad ei gynnig i gyfrannu at gost y llety. Yn lle hynny, gwasgodd law Dafydd a daeth hynny â dŵr i lygaid y ddau.

Pan ddaeth hi'n amser gwely ni allai gysgu, felly pam ddim pori fel rhyw anifail awchus yn llowcio'i ginio. Roedd hi mor hawdd cael gwybodaeth. Clic, clic. Dyna'r oll oedd ei angen. Clic, clic a dyna chi'n gallu profi eich achos o blaid neu yn erbyn pob dim.

Hwyr y nos. Pob dim yn dawel, ond am ambell gyfarthiad gan gi strae. Golau o'r lamp fyglyd y tu allan a sgrin y cyfrifiadur ynghyn. Cenfigennai wrth ryddid Helen i ymroi i gwsg y tabledi. Yn yr isfyd lledrithiol hwn, paratôdd Dafydd i gadarnhau ei amheuon. Ac mewn dim, dyna ble roedd e, yn hanes ynysoedd Prydain ddoe. Yn sydyn roedd yr wybodaeth fod anifeiliaid rheibus yn crwydro'r bryniau fel petai ar flaenau ei fysedd. Teimlodd ei galon yn curo'n gyflymach. Nid breuddwyd mohono. Ymhlith yr ysbeilwyr mawr brodorol hyn roedd llew'r ogof, y llewpart, y tsita a'r blaidd. I gyd yn crwydro'r bryniau a'r elltydd yn bwydo ar anifeiliaid oedd yn cael eu bugeilio.

Cyffrôdd. Dyma deulu'r gath fawr. Ysbeiliwr llechwraidd, yn dod gyda'r nos yn dawel a chwim, yn lladd un heb boeni gweddill y praidd. Sugno'r gwaed yn awchus a gadael olion prin o groen ac esgyrn.

Dihunwyd ei ddychymyg. Roedd eu disgynyddion yn fyw ac yn iach – y gath wyllt, y cadno, y ci a'r mochyn daear. Ac yn yr Alban roedd cath wyllt y Felis Silvestris yn ymosod ar ŵyn bach.

Fuodd e fawr o ddarllenwr yn Gymraeg. Ond cofiai am y storïau a adroddwyd iddo'n blentyn gan ei fam, llên gwerin a'r Mabinogi. Roedd llenyddiaeth frodorol a rhyngwladol yn frith o gyfeiriadau at anifeiliaid rheibus rhyfeddol, o gŵn Annwn i'r Twrch Trwyth. Ac roedd yna wirionedd ym mhob stori, medden nhw.

Dyna un peth yr oedd Dafydd wedi'i weld ers eu colled. Roedd hi'n anhygoel beth fyddai rhai pobol yn ei gredu, ac yn ei wneud. Roedd y stori a ddarllenai nawr yn rhyfeddol. Gallai gredu bod cathod ecsotig i'w gweld mewn sw neu syrcas erbyn y pumdegau a'r chwedegau. Ond y piwma – yn anifail anwes poblogaidd? Ai un o'r rheini fuodd yn eu cartre nhw, 'te? Symudodd yn anghyfforddus yn ei sedd, ei galon yn powndian yn ei frest. Oedd, roedd yn bosib. Oherwydd un ddeddf. Roedd ei ddwylo'n crynu wrth ddarllen ymlaen. Cafodd pob math o anifeiliaid gwyllt eu rhyddhau yng nghefn gwlad ble roedd digon o gynefinoedd pellennig iddynt ymgartrefu. Digonedd o leoedd i gath ffyrnig wneud ei gwâl.

Fe hoffai fod wedi dweud iddo neidio i'r adwy fel dyn go iawn pan glywodd y gnoc ar ddrws y cefn. Ond ei reddf oedd cuddio o dan y ddesg fel petai'n fyncer milwrol ac aros i'r bom gwympo. Roedd yn siŵr ei fod wedi plygu ei ben yn reddfol. Ac i beth? I'w arbed ei hun rhag rat-tat-tat y bwledi. Yr eiliad nesaf roedd yn meddwl am ei deulu ac yna, a'i feddwl ar ras, yn cofio am Jon ac yn ymlacio. Roedd wedi ei ddal, oedd, yn gwneud yr union beth roedd wedi rhybuddio Helen rhag ei wneud – ildio i'r demtasiwn o roi amser i straeon y we. Rhuthrodd lawr staer cyn bod y tŷ cyfan ar ddihun. Gwyddai pwy oedd yno, a gwyddai'n iawn beth fyddai e eisiau. Wrth agor y drws cymerodd Dafydd anadl ddofn a pharatoi ei hun i ddangos bach o asgwrn cefn.

'Ti'n dod?' Cwestiwn o enau unrhyw un arall, ond roedd yn debycach i orchymyn gan Jon.

'Nagw.'

'Cer i nôl dy got a dy sgidie cerdded. Arhosa i fan hyn.'

Oedd e ddim wedi clywed? Ni allai Dafydd benderfynu. Doedd e ddim yn edrych 'mlaen at orfod ei siomi. 'Dwi ddim yn dod heno.'

Cododd Jon ei ben am y tro cyntaf. Roedd yna grychau dwfn ar ei dalcen fel hôl aredig mewn pridd. 'Ma cwpwl o fois mas 'na heno. Ffermwyr yw rhai ond ges i air 'da un a o'dd e'n gweud bod aelodau'r clwb saethu wrthi nawr 'fyd. Nage dim ond dynion lleol y'n nhw chwaith. Glywes i bod 'na lond car o Firmingham eisie helpu.'

Ceisiodd Dafydd ddeall yr hyn oedd yn cael ei ddweud wrtho.

'Glywest ti am y mwrdwr 'na, do fe?'

'Mwrdwr?'

'Ie. Ma'n nhw 'di ffeindio bedd yng Ngelli Aur. O't ti ddim yn gwbod?'

'Dim bedd person yw hwnna. Ci neu byji neu rywbeth, siŵr o fod. Rhyw wrach wen eisie galw'r tylwyth teg i ddod o'r nefoedd i ofalu am "pretty boy" pluog 'di pego hi.' Agorodd Dafydd ei ddwylo a'u cau, agor a chau yn anniddig.

Rhythodd Jon arno.

'So ti'n gwbod 'ny wir. Drycha, wy'n gwbod bo ti 'di bod trw' lot a phob peth ond paid sefyll fan'na'n wasto amser yn siarad am dylwyth teg. Dere. Siapa dy stwmps, gwd boi.'

'Nagw, Jon. Sai'n dod 'da ti heno.' Roedd ei eiriau'n oer fel y nos.

Camodd Jon yn ôl oddi wrth y drws fel petai'n simsanu ar ôl y glatsien.

'Wy'n gweld,' meddai o'r diwedd.

Difarodd Dafydd sŵn dideimlad ei eiriau.

'Fyddi di'n oreit, Jon?'

'Paid ti poeni amdana i.' Cododd y bag gyda'r gynnau ar ei gefn a dechreuodd fynd, ond yna fe drodd 'nôl at Dafydd. ''Na gyd fi'n gwbod yw hyn – tase fe'n fi, fydden i ffaelu sefyll fan'na'n neud dim byd.'

A chyda'r ergyd honno, trodd ei gefn a diflannu i'r tywyllwch rownd ochr y tŷ.

23

'Wyt ti moyn i fi fynd â Magw i'r parc? I ti ga'l pum munud?' Dyna'r peth diwethaf roedd e eisiau ei wneud mewn gwirionedd. Sylweddolai Dafydd ei fod yn teimlo fel'ny'n aml. Ond, o orfodi ei hun i wneud rhywbeth, i fynd allan, fe fyddai'n cael hwb gan yr awyr iach ac yn enjoio gweld Magw'n mwynhau'r pethe bach: mynd 'nôl a 'mlaen ar y siglen, cael help Dad i fynd i lawr y sleid, chwarae pi-po yn y siapiau anghymesur. Ac ar ôl cyhuddiad Jon ei fod yn 'gwneud dim', roedd yn ysu i gael gwneud rhywbeth.

'A cha'l eich llunie yn y papur fory nesa – hebdda i? A phawb yn holi ble o'n i, pam o'n i, ei mam hi, ddim yno yn cadw'r un fach yn saff?'

Daliai Helen ei phen rhwng ei dwylo a thynnu ei chroen i lawr gyda'i bysedd nes ei bod yn edrych fel dynes ddieithr. Ceisiodd Dafydd ei chysuro.

'Dim dy fai di o'dd e,' meddai'n fwyn. 'Dim 'yn bai ni yw hyn o gwbwl. Ma'n rhaid i ti a fi a phawb –'

Torrodd rat-tat-tat ar y drws ar eu traws.

'Pam na roi di allwedd iddyn nhw?' cynigiodd Helen.

'O'n i ddim yn meddwl y byddet ti eisie nhw'n lando ar ein penne ni heb i ni ga'l unrhyw fath o rybudd.'

'Ma'n nhw 'di bod yn lot o help.' Ni allai ddeall ei ddymuniad i gadw ei rieni hyd braich.

'Ewn ni i gyd,' oedd ymateb ei dad pan glywodd am eu cynlluniau, ac roedd ei fam yn ymddangos yr un mor awyddus yn ei ffordd fach dawel ei hun. Roedd rhywbeth rhyfedd am y ffordd yr aeth pawb ati i baratoi Magw a nhw eu hunain, fel petaen nhw'n mynd am ddiwrnod mas teuluol, fel petai popeth yn normal. Byddai'n haws mynd ei hun, gwyddai hynny, ond doedd Dafydd ddim yn disgwyl llonydd chwaith gan yr haid fyddai'n siŵr o'u dilyn, yn chwilio am stori, yn aros am gyfle am lun, er gwaetha'r wybodaeth oedd yn cael ei rhannu â nhw'n wirfoddol, mewn ymgais – gwbwl aflwyddiannus, yn nhyb Dafydd erbyn hyn – i reoli'r wasg.

Byddai cael pâr arall o ddwylo yn help ar un adeg, ond y diwrnod hwnnw roedd e'n teimlo fel hindrans. Roedd yna fflach o heulwen yn sheino dros bob man er gwaetha'r gwynt main a chwythai yn eu hwynebau. Ar ôl trafodaeth fer ynglŷn â phwy fyddai'n gwthio'r goetsh – Helen enillodd – fe ddechreuon nhw ar eu taith i lawr y rhiw, a llwyddo i fynd o dan y tâp gwarchodol a heibio'r heddwas ar ddyletswydd yn gymharol ddidrafferth, er gwaethaf clun dost Edward a phryder Ruth eu bod yn mynd dros y ffin heb aros am ganiatâd.

Roedd hi'n oer. Teimlai Dafydd y blew ar gefn ei wddw yn goglis wrth iddyn nhw agosáu at y giwed o newyddiadurwyr a chamerâu.

'Beth ddylen i neud, Dafydd – gwenu?'

Edward atebodd yn ddi-flewyn-ar-dafod fel arfer. 'Sdim iws i ti neud hynny, Ruth. Fyddan nhw eisie gwbod beth sy 'da ti i wenu amdano.'

'Odi hi mewn yn iawn, Dafydd?'

'Odi. Ma hi mewn yn iawn.'

'Dal yn dynn, Magw fach. Ma Dadi'n barod i wthio ti… Dim rhy uchel, Dafydd! Dyw hi ddim ar yr olwyn fawr.'

'Oreit. Ma Magw a finne wedi bod ar y siglen o'r blaen, ti'mod, Helen,' atebodd wysg ei din.

'Sdim byd yn bod ar bach o ofal, nag o's, Helen.' Daeth Edward i'r adwy wrth weld gên ei ferch yng nghyfraith yn suddo i wddw ei chot gaeaf.

'Weloch chi hwnna?'

'Odi hi'n bwrw eira?' Edrychodd Edward o'i gwmpas yn amheus.

'Wy'n siŵr welais i fflach.'

Roedd Dafydd yn gwthio Magw 'nôl a 'mlaen yn egnïol tra bod Helen yn gwgu arno'n ysbeidiol. Chwarddai Magw er gwaethaf popeth, a phob hyn a hyn daliai Dafydd wên fach ar wefusau ei dad a'i fam. Ni allai wenu'n rhwydd, na Helen chwaith. Gallai weld ei llygaid hi'n culhau, er ei fod yn gwneud ei orau i ganolbwyntio ar Magw, a themlai'r gŵr drwg ynddo'n rhuthro trwy ei wythiennau ac yn ei annog i wthio'r ferch fach yn uwch ac yn uwch.

'Oes yna gamerâu fan hyn, 'te?' Cwtsiodd Ruth ei hun mewn ymdrech i gadw'n gynnes.

'Wela i ddim un camera.' Roedd Edward yn benderfynol.

'Ma'n nhw ym mhob man.' Arafodd Dafydd y siglen.

'Odyn nhw?' gofynnodd Helen. 'Wnes i ddim sylwi.' Roedd hi'n ymddangos yn gwbwl ddigynnwrf.

'Mae'n oer. So chi'n meddwl ddylen ni fynd gartre am baned fach?'

'Syniad da, Ruth.' Tynnodd Helen yr un fach o'r siglen gan wneud ymdrech i wenu arni a rhwbio'i thrwyn gyda'i thrwyn hithau. Roedd hi'n falch o'r esgus i gael rheoli pethe eto.

'Mae'n rhy oer i fod yn sefyllian fan hyn trwy'r dydd. Sai'n gallu teimlo fy nhraed.' Dechreuodd Edward stompio i fyny ac i lawr fel sowldiwr.

'O'dd ddim rhaid i chi ddod, ch'wel.' Teimlai Dafydd wedi blino, ond ceisiodd swnio'n sionc.

'O'n ni moyn dod.' Gorfododd ei fam ei braich trwy ei fraich yntau.

'Wrth gwrs bo ni moyn dod,' ategodd ei dad gan gymryd awenau'r bygi tra bod Helen yn gosod Magw yn ôl yn ei gwâl gynnes.

'Chi'n iawn, Dad?'

Roedd llygaid Edward yn rhedeg.

'Y gwynt 'ma sy'n oer,' meddai'n hwyliog.

'Ewch chi gatre i roi trefn ar Mam tra bo Helen yn sorto Magw.'

Roedd e angen bach o amser iddo'i hun ac felly fe gynigiodd Dafydd fynd i'r siop ar y ffordd adre i brynu llaeth – roedd e bron â dweud 'papur newydd' hefyd, ond yna cofiodd iddo gael ei gynghori'n garedig gan DI Edmonds i beidio â phrynu hwnnw cyn cael gwybod yn gyntaf beth oedd yn cael ei ddweud amdanyn nhw. Doedd dim pwynt cymryd gormod o sylw, meddai'r ditectif mwyn, ond roedd hi'n anodd peidio o gofio sut yr arferai e bori dros rai o'r cymeriadau mewn ambell stori fawr.

'Helô, Terry, shwmai?'

'O, helô,' petrusodd. Fel arfer deuai hanner cant a mwy o eiriau llawn hwyl allan o geg rheolwr Spar yn syth. Ond roedd hi'n amlwg nad oedd yn gwybod beth i'w ddweud wrth Dafydd heddiw. Rhedodd gledr ei law ar hyd ei wallt coch tonnog gan achosi i'w siwmper godi a chafodd Dafydd lond llygaid o flew a bol cwrw dyn hanner cant oed. Achubodd Dafydd y ddau ohonyn nhw trwy ddianc i gyfeiriad y ffrijis yn y cefn. Doedd e heb fod i'r siop ers sbel a dechreuodd bori'n ddifeddwl ar hyd y cynnyrch Cymreig da gan flasu rhai o'r iogwrts, y cawsiau a'r salads yn feddyliol wrth fynd. Roedd e'n starfo. Bachodd botel fawr o laeth a mynd i weld beth oedd ar gael ar y silff fisgedi. Pwy a ŵyr pa mor hir y bu'n ceisio penderfynu rhwng rhinweddau Digestives a Custard Creams. Roedd yn dod i ben yr eil gyda phaced o Hobnobs o dan ei gesail pan glywodd y cyffro.

'Ma un arall 'di bod, bois bach. 'Run peth â'r crwt 'na.'

Aeth ias i lawr asgwrn cefn Dafydd. Safodd yno'n syllu ar y sgwariau bach ar grys y dyn o'i flaen. Roedd cyrls anniben yn goglis ei goler a dyfalai Dafydd ei fod yn filder o ryw fath o edrych ar ei fŵts gwaith yn blaster o sment a mwd.

'Cath?' gofynnodd.

Rhythodd Terry y siop dros ysgwydd y dyn ac edrych ar Dafydd mewn dychryn. Trodd y dyn yn barod i roi llond ceg i'r diawl digywilydd oedd wedi meiddio torri ar ei draws, ond pan welodd e Dafydd fe rewodd ei wyneb mewn arswyd.

'Sori, mêt,' meddai mewn llais main. 'Do'n i ddim 'di notiso –'

'Beth sy 'di digwydd?... Beth sy 'di digwydd?' Cododd Dafydd ei lais yn awdurdodol.

Edrychodd y ddau ddyn arall ar ei gilydd ac amneidiodd Terry ar y cwsmer i ddangos ei bod yn iawn iddo rannu'r newyddion.

'Anghenfil o beth 'di ataco menyw yn y pentre nesa.' Siaradai'r dyn yn ofalus.

''Run peth â Pryderi?' Roedd golwg wyllt yn llygaid Dafydd. Estynnodd ei ffôn o'i boced. Gobeithiai y byddai ganddo signal a pharatôdd ei hun i chwilio am y stori ar y we.

'Ges i decst wrth ffrind.' Roedd yr adeiladwr wedi deall beth roedd Dafydd yn trio'i wneud.

'Odi hi'n ocê?' gofynnodd Dafydd yn betrus.

'Odi, odi. Anaf ar ei braich yn ôl beth ddeallais i. O'dd hi mas yn mynd â'r ci am dro pan dda'th rhwbeth i gwrdd â nhw.'

'Ble o'dd hi, 'te? Bwys y tŷ neu beth?' gofynnodd Terry.

'Na, o'dd hi 'di mynd lan y brynie. So ddi'n saff i fynd mas â'r ci, bois.'

Gadawodd Dafydd y siop ar ras a hanner cerdded, hanner rhedeg ar hyd y pafin nes iddo gofio bod rhywrai'n siŵr o fod yn ei wylio. Y siwrnai honno adre oedd yr un hiraf erioed. Doedd e ddim yn sicr a ddylai ddweud wrth y teulu ai peidio, ond yn y diwedd daeth y cwbwl o'i geg yn dwmbwl dambal cyn gynted ag y gofynnodd ei dad am y llaeth.

Cydiodd Helen ym mraich ei gŵr a synnodd o weld bod yna sglein yn ei llygaid. 'Ma hyn yn newyddion da, Dafs. Fydd rhaid iddyn nhw hala criw chwilio mas 'to nawr.'

Tynnwyd sylw Dafydd gan sŵn car yn refio y tu allan. Nabyddodd injan *pick-up* Carwyn mewn fflach.

'Ble ti'n mynd?' galwodd Helen.

'Fydda i 'nôl nawr,' ac aeth allan at ei ffrind. Roedd 'Diwrnod i'r Brenin' Geraint Jarman yn chwarae ffwl blast yn y car. 'Ti 'di clywed?'

'Odw. Ti'n gwbod mwy na fi?'

Siglodd Dafydd ei ben. Roedd ei galon yn curo fel drwm.

'Dere. Ewn ni lawr i weld beth sy'n mynd 'mlaen.'

I ddyn oedd yn gyfarwydd â chadw at reolau gwaith, roedd yn teimlo fel peth drwg i'w wneud. Trwy gornel ei lygad gwelodd Jon yn dod mas o'r tŷ ac yn brasgamu tuag atyn nhw.

Gallai Carwyn synhwyro bod ei ffrind yn simsanu.

'Dere. Jwmp mewn, cyn bo'r busnesgi 'na ar 'yn penne ni.' Estynnodd Carwyn ar draws sedd y pasenjer ac agor y drws. Dringodd Dafydd i mewn yn ufudd.

'Sori, Jon, sdim lle 'da fi,' gwaeddodd Carwyn, ond roedd Jarman yn ei foddi.

Cododd Jon ei law a'u gwylio nhw'n mynd yn gegrwth. Cododd Dafydd ei law yn ddideimlad. Roedd e'n gwbwl ddiffrwyth. Petai e ddim yng nghwmni ei ffrind roedd e'n ofni y byddai dagrau o ryddhad wedi dod i'r golwg. Oedd e'n wir, felly? Doedd e ddim yn dychmygu? Roedd y bwystfil yn bod, ac er nad oedd e'n dymuno drwg i berson arall roedd e'n sobor o falch nad ei deulu e oedd yr unig rai i deimlo min ei ddannedd.

24

Carwyn ddaeth â'r newyddion bod y Maer wedi gwneud datganiad i'r wasg. Ac er nad oedd Dafydd yn ei nabod, teimlodd lwmp yn ei wddw o glywed iddo ddatgan ei gefnogaeth. Ar yr awr, roedd rhan o'r araith yn cael ei hailadrodd ar y newyddion. Ceisiodd gadw Helen draw, ond fel arfer fe fynnodd gael ei ffordd a safodd y tri – a Magw yn bedwerydd, yn chwarae ar lawr – yn gwylio'r clip ar y cyfrifiadur, fel teulu'n gwrando ar adroddiad rhyfel ar y weiarles slawer dydd.

'Ry'n ni'n gobeithio ac yn gweddïo dros Pryderi bach, heddwch i'w lwch, ac y bydd beth bynnag wnaeth hyn yn cael ei ffeindio cyn iddo wneud rhagor o niwed.'

Roedd rhywbeth cyfarwydd am ei lais, meddyliodd Dafydd. Ceisiodd feddwl sut un oedd e, ond ni ddaeth ei wyneb i'r meddwl.

'Mae'r "gath" hon wedi dod â'r gymuned gyfan at ei gilydd: pobol sydd wedi cael eu geni a'u magu yma a phobol ddŵad, yn bobol capel a phobol ddi-dduw. Ac mewn undod mae nerth, medden nhw.'

'Ti'n meddwl bod hwn yn y pwlpud ar ddydd Sul?' gofynnodd Carwyn yn ysgafn.

Gwenodd Dafydd, ond gwgodd Helen wrth i arbenigwr anifeiliaid ddod ar y radio.

'Wy 'di darllen lot o rybish yn ddiweddar am gathod a ble maen nhw. Ond credwch chi fi, maen nhw'n bod. A mae'r ymosodiad diweddara hyn yn profi fe. Mae ci yn mynd am y gwddw. Ond pan mae cath yn ymosod ar ddafad, dweder, mae'n ymosodiad glân iawn. Mae'n gadael gweddill y corff. Mae yna storïe di-ri yn y *Carmarthen Journal* dros y blynyddoedd – cathod yn ymosod ar anifeiliaid. Mae'r heddlu'n gwbod yn iawn bod yna gyrff anifeiliaid wedi cael eu ffeindio yn yr ardal hon, ac ôl pawennau hefyd, sy'n gyson ag ymosodiadau gan gathod.'

Torrodd y newyddiadurwr ar ei draws ac aeth yr holi 'nôl a 'mlaen am gyfnod gyda'r arbenigwr yn sefyll ei dir. Gwnaeth hynny er gwaethaf awgrym yr holwr bod pobol yn barod i ddweud pob math o bethe, a bod yna ddyn yn Exmoor oedd yn mynnu bod aelod o deulu lleol yn troi'n fwystfil o dan amgylchiadau arbennig ac yn ymosod ar ddefaid ar y rhosydd.

Aeth y Maer 'mlaen yn llawn afiaith.

'A weda i beth arall wrthoch chi. Pan ymosodwyd ar y plant bach yna gan gadno, fe ddaeth yr anifail 'nôl. Oedd tystiolaeth gan yr heddlu – dynnodd un heddwas lun o'r cadno ar ei fobeil.'

Doedd Dafydd ddim yn gwybod beth i'w feddwl, ond edrychai Helen yn fwy sionc nag y gwelodd hi ers sbel fach.

'Ti'n iawn?' Rhoddodd ei law ar ei chefn wrth iddi blygu i lawr at Magw.

'Ma'n neis clywed rhywun yn gweud eu bod nhw'n credu ynon ni.'

Nodiodd Dafydd ei ben.

'Ma'n wir beth o'dd yr arbenigwr yn weud, ti'mod. Gafodd anifeiliaid gwyllt eu rhyddhau yng nghefen gwlad achos Deddf Anifeiliaid Gwyllt a Pheryglus 1976 –'

'Beth ti'n siarad ambytu, Dafydd?'

'Ddarllenes i fe ar y we. O'n nhw'n treial atal y byd a'i frawd rhag cadw anifeiliaid estron. Gafodd yr anifeiliaid eu gollwng yn rhydd, i fagu rhai bach, i neud beth ma anifail yn neud i aros yn fyw... Wedyn ma fe'n hollol bosib, beth welon ni.'

'Beth welest *ti*, Dafydd.'

'Fi, 'te.'

'Fi'n mynd,' galwodd Carwyn.

Aeth Dafydd i'r drws gyda fe.

'Rho ring os ti eisie rhwbeth, mêt.' Siglodd Carwyn ei law yn frawdol.

Y funud nesaf roedd sŵn chwyrlïo mawr uwch eu pennau. Cafodd Dafydd ei hun yn crymu ei ben.

'Beth ddiawl yw hwnna?!'

'Hofrenydd. Polîs,' atebodd Carwyn ar ôl i'r twrw gwaethaf ddistewi.

'I beth?'

'Trio cadw rhyw fath o reoleth ar bethe. Mae neges y Maer 'na'n fyw ar Facebook a Twitter – "mewn undod mae nerth" wir! Ma'n nhw'n saethu mas y cefen 'na'n barod, ond aros di – fydd pob math o bobol wych a gwachul o bob rhan o'r wlad yn dod 'ma nawr i drio saethu'r gath.'

'Ti'n meddwl 'ny?'

Trodd Carwyn ei gefn arno. 'Odw. Ma'n dechre mynd yn ddanjerus mas 'na.'

Newyddion Radio Cymru

Mae'r heddlu wedi rhybuddio pobol i bwyllo ar ôl i bapur newydd gynnig gwobr i unrhyw un all ddal y bwystfil laddodd Pryderi Morgan.

Cyhoeddodd papur newydd y *Sun* y bydden nhw'n cynnig gwobr o £50,000 i unrhyw un allai ddal yr anifail a ymosododd ar Pryderi a'i chwaer, Magw – a hynny yn fyw neu'n farw.

Mae'r cyhoeddiad yn dilyn ail ymosodiad honedig ar Teresa Jones, 34, o Langadog. Anafwyd Miss Jones tra oedd yn mynd â'r ci am dro a chafodd ei thrin am anafiadau i'w braich yn Ysbyty Glangwili.

Yn dilyn y datganiad gan y papur, gwelwyd degau o bobol gyda gynnau o bob rhan o ynysoedd Prydain yn dod i'r coed y tu ôl i'r stad yng Nghaerfyrddin.

Dyma DI Clive Edmonds, y ditectif sy'n gyfrifol am yr ymchwiliad:

'Mae ymddangosiad sydyn cynifer o bobol â gynnau allan yn y caeau ddydd a nos yn sefyllfa beryglus tu hwnt. Mae Deddf Trefn Gyhoeddus 1986 yn gwahardd mwy na 12 o bobol rhag dod ynghyd i ddefnyddio neu fygwth defnyddio trais anghyfreithlon. Mae'r dynion yn dweud eu bod yn ymddwyn fel unigolion a bod ganddyn nhw drwyddedau dilys, ond faint o brofiad sydd ganddyn nhw o saethu gwn neu hela anifail yn yr oes hon? Pan mae rhywun yn heliwr dibrofiad, hawdd iawn i sŵn traed person ymdebygu i sŵn pawennau. Hawdd i rywun gael ei gamgymryd am fwystfil. Mae'r helwyr yma'n fwy tebygol o saethu ei gilydd.

'Rydyn ni'n apelio arnyn nhw i fynd adre ar eu hunion, neu gael eu harestio. Mae eu gwarchod nhw yn tynnu swyddogion yr heddlu oddi wrth y gwaith go iawn o chwilio am beth bynnag anafodd blentyn ac a laddodd blentyn bach arall.'

Fodd bynnag, mae rhai o'r helwyr yn benderfynol y byddan nhw'n aros nes bod yr anifail wedi ei ddal. Dyma Idris Jenkins, y mae ei deulu'n ffermio yn yr ardal ers tridegau'r ganrif ddiwethaf.

'Dim y wobr sy'n ein denu ni ond cyfiawnder i'r teulu bach. Wy'n nabod cymaint o ffermwyr sydd wedi colli anifeiliaid dros y blynyddo'dd a ni wedi rhybuddio'r awdurdodau dro ar ôl tro ei bod hi'n hen bryd i rywun rhywle neud rhywbeth i ddal beth bynnag sy mas 'na. Wy'n credu bod e'n warthus bod pobol yn gweld bai ar y teulu pan ma tystiolaeth i ga'l bod cathod gwyllt yng nghefn gwlad 'ma. Yn wahanol i'r bobol mewn siwts 'ma, sai'n mynd i eistedd ar fy nhin tro hyn. Wy'n mynd i ddal y bwystfil cyn i blentyn bach arall ga'l ei ladd.'

Fe glywch chi yn y cefndir sŵn yr hofrenydd y mae'r heddlu wedi ei anfon i geisio cadw trefn ar y sefyllfa. Dyma Pegi Jacobs, un o drigolion y stad lle lladdwyd Pryderi Morgan ac yr anafwyd Magw, ei chwaer.

'Mae fel Vietnam 'ma. Ni'n edrych 'mlaen i ga'l bach o lonydd 'to, dim amarch i'r teulu na dim byd. Dyn a ŵyr sut ma'n nhw'n côpo. Bysen i ddim yn gweld bai 'nyn nhw 'sen nhw'n diengyd o'ma a hynny cyn gynted ag y gallan nhw.'

Mewn datganiad gan bapur newydd y *Sun* fe ategwyd yr hyn a ddywedwyd ynghynt ganddyn nhw, sef eu bod yn ymateb i ddymuniadau'r cyhoedd.

Rhybuddiodd DI Clive Edmonds aelodau'r cyhoedd rhag ceisio gweithredu eu cyfraith eu hunain: 'Er mor ddiolchgar yw'r heddlu i'r cyhoedd am eu cefnogaeth, mae'n rhaid gadael i ni wneud ein gwaith nawr.'

....

25

'Oes tân gwyllt amser hyn o'r flwyddyn?' Roedd Helen yn golchi ei dannedd.

'Paid bo'n ddwl.' Roedd Dafydd yn y swyddfa fach drws nesaf, ar y cyfrifiadur. Cynhyrfwyd ef gan y gynnau, ond arhosodd yn ei sedd rhag poeni Helen.

'So ti'n clywed y sŵn 'na?'

'Odw, wrth gwrs 'mod i. Saethu cwningod siŵr o fod,' meddai'n gelwyddog i geisio ei chysuro.

Parhaodd i frwsio nes bod ewyn yn bygwth byrlymu dros ei gwefus i'r sinc. Bang, bang, bang distaw, yn debycach i rocedi'n ffrwydro. Weithiau, fe ddeuai'r ergydion un ar ôl y llall. Yna, byddai bwlch hir o amser a byddai'r nesaf yn annisgwyl, yn mynnu sylw. Poerodd y past o'i cheg i mewn i'r sinc ac agor y tap nes bod y ffrwd yn boddi pob dim. Bwydodd y dŵr i'w cheg yn awchus.

'Gobeitho fyddan nhw ddim yn dihuno Magw.'

'O'dd hi'n iawn pan edryches i ddiwetha.' Teimlai'r blew wedi codi ar gefn ei wddw.

Daeth Helen i sefyll yn ffrâm y drws. Gorfododd Dafydd ei sylw oddi ar y sgrin.

'Beth os taw cath yw hi yn lle cwningen?' gofynnodd hi.

'Pam na ei di i'r gwely i ti ga'l gorffwys,' meddai'n garedig. 'Estyn yr iPod. Ma'r clustffonau yn fy nrôr i.'

Nodiodd Helen ei phen, ond mynd i stafell Magw wnaeth hi ac eistedd i lawr yn ei chwrcwd ger y cot. Ceisiodd ganolbwyntio ar si hei lwli ei hanadlu a dechreuodd hymian, yn dawel i ddechrau ac yna, yn uwch, mewn ymdrech i foddi'r ergydion o'i chlustiau.

'Ble mae cwrcyn Modryb Mali?

Ar ei gefn yn y dŵr.

Achos beth mae'n cael ei foddi?

Achos 'fod e'n cadw stŵr.'

'Beth wyt ti'n neud?'

Cafodd ofn ei gŵr.

'O'n i'n meddwl bo ti'n mynd i'r gwely.' Ceisiai swnio'n ddidaro er ei fod yn poeni yn ei gweld hi fel hyn.

'Yn y man.'

Estynnodd Dafydd ei law iddi i'w helpu i godi. Roedd ei bysedd yn rhewllyd o oer.

Ar ôl ei thywys i'r gwely, a'i chusanu ar ei phen, aeth Dafydd yn ôl i'w wâl yn y swyddfa. Gobeithiai y byddai Helen yn gallu cysgu. Doedd e ddim yn gwneud 'dim byd'. Doedd dim awydd arno gael ei golli ym merw pobol â gynnau oedd ddim yn gwybod beth o'n nhw'n ei wneud. Roedd angen llonydd arno i fynd ati i gwrso hanes y gath, a chynllunio sut roedd e'n mynd i'w dal.

26

Roedd y ditectif wedi ei gyffroi gan y datblygiad newydd, ac wedi torri penwythnos yn Fife yn ei flas o'i herwydd. Cafodd ei hun yn brasgamu ar draws y cae i ble'r oedd Teresa Jones yn aros amdano. Roedd hi'n ddynes fer oedd yn cario gormod o bwysau. Edrychai'n hŷn na thri deg pedwar oed ac roedd ganddi bòb o wallt tywyll yn ffrâm sgwâr o gwmpas wyneb oedd wedi gwrido yn y gwynt. Ai dyma'r dystiolaeth fyddai'n arwain at ddal y bwystfil o'r diwedd? Roedd hi'n amlwg wrth ei chroen ei bod yn berson oedd yn mwynhau'r awyr agored. Byddai'n nabod ei milltir sgwâr a gallai hynny arwain at ddarganfod cliwiau allweddol. Teimlodd Edmonds y gwynt yn chwythu trwy ei wallt a gyrru ias lawr ei gefn.

'Allwch chi ddangos i fi yn union ble ddigwyddodd yr ymosodiad?'

Edrychodd y ditectif i fyw ei llygaid. Trodd Teresa Jones ei phen ac edrych i bob cyfeiriad.

'Mae'n galed gweud yn gwmws ble ddigwyddodd e. Ges i gymaint o sioc. Wy 'di gweud y stori sawl gwaith yn barod.'

Cafodd siom, ond ceisiodd beidio â dangos hynny.

'Do. Dwi'n sylweddoli hynny a dwi'n gwerthfawrogi eich cydweithrediad. Fyddech chi'n fodlon dweud yr hanes unwaith eto.'

Ochneidiodd yn uchel. 'Sdim byd lot i weud. Wel, o'n i wedi mynd mas â'r ci am dro.' Siaradai fel petai'n adrodd ei phader. 'O'dd hi'n gynnar, gynnar iawn ac o'dd hi dal i fod yn eitha tywyll a gweud y gwir. Gollyngais i Gabby oddi ar y lîd ac o'dd hi wedi rhedeg bant mewn i ganol y niwl – fel mae ddi.'

'O'dd hi'n niwlog?'

'Wel, sai'n siŵr am niwl yn gwmws ond o'dd hi'n llwyd

iawn – o'dd hi'n gynnar, chi'n gweld.' Snwffiodd a sychu ei thrwyn gyda chefn ei llaw. 'Chi moyn i fi fynd 'mlaen?'

Ar ôl darllen y cofnod o dystiolaeth Teresa Jones yn y swyddfa, gallai'r ditectif ddweud bod y stori oedd yn cael ei hadrodd nawr yn un gyfarwydd – air am air bron â bod. Cynigiodd ei law. 'Ewch 'mlaen,' meddai.

'Glywes i hi'n crio – un gri boenus – a ges i ofan. O'n i'n meddwl ei bod hi wedi ca'l ei dal yn un o'r trapiau 'ma ma rhai o'r ffermwyr wedi eu gosod i ddal y gath 'na. Pethe danjerus yn 'y marn i. So chi'n meddwl? So chi'n gallu rhoi stop ar y peth, 'te?'

'Dim ar dir preifct, ond os yw'r trapiau ar dir cyhoeddus mae hynny'n fater gwahanol. Falle allwn ni gychwyn trwy orffen y sgwrs hon...?'

Edrychodd Teresa tua'r pellter. 'Ble o'n i?'

'Roedd Gabby, y ci, wedi diflannu i'r niwl.'

'Dechreuais i fynd draw yn araf bach ac o'n i wedi estyn bisgïen ci o 'mhoced i – i dreial ei themtio hi 'nôl mas a, pheth nesa, daeth Gabby yn rhedeg mas a 'run pryd, gnoiodd rhywbeth fi – ar 'y mraich. Chi'n gweld?' Rhoddodd ei llaw ar yr anaf.

'Allwch chi ddisgrifio'r peth 'ma gnoiodd chi?'

'Wel, na allaf. O'dd hi'n dywyll, fel ddwedes i.'

'A sut mae'r ci?' Aeth Edmonds i lawr ar ei gwrcwd a chynnig ei law. Daeth Gabby ato'n ufudd. Mwythodd ei pen a'i chefn ac roedd y sbaniel fach fel petai'n mwynhau hynny.

'Gafodd hi ofn?'

'Gafon ni'n dwy ofan.'

'Ond mae'n iawn ers hynny?'

'Odi,' atebodd y ddynes yn siarp. Rhwbiodd ei thrwyn unwaith eto.

'Oes annwyd arnoch chi?'

'Y tywydd oer 'ma.'

Sylwodd Edmonds nad oedd ei thrwyn yn goch.

'Byddai'n help mawr petaech chi'n gallu dangos i ni yn union ble ddigwyddodd yr ymosodiad.'

'Rhywle ffordd 'na,' ac estynnodd ei braich a gwneud siâp cylch tua'r pellter. 'Beth y'ch chi'n meddwl neud am y peth, 'te? So chi 'di ffeindo'r gath hon, wy'n cymryd.'

'Naddo. Mae'r heddlu wedi archwilio'r tir yng nghyffiniau'r ymosodiad ac er iddyn nhw ddod o hyd i flew anifeiliaid, gan gynnwys defaid, cŵn, cwningen a gwiwer, does dim tystiolaeth gadarnhaol o bresenoldeb cath wyllt hyd yn hyn.'

'Wel, ma eisie chwilio'n fwy manwl, 'te.'

Safodd DI Edmonds ei dir. Ni theimlai unrhyw reidrwydd i gyfiawnhau ei waith fel arfer, ond cafodd ei hun yn poeri'r manylion allan er mwyn i hon ddeall y bydden nhw'n edrych ar y dystiolaeth yn ofalus iawn.

'Ni wedi casglu baw anifeiliaid o sawl math ac mae'r rheini'n cael eu harchwilio ar hyn o bryd gan yr adran fforensig,' meddai. 'Ry'n ni'n disgwyl arbenigwr anifeiliaid i gyrraedd i archwilio'r ardal yn fwy manwl yn nes ymlaen heddiw. Ac ry'n ni wedi derbyn adroddiad oddi wrth yr ysbyty am eich anaf chi.'

'Fy anaf i? I beth y'ch chi angen hwnnw?' Crychodd ei thalcen yn ddalen o linellau a chamodd yn ôl.

'Mae'n bwysig cadarnhau union natur yr ymosodiad a bydd yr anaf yn darparu tystiolaeth bwysig.' Edrychodd Edmonds trwy ei nodiadau. 'Mae'n dweud fan hyn i chi ddweud wrth yr ysbyty'n wreiddiol mai wedi cwympo oeddech chi.'

'O'n i ddim eisie pobol yn busnesu. A wedyn feddyliais i 'to, a chofio am y teulu bach 'na, ac o'n i'n teimlo dyletswydd, chi'mod, i weud y gwir. Dere, Gabby! Chi 'di gorffen â ni? Mae'n uffernol o o'r lan fan hyn pan ma rhywun yn sefyll yn llonydd.' Nawr roedd Gabby ar ei thraed ar ôl bod yn gorwedd wrth ei hochr a'i thafod yn hongian mas, yn fyr ei hanadl.

'Dda i weld nad oes ofn arni.'

Edrychodd ar y perchennog.

'Chi'n rhydd i fynd,' meddai.

Syllodd Teresa Jones arno'n syn am eiliad fach. 'Hwyl, 'te,' meddai a cherddodd hithau a'r ast yn gyflym i lawr y bryn, yn syndod o sionc. Roedd e'n falch i weld nad oedd y sbaniel yn ymddangos fel petai ddim gwaeth ar ôl y profiad. Araf oedd ei gerddediad yntau ar y ffordd 'nôl.

Eisteddodd Clive Edmonds yn syth lan yn y gwely ac edrych ar y glustog ar ei bwys. Roedd e'n dal heb gyfarwyddo â'r ffaith bod Lisa wedi gadael a mynd â'r tri phlentyn gyda hi. Gallai suddo 'nôl i gynhesrwydd y gwely am funud neu ddwy heb orfod poeni am godi, ond yn hytrach na theimlo'n falch am hynny daeth swmp i'w frest i'w ddiflasu. Yna cofiodd am yr hyn oedd wedi ei ddihuno. Daeth llond llwyaid fawr o grachboer i fyny ei wddw a bygwth ei dagu. Pesychodd yn gas gan ei orfodi yn ôl i lawr. Weithiau byddai wythnosau'n mynd a byddai'r hyn ddigwyddodd yn mynd yn angof llwyr, ac yna, byddai'r un hen stori yn dod yn ôl iddo yn ystod oriau cwsg a'i ddychryn...

'Gawn ni fynd i weld yr ŵyn bach, Dad?... Plis, plis?' Gwenodd ei dad. Roedd e'n methu dweud 'na' wrth chwaer fach Clive pan fyddai'n edrych arno trwy lygaid oedd fel dwy geiniog ddisglair ac yn gwenu lond ei cheg.

Cododd o'i gadair yn ufudd gan adael ei baned boeth ar ei hanner. 'Ond bydd rhaid i chi wisgo welintons.'

'A chotie. Mae'n dal i fod yn oer mas 'na er gwaetha'r haul,' ategodd ei fam wrth i'r tri ruthro o'r gegin ar ôl eu tad.

Yn ei feddwl, gallai weld ei fam yn gwenu wrth iddi fynd ati i dwtio ar eu holau a chwcan rhywbeth ffein i de. Ar ôl yr holl flynyddoedd y bu ei dad yn gweithio oriau anwadal yn ystod yr wythnos ac ar benwythnos, roedd wedi ymddeol yn gynnar o'r ffors ac roedden nhw wedi prynu ffermdy a bach o dir ynghlwm wrtho ac roedd ffermwr lleol yn cadw defaid yn un o'r caeau. Byddai Clive a Janet, ei chwaer, a Joseff, ei frawd bach, wrth eu bodd yn chwarae tu allan ac yn helpu Dad wrth ei waith.

Dad oedd yn cario'r bêl o wellt fwyaf wrth iddyn nhw ei ddilyn ar hyd y tir anwastad a gwynder haul y gwanwyn yn eu dallu. Roedd yr ŵyn bach amddifad wedi prifio. Roedd pob un ohonyn nhw wedi dewis oen yr un i ofalu amdano ac roedden nhw'n mwynhau cael rhoi potel iddyn nhw pan oedden nhw yn y sied a theimlo'r cegau awchus yn sugno ar y tethi plastig a gweld y cynffonnau bach yn siglo'n wyllt. Bellach ro'n nhw'n sugno'n hapus ar dethen eu mam a chwyrligwgan y cynffonnau bach yn dangos bod y llaeth yn cyrraedd eu cegau. Aethon nhw'r holl ffordd lan at y cafnau dŵr a gwasgarodd eu tad y gwellt ar y llawr, y gwair yn bigau rhewllyd ar ôl yr oerfel ddechrau'r wythnos. Galwai ambell ddafad ac oen arnynt, yn gymysgedd o groeso a gair o rybudd.

Galwodd eu tad ar Janet a Joseff i arafu eu camau rhag codi ofn ar y defaid a phlygodd Joseff i lawr a gafael mewn bwndel o wellt a'i gynnig yn ei law agored. Mae'n rhaid bod gan Eira, ei oen bach ef, ryw gof ifanc o gael ei fwyd ganddo achos fe gamodd tuag ato gan frefu'n swnllyd ar yr un pryd. Roedd yn ddigon agos nawr i'w ffroenau allu snwffian y gwair, ac i ambell welltyn ei bigo.

'Gwd gyrl,' meddai Joseff. Roedd yn grwt bach gofalus am blentyn saith oed. Tra byddai Janet yn galw'n groch pan oedd angen rhywbeth arni, byddai ef yn aros yn y cysgodion, yn ddigon bodlon ei fyd nes i'w dro ef ddod. 'Gwd gyrl, Eira,' meddai, ei sylw i gyd ar yr oen bach â dau glais du o gwmpas ei lygaid. Daeth y fam gan stompian o nunlle, a gwthio ei hepil o'r ffordd. Agorodd ei cheg a chnoi – nid ar y gwellt, ond ar law Joseff. Torrodd cri y crwt bach ar hyd llonyddwch y pnawn, yn uwch nag unrhyw sŵn brefu.

'Aaaaaa!' gwaeddodd Joseff, ei law yn dal yn sownd rhwng dannedd y ddafad. Roedd yr oen wedi rhedeg i ffwrdd. Dychrynodd Janet a dechrau crio. Stopiodd Clive, wedi rhewi yn y fan a'r lle. Rhedodd ei dad tuag ato a hwrjo'r ddafad o'r ffordd. Roedd hi'n gwrthod yn deg â gollwng. Edrychodd o'i gwmpas ar lawr yn frysiog a gafael mewn darn o bren. Cododd y ffon uwch ei ben a dod â hi lawr yn glatsh ar ben y ddafad a'i tharo'n galed, fel taran, unwaith, ddwywaith, deirgwaith. Syllodd Joseff ar ei dad, ei lygaid yn llawn arswyd. Gollyngodd y ddafad ei gafael a baglu ar lawr. Nawr, tro Janet oedd hi i rewi a Clive ddechreuodd lefain yn swnllyd. 'Shwsh!' gwaeddodd ei dad arno, yn llawn casineb. Cydiodd yn frysiog yn llaw Joseff a'i hastudio. Roedd yn boenus goch a'r gwaed yn diferu. Roedd y ddafad yn stryffaglu i godi, ar ei heistedd i ddechrau ac, yna, i fyny ar ei thraed.

Mam fuodd wrthi'n golchi'r briw, ar ôl iddi ddod dros y sioc. Fe aeth ati'n ofalus i lanhau'r anaf a hynny er gwaethaf udo poenus ei mab. Gwaith ei dad oedd gafael yn dynn yn Joseff gyda'i fraich wedi'i hymestyn yn syth o'i flaen tra bod ei fam yn gwneud y gwaith nyrsio. Cofiodd Joseff yn cau ei lygaid ac yn gwingo'n boenus wrth iddi gyffwrdd â chalon y cochni gyda'r clwt a'r antiseptic. Fe wnaeth waith da, ond erbyn y bore roedd y llaw wedi chwyddo a phenderfynwyd galw'r doctor. Cafodd Joseff ragor o eli ar gyfer yr anaf a byddai ei fam yn ei ddotio arno bob dydd a nos tra bod ei frawd bach yn crio mewn poen. Ond parhaodd y llaw i dyfu nes ei bod mor fawr â llaw arth. Fe aed ag e i'r ysbyty ond erbyn hynny roedd y gwenwyn wedi heintio'r gwaed.

Cofiodd Clive ei weld yn y gwely ar y ward, yn fach fel Mam-gu.

Gartre, estynnodd ei dad ei wn a throedio i fyny'r iard at y cae. Roedd Clive wedi dechrau ei ddilyn, fel yr arferai wneud, heb ddeall beth oedd ei fyrdwn y diwrnod hwnnw. Clywodd yr ergyd yn atseinio'n blaen o'r cae top. Roedd y ffermwr yn goch gynddeiriog pan ffeindiodd fod ei dad wedi saethu anifail iach, ond fe ddistawodd yn go glou pan ddeallodd fod Joseff wedi marw.

Cododd Clive o'i wely, gafael mewn tywel tamp a cherdded yn gyflym i'r stafell folchi. Cafodd ei adfywio gan ergydion poeth y gawod ac edrychai 'mlaen at roi ei feddwl ar flinderau'r dydd. Daeth llun i'w feddwl o'r gwynder yn llygaid y ddafad wrth iddi gael ei chlatsio. Roedd wedi dychryn am ei bywyd, a byddai'n hercio rhedeg i'r cyfeiriad arall am weddill ei bywyd byr. Yna meddyliodd am Gabby'r ci oedd mor hapus i ddod ato a derbyn ei mwytho yn fodlon.

27

Roedd sawl peth yn blino Dafydd y bore hwnnw. A da hynny. Fe aeth allan i'r ardd y diwrnod cynt heb fawr o syniad beth yr oedd am ei wneud. Roedd e eisiau gwneud rhywbeth. Fe wyddai gymaint â hynny. Doedd hi fawr o ardd, o gymharu â rhai, ond wedyn doedd y rhan fwyaf o erddi heb gael eu damsiel gan fyddin o heddlu dros yr wythnosau diwethaf – a sawl gohebydd a ffotograffydd digon digywilydd ar ben hynny. Trodd y gwyrddni'n fàth mwdlyd. Gwyliodd Dafydd robin goch yn pigo'r pridd. Pigo, pigo, gan edrych o'i gwmpas yn wyliadwrus bob yn ail. Penderfynodd fynd am dro i'r ganolfan arddio. Yn barod i'r gwanwyn. Byddai Magw'n hŷn, a doedd e ddim eisiau meddwl amdani'n cropian yn y mwd 'na i gyd.

'Pam na wnei di aros tan y gwanwyn, neu o leia tan ein bod ni'n siŵr na chewn ni ragor o rew?' gofynnodd Helen pan wyliodd e'n dadlwytho'r bŵt y bore hwnnw, ei bys bach yng ngheg Magw i geisio'i thawelu. Roedd wedi cael nerth o ailafael yn ei gofal am ei merch. Ac er gwaetha'r noson ddi-gwsg – neu, efallai o'r herwydd – roedd e'n benderfynol.

'Sdim byd yn saff gyda'r tywydd fel ma ddi.' Gwisgodd ei fŵts garddio a thynnu hat yn dynn am ei ben.

'Wel, paid ag anghofio –' Caeodd y drws yn glep arni, yn atalnod llawn ar weddill y frawddeg. Ond gwyddai ei diwedd yn iawn. A heddiw, fe wnâi godi'r goeden Nadolig, a'i brigau bytholwyrdd bellach yn frown ac yn noeth, a'i chludo o'i gorweddfan yn yr ardd gefn ble y bu, yn disgwyl ei sylw ers mis Ionawr. Ac fe gofiai roi bag plastig ar lawr y bŵt cyn stwffo'r goeden fewn. Ddim fel llynedd. Baglodd a stopio wrth i fellten o boen ei daro yn ei ben. Rhyw deimlad od oedd e. Cymerodd hi eiliad neu ddwy i'r boen leddfu.

Daeth ag e ato'i hun a difarai siarad â'i wraig fel y gwnaeth ac ystyriodd fynd yn ôl i ymddiheuro. Edrychodd 'nôl at y ffenest i sicrhau nad oedd Helen wedi ei weld. Roedd hi'n sefyll yno yn ei wylio a Magw yn ei breichiau o hyd. Roedd golwg grac arni. Trodd ei sylw at y whilber yn sefyll yn segur ger y rholiau o borfa newydd, y dywedwyd wrtho yn y ganolfan arddio y gellid eu gosod unrhyw adeg o'r flwyddyn. Yn sydyn, clywodd y bang uchel. Neidiodd o'i groen. Dyrnai Helen ar y ffenest.

'Blydi hel!' poerodd a throi 'nôl at yr ardd.

Clywai sŵn traed yn agosáu. O gornel ei lygad gwelodd y clawdd rhosod oedd wedi tyfu'n wyllt o'r ardd drws nesaf. Roedd yn ymestyn a chordeddu dros y ffens a rhwng y slats pren ac ewinedd miniog y drain ar hyd y coesau i gyd. Aeth Dafydd i'r garej, agor y drws a dechrau whilmentan.

'Anodd segura, dwi'n siŵr.' Arhosodd DI Edmonds hyd braich.

'Digon i'w neud.' Yn nhywyllwch y garej estynnodd Dafydd y *secateurs*. Â'r haul y tu cefn iddo gallai weld bod y ditectif yn ei ddillad ei hun. Cot. Jîns. Treinyrs.

'Cadw'r dwylo a'r meddwl yn brysur.' Ceisiai Edmonds ei orau i ddeall.

'Rhwbeth fel'na... Beth ddiawl o'dd y glec yna?' Daeth Dafydd allan o'r garej ac arwain y ffordd rownd i'r ardd gefn, y ditectif yn ei ddilyn bob cam.

'Maen nhw dal wrthi, mas â'u gynnau. Ry'n ni'n bwriadu gwneud apêl arall.'

Camodd Dafydd yn fras at y drain nadreddog. Dechreuodd dorri talpiau o'r clawdd.

'Fe ddaw dyfarniad y cwest, unwaith y bydd ymchwiliad yr heddlu ar ben. Gobeithio y bydd yn cynnig rhyw gysur.'

Atgoffai Dafydd o fusnesu Jon ar ei waethaf ers i hyn i gyd ddechre. 'Cysur o wbod eu bod nhw'n ein credu ni, chi'n meddwl?' Cwympodd darn o'r clawdd rhosod yn glonc ar ei draed. Lice fe tasai hi mor hawdd clirio'i feddwl.

'Ti – cofio?' atgoffodd Edmonds ef.

Nodiodd Dafydd ei ben. 'Bydd rhai yn ein hamau ni am byth,' cyfaddefodd.

'Wel, gad nhw fod. Ma dy gydwybod di'n glir, Dafydd.'

'Odi, wrth gwrs 'ny... Ond rhaid eich bod... dy fod tithe wedi ystyried y peth. Yn y dechre. Bydda'n onest nawr...' Ni fentrai Dafydd edrych ar y ditectif a chanolbwyntiodd ar y dasg.

'Rhaid i ni fod yn agored i bob posibilrwydd, wrth gwrs –'

''Na fe, 'te.' Dechreuodd dorri unwaith eto. Doedd fawr o ots pa ochr i'r ffens roedd y coesau. Os oedden nhw o fewn cyrraedd roedd e'n ymosod arnyn nhw â'r llafn.

'Dafydd, doedd dim arwydd i neb dorri mewn i'r tŷ. Roedd hynny, yn syth, yn cynnig y ddamcaniaeth mai rhywun tu fewn i'r tŷ oedd wedi ymosod ar y plant. Roedd yn rhaid edrych ar bob posibilrwydd, gan gynnwys cymhellion y tad a'r fam.'

Ymosododd Dafydd ar goes trwchus y rhosyn. Ymbalfalodd wrth dorri. Roedd y siswrn yn gwrthod cau a cheisiodd ei agor, ond roedd dannedd y *secateurs* yn sownd yn y cnawd. Aeth DI Edmonds yn ei flaen,

'Ond doedd dim tystiolaeth i gefnogi'r amheuon hynny. Oedd, roedd Helen wedi cael cynnig tabledi iselder ysbryd gan y doctor, ond roedd hi wedi eu gwrthod. Doedd dim tystiolaeth gan y meddyg teulu i gefnogi anhwylder na phroblemau meddwl. Roeddet tithe dan straen yn y gwaith –'

'Pwy sy ddim?'

'Ie, pwy sy ddim? Mae pob mathau o gwmnïau preifet yn torri 'nôl. Mae hwn yn dipyn o dŷ i'w gynnal ag un cyflog falle.'

'Gafon ni bris da am ein tŷ diwetha – ocê? O'n ni 'di ca'l tipyn o waith wedi'i neud iddo.'

'Digon i adeiladu estyniad to fflat?'

'Do'n i ddim eisie amharu ar yr olygfa yn y cefn.'

Daeth gwth o wynt o nunlle a siglodd dail y rhododendrons.

'Gall straen ddod o sawl cyfeiriad. Allai hynny arwain at foment wan? Pwl o wallgofrwydd?'

Gwingodd Dafydd. Gwyddai nad oedd yn cael ei gyhuddo.

'Wy'n ca'l rheini'n aml.'

'Ti a phawb arall. Ac ar ôl holi ffrindiau a chydnabod doedd dim tystiolaeth bod yr un ohonoch yn cael affêr –'

'Blydi hel. O ble fydden i'n ca'l yr egni?' Edrychodd ar y llaid ar lawr.

'Dim y gŵr sy'n euog bob tro, wrth gwrs.' Roedd yn anodd i Edmonds atal ei hun rhag ateb yn ddifrïol.

Rhoddodd Dafydd y gorau i geisio rhyddhau'r siswrn a'i ollwng yn y fan a'r lle. Brasgamodd at y tŷ bach twt a bu bron iddo lithro mewn pwll bas o fwd. Sythodd yn gyflym a mynd at y tŷ pren, ei hwyliau'n waeth byth. Dilynodd y DI ef, yn hollol gartrefol.

'Ac roedd yna wendidau eraill yn y theori gynta. Sut fyddai person wedi crafu wyneb y ferch? Gyda'i ewinedd? Beth fyddai'n rhoi'r fath sioc i'r crwt bach nes peri i'r pwr dab gael trawiad?'

'Gweld rhiant yn ymosod ar ei chwaer fach, ti'n feddwl?' Agorodd Dafydd ei freichiau'n fawr a chofleidio'r tŷ pren.

'Ie, falle…'

Rhoddodd Dafydd ei nerth i gyd yn yr ymdrech i godi'r tŷ. Ond roedd e'n rhy drwm. Aeth Edmonds i'r ochr arall yn dawel.

'Ond nid yn yr achos hwn…' meddai'n ddigyffro. Estynnodd ei freichiau yntau o gwmpas y tŷ pren nes bod eu bysedd bron yn cyffwrdd â'i gilydd. Trodd Dafydd ei ben i ffwrdd. DI Edmonds alwodd, 'I'r dde, ar ôl tri. Un, dau, tri.'

Codwyd y tŷ oddi ar y llawr yn drafferthus a llwyddwyd i'w symud gam neu ddau, y pâr fel dau ddigri mewn comedi ddu a gwyn. Edmonds oedd y cyntaf i ddod ato'i hun.

'Ac ar ôl archwiliad manwl ffeindiwyd y dystiolaeth arall,' meddai gan gyfeirio at flew anifail anhysbys o deulu'r gath ac argraff o rimyn ar y drws.

Edrychai Dafydd ar y sgwaryn gwair lle bu'r tŷ, yn fflat ac yn salw o felyn. Ond nawr cododd ei ben. Dweud roedd e, 'O't ti'n amau ni.'

'Dim o reidrwydd. Mae rhywun yn datblygu rhyw reddf, rhyw chweched synnwyr os licet ti, yn dod i synhwyro ydy rhywun yn euog neu beidio.' Nid am Dafydd a Helen yn unig roedd e'n meddwl. 'Wrth gwrs, all heddwas da ddim dibynnu ar ei reddf yn unig, ond ar ôl dod i'ch nabod chi'ch dau – gweld eich cariad at y ferch fach ac at eich gilydd – dwi mor sicr ag y galla i fod eich bod yn ddieuog.'

'Ti'n meddwl,' chwyrnodd Dafydd wrth i gwrlyn o laswellt iach ddal ei lygaid.

'Fe fyddai'n rhaid i chi fod yn dipyn o actorion i ffugio'r galar dwi wedi gweld y ddau ohonoch yn ei oddef dros yr wythnosau diwetha.'

'Wedyn dim ni wnaeth.'

'Mae'n annhebygol iawn.'

'Ond ddim yn amhosib?' Symudodd Dafydd i guddio mewn draenen â'i law, ond stopiodd Edmonds e cyn i'r dannedd gael cyfle i gnoi'r croen.

'Ffordd o siarad. Fel maen nhw'n ddweud: "unwaith yn blismon –"' Ni chafodd y ditectif gyfle i orffen ei frawddeg cyn i gorff Dafydd ddechrau ysgwyd i gyd ac i'r udo poenus ddod o'i geg fel cri anifail rheibus.

'Watsia losgi dy wefusau,' rhybuddiodd Edmonds yn ysgafn.

Roedd y baned boeth ar wefusau Dafydd mewn dim, ond stopiodd ei hun mewn pryd. Eisteddodd y ddau ar y fainc, yn dweud dim am sbel hir. Bu'r gath fach yn crafu ei hewinedd ar y coed bytholwyrdd a blannwyd i gynnig rhywfaint o breifatrwydd rhyngddyn nhw a gardd drws nesaf. Nid oedd angen creu'r ymdeimlad hwnnw yn y cefn tan yn ddiweddar. Go brin y deuai rhagor o dai yma bellach a thaflai'r coed o'r goedwig naturiol eu cysgod dros gefn y tŷ bob dydd nes i'r haul godi'n ddigon uchel i'r awyr. 'Nôl ym mhen pella'r ardd neidiai'r gath gan ymosod ar ambell flewyn o laswellt. Roedd wrth ei bodd i ddarganfod un patshyn bach unig oedd heb ei droedio a stopiodd yn ei hunfan cyn dechrau troi a throi fel hedyn sycamorwydd yn y gwynt.

'Beth o'dd e, 'te?' gofynnodd Dafydd.

'Mmm. Ac, eto, dim dyna'r cwestiwn mawr...' Mentrodd Edmonds lowcio tipyn o'i de. 'Mae un peth sy'n mynd rownd a rownd yn 'y mhen i: nage "beth oedd e?", na "shwt ddaeth y cythrel fewn?" Y cwestiwn mawr yw hwn: pam?'

'Pam?' atseiniodd Dafydd.

'Ie... A dwi'n credu 'mod i'n gwbod nawr.'

Roedd y patshyn o wair hir yn guddfan gyfleus i'r gath. O fan fel hwn gallai weld ei phrae – ambell ddeilen – a pharatoi i ymosod. Gwyliodd Edmonds ddeilen yn cael ei chario gan chwa o wynt a Mew yn prancio ar ei hôl. Eisteddodd y ddau ddyn yn dawel, yn yfed ac yn meddwl.

'Pam dod mewn i'r tŷ 'ma?' oedd cwestiwn Dafydd.

Cododd Edmonds ei ysgwyddau. 'Anlwc.' Gadawodd i'r newydd gael ei dreulio. 'Mwy o bobol ar y blaned a phawb yn chwilio am rywle i fyw. Datblygiadau mewn ffermio dwys a diwydiant yn dinistrio cynefinoedd naturiol, yn torri ar y gadwyn fwyd. Gwâl y gath yn cael ei dinistrio'n araf bach...

Roedd hi'n gwylio'r tai o bell… yn aros am ei chyfle… ei bol yn grwgnach, yn ei gwneud yn flin…'

'Fe welodd hi'r ffenest ar agor o bell!' Prin y credai Dafydd hynny.

'Mae'n gallu synhwyro o bell. Mae eu synhwyrau'n fwy craff na'n rhai ni. Diffyg prae, anifeiliaid gwyllt yn gorfod dod yn agosach at y trefi. Ac fe fu hi'n oer, yn rhewllyd ar lawr – un o'r gaeafau oeraf ry'n ni wedi ei gael ers sbel.'

Gosododd Edmonds ei gwpan ar lawr yn fwriadol araf, gan gymryd y cyfle i astudio Dafydd. Ymddangosai'n ddigyffro, a dim ond ei fysedd yn symud yn ddi-stop. Penderfynodd fentro ymlaen,

'Ydyn ni fod i gredu iddi fod yn gwylio'r tŷ o bell – iddi weld plant yn chwarae yn yr ardd gefn – Dad a Mam yn dangos i'r plant bach sut mae dŵr yn rhewi – yn eu helpu i gracio'r rhew? Beth wnaeth hi? Aros iddi nosi, aros nes bod y lle'n dawel cyn ymosod? Erbyn hyn, roedd ei bola'n rhuo. Roedd hi'n wyllt gacwn eisie bwyd. Yr unig beth ar ei meddwl oedd bwyd. Gwnâi unrhyw beth i lenwi ei bola–'

'Ond hyd yn oed wedyn…' protestiodd Dafydd yn dawel.

Stopiodd Edmonds am ennyd. Cath yn gwylio plant er mwyn cael eu bwyta gyda'r nos tra bod Dad a Mam yn cysgu? Oedd yna syniad mwy dychrynllyd na hwnnw? Oedd yna syniad oedd yn fwy tebygol o greu panics gwyllt trwy gymdeithas gyfan?

Roedd y robin goch wedi ailymddangos yn yr ardd gan droi ei ben i bob cyfeiriad.

Roedd golwg feddylgar ar Edmonds. Trwy gil ei lygad gallai Dafydd weld y crychau bach yn ymddangos ar ei wyneb caredig, wrth ei lygaid, ac ar hyd ei dalcen.

'Ry'n ni wedi bod yn meddwl lot am gathod, ac ry'n ni wedi anwybyddu yr un fwya amlwg, eich cath chi.'

'So chi'n meddwl mai Mew wnaeth!'

'Ddim yn uniongyrchol, na.'

Adroddodd stori am y gath fawr, ar goll yn y drysni, yng nghanol y cloddiau trwchus. Y gwryw yn gofalu am deulu ifanc, y cyffro o fod allan o'i gynefin wedi dechrau chwalu. Rywle yn niwl amser, yng nghof cenedl, mae atgof am y rhan hon o'r plwyf oedd yn arfer bod yn goedwig. Nid yw'n gwybod i ran ymylol y goedwig gael ei chwalu, nid ymgynghorwyd ag yntau a'i deulu cyn i'r tir gael ei wastadu ac i stad newydd o dai gael ei hadeiladu arno. Mae'n dechrau blino ar ôl taith hir i chwilio am fwyd i'w gymar a'i blant. Erbyn hyn, mae yntau hefyd bytu starfo, bytu cwympo. Mae'n stopio yn y gwrych ac yn eistedd, yn gorwedd a'i fola'n grwgnach. Yn dal ei wynt. Ac mae'n aros, a hithau'n tywyllu, ac aros – am beth, dydy e ddim yn siŵr.

'Cyfle,' meddai Dafydd yn awtomatig.

Aeth Edmonds yn ei flaen. Mae e'n gweld cath fach drilliw. Sdim oedi i gael. Fel bwled o wn mae'n ei chwrso hi. Mae hithau'n rhedeg fel cath i gythrel am ei chartre. Y peth mwyaf naturiol yn y byd, pan mae eich bywyd mewn perygl, yw anelu am adre. Dyna fyddai eich greddf yn ei ddweud wrthych.

'Y gath fawr yn cwrso'r gath fach,' meddai. 'Ond pam nad yw hi'n mynd trwy'r catfflap? Am ei fod ar glo?'

'O'dd hi wedi trochi'r llawr – ddim fel hi chwaith, chware teg – ond gyda phlant o gwmpas... Ta beth, wnes i ei chau hi mas.' Cofiodd Dafydd am y tro cyntaf.

'Trochi? Sgwn i oedd ofn arni? Oedd hi'n synhwyro presenoldeb y gath arall?' Oedodd Edmonds am eiliad neu ddwy cyn mynd yn ei flaen. 'Beth mae'n wneud, 'te? Mae'ch cath chi'n gwbod eich bod chi'n gadael ffenest y stafell folchi ar agor – i adael aer twym mas, ac aer oer mewn. Dyw'r ffan yn y stafell folchi ddim yn gweithio, nag yw?'

'Ma fe ar fy rhestr o "bethe i'w neud".'

Synhwyrodd Edmonds iddo daro ar rywbeth, ond parhaodd â'i stori. Roedd Dafydd yn hapus iddo wneud am y tro.

'Mae'n mynd ffwl pelt, ei llygaid yn fflachio a'i hanadl yn gynnes. Mae'n anadlu'n dew ac yn fuan, yn glafoerio yn ei chyffro, darnau bach o boer yn tasgu dros bob man. Cynffon Mew yn fawr ac yn dew, ei choesau'n ymestyn yn hir a chyhyrog wrth iddi garlamu yn ei blaen. Mae'n neidio a gwibio ar hyd y lawnt, yn synhwyro'r gath fawr ar ei hôl. Mae'n neidio ar y *water butt*, ac yn neidio eto ar do'r estyniad a mewn trwy ffenest y stafell folchi – a'r bwystfil yn ei dilyn bob cam.

'Yn y tŷ. Ble mae pws yn mynd i gwato? Mae'n ddu bitsh er gwaetha'r llygaid gloyw, y pum synnwyr. Ond mae gan pws fantais ar y gath fawr. Mae'n symud yn chwim mewn lle cyfarwydd ac yn mynd i guddio o dan got yr un fach. Mae'r gath fawr yn gallu ei synhwyro hi. Mae'n awchu am y prae. Mae'n gweld y cot ac yn llamu arno, gan ymosod. Ond yn ei blinder a'i phoen am fwyd, mae hi wedi gwneud camgymeriad. Dim cath sy yno, fel roedd hi'n ddisgwyl. A'r funud nesa – mae yna sŵn traed ar y landin.'

'Fi.'

'Pryderi, ar ei draed. Mae'n gweld y bwystfil a'r bwystfil yn ei weld e – yn ymestyn ei bawen – yn rhwygo top ei byjamas – ac mae'r crwt bach yn rhedeg 'nôl i'w wely dan y cynfas i guddio nes i'r Bwci Bo ddiflannu.'

'Pam na fydde fe wedi dod aton ni?' llefodd Dafydd.

'Gas e ddim amser i feddwl. Fel ddwedais i, y peth naturiol i unrhyw anifail ofnus ei wneud yw mynd 'nôl i'w wâl ei hun. A dyna mae'n ei wneud, mewn penbleth ac ofn, yw mynd i'w wâl – ei wely – ei hun.'

Roedd llygaid Dafydd yn wlyb ond roedd yn rhaid i Edmonds fynd ymlaen â'i stori.

'O dan y cynfas mae Pryderi bach yn dychmygu pob math o bethe drwg. Sdim byd yn fwy byw na dychymyg plentyn.' Edrychodd ar Dafydd i wneud yn siŵr ei fod yn ymdopi. Anadlodd. 'Ond cofier y gath yn y tŷ. Mae'n mynd ar ei ôl, yn llechwraidd. Gall ei glywed yn anadlu'n wyllt. Mae'r sioc yn ormod i'r crwt bach. Mae e'n gwlychu ei hun. Mae'n cael trawiad. Ac erbyn hynny, ry'ch chi wedi dihuno.'

'A dyna chi'n feddwl ddigwyddodd?'

'Mae'n bosib. Fyddwn ni fyth yn gwybod yn iawn, oni bai i fwy o dystiolaeth ddod i'r fei.'

'Ond beth am yr ymosodiad arall ar Teresa Jones?'

'Does dim tystiolaeth gadarn o bresenoldeb cath yn y cyffiniau. Oni bai bod yna ragor o dystiolaeth... A dyw cath fawr wyllt ddim yn mynd i gael pwl o euogrwydd a cherdded ling-di-long i'r orsaf heddlu agosa i gyflwyno ei hun, ei chwt rhwng ei choesau.' Gwelodd gip o'r gath drilliw. 'Mew fach. Druan.'

Hyd hynny roedd Dafydd wedi gwrando'n dawel, gan gadw'i deimladau iddo'i hun, ond am ei fysedd yn symud yn ddi-baid ac ambell ochenaid a chwyth o wynt. Ond yn sydyn cododd yn swnllyd a chamu at y rholiwr brown oedd yn eistedd yn yr ardd fel crair o amgueddfa, a rhoddodd ddigon o wthiad iddo i droi'r olwynion rhydlyd dros y lawnt leidiog.

Llamodd y gath fach drilliw o'i chuddfan ac wrth iddi lanio llwyddodd i afael yn y robin goch yn ei chrafangau.

28

Dyn a ŵyr sut y llwyddodd i ymatal dros nos. Ond doedd Dafydd ddim am feddwl iddo ymddwyn heb deimlad. Dihunodd a'r gwaed yn dal i ferwi trwy ei wythiennau a chwiliodd am y cyfle cyntaf i weithredu. Cafodd lonydd tra'i fod yn golchi'r contrapsiwn. Roedd wedi mynd i chwilio amdano y noson cynt a'i osod yn barod wrth ddrws y garej. Pan aeth Helen lan staer i fatho a newid Magw ar ôl brecwast aeth yntau allan. Gwyddai fod yr orchwyl gyfarwydd o olchi'r ferch fach yn cymryd ddwywaith mor hir ers iddi ddod 'nôl o'r ysbyty â chlwyf ar ei hwyneb oedd angen gofal. Ac er bod hwnnw'n gwella, roedd hi'n dal i'w thrin fel swigen sebon.

Tu allan roedd y ffordd bengaead fel y bedd. Diolch i'r heddlu oedd yn dal i warchod y ffin ar ben yr hewl doedd yna ddim llawer o fynd a dod diangen, ac roedd pawb oedd angen hel eu traed wedi hen fynd i'r gwaith neu ddychwelyd ar ôl mynd â'r plant i'r ysgol. Roedd hi'n dawel hyd yn oed y tu fas i rif pedwar a thybiodd Dafydd fod Jon, y giard diogelwch, yn cael hoe o'i batrôl arferol. Ers yr ymosodiad deuai mewn a mas fel mwyalchen yn codi ei phen uwchben y nyth a daliodd Dafydd ei hun yn gofyn yn angharedig iddo'i hun unwaith a oedd yn cael modd i fyw o'r drasiedi. Roedd rhywbeth annifyr yn nistawrwydd y byd oedd yn hala cryd lawr ei gefn a throdd Dafydd ei sylw yn ôl at y sebon. Ymosododd ar y plastig a'r weiren yn ddifater gan dasgu dŵr i bob cyfeiriad.

'Neith y tro,' meddyliodd gan godi'r bocs o'r dŵr gyda siglad gwyllt uwchben y basin. Defnyddiodd hen dywel i'w sychu achos er iddo wared y pry cop a'r gwaethaf o'r graean, nid oedd yn lân. Yn ôl tu mewn, oedodd i sylwi ar y gath. Am unwaith nid oedd Mew wedi gweld ei chyfle i swnian am ei bisgedi o'i weld ar ei ben ei hun. Pendwmpiai ar y glustog gan ei wylio trwy stribedi cul ei llygaid. Yn dawel bach, gosododd y ddau hanner ar lawr y gegin, wedi'i guddio rhag y gath gan res o gypyrddau, a mynd at y ffrij yn swnllyd gan ofyn yn uchel ar goedd,

'Nawr 'te, ble ma'r ham ffein 'na?'

Gobeithiai y byddai pws yn ddigon barus i chwantu tamed bach blasus ar ôl gwledda ar y tun tiwna y bore hwnnw. Roedd angen hwnnw i ddenu cath i lyncu brecwast llawn tabledi cysgu. Gweithredu'n gyflym. Dyna fyddai orau i bawb. Roedd y goes gloff yn well ar ôl y gic a gafodd a chofiodd resynu achos byddai'r cloffni wedi gweithio o'i blaid. Doedd e ddim yn ddigon o hen ddiawl i ddymuno ei hanafu eilwaith.

Gyda'r ham yn ei law ni allai lai na chofio am y diwrnodau cyntaf hynny pan ddaeth y gath fach atynt i fyw. Cuddio o dan y seld y bu hi am ddiwrnodau, y tywyllwch yn ei chysuro, mae'n rhaid. Triodd bopeth i'w themtio o'i gwâl cyn sylweddoli y byddai'n rhaid bod yn greulon er ei lles hi. Caeodd y catfflap a rhoi'r gorau i'w bwydo gan siarsio Helen i wneud yr un peth. Ac arhosodd. Ond roedd Mew wedi byw ar ddim o'r blaen ac ni ddaeth allan o'i chuddfan nes bod yn wirioneddol raid iddi. Yn y cyfamser, eisteddodd yntau fel delw nes ei fod yn stiff fel hen ddyn peth cyntaf ar fore oer. Ymhen hir a hwyr, fe fentrodd y gath fach allan yn llechwraidd a dod yn betrus i fwyta darnau o ham ffres o'i law agored.

Bu'n siwrne hir i'r peth bach. Yn raddol, fe ddaeth i dderbyn mwythau, tra bod ei thrwyn yn y fowlen fwyd fel arfer. Ac, yn nes ymlaen, mentrodd i fyny ar yr un soffa ag e a gadael iddo ymestyn ei law i'w mwytho, er na ddeuai i eistedd ar ei gôl o hyd. Fel y dywedodd wrth ei wraig, 'So

fe yn ei natur hi.' Eistedd fel delw fyddai Dafydd ar y soffa
o hyd. Petai e'n croesi ei goesau yn rhy sydyn neu'n codi'n
wyllt i estyn y *remote*, byddai Mew yn saethu oddi yno fel
pêl denis o beiriant taflu – neu fel cath i gythrel. Hunanol
oedd pob cath, ond roedd hon yn waeth na'r rhan fwyaf. Ni
chyfrannodd i'r teulu hyd yn oed y cyfle i ymlacio trwy gael
mwytho ei blew meddal a gwrando ar soddgrwth ei grwndi.
Ac, o, roedd hi'n bert, yn boenus o bert! Ond beth oedd hi
ond addurn a phwnc trafod? Ac efallai fod hynny'n ddigon.
Hwyrach bod hynny'n gyfraniad pwysicach nag y cynigiai
unrhyw ddyfais atal straen. O leiaf roedd yna rywbeth
i'w stopio nhw rhag siarad yn ddiddiwedd am iechyd a
champau'r plant.

Gwyddai'n iawn beth oedd ei hanes cyn iddi ddod atynt
i fyw. A chof hir sydd gan anifail hefyd. Hyd yn oed o dan
ddylanwad cyffuriau, hanner cysgu roedd Mew. Licodd hi
erioed mo'r caetsh a gludodd hi adre am y tro cyntaf, yr un
caetsh ag a fyddai'n mynd â hi ar ambell siwrnai i weld y
fet. A phan welodd gip o'r bocs agored tra'i bod yn bwyta'r
ham o law Dafydd, yn eistedd yn dwt ar lawr y gegin yn aros
amdani, deallodd ac ymladdodd am ei bywyd.

Daeth Helen i mewn i'r stafell deulu yn ei gŵn nos o hyd.
Roedd Magw yn ei breichiau, yn lân ac yn gynnes ac yn wên
i gyd o weld Dad.

'Beth o'dd y sŵn 'na?' gofynnodd.

'Dim byd i ti fecso ambytu.' Roedd Dafydd yn dal i
stryffaglu i gau'r bolltau ar y bocs.

'Wel, fi yn becso. O'dd e'n swno fel sŵn sgrechen.'
Rhoddodd Magw yn ei chadair wrth y bwrdd. Styfnigodd
honno wrth sylweddoli ei bod am gael ei rhoi yn sownd
ac y byddai Mam yn diflannu i roi ei sylw i rywbeth arall.
Aeth llefain Mew yn waeth. Gwelodd Helen y caetsh a'r
gath ynddo.

'Odi ddi'n dost?… Da-fydd?'

Estynnodd sebra swnllyd o'r bocs teganau a'i roi i Magw i'w distewi.

'Nag yw.' Diawliodd ei onestrwydd. Haws fyddai dweud celwydd. Dweud ei bod hi'n sâl ac i'r fet orfod ei rhoi i gysgu, lleddfu pob poen diangen. Roedd hi'n rhy hwyr. Trodd Helen ato, ei llygaid yn fflachio'n ofnus.

'So'r peth 'na 'di ca'l gafel ar Mew 'fyd?' Cafodd y sebra ffling ar lawr.

'Odi, mewn ffordd.' Ni allai atal ei hun.

'Gad i fi weld.' Trodd ei sylw at y gath.

'Ma well i ti beidio.'

'Ti'n hala ofan arna i. Dda'th e 'nôl?' mentrodd ofyn, er mai dyna'r peth diwethaf roedd hi eisiau ei wneud.

'Na,' atebodd. Cafodd eiliad neu ddwy i benderfynu. Ni allai odde'r olwg yn ei llygaid. Dechreuodd Magw swnian yn swnllyd. Aeth Dafydd yn groes i'w fwriad gwreiddiol. 'So fe 'di bod 'ma 'to. Ond eith e fyth o'ma tra bod y giamen hon yma.'

'Dim pws wnaeth!' Yn gadarn. Ni thrafferthodd godi'r sebra a gadawodd i Magw gonan wrth geisio cael ei choesau'n rhydd o'r sêt.

'Ma digon 'da ni fecso ambytu.'

Ddywedodd Helen ddim byd, ond sylwodd ar ei chorff yn arswydo wrth gofio.

'So ti'n ca'l ei gwared hi, Dafydd.' Roedd dur yn y dweud.

''Na'n gwmws beth wy'n mynd i'w neud. Ti'n gwbod beth wedodd Edmonds. Fydde'r peth 'na –' Tagodd ar ei eiriau. Llyncodd yn boenus i reoli ei hun. 'Cer di, cer di mas am dro.'

'Alla i ddim.' Roedd ofn yn y dweud y tro hwn ac roedd Dafydd yn teimlo drosti. Roedd yn rhaid iddo fynd nawr cyn iddo fethu'n llwyr.

'Wel, ewch i'r lolfa, 'te, chi'ch dwy – o'r ffordd,' meddai'n fwyn. 'Rhowch *Cyw* ymlaen a troi'r *volume* lan a diolchwch.' Estynnodd am allwedd y car. 'Fi'n siŵr geith hi gartre newydd whap.'

'Pwy arall roie lan 'da hi?' Ceisiodd Helen ei atgoffa am yr hen dynnu coes am y gath fach ryfedd. Cymerodd gam tuag ato, ond roedd Dafydd yn barod amdani. Estynnodd ei fraich i'w stopio. 'Ma Magw eisie sylw. So cath yn bwysicach na pherson, sdim ots shwt un yw hi.'

'Mae'n rhan o'n teulu ni.'

'Anifail. Sai moyn cath dan fy nho i. Sai'n gwbod beth wna i –'

Roedd yn rhaid iddyn nhw godi eu lleisiau rhag y côr cathod yn y cefndir.

'Byddet ti ddim yn 'nafu ddi,' plediodd Helen.

'So ti'n gwbod 'ny.'

'Odw, Dafydd. Wy'n nabod ti.'

Newidiodd Dafydd ei dacteg. 'Gices i hi. Yn galed. 'Na pam fuodd hi'n gloff. Wy'n casáu'r bitsh fach. Falle ma gwa'th geith hi tro nesa.' Cododd y caetsh yn ei law chwith. Camodd Helen ymlaen, y sioc yn amlwg ar ei hwyneb, ond ni allai fynd heibio ei fraich dde, trawst o haearn yn ei hatal. Nid oedd hi'n barod i ildio'n ddiymdrech. Gwthiodd yn ei erbyn. Roedd hi'n crio erbyn hyn ac yn grac fel cacwnen fach. Roedd angen ei holl nerth arno i'w dal yn ôl.

'Geith hi ofal yn y cartre. Gas hi gic gas. Sai'n siŵr os yw hi 'di torri rhwbeth.' Roedd wedi gorfod codi ei lais celwyddog uwchben y cythrwfl. 'Stopia, Helen, fyddi di'n ca'l dolur,' meddai mewn rhwystredigaeth.

Dechreuodd hithau ymosod ar groen ei fraich gyda'i hewinedd. Roedd hynny'n brifo. Cydiodd yn ei llaw i'w hatal, ond roedd hi'n gafael ynddo'n dynn. Roedd angen ymdrech i'w stopio. Yn sydyn, tynnodd hi ei braich yn ôl a dechrau ei nyrsio fel babi.

Nid oedd wedi bwriadu iddi gael dolur.

'Helen, ti'n iawn?' gofynnodd, yn llawn gofid.

Dechreuodd grio ac ymbil. 'Plis, Dafs. Plis, wna i rwbeth. Wna i ofalu amdani, ei bwydo hi. Hala hi mas cyn gwely a gofalu ei bod hi'n dod 'nôl. Plis!'

Roedd yn boenus gwrando arni'n godde. Cydiodd yn y caetsh tra oedd yn gallu. Ond daeth Helen ar ei ôl yr eilwaith, yn syndod o chwim. Trodd ei gefn am eiliad ac roedd ei llaw ar yr handlen.

'Gad i fi fynd.' Roedd ei lais yn torri.

'Plis, Dafs!'

'Gad i fi fynd, plis.'

Daliodd hithau ei gafael.

'Fydde'r peth yna erioed wedi dod i'r tŷ oni bai am y gath yma!'

Ochneidiodd hi'n uchel a'i ryddhau. Allan ag e. Roedd e'n berwi, y teimladau annymunol yn ei gorddi ac yn ei wneud yn sâl. Cofiodd fel y bu'n rhaid iddo starfo Mew er ei lles ei hun, i'w pherswadio i ddod allan o dan y seld. Caredigrwydd drwy greulondeb. Aeth o'r stafell deulu gyda chamau breision a thrwy'r drws heb oedi.

'Dafydd!'

Anwybyddodd y waedd. Roedd pws yn crio, ac roedd ei sŵn yn ei ypsetio.

'Cau di dy ben,' meddai wrth y gath, ei lais yn torri yn ei ddagrau. Llowciodd yr awyr iach.

O'r garej, estynnodd hen liain yr arferai ei roi ar lawr pan oedd e'n peintio. Rhoddodd ysgytwad iddo i wared y dwst gwaethaf. Rhoddodd y caetsh yng nghefn y car yn ddiseremoni, a'r lliain am ei ben i geisio distewi Mew, fel hen ddewin yn ymestyn ei glogyn. Dechreuodd yr injan. Ar ôl tipyn, tawelodd y gath. Anadlodd ef, a cheisio sadio ei hun ar gyfer ei berfformiad nesaf.

Roedd e'n ddigon i wneud iddo droi rownd, clywed yr holl gŵn yna'n cyfarth wrth iddo yrru i mewn i iard y cartre. Dim byd yn erbyn cŵn, roedd e'n eu lico nhw'n iawn, ac yn dychmygu y byddai'n cael un 'fyd, wedi iddo ymddeol. Tosturi oedd y peth wnaeth beri iddo arswydo wrth glywed y corws cyfarth. Gartre gyda'i feistr oedd lle ci, dim mewn rhes o gybiau oer, yn siglo'r drysau metel gyda'u hewinedd crafangog, yn ysu am gael dod mas. Beth yn y byd fyddai Mew yn ei feddwl o'r udo gorffwyll? Gwyddai'n iawn. Stopiodd y car yn wyllt a dod allan cyn iddo newid ei feddwl. Roedd oglau dom ar yr iard. Estynnodd Mew a chwilio am y fynedfa.

Roedd hi'n frwnt o dan draed yn y dderbynfa. Rhyw hanner siop a hanner swyddfa oedd hi, lle bu welintons mwdlyd yn troedio'r llawr heb i neb feddwl estyn y mop. Licodd e ddim mo'i golwg hi o'r dechrau, y sguthan tu ôl i'r cownter. Roedd ei hwyneb yn llwyd, fel petai wedi ei sgwrio'n lân o bob gwên.

'I'm leaving this here.' Roedd yn barod i fynd.

'Is she yours?'

'Was.' Y gwir yna eto, yn mynnu dod i'r golwg.

'You'll need to fill out a form.'

'I'm not signing anything.' Wafodd y syniad i ffwrdd gyda'i law a dechrau ei heglu hi am y drws cyn iddi hi ei nabod. Gwisgai het am ei ben a sgarff dros ei wddw a'i geg. 'You might need a vet to look at her.' Cofiodd.

'Is she hurt?'

'Yes.'

'How do you know?'

Edrychodd eto arni. Whompen o beth. Roedd ganddi

lond pen o wallt llwydwyn, cwrs fel cortyn bêls. Doedd dim sgrapyn o golur ar ei hwyneb ond roedd ei bochau gwridog a'r sgarff fflamgoch yn cynnig bach o liw. Gwisgai *bodywarmer* nefi i dorri'r naws rewllyd, a hen *polo-neck*. Gwelodd eu gwell mewn siop elusen. Roedd yna reswm pam y rhoddodd y gorchudd dros y caetsh, ond nawr roedd hon yn codi'r llen. Roedd sioc gweld y byd o'i chwmpas yn ormod i Mew. Dechreuodd lefain yn wyllt.

'She looks terrified.'

'That's how she is.'

'So you do know her.'

Hen snoben Seisnig, meddyliodd. Aberthu ei blydi bywyd i gathod pan oedd plant yn y byd yma yn ymladd rhyfeloedd, yn byw mewn tlodi. Edrychodd arni. Edrychodd hithau arno fe.

'You say she's hurt... Did you see who did it? There are laws in this land to protect vulnerable animals.'

Doedd e ddim eisiau gweld y corff bach yn benisel, y blew yn crynu. Doedd e ddim eisiau gweld y llygaid bach trist yn methu deall.

'This country cares more about animals than people.' Nid oedd wedi bwriadu poeri'r geiriau arni. Aeth o'na tra medrai, tra oedd ganddo'r nerth.

29

Cofiai Dafydd yr aros, rhyw flwyddyn ynghynt, mae'n rhaid, erbyn hyn. Hanner awr 'di chwech roedd e wedi ei ddweud. Ond doedd dim golwg o'r chwit-chwat.

Ochneidiodd Dafydd yn uchel. Claddodd ei ddwylo'n ddwfn ym mhocedi ei siwt. Mewn ymgais ofer i gynhesu, cododd ei ysgwyddau nes eu bod yn cyffwrdd ei glustiau. Doedd hi ddim yn dwym, roedd hynny'n saff.

Diawliodd ei hun am gytuno i gwrdd tu fas i swyddfa Nic Owens yn hytrach nag mewn lle clyd fel caffi, neu ei swyddfa ei hun, neu dafarn fach hyd yn oed. Gallai gladdu peint. Roedd drws swyddfa Owens ar gau a neb yn ateb y ffôn tu mewn er bod yna olau myglyd y tu hwnt i ffenestri'r ail lawr. Roedd wedi trio'i fobeil e. Ddwywaith. Ac wedi gadael dwy neges. Roedd wedi dechrau oeri erbyn yr ail a gwyddai fod tôn ei lais yn llai na phroffesiynol. Ond, dyna ni, sut fath o argraff oedd dyn fel Nic yn ei chreu wrth adael i Dafydd sythu? Fe wnaed trefniant pendant i gwrdd ers dros wythnos.

Meddyliodd am Helen, adre ar ei phen ei hun gyda Pryderi ers wyth bore 'ma, ac yn mwy na haeddu bach o help gyda phlentyn bach blwydd a hanner oed erbyn hyn, chwarae teg. Edrychodd ar ei wats. Tynnu am chwarter i saith. Roedd e'n starfo. A fyddai Helen wedi cael swper? O leiaf byddai'r stwmp ar ei stumog wedi lleddfu erbyn hyn, *morning sickness* oedd e wedi'r cwbl. Ond byddai wedi blino, fel yntau, a byddai Dafydd yn teimlo'r hen euogrwydd wrth weld ei chroen yn welw a'i llygaid yn bell.

Byddai e'n mynd adre ar ei union petai dewis ganddo, sdim dowt. Ond roedd Nic Owens yn un o bobol bwysig y dre. Perchennog siop chwaraeon, campfa foethus, bloc o fflatiau a datblygiad hamdden mawr newydd a dyn a chanddo dipyn o ddylanwad ar y Cyngor, er nad oedd yn gynghorydd ei hun.

Pa berson busnes call oedd yn troi ei gefn ar foi fel'na, yn yr hinsawdd ariannol hon, a hynny am ei fod 'mbach yn hwyr? Onid oedd e wedi awgrymu'n gryf pan siaradon nhw dros y ffôn y gallai elwa ar gydweithio gyda chwmni marchnata da? Hy! Ar ei golled oedd Dafydd ar hyn o bryd. Roedd wedi prynu coffi o Costa, yr oedd ei weddillion wedi hen oeri, a rhoi'r newid i'r fenyw ddigartre 'na yn ei gwâl y tu allan i WH Smith.

Gele fe ddeg munud arall. Ond yffach roedd hi'n oer.

Crynodd Dafydd. Digon di-ddim oedd y stryd lle safai swyddfa Owens. Ond roedd ei ddewis yn nodweddiadol ohono. Oddi ar y stryd fawr ar lôn gul, gysgodol. Ni thynnai sylw ati hi ei hun, ond roedd yn ddigon agos i allu cadw golwg ar y prif lwyfan.

Roedd hi'n dywyll yng nghysgod drws y swyddfa ond deuai rhywfaint o olau o'r lampau ar y stryd fawr ac fe allai weld yn ddigon da i un cyfeiriad. Nid edrychai'n rhy ofalus ar y cysgodion ym mhob mynedfa nac i berfedd yr ogof a lyncai ben y lôn. Udodd gwth o wynt main gan ddihuno pentwr o fflwcs a phapurach a pheri iddyn nhw lusgo ar hyd y llawr fel cyrff. Rhynnodd Dafydd. Roedd pob dim yn fwy brawychus yn nhywyllwch y nos.

Roedd hi'n syndod mor unig y teimlai ac yntau'n mygu yn y swyddfa glawstroffobig awr ynghynt. Bob hyn a hyn rhuthrai corff ar hyd y sgwâr, brain yn hyrddio eu hunain yn erbyn y gwynt. Nawr bod prysurdeb ceisio cael gafael ar Owens ar ben, roedd ganddo amser i sylwi ar y byd o'i gwmpas, rhywbeth na wnâi yn aml iawn.

Clywai ryw firi ym mhen uchaf y sgwâr. Ambell floedd, sŵn cynnwrf. Roedd digon o ddiddordeb gan Dafydd i symud nes ei fod yn gallu gweld beth oedd yn digwydd. Rhwng y gofgolofn a grisiau neuadd y dre roedd yna griw o bobol ifanc yn cael sbort. Craffodd yn fanylach ac aeth rhyw gryndod trwyddo, ai achos i'r tymheredd gwympo'n sydyn? Ni wyddai.

Prin y gallai eu clywed i gychwyn ond am ambell air yn cael ei daflu ar lawr fel sbwriel. Ni siaradent mewn brawddegau llawn. Wrth i'w glustiau gyfarwyddo gallai glywed chwerthin cas a deall ambell beth, rhegfeydd yn frith a hen herio â min iddo. Ro'n nhw'n gwneud rhyw ddrygioni.

Aros man lle oedd e fyddai'r peth synhwyrol i'w wneud. Ac eto, pa ddrwg ddeuai o fynd i weld? Dim ond plant o'n nhw. Dihunwyd ef i'r fath raddau nes iddo grwydro i fyny'r lôn i weld beth oedd y stŵr. Clywodd glindarddach, gwydr yn torri yn deilchion, a stopiodd yn stond. Nid oedd fel arfer yn un i fynd i gwrdd â gofid. Ond roedd hi'n rhy hwyr i droi ei gefn. Roedd wedi eu gweld.

O ymestyn ei wddw fe welai nhw i gyd. Roedd pedwar ohonynt. Bechgyn, tybiai, yr un ohonynt yn fwy na rhyw bymtheg oed. Ac eto, fe allent fod yn hŷn. Edrychai pawb yn ifanc iddo. Gwisgent iwnifform gyfarwydd yr oes – jîns tyn neu *joggers* llac. Roedd un mewn siaced â choler, dau mewn top tracwisg a'r pedwerydd yn goron arnyn nhw – ystrydeb pur mewn *hoodie*. Bron y gallai chwerthin ar eu diffyg dychymyg.

Roedden nhw ar ryw berwyl drwg, doedd dim dowt am hynny, ac mor hawdd fyddai gadael iddyn nhw. Pa fusnes oedd e iddo fe beth o'n nhw'n ei wneud yn eu hamser sbâr? Yna sylwodd trwy gil ei lygad bod mynedfa Smiths yn wag. Ai adre aeth y fenyw? Ble fyddai adre i fenyw ifanc ddigartre? Llamodd ei galon. Ai'r nos oedd yn peri iddo hel bwganod?

Roedd rhywbeth yn rhoi sbort fawr i'r criw. Beth os mai'r fenyw ifanc oedd y peth hwnnw? Teimlai ei galon yn cyflymu a'i geg yn sych. Edrychodd o'i gwmpas gan obeithio y deuai rhywun arall i'r adwy. Ond doedd neb arall o gwmpas y funud honno, hyd y gwelai. Llyfodd ei wefusau oer ac, er gwaethaf ei reddf i beidio, cafodd ei hun yn camu tuag at y peryg. Os oedd yna berson mewn peryg, ni fedrai anwybyddu hynny. Camodd yn hyderus tuag atynt, cyn iddo newid ei feddwl. Roedd ei galon yn rasio nawr. Wrth agosáu gallai weld bod y criw wedi ymgasglu o amgylch rhywbeth. Ro'n nhw'n cael y sbort ryfeddaf yn ei gwmni. Llenwai chwerthin cas y lle. Nid hwyl ddiniwed mohono. Clywodd raean mân yn tasgu a chri boenus. Gorfododd Dafydd ei hun i edrych.

Teimlodd ryddhad i ddechrau. Cath. Ro'n nhw wedi cornelu cath, cath ifanc 'fyd, â fawr o raen arni. Ond buan y diflannodd y teimlad braf. Roedd greddf anifeilaidd y gnawes hon wedi eu deall nhw achos roedd hi'n amddiffyn ei thiriogaeth am y gorau. Safai ar flaenau ei thraed â phob cyhyr yn ei chorff yn dynn er mwyn ymestyn ei hun i'w llawn dwf. Roedd ei blew trilliw yn arfwisg dew a phigog amdani a'i cheg yn ymestyn yn ôl mewn gwên gas oedd yn dangos ei dannedd miniog. Dawnsiai fel cysgod a phob hyn a hyn fe boerai ei siars fileinig. Sssssssssssss. Er gwaethaf ei phoen, chwarddai'r bois fel ffyliaid arni.

'Gotsen ddwl. Hei Joe, remeindio fi o mam ti pan mae'n grac. "Ffycin hel, Joe, get your arse inside now or else, you little twat."' Chwerthin afreolus. Ro'n nhw dan ddylanwad, roedd hynny'n sicr. Ond dylanwad beth? Cwrw? Smôcs? Mari Joanna? Heroin? Ro'n nhw'n *high* ar rywbeth ac yn enjoio'u hunain. Teimlodd Dafydd ryw oerni yn ei frest ac arafodd ei gerddediad.

Wsh. Cawod arall yn anelu amdani. Bob hyn a hyn taflai'r naill neu'r llall ergydion anweledig at y gath. Doedd dim trefn i'r taflu. Wrth iddo nesu gwelai nad graean oedd yn taranu amdani. Cofiodd am y clindarddach. Chwalwyd y botel o gwrw yn fwriadol a'i sathru dan draed gan bedwar pâr o dreinyrs *designer*. Ymdrechai pws yn ofer i osgoi'r bwledi gwydr. Teimlodd Dafydd ei stumog yn troi.

'Hei pws, pws, pws... Hei, pws, pws...' Fampir mewn siaced a throwsus tywyll oedd y mwyaf cegog o'r criw. Roedd ei groen yn dryloyw. Penliniai yn ei gwrcwd nawr yn ceisio cocsio pws i ddod ato. 'Dere 'ma, y shit bach. 'Da fi rwbeth yn 'y mhoced i ti.' Estynnai'r fampir ei law tuag ati fel petai'n bwydo'r colomennod. Gwyddai Dafydd nad tamed ffein oedd yn aros y gath. Ofnai fod gan hwn gyllell.

'Ffyc's sêcs, dere 'ma, pws.' Ac estynnodd ei law yn sydyn a cheisio gafael ynddi. Gwnaeth pws beth fyddai unrhyw greadur yn ei wneud pan mae mewn stiw. Fe ymladdodd am ei heinioes a sgrapo Joni bach.

'Aw, bitsh! Mae 'di ffycin ca'l fi.'

Mwy o chwerthin.

'You twat.'

'Ffycin cat yw e!'

Roedd ffeit yn perthyn i Joni hefyd. Trodd rownd a rhoi cic filain i pws nes iddi godi yn yr awyr fel ffwtbol a chwmpo'n glatsh ar lawr. Digwyddodd y cyfan mor glou fel na chafodd y gath gyfle i weiddi. Teimlodd Dafydd yr ergyd wrth i'r droed daro'r corff blewog, meddal a theimlai'n sâl.

Distawrwydd am eiliad neu ddwy. Roedd e'n siŵr ei bod hi wedi marw. Hanner gobeithiai Dafydd ei bod, er ei mwyn hi. Ond doedd hi ddim. Dechreuodd grio'n ddiddiwedd, ac yn y stad feddyliol roedd ynddi, roedd Joni'n mwynhau cael ei herio.

'Pasa *lighter*, Kris.'

'Hei, that's my best one.'

'Pass it here, reit.'

Doedd Kris ddim mor dwp ag yr edrychai. Gwyddai

pryd i ddadlau a phryd i dewi. Gadawodd i Joni gipio'r tân o'i law yn frwnt. Gwyliodd Dafydd yn fud wrth i Joni reslo gyda'r caead. O fewn eiliadau, roedd cawod wahanol iawn yn gwlychu pws.

'Dim yn coci nawr. See how you like it, ife. Ffag unrhyw un?' Trodd Joni rownd at y criw. Welodd e ddim mo'i ffrindiau. Fe welodd Dafydd. Edrychodd y ddau ar ei gilydd yn oer.

'Ti isie llun?'

Roedd sylw pawb ar Dafydd nawr.

'Wel...? Blydi *rude* hynna, ti'mod. Ignorio rhywun pan ma'n nhw'n siarad â ti.'

Cerdded o'na. Dyna ddylai e wneud, gwyddai hynny. Ond byddai hynny'n golygu troi ar ei sawdl a mynd 'nôl y ffordd ddaeth e, dewis y ffordd hir am adre. Dim ond cryts o'n nhw. Heb feddwl ymhellach – neu fe fyddai wedi troi'n gachgi – brasgamodd tuag atynt yn hyderus gan lawn fwriadu eu pasio a'i heglu hi am y car. Ond camodd Joni tuag ato yr un mor hyderus a sefyll yn ei ffordd, breichiau a choesau ym mhobman fel pyped ar linynnau.

'Ti isie llun? Ti isie un? Gei di, shgwl. 'Da fi ffôn yn poced fi. Look.' Tynnodd law allan o'i boced a hyrddio dwrn at Dafydd. Methodd ei wyneb yn fwriadol o drwch blewyn.

'Twat!' A phoerodd ar lawr.

Doedd y lleill ddim yn chwerthin nawr, gan eu bod yn nabod eu ffrind yn rhy dda. Trodd Joni ei gefn.

'Pasa ffag. Cwic, myn,' gorchmynnodd. Cymerodd y sigarét goch a chydio yn pws yn frwnt gerfydd ei gwddw. Roedd yn anelu'r sigarét yn syth am ei hwyneb, yn barod i'w losgi.

'Cwlia lawr, 'na gwd boi.' Synnodd Dafydd mor hyderus oedd ei eiriau.

'Ffyc off nawr.' Gwasgodd y tân i ben y gath. Meddyliodd

Dafydd iddo glywed croen yn hisian. Yna clywodd sgrech hir. Roedd fel sŵn babi'n llefain.

'Oi, ti! Gad hi fynd!' Roedd Dafydd yn gynddeiriog. Rasiai'r gwaed trwy ei wythiennau. Roedd ei galon yn dyrnu.

Gollyngodd Joni'r gath ar unwaith, ond nid am ei fod yn cilio. Camodd tuag at Dafydd. Roedd ei draed yn dawnsio a'i ddwylo yn ddyrnau.

'Pwy 'yt ti, 'te? Pwy ffwc 'yt ti…? Y…? Yyyyy!'

Roedd ei wyneb yn goch, y croen wedi sgrensio yn grychau bach. Gallai Dafydd deimlo ei boer ar ei wyneb. Llyncodd ac meddai'n ddigynnwrf,

'Police. Off-duty. Wyt ti eisic dod lawr 'da fi i'r stesion…? Wel, gad y gath i fod, 'te a CER. FFOR'NA – NAWR.'

Anelodd ei fys i'r cyfeiriad arall.

Syllodd y ddau ar ei gilydd. Nid ildiodd Dafydd. Roedd e'n gacwn. Y funud honno, gallai fod wedi gafael yng ngwddw tenau'r bwli bach 'ma a'i dorri fel gwddw iâr. Dafydd agorodd ei geg gyntaf.

'Go on. Ffwciwch off nawr a wna i anghofio 'mod i 'di gweld chi,' Poerodd.

Doedd Helen ddim yn bles i ddechrau, pan gyrhaeddodd e gartre o'r fet gyda'r bwndel bach crynedig yn y cawell. Roedd digon ar ei phlât yn barod. Crwt bach a'i ddwylo'n bob man ac un arall ar y ffordd.

'Fydd rhaid iddi fynd i'r cartre yn y bore,' meddai.

Ond am Dafydd, roedd e'n orfoleddus. Llywelyn yn dychwelyd o'r cae hela gyda chalon carw yn gynnes yn ei law. Fuodd e erioed mor fyw. Carodd ei wraig gydag angerdd y noson honno. Ac aros fu hanes Mew.

30

'Ni'n ddiniwed.'

Dim ond geiriau o'n nhw. Ond roedd hi fel petaen nhw'n gweiddi am sylw o dudalen flaen y papur newydd. Crensiai Edward y dalennau'n swnllyd fel petai'n taro'r symbalau i guro amser â phob manylyn newydd.

'Dim 'na pam wnaethoch chi'r cyfweliad.' Ner oedd y cyntaf i amddiffyn ei ffrindiau. Roedd ei geiriau cryf fel braich warchodol yn ymestyn i'r gornel lle eisteddai Helen yn fud. Roedd yr iPad yn fyw ar ei chôl. Ond nid edrychai arno. Roedd golwg boenus arni, ei hwyneb yn sgi-wiff rywffordd, fel petai hi wedi bod mewn damwain.

Mor wahanol oedd hi ddoe. Daeth yn fyw o flaen y camera a'r meicroffon – roedd y ddau nawr yn cofnodi cyfweliad pwysig fel hwn. Roedd Ner wedi ei helpu i ddewis y ffrog las laes i'w gwisgo.

''Run lliw â dy lygaid,' clywodd Dafydd hi'n dweud wrth Helen. A chofiodd deimlo mai fe ddylai fod yn dweud pethe fel'na. Wnaeth e ddim, wrth gwrs.

'Neis iawn,' llwyddodd i ddweud pan drodd ato'r bore cynt, yn disgwyl am gompliment. Edrychai fel merch fach yn ffrog ei mam, yr hyn a welai o'i chorff yn esgyrnog a chyhyrau ei gwddw yn onglog a thyn. Gwisgai golur. A phan ddaeth yr amser i berfformio daeth o hyd i wên o ryw fath. Roedd hi fel blodyn yn agor ei phetalau yng ngolau'r haul. A hyd yn oed ar ôl y cyfweliad, a hwythau'n ddwy sach wedi eu curo'n swrth, roedd hi eisiau siarad am yr hyn a ofynnwyd, yr hyn a ddywedwyd â sglein y cwpan sy'n cael ei gipio ar ôl y ras yn ei llygaid.

Hi oedd y cyntaf i godi drannoeth, cyn i Magw styrio yn ei chot. Roedd hynny'n beth anarferol ynddo'i hun. Fel arfer byddai'r ddau ohonyn nhw'n crefu am awren ychwanegol o dan y dwfe, yr hen ddyddiau o segura yn y gwely ar benwythnos a dilyn eu hamserlen eu hunain yn angof. Pan sylweddolodd Dafydd ei bod ar ei thraed roedd wedi cael gwaith ei pherswadio rhag mynd i'r siop heb newid hyd yn oed. Edward gafodd y dasg o fynd i brynu papur newydd, ei rieni wedi cyrraedd cyn cŵn Caer, ar bigau yn eu gofid. Aeth Dafydd yn dawel bach ar y we, yn dipio'i droed i'r dŵr cyn rhannu'r newydd am dymheredd yr ymateb gyda phawb arall. Mynnodd ei dad wisgo cap am ei ben cyn mentro allan o'r drws ffrynt a buodd Helen yn pipo 'nôl a 'mlaen trwy ffenest y gegin yn ei wylio'n mynd heibio'r llond llaw o ddynion camera a newyddiadurwyr ar ben y lôn. Dafydd fu'n bwydo Weetabix i Magw. Roedd ganddi lwy ei hun hefyd nawr. Gwnaeth ymdrech i droi ei sylw at ei wraig bob hyn a hyn a chofiodd feddwl bod gwawr newydd yn perthyn iddi: gobaith.

Hanner awr yn ddiweddarach penliniai Dafydd wyneb yn wyneb â Magw, y wên yn llenwi ei wyneb. O flaen y tân esgus yn y lownj adeiladai'r blociau un am un i wneud tŵr, gan annog ei ferch i ymuno yn y gêm. Roedd ganddi fwy o ddiddordeb mewn bwrw'r cwbwl lot i'r llawr a chwerthin yn uchel. Ni allai Dafydd lai nag ymuno yn y miri wrth ganmol a churo dwylo, a Mam-gu wedyn yn atseinio'r cyfan, fel petai ei hwyres fach â'r wên barod wedi cyflawni'r gamp fwyaf anhygoel yn y byd.

Roedd hi wedi dechrau cropian a, wir, roedd hi fel milgi bach. Dafydd wedyn yn mynd ar ei hôl, yn benderfynol y tro hwn o beidio â cholli dim. Fe fydden nhw wedi dod i ben eu hunain, hebddo fe Dafydd. Ond beth oedd y pwynt i ddim byd os nad oeddech chi'n gallu gweld y cyfnod sabothol hwn fel cyfle i wneud pethe'n wahanol a threulio amser gyda theulu a ffrindiau?

'Bois bach.' Rhythodd Edward. Roedd e'n dal ar barâd, yn ôl ac ymlaen o un pen i'r lownj i'r llall.

'Dere i iste, Ted bach, wir.'

Ond doedd e ddim am wrando, er gwaethaf y gwingo yn ei wendid a wnâi iddo hercio'n anwastad, fel petai'r milwr bach hwn yn rhoi mwy o bwyslais ar un droed na'r llall.

'Mowredd mowr.'

'Beth sy'n eich poeni chi nawr, Dad?'

Darllenodd: 'Ydych chi'n difaru gadael y ffenest ar agor? Dafydd Morgan: Wrth gwrs fod 'na bethe mae rhywun yn difaru a tasen ni'n gallu troi'r cloc yn ôl fe fydden ni. Ond 'na ni. Feddylion ni erio'd. Wnaeth e ddim croesi'n meddwl ni ein bod ni'n rhoi bywyd ein plant mewn perygl. Helen Morgan: Ni'n rhieni da.'

'Wrth gwrs eich bod chi,' meddai Ruth yn fwyn o'r soffa heb dynnu ei llygaid oddi ar Magw.

'Wrth gwrs eich bod chi,' atseiniodd Edward yn fwy diamynedd. 'Sdim isie gweud 'ny.'

'Y cyngor geson ni o'dd bod yn onest. Rhoi'r stori'n llawn un waith a 'na ni.' Ceisiodd Dafydd ateb yn amyneddgar.

'Yn fy mhrofiad i, gweud dim sy ore.'

'Ma Dafydd yn deall y wasg, Ted.' Roedd Ruth fel cyw mawr melyn am eu pennau.

'Odi, odi. Dim ond gweud, 'na gyd.'

Dweud heb ddwued, dyna ei dad. Barnu digon i godi amheuon ym mhen Dafydd. Dim rhyfedd ei fod e shwt gnonyn aflonydd erioed. Oedden nhw wedi gwneud y peth iawn, pwy a ŵyr? Pwy a ŵyr beth oedd y peth iawn? Oedd hi'n iawn iddyn nhw dderbyn arian am eu stori? Ac eto, nid dyna oedd yr unig reswm iddyn nhw agor eu calonnau. Er mwyn cael llonydd wnaethon nhw hynny, nid er mwyn cael pres.

'O leia gesoch chi jans i weud eich gweud. Bydd hynny'n

public record nawr.' Roedd Ner yn gwneud ei gorau i gadw eu hochr.

Tan iddo weld y stori mewn du a gwyn roedd Dafydd yn siŵr iddyn nhw wneud y peth iawn. Ateb yr honiadau oedd yn hongian fel ysbrydion yn yr aer. Dyna oedd barn y cwmni PR oedd wedi cael ei benodi gan dîm DI Edmonds i geisio rheoli diddordeb y wasg a'r cyfryngau, gan fod y gynhadledd i'r wasg wedi methu gwneud hynny. Mae'n siŵr bod Phil yn genfigen i gyd bod Cyf@threbu heb gael y gìg yna.

'Gobeithio y bydd pobol yn parchu ein preifatrwydd ni nawr.' Atseiniodd Dafydd eiriau Diane Lewis, y fenyw hyderus o'r cwmni PR oedd wedi trefnu'r cyfweliad ecsgliwsif, ac a oedd wedi eu ffonio y bore hwnnw, ynghyd â DI Edmonds i'w sicrhau bod yr ymateb yn gadarnhaol ar y cyfan. Ei feddwl ei hun oedd yn creu bwganod a dychmygu'r min yn ei llais.

'Chi'n rhoi tamed bach o abwyd ar fachyn a fyddan nhw'n bwyta fe ac eisie mwy. Siarcs y'n nhw, 'na pam. A so nhw'n becso dam amdanoch chi'ch dou... Sori, Helen,' styriodd Edward yn anniddig yn ei sedd.

Gwenodd Helen yn bŵl. 'Wy'n dechre teimlo'n flin dros Justin Bieber.' Roedd y petalau'n cau am y blodyn.

'Pwy?'

'Justin Bieber, Ted. Yn y Cabinet,' atebodd Ruth.

Daliodd Dafydd lygaid Ner. Gwnaeth y ddau eu gorau glas i beidio â chwerthin yn uchel a throi eu pennau oddi wrth ei gilydd gan wenu o hyd. Shifflodd Edward y papur a thwt-twtian yn uchel, fel y gwnâi o dro i dro.

'Dere i seto lawr wir, Ted.'

'Reit-o. Reit-o,' nodiodd Edward ei ben i gyfeiriad ei wraig. Cododd dopiau coesau ei drowsus i wneud ei hun yn gyfforddus wrth eistedd. Roedd y papur newydd ganddo o hyd. Roedd e fel cawr ar y soffa i ddau a theimlai Dafydd ar y llawr fel crwt bach o dan oruchwyliaeth ei rieni.

Roedd hi'n dawel am 'bach ond am glecian y brics pren a siarad babi Magw.

'Paned?' gofynnodd ei fam uwch ei ben. Symudodd ei dad ar y soffa a chlipian pen Dafydd gyda'r papur.

'Pam na ewch chi adre, Mam? Ni'n olreit nawr.'

'Ni'n hapus braf yn y B&B.'

'Fi 'di gweud. Fi sy'n talu.'

'Dim o gwbwl,' mynnodd ei dad. 'Ni'n falch i allu helpu.'

'A chi wedi bod yn help mawr – neud y pethe bach fel mynd i'r siop, fel ein bod ni ddim yn gorfod wynebu'r posteri a'r bandiau coch "Cofiwch Pryderi". Ond Helen a fi, ni'n barod, wel, fydd rhaid i ni ddechre ymdopi 'yn hunen.'

Caeodd Helen yr iPad a dod i eistedd ar y llawr gyda Dafydd a Magw. Ymunodd yn y chwarae.

'Da iawn, Magw!' Roedd y ferch fach newydd fwrw'r tŵr i lawr gan beri i'r blociau rolio i bob cyfeiriad.

'"Beth y'ch chi'n dweud wrth bobol sy'n meddwl ei fod e'n beth od i neud, agor ffenest ym mis Ionawr?"' bytheiriodd Edward. 'Am gwestiwn twp! Shwt arall ma rhywun yn gwared ar *condensation* o'r stafell folchi heb help ffan? Gest ti dy fagu ar awyr iach gartre... "Chi'n credu mewn cathod gwyllt?"'

'Nagw,' meddai Helen fel bwled yn ystod y cyfweliad, cofiodd Dafydd, yn groes i gyngor Diane Lewis.

Darllenodd Edward ymlaen: '"Dafydd Morgan: Mae DI Edmonds, dyn sydd wedi gwneud ymchwil i'r maes hwn, yn credu yn eu bodolaeth. A wy'n credu bod unrhyw beth yn bosib."'

'Sai'n deall. Pam yr holl ddiddordeb ynon ni?' Dechreuodd Dafydd hel y blociau i'r cart, wedi blino ar y gêm.

'Ma'r wasg yn lico stori,' meddai Ner gan ailadrodd

rhywbeth roedd hi wedi clywed Dafydd yn ei ddweud ganwaith.

Doedd dim amynedd gan Dafydd.

'Pryderi yw'r stori. Ma twlpyn o gelwydde fel hyn yn tynnu'r sylw oddi arno fe.'

'Falle ddylech chi ystyried o ddifri beth ddywedodd y plisman bach neis 'na wrthoch chi.'

'Ma fe'n DI, Dad.'

'DI, 'te. Ond ma fe'n siarad lot o sens.'

'Am beth ti'n siarad nawr, Ted?'

'Symud. *Identities* newydd. Dechre 'to rhywle newydd. Ble sneb yn eich nabod chi. Ble sdim rhyw hw-ha fawr bob tro chi'n camu mas trwy'r drws.'

'Falle ddylen ni drafod y peth.' Syllodd Helen i fyw llygaid Dafydd.

'Ble fydden ni'n mynd ble fydde neb yn ein nabod ni? Ni fel "Britain's Most Wanted".' Gwenodd yntau. Nid gwên go iawn oedd hi. Siglodd ei ben yn lluddedig. Daeth Ner i eistedd ar gadair gyfagos gan godi'r glustog a'i magu yn ei chôl.

'Gallen i dorri 'ngwallt, ei liwio fe. Gallet ti dyfu barf,' meddai Helen.

'Ti'n iawn, Dafydd. Fydde neb yn anghofio dy wep salw di – ond ma wastad plastic syrjeri.' Roedd wyneb Ner yn sur fel lemwn.

Chwarddodd y lleill yn ysgafn ar eu gwaethaf, hyd yn oed Helen.

'Ond beth amdanoch chi?' gofynnodd Dafydd i'w fam.

'Y'n ni'n hen. Chi yw'r dyfodol.'

'Wy'n lico'r syniad.' Roedd llais Dafydd yn glir.

Ddywedodd Ner ddim byd am eiliad neu ddwy, yna rhwng ei dannedd, 'Af i i wneud y baned yna, nodi'r achlysur, 'te.' Cododd yn ddisymwyth, heb edrych ar neb.

'Af i i'w helpu hi.' Dechreuodd Helen godi, ond roedd Dafydd yn falch o'i gweld yn fodlon ei byd ar goll yng nghwmni Magw.

'Af i.' Roedd ei lais yn bendant.

Caeodd ddrws y gegin tu ôl iddo. Roedd Ner â'i chefn tuag ato'n clindarddach llestri o'r cwpwrdd. Rhoddodd y cwpanau ar y cownter. Ro'n nhw'n gymysg i gyd: yn fach a mawr, plaen a blodeuog, ac yn cynnwys un gafodd Dafydd am ddim yn y siop DIY am iddo brynu paent.

'Bydd Mam eisie rhai sy'n matsio,' meddai'n goeglyd. Trodd Ner i'w wynebu.

'Tyff.' Croesodd Ner ei breichiau. 'Beth am eich ffrindie?' gofynnodd heb edrych arno.

'Nelen ni ffrindie newydd.' Crymodd Dafydd ei ysgwyddau.

'O'n i ddim yn gwbod bo ti'n gyment o fastard.'

Symudodd ati'n gyflym a gafael yn ei llaw. Tynnodd hi ato a gwasgu ei chorff yn erbyn ei gorff yntau a'i chusanu'n angerddol. Carlamodd ei galon. Estynnodd ei law o dan ei thop a theimlo'r croen yn llyfn ac yn boeth. Roedd pen Dafydd yn troi a chafodd ei hun yn ôl yn y stafell wely gyda Helen ar ôl y cyfweliad. Y ddau'n gafael yn ei gilydd yn nwydus, er gwaethaf y blinder. Helen yn ei wthio 'nôl ar y gwely, y ddau'n tynnu eu dillad fel petaen nhw ar dân a hithau'n eistedd ar ei ben, un goes bob ochr, a charu'n wyllt.

Yn sydyn, rhyddhaodd Ner ei hun o'i afael.

'Ma'n nhw yn y lownj,' meddai, yn fyr ei hanadl.

'Wnes i'n siŵr 'mod i'n cau'r drws. Pan o'n i'n sôn am adel ffrindie, do'n i ddim yn meddwl ti...'

'A beth ti'n dishgwl i fi neud? Dy ddilyn di fel ci bach?'

'Fydden ni ddim ochr draw'r byd.'

'A beth am ein planie ni?' Roedd dagrau yn ei llygaid. Gwnâi Dafydd unrhyw beth i afael ynddi, i'w chysuro.

'Alla i fyth ei gadel hi, dim ar ôl hyn.'

'O'n i'n gwbod mai diawl di-asgwrn-cefn o't ti!' Trodd 'nôl at y cwpanau. Agorodd y drôr, estyn llwy, a'i slamio ar gau. Cydiodd yn swnllyd yn y coffi a dechrau rhannu ei gynnwys gan wasgaru gronynnau dros bob man.

'Shwt allen i ragweld – hyn o bopeth?' Ceisiodd ei orau i esbonio.

'Wy'n gwbod. Ond... mae 'di ca'l ei ffordd ei hun 'to, 'te.' Poerodd y dŵr poeth o geg y tecil.

'Ddim o fwriad, Ner. Plis?' Rhoddodd ei law ar ei braich. Roedd arno ofn cael ei losgi. Aeth Ner heibio iddo'n frysiog ar ei ffordd i'r ffrij.

'Sdim byd i weud, 'te, o's e.'

Cydiodd Dafydd yn ei gwpan a chymryd sip o'r coffi. Llosgodd y blas chwerw yn erbyn top ei geg.

Gorweddai'r ddau ochr yn ochr yn y gwely. Roedd y lamp tu allan yn eu golchi mewn golau nicotîn. Roedd Magw'n dawel, dim byd yn blino fel llond côl o sylw. Fe ddylai gwtsio Helen nawr, meddyliodd Dafydd, ond roedd wedi ymlâdd gormod i symud. Bron iddo gysgu ar ei drwyn pan ddihunwyd e gan lais ysgafn.

'Y llawr teils. Fan'na o'dd e'n rasio'r car gafodd e gan Anti Lynwen... ar y stepen yn arwain at y drws gwmpodd y car a gollodd e'r olwyn fla'n. 'Na beth o'dd colled. Lefodd e am hanner awr o leia, a finne'n ei fagu, yn drwm 'da Magw yn fy mola... ffenest y drws ffrynt wedyn, ble fydde fe'n sefyll i ffarwelio 'da Dad ac aros i ti ddod adre, yn anadlu niwl dros y gwydr. Fan hyn, yn y tŷ hwn ma Pryderi. Alla i ddim â'i adel e.' Roedd cyfaddef fel rhoi cyllell mewn briw a fedrai hi ddim dal y dagrau'n ôl.

Rhoddodd ei fraich amdani wedyn, a'i dal fel carreg yn ei goflaid. Daliodd ei hun yn meddwl am unwaith y byddai'n handi petai e'n credu mewn nefoedd ac angylion. Buodd e'n hir yn trio meddwl am rywbeth i'w ddweud i wneud pethe bach yn well.

'Yn dy galon di ma'r atgofion 'na a fyddi di'n mynd â nhw 'da ti ble bynnag ei di,' meddai ymhen hir a hwyr. Cusanodd hi.

'A beth amdano fe? Fan hyn ma corff Pryderi,' atebodd Helen, yn magu plwc.

Meddyliodd Dafydd yr hyn na ellid meddwl amdano a mentro ei ddweud yn uchel. 'Bydde modd ei symud e hefyd.'

I I

'Pwsi mew, pwsi mew,
Lle collaist ti dy flew?'
'Wrth gario tân
I dŷ modryb Siân,
Yng nghanol eira a rhew.'

'Ambell orig daw hen hwiangerdd, fel su melodaidd o
gartre pell a hoff, i'r meddwl. Daw un arall ar ei hol, ac
un arall, – a chyda hwy daw adgofion cyntaf bore oes.
Daw'r llais mwynaf a glywsom erioed i'n clust yn ol, drwy
stormydd blynyddoedd maith; daw cof am ddeffro a sylwi
pan oedd popeth yn newydd a rhyfedd.'

Rhagymadrodd, *Yr Hwiangerddi* gan O. M. Edwards

1

'Ni'n mynd?'

'Beth arall wnawn ni?'

'Wel, aros wrth gwrs... Paid chware 'da fi, Dafydd. Wy'n rhy hen i –' Methodd Helen â ffeindio'r geiriau. Oedden, roedden nhw wedi trafod a thrafod ond rhannu geiriau oedd hynny, siarad am ddianc rhag y sylw oedd yn eu llethu. Oedden nhw wir yn mynd i weithredu? Aeth y syniad â'i gwynt.

Roedd Dafydd wedi gwisgo ei got ac yn stryffaglu gyda'r botymau. O'r diwedd edrychodd arni, ond rhyw godi ei aeliau wnaeth e, a hynny heb godi ei ben.

'Ti wedodd bo ti moyn ei drafod e, y tro cynta 'ny.'

'Wy'n gwbod 'ny. Ac o't ti wastad yn gweud mai fan hyn fydden ni...' Pwysodd arno.

'Dim fi o'dd hwnnw.'

'Paid bod yn sofft. Ti o'dd e, sdim ots beth sy 'di digwydd i ni ers hynny.' Dechreuodd Magw ffysian yn ei breichiau a symudodd Helen hi fel bod y pwysau'n fwy gwastad ar hyd ei chefn.

'O'dd hynny cyn –' Roedd y geiriau'n sownd yn ei wddw. 'Fe allai neud pethe'n iawn.'

Ni allai esbonio. Ni allai arllwys ei galon yn rhwydd. Ddim iddi hi, hyd yn oed. Roedd e'n ffaelu dweud na allai aros fan hyn a dihuno i'r un olygfa tu fas i'r ffenest, i'r un weledigaeth o'r haul. Ni allai gwympo i gysgu yng ngolau niwlog yr un lamp yn y stryd. Ni allai wthio bygi Magw i'r un siop ar y gornel, a chroesi'r un stryd brysur heb orfod dweud wrth neb am gofio gafael llaw. Ni allai wynebu Terry, yn y siop, gyda'i wallt coch tonnog a'i hiwmor iach, a gweld ei wên fawr yn pylu, ei ben yn nodio mewn cydymdeimlad a'r llaw yn wafio i ddangos nad oedd angen talu am siocled i Magw. Ac ni allai wynebu Nerys, gweld y siom yn ei llygaid wrth iddi sylweddoli na fyddai pethe'n symud ymlaen. Fyddai e fyth yn gadael Helen, ac roedd ei frad yn ei fwyta'n fyw. Beth gododd yn ei ben yn y lle cyntaf? Crynodd. Roedd e angen gweld y byd trwy ffenest arall, angen dyfodol newydd iddo'i hun.

Ochneidiodd Helen. 'Sai'n mynd i weud bod e'n ocê, achos dyw e ddim. Dyw e ddim yn ocê beth ddigwyddodd i ni i gyd, ond ma 'na fory yn 'yn bywyde ni –'

Gwingodd yntau. 'O's, gwaetha'r modd,' meddai o dan ei anadl.

'Hei. Paid siarad fel'a.' Cerydd siarp. Rhoddodd ei llaw am ei fraich. Roedd fel cyffwrdd dieithryn. Gwingodd Dafydd eto.

'Ti'n fwy o ddyn na 'na, a ma 'da ti Magw... Rhwng un peth a'r llall, mae'n siŵr o fod yn ffaelu deall beth sy'n mynd 'mlân 'ma. Ti yw'r un fydd yn ei helpu hi i ddeall.'

Atebodd Dafydd yn ei bwysau, gan droi ei olygon at y drws,

'Shwt alla i neud 'ny a finne ddim yn deall 'yn hunan. Ma'n reit beth ma'n nhw'n weud ti'mod – ma natur yn greulon.'

Roedd adegau pan oedd y ddau yn meddwl na ddelen nhw byth i ben. A hynny er ei bod yn haws symud babi nag y byddai wedi bod i symud plentyn. Oedd, roedd ganddyn nhw drugareddau dirifedi diolch i Magw, ond fe fyddai'n setlo'n gynt yn eu bydysawd newydd o'u cael o'i chwmpas a doedd ganddi ddim llond ceg ddireolaeth o iaith fyddai'n tasgu gwybodaeth am eu cartre nesaf i'r byd a'r betws, nac i rannu newyddion eu hen hanes yn y bydysawd newydd. Fe frifodd hynny Helen fel gordd yn taro ei brest ac fe fu bron iddi roi stop ar y pacio am byth. Edrychodd ar yr un fach yn chwarae ar lawr. Ni fu'r penderfyniad i symud yn un hawdd o gwbwl. Ond roedd Dafydd mor benderfynol, mor siŵr mai dyma oedd orau iddyn nhw i gyd. Ond oedden nhw'n gwneud y peth iawn yn torri'r cysylltiad corfforol hwn rhwng Magw fach a'r brawd na fyddai yn ei gofio? A hynny er mwyn dyfodol mewn rhyw anialwch llawn… llawn beth? Pwy a ŵyr beth fyddai'n crwydro'r tir o'u cwmpas nhw. Cerddodd rhywbeth dros ei bedd.

Roedd cymaint mwy o bethe i'w hystyried na phan symudodd Helen ac yntau i'r tŷ hwn. Roedd y gwaith yn ddiddiwedd a doedd ganddyn nhw mo'r egni. Nid eu trysorau nhw yn unig oedd angen eu pacio. Roedd eiddo dau blentyn, a mam Helen ar ben hynny. Bu'n rhaid gwagio ei thŷ hi pan aeth i'r cartre yn Aberteifi gan benderfynu beth fyddai'n mynd i'r siop elusen, beth fyddai'n cael ei werthu a pha bethe roedd Helen am eu cadw a'u caru. Waeth iddi fod yn unig blentyn ddim yn ystod y broses. Ond fe deimlodd hynny erioed a'i chwaer ddeng mlynedd yn hŷn na hi. Roedd hi'n adeg anodd o ran gwaith i Sera deithio o Awstralia, a thros y ffôn y gwnaeth honno ei chyfraniad. Cofiodd Dafydd fod y broses o ddidoli yn fwy anodd i Helen na gollwng ei mam i ofal pobol broffesiynol hyd yn oed.

Nawr roedd yn rhaid sgyrnygu dannedd a dechrau trwy bacio pethe Pryderi. Byddai hynny'n beth naturiol i'w wneud yn dilyn colled efallai. Cadw rhai pethe i'w trysori, a rhoi pethe eraill mewn bocs yn yr atig am y tro. Fyddai dim gwahaniaeth petai llygaid neu gamera telesgopig yn eu gweld yn gwneud hynny. Ond roedd yn rhaid bod yn llawer mwy gofalus wrth bacio eu pethe eu hunain. Dim ond ei rieni e oedd yn gwybod. Ac roedden nhw'n ddiolchgar am eu cymorth gyda'r holl drefniadau. Ar ôl trafod y broses o symud gydag Edmonds roedd yn rhaid derbyn na fyddai'n bosib, ar hyn o bryd, i gynnwys eu ffrindiau yn eu cynlluniau. Roedd Ner ar ben ei digon yn eu cwmni gan feddwl bod y siarad a fu am hel eu pac wedi mynd i'r gwynt. Am siom oedd yn ei disgwyl. Byddai'n rhaid i gyfeillion gorau fodloni ar neges ddigyfeiriad yn ymddiheuro'n ddwys ond yn gobeithio y byddai'n bosib dod i gysylltiad unwaith eto un dydd. Roedd meddwl am wyneb Carwyn, yn welw gan sioc, yn ddigon i sobri Dafydd a gwneud iddo stopio yn ei unfan a rhoi'r gorau i bacio gorsaf Sam Tân a chymeriadau Norman, Elvis, Penny a Radar y Dalmatian unglust.

Canolbwyntiodd ar wyneb plastig Sam, fel y byddai'n ei wneud yn y gwaith – ceisio canolbwyntio ar un peth ar y tro pan oedd pethe'n mynd yn ormod. Doedd e ddim yn siŵr a fyddai e'n gallu wynebu'r dasg o gwbwl. Ond ceisiodd ei orau i ganolbwyntio ar y dyfodol, gan atgoffa'i hun pan deimlai bigiadau'r boen eu bod nhw'n gwneud hyn er lles pawb ac na fyddai Pryderi ei hun fyth yn mynd yn angof. Byddai'n rhaid iddyn nhw adael y rhan fwyaf o'u heiddo am nawr, nes bod y stori eu bod wedi mynd yn gyhoeddus. Doedd dim help swyddogol ar gael gan yr heddlu am nad oedden nhw'n rhan o unrhyw gynllun diogelu tystion. Ond roedd Clive Edmonds yno, yn y cefndir, i gynnig clust i wrando. Roedd rhywbeth iachus am ailddechrau ac ar ôl munud neu ddwy o seibiant, nes bod ei ben wedi rhoi'r gorau i droi, aeth Dafydd ati ag egni rhyfeddol i wneud rhestr o bethe angenrheidiol ar gyfer y diwrnod neu ddau cyntaf yn eu cartre newydd. Caeodd y bocs a mwynhau clywed ffyrnigrwydd y sgrech wrth iddo dynnu'r tâp selo ar hyd y bwlch i gau'r ddau hanner o gardfwrdd. Byddai'r rhan fwyaf o'r bocsys yn cael eu storio nes eu bod yn barod ar eu cyfer ac fe addawodd Edmonds drefnu hynny. Fe fydden nhw'n cael help i sefydlu enwau a chyfeiriad newydd, ond ni fyddai cymorth ariannol ar gael gan yr heddlu. Roedd yr arian a dalwyd iddyn nhw gan y papur newydd am eu stori wedi gwneud symud yn bosib, ac roedd hynny'n ddigon i'w gyfiawnhau.

'Ma un peth sy eisie neud cyn allwn ni fynd –' Roedd Helen yn didoli'r dillad yn y wardrob. Roedd Magw wrth ei bodd yn estyn pethe o'r bag Oxfam ac yn ceisio eu lapio amdani ei hun.

'Dyw e ddim mor hawdd â ti'n feddwl,' meddai Dafydd gan ei pharatoi at siom. 'Falle y bydd hi wedi mynd.'

'Wy'n ame 'ny...' Torrodd clecian yr hangers ar eu traws. 'Cathod bach ma pawb eisie.'

'Dim pawb. Wy'n siŵr y byddai'n well gan hen lêdi fach sy'n chwilio am gwmni ga'l cath yn ei hoed a'i hamser.' Doedd Dafydd ddim yn edrych 'mlaen at wynebu'r sguthan yna eto.

'Fawr o gwmni, o'dd hi? A hithe'n ofn ei chysgod. Ond o'dd Pryderi yn ei charu hi. Ac o'dd hi'n ein caru ni – yn ei ffordd fach ei hunan.'

'Yn ei ffordd fach ei hunan,' cydsyniodd Dafydd. 'Wel, alla i ddim mynd.' Roedd y gwir yn gwawrio arno wrth iddo siarad. 'Dyw hi ddim yn mynd i roi Mew yn ôl i fi ar ôl i fi ei gadel hi yn y cartre a gwynt teg ar ei hôl hi.' Trodd ei wyneb fel na fyddai Helen yn gweld y dagrau'n pigo ei lygaid.

Aeth dwy ffrog barti i'r bin. 'Bydd rhaid i ti feddwl am plan B, 'te. Ti gafodd ei gwared hi, dy gyfrifoldeb di yw ei cha'l hi 'nôl.'

Ffoniodd rif y Cylch a gwrando'n ddiamynedd ar y canu undonog. Roedd e'n benderfynol o gael gafael arni y tro hwn, felly doedd e ddim yn mynd i chwarae plant a ffonio'r mobeil fel y gwnaeth yn ofer droeon. Dywedodd mai Mr Pritchard o'r Swyddfa Dreth oedd yno ac aros, ei galon yn curo'n gyflymach.

'Bore da. Shwt alla i helpu?' Ffurfiol a di-lol yng nghanol yr hyrdi-gyrdi.

'Fi sy 'ma, Ner.'

'Y diawl bach! Beth 'yt ti moyn?!' Sylweddolodd iddo ei thwyllo.

'Neis clywed dy lais di.'

'Tyfa lan, Dafydd. Ma 'da fi un deg pump o blant dan dair oed fan hyn – a ma well 'da fi eu cwmni nhw dyddie 'ma 'fyd.'

'Wy moyn gofyn ffafr.'

'Ha!' Yn ddramatig. Roedd hi wrth ei bodd mewn ffordd wyrdroëdig.

'Wnes i fistêc pan es i â Mew i'r cartre.' Oedodd, yn ansicr sut i fwrw 'mlaen.

'Ac ma Helen eisie hi 'nôl,' gorffennodd Ner y frawddeg iddo.

'Paid beio Helen.'

'Typical. Cadw ei hochr hi.' Trodd arno'n swrth.

'Ei di i'r cartre i'w 'nôl hi?... Plis, Ner?... Plis?'

'Gofyn i Carwyn.' Hanner diflannodd ei llais wrth i rywbeth yn y stafell ddosbarth fynd â'i sylw.

'Ti'n iawn, fe allen i ofyn i Carwyn. Ond ti 'di bod yn anwybyddu pob ymdrech i gysylltu. Bydd hyn yn esgus i dy weld di ar fy mhen 'yn hunan.'

Roedd hi'n dal yno, ben arall y ffôn. Oedd e'n dychmygu'r sŵn snwffial ysgafn? Mentrodd fanteisio ar hynny.

'Mae gen i focs – i gario cath. Ga i ddod ag e i ti?'

Roedd hi'n glòs yn y Fiat. Deuai llafnau o haul i dorri trwy'r cymylau fel cyllyll a tharo ffenest y car. Roedd y sgrin haul yn aneffeithiol a chodai'r ddau ohonyn nhw eu dwylo fel pigau capiau i geisio diogelu eu hunain rhag y golau.

'Car yn mynd yn iawn?' Torrodd Dafydd yr iâ.

'Paid â chware.'

Siomwyd e gan hynny. Roedd wedi gofyn ei gyngor wrth ei brynu, ac er na wyddai lawer am geir ei hun, roedd wedi mwynhau gallu ei helpu, i wneud rhywbeth drosti hi y tu hwnt i'r stafell wely.

'Beth os fyddwn ni ar newyddion un?' gofynnodd Ner ar ôl sbel. Cododd ei llaw at ei thalcen i'w harbed rhag y golau, ac o wneud hynny fe edrychai hithau, yn yr un modd â Dafydd, fel petai ganddi rywbeth i'w guddio. Roedden nhw wedi dechrau eu siwrnai o wahanol fannau, ac wedi gyrru i wahanol gyfeiriadau er mwyn dod ynghyd pan fyddai Dafydd o'r farn ei bod yn ddiogel iddyn nhw stopio.

'Ni'n gwbod y gwir. Sdim byd yn mynd 'mlaen, o's e?' Edrychiad yn syth o'i flaen, yn ddifywyd.

'Ti'n siŵr o hynny?' Chwarddodd Ner.

Gwnaeth hynny iddo edrych arni'n iawn a chyn gynted ag y gwelodd y wên yn crychu ei hwyneb a'r sêr yn ei llygaid glo fe fethodd atal ei hun rhag closio tuag ati, ei chusanu, a'i chusanu'n hir. Gwyddai na ddylai, ond allai e ddim peidio. Doedd e ddim yn siŵr pwy stopiodd gyntaf, y ddau ar yr un pryd efallai.

'Fi 'di colli ti.' Teimlai dipyn bach mas o bwff ond roedd e'n barod i ailafael ynddi. Hi estynnodd gledr ei llaw a'i gosod fel wal yn erbyn ei frest i'w stopio. Roedd e'n dal i edrych arni, gan geisio cofio siâp ei hwyneb, ond trodd Ner ei golygon tua'r llawr.

'Wy'n meddwl gadel y Cylch.'

'Pam?'

'Sai eisie bod yng nghwmni'r plant nawr.' Roedd hi'n snwffial, ei gên yn erbyn ei brest. Ceisiodd lygadu ei gwddw hir, ond roedd y ffordd roedd hi'n gosod ei hun yn golygu na allai ei weld.

'Beth wnei di, 'te?'

'Sai'n siŵr 'to...' Trodd y sgwrs. 'Caetsh yn y cefn.' Dweud oedd hi, nid gofyn.

'Odi... 'Drych, Ner –'

'Ti siŵr o fod ffaelu deall pam wy'n fodlon neud hyn drostot ti,' torrodd ar ei draws.

Ddywedodd e ddim byd am ychydig. 'Ffafr ola i ffrind?'

'Bysen i'n neud rhwbeth i ti, y ffŵl â ti.' Trodd ac estyn dros ben y sedd a chael gafael ar y caetsh gwag. Tynnodd e i'r blaen gan wrthod pob ymgais o'i eiddo i'w helpu. Agorodd ddrws y car a dechrau dringo allan.

'Ti yw'r ffŵl, 'te,' galwodd ar ei ôl.

Arhosodd yn sedd y pasenjer yn aros iddi ddychwelyd, heb amau ei gallu i swyno'r hen snoben yna gyda'i sgiliau actio. Fe fyddai hi'n dychwelyd i'r car gyda Mew yn y caetsh, ac wedyn fe fydden nhw'n rhydd i fynd. Beth fyddai Ner yn ei ddweud, pan ddeallai eu bod wedi gadael heb rannu eu cyfeiriad? Beth fyddai Carwyn, ei ffrind bore oes, yn ei feddwl? Roedd pethe wedi dechrau tawelu nawr bod yr heddlu, a'r newyddiadurwyr, a'r bobol a'u gynnau wedi hel eu pac. Doedd dim sôn am gath. Doedd dim stori. Oedden nhw felly yn hel bwganod?

Roedd ei dad wedi derbyn y newydd yn rhyfeddol, gan gofio mai fe gododd y syniad yn y lle cyntaf, ond yr unig beth oedd wedi cysuro Ruth oedd addewid Edward mai nid dyma'r diwedd. Efallai y gallen nhw ymuno â Dafydd a Helen unwaith i bethe setlo. Roedd Edward wedi mynnu estyn buddsoddiadau i'w helpu, ac roedd yn syndod i Dafydd gymaint oedd ganddo. Fe wnaeth arian yn yr wythdegau cyn y crash mawr yn y farchnad, ac fe fynnodd ryddhau rhai ohonyn nhw er mwyn iddyn nhw allu prynu cartre newydd, a galluogi Dafydd i aros adre, heb orfod poeni am weithio, o leiaf am ychydig bach tra bod Helen yn gwella'n iawn.

A beth am fam Helen yn Aberteifi, oedd ddim yn nabod ei merch o bobol y byd? Petaen nhw yn eu llawn bwyll fe fyddai'r penderfyniad wedi bod lawer yn fwy anodd, efallai. Ond doedden nhw ddim yn meddwl yn strêt, gwyddai Dafydd hynny, ac roedd dianc yn swnio fel nefoedd o gymharu ag uffern y misoedd diwethaf. Roedd yn falch i allu dweud wrth Phil ei fod yn cymryd brêc o'r gwaith, er mwyn gofalu am ei deulu. Gobeithiai mai dyna roedd e'n ei wneud mewn gwirionedd.

Roedd ei gysylltiadau gwaith wedi dod yn handi ac roedd wedi gallu codi'r ffôn i gael sgwrs â Nic Owens yn ei swyddfa yn y dre, oedd wedi bod yn barod i gymryd tŷ Dafydd a Helen ar brydles am gyfnod byr. Doedd e'n poeni dim am yr hanes. Pres oedd yr unig beth oedd yn ei boeni, ac yn dawel bach tybiai y byddai'r stori fawr yn denu ambell stiwdent. Fe fyddai'n talu Dafydd trwy gyfrif cudd, gydag addewid, petai pethe'n mynd yn dda, y byddai'n prynu'r lle mewn chwe mis. Gwyddai Dafydd ei fod yn cymryd bach o risg, ond dyna ni, dyna oedd ei fusnes e. Dyna oedd yn ei gadw i fynd. A phetai unrhyw un yn ei gwestiynu, gallai ddweud ei fod yn gwneud ei damed bach dros y teulu, druain o'n nhw.

Caeodd Dafydd ei lygaid a cheisiodd gau ei feddwl rhag yr ofnau, hyd nes y deuai Ner yn ôl gyda'r stori fawr am y dyn cas oedd wedi troi ei gefn ar y gath fach fwyn heb ots yn y byd am neb.

2

Roedd wedi bod yn rhedeg trwy'r gwair hir, ar ei gwyliau ac wrth ei bodd yng nghartre newydd Dat-cu a Myn-gu. Ond stopiodd Megan am funud i ddal ei gwynt. Roedd ei *chest* mor dynn roedd hi bytu bod yn sic. Dechreuodd anadlu'n well a daeth y byd o'i chwmpas yn fyw unwaith eto. Cân yr adar yn gymysg i gyd. Ambell hwth o wynt. A hymian y tractor yn y cae nesaf. Ond doedd dim smic arall. Dim ond anadlu uchel ac ambell beswchial sych. Allai hi fentro credu ei fod e wedi mynd, 'te?

Roedd hi wedi bod yn rhedeg trwy'r ca' gwellt, y ca' nad oedd hi i fod i fynd iddo. Mentrodd droi. Yr unig beth y gallai ei weld oedd ei hôl. Roedd hi'n gwybod y byddai Dat-cu yn grac, achos allai combein ddim codi gwair fflat. A byddai llai o fêls o'i hachos hi.

Ond doedd dim ots 'da Megan am hynny nawr. Cael mynd gatre oedd yr unig beth oedd yn bwysig iddi, a doedd dim ots faint o row fyddai hi'n ei gael.

'Beth gododd yn dy ben di i fentro lan y ca' ar ben dy hunan? Ti 'di colli dy ginio a dy de! Gwely fydd y lle nesa i ti, gwd gyrl!'

Lice hi fod yn y gwely 'na nawr, a'i thedi gore yn ei breichiau.

Ond yn y ca' oedd hi o hyd. Mentrodd glustfeinio dros y sŵn cas yn ei *chest*. Oedd, roedd hi'n dawel... Oedd hi'n dawel?... A dyna fe. Y sŵn 'na eto. Yr udo clwc 'na. Doedd ganddi ddim dewis, wir, Dat-cu, ond dechrau rhedeg a'r gwellt caled yn chwipio ei choesau noeth fel cansen.

Roedd Megan yn methu deall, wir, pam oedd Dat-cu'n cadw'r hen Siep mas yn y sied a nhwythau i gyd yn cael dod i mewn i'r tŷ. Roedd hyd yn oed John y Gwas a'r helpers-bob-dydd yn cael dod i'r gegin i fwyta, er eu bod nhw'n golchi eu dwylo wrth y tap tu fas.

'Ci gweithio yw e, 'na pam. Ci defaid. Mas yw ei le fe.'

Roedd Myn-gu a Dat-cu yn dweud 'run peth am yr hen gath goch,

'Ma rhywun yn bwydo hi. Ma gra'n arni hi.' Roedd Dat-cu yn sylwi ar bethe.

'Wel, dim ond bo ni ddim yn neud 'ny, sdim ots 'da fi.' Rhoddodd Myn-gu ben ar y mwdwl.

Ond roedd un ohonyn nhw'n bwydo'r gath goch, a hynny mas o fwyd roedd hi'n ei gwato yn ei phocedi. Roedd e'n un ffordd o gael gwared o dameidiau nad oedd hi'n lico oddi ar ei phlât achos doedd Myn-gu ddim yn lico bwyd ar ôl. Gwastraff oedd e ac roedd pobol bant yn Affrica yn newynu. Ond bwyd pobol oedd e, dim bwyd cath. Ac un diwrnod dyma Megan yn dala John y Gwas Cas yn rhoi cawod oer o'r beipen ddŵr i Sinsir fach.

Chafodd Siep ddim peipen ddŵr gan neb erioed – ar wahân i gawod i gwlo fe lawr ar ddiwrnod braf. Ond roedd golwg mor druenus arno fe yn ei sied. 'Nenwedig pan oedd hi'n oer neu'n shîtan y glaw. Roedd Megan yn siŵr nad oedd neb yn ei ddeall e fel hi. O'n nhw'n deall ei gilydd, nhw ill dau. Byddai Siep yn troi ei ben ac yn edrych arni gyda'r un llygad glas ac un llygad pinc a byddai golwg mor druenus arno fe. Byddai hi'n teimlo mor sori drosto fe. Byddai ei chalon yn toddi a dŵr yn dod i lenwi ei llygaid ac i bigo ei thrwyn.

'Paid ti becso, Siep bach. Wna i edrych ar dy ôl di.'

A mentrodd i'r gegin gan feddwl bod amser ganddi i sgwlco cwpwl o sgraps i'r ci bach cyn i Myn-gu ddechrau gweithio cinio i'r bois. Ond roedd hi'n rhy hwyr. Roedd Myn-gu ishws yn ei ffedog, yn paratoi cinio amser hyn? A beth oedd yn rhyfeddach fyth oedd bod Dat-cu yno hefyd.

'O'dd llai o fola 'da hi heddi, wy'n gweud 'thot ti.'

'Shwt 'yt ti'n gwbod?'

'Fe weles i hi, 'chan, 'da'n llyged 'yn hunan.'

Chwarddodd Myn-gu yn ysgafn ar ei chymar. Lapiodd y tywel

am goes y sosban a'i chodi. 'Sym!' meddai'n ffein. Camodd Dat-cu yn ôl i wneud lle i Myn-gu fynd at y sinc. Arllwysodd hithau'r dŵr berw yn gelfydd oddi ar y tatws a chododd y stêm yn braf a throi ei sbectols yn ddau gwmwl.

'O'dd tipyn o sŵn 'da ddi.'

'Sdim byd yn newid, 'te. Dim ond sŵn fuodd 'da Sinsir erioed.' Rhoddodd dalpyn o fenyn cartre ar ben y tatws ac estyn y pwtsiwr.

'Ti'n gwbod ble o'dd hi?'

'Nagw i.' Roedd Myn-gu yn pwtsan am ei bywyd, ei gên yn dynn yn erbyn ei gwddw a'r bloneg ar ei braich yn ysgwyd i gyd.

'Lan bwys yr hen stabal. Digon o lonydd fan 'ny. A chornel fach gysurus siŵr o fod. Jyst y lle i eni cathod bach.'

'Shh, 'chan! Rhag ofn bo clustie bach yn gryndo.'

Rhedodd Megan allan. Roedd hi'n ecseited bost! Pa well anrheg na llond côl o gathod bach?

'Ma'n nhw'n meddwl bo ni'n dwp, t'wel, Siep. Ond smo ni'n dwp. Ma angen mam iawn i ofalu am y cathod bach 'na. A sai'n trysto'r Sinsir 'na a gweud y gwir 'thot ti. Mae hi lot rhy hen i ofalu am rai bach. Wy'n mynd i ffeindo ble mae 'di dodi nhw a wy'n mynd i garu nhw nes bo nhw'n gathod mowr. Ond dim gair wrth neb am hyn, reit, Siep.'

'Hym. Hym, hym,' atebodd Siep. Roedd e ffaelu'n deg â deall ble roedd ei damed ffein.

Ffaelu deall oedd e nes 'mlaen chwaith pan oedd Megan ddim eisie ei gwmni am y tro cyntaf erioed, glei. Aros i'r gweision fynd oedd hi wedi ei wneud, rhag ofn i rywun sylwi arni'n llercian i ffwrdd. Ond roedd hi wedi colli amser yn ailesbonio wrth Siep pam y byddai'n rhaid iddo fe aros ar ôl a hithau'n cael mynd ar antur trwy'r gwair hir i chwilio am gathod bach.

'Falle gei di ddod tro nesa, Siep.'

'Hym, hym, hym,' yn boenus a doedd dim byd yn plesio. Doedd

dim dewis ganddi ond gwneud rhywbeth yr oedd hi'n meddwl na fyddai hi'n ei wneud byth – ei dwyllo a'i gau yn y sied.

Aeth yn hwyrach nag yr oedd hi wedi bwriadu, ond yn y diwedd ar ei phen ei hun y cychwynnodd o iard y ffarm, dros y gât ac i mewn i'r berllan ac ar ei ffordd i gae'r hen stabl. Roedd hi'n oerach nag yr oedd hi wedi meddwl a chafodd ei hun yn cwtsio ei breichiau yn erbyn ei chorff i ddechrau, ac yna'n eu hymestyn allan fel bwgan brain a 'nôl yn syth wrth ei hochr fel sowldiwr, ac allan, ac i lawr, mewn ymdrech i gadw gwres ei chorff. Ond buan yr anghofiodd am yr oerfel wrth iddi ddychmygu codi'r gath fach gyntaf yn ei dwylo a'i gwasgu'n ofalus yn erbyn ei brest.

Dros y gât fawr a bu'n troedio'n hyderus trwy'r gwellt pigog nes dod at ymyl y stabl. Roedd hi'n wên i gyd wrth bipo rownd y drws, wedi aros yn amyneddgar trwy'r dydd am yr amser hwn – cael gweld y cathod bach. Ond roedd yna rywun wedi achub y blaen arni a gallai nabod John y Gwas wysg ei gefn. Roedd ganddo gath fach yn ei law. Oedd e'n fwy sofft nag oedd hi'n feddwl ac, fel hithau, yn ysu am gael rhoi da iddyn nhw? Y funud nesaf, fe aeth ei fraich fel mellten trwy'r awyr a thaflwyd y gath fach yn glatsh yn erbyn y wal. Cwmpodd i'r llawr yn farw.

Cafodd Megan ofn lond ei llwnc. Baglodd am 'nôl, mas o'r golwg. Trodd ar ei sawdl a charlamu lan y ca' gynted gallai hi. Rhedodd a rhedodd a rhedodd nes bod dim rhedeg ar ôl ynddi. Roedd yn rhaid iddi stopo achos ei *chest*, neu byddai'n cwmpo. Sylwodd mor dawel oedd hi. Dim lleisiau cyfarwydd y fferm. Dim ond yr adar a bywyd o bell. Cyflymodd ei chamau. A dyna pryd y clywodd e. I ddechrau, doedd hi ddim yn siŵr o gwbwl. Ond yna, yr eilwaith, doedd dim esgus iddi hi ei hun mai ei dychymyg byw oedd yn chware triciau unwaith eto. Clywodd sŵn udo hir a theimlodd ias o oerfel yn saethu fel mellten i lawr ei chefn. Byddai hyd yn oed cwmni John y Gwas Cas yn nefoedd.

Dechreuodd redeg eto. Petai ond yn gallu cyrraedd 'nôl at y stabl, a chysur y cathod bach, a John yr hen fwli. Roedd ei llwnc yn sych ac roedd ei *chest* yn mynd yn dynn unwaith eto. Roedd hi'n dechrau peswchal ac yn teimlo'n sic. A chyn hir fe fyddai'n sic. Iesu Grist, maddau 'mhechod i. Fuodd arni erioed gymaint o ofn yn ei byw. Ac, yna, clywodd rywbeth arall. Llais o bell. Yn galw arni. A throdd. Pwy oedd yno? Cath fawr yn syllu arni, ei chynffon yn dew fel clawdd yn yr haf. Chwyrnodd. Dangosodd ei dannedd pigog. Na, nid cath oedd hon ond llewpart. Fel yn y llyfr *Beibl Bach i Blant*. Ceisiodd sgrechen. Ond ddaeth dim un sŵn. Yr eiliad nesaf roedd y llewpart yn drybowndian tuag ati. Yna arafodd y creadur a meddyliodd Megan ei fod wedi newid ei feddwl. Neidiodd i'r awyr a llamu tuag ati. Bwrwyd Megan i'r llawr gan ei goesau blaen nerthog. Heb feddwl, rhoddodd ei braich o flaen ei hwyneb i amddiffyn ei hun a chaeodd dannedd y llewpart am ei chnawd.

Dihunwyd Megan gan gyfarth mawr. Yna roedd Siep ar ei phen.

'Na!' gwaeddodd mewn ofn.

Ond roedd Siep yn benderfynol. Llyfodd ei hwyneb a'i dadebru a'r peth nesaf gallai glywed Dat-cu, ei lais yn llawn cerydd.

'Beth yffarn wyt ti'n neud fan'na, groten? Ni 'di bod yn chwilio yn bob man.'

Cododd hi gerfydd ei braich ac yn gwbwl ddiseremoni. Ffeindiodd Megan ei llais a dechreuodd grio'n uchel. Roedd bochau Dat-cu yn wridog a'i gorff yn berwi. Doedd yr holl sŵn 'ma yn gwneud dim ond codi ei gynddaredd ac roedd ar fin rhoi smac i dawelu'r ferch pan deimlodd rywbeth yn wlyb ar ei law ble roedd yn gafael ym mraich Megan. Roedd yr hen ŵr yn brofiadol a deallodd yn syth. Gwaed oedd e. Erbyn hynny, roedd Myn-gu wedi cyrraedd gyda'r dynion eraill, yn dwrdo Dat-cu am fod mor fyr ei dempyr.

'Y peth pwysig yw dy fod ti'n saff,' meddai gan afael yn ei hwyres fach lond ei chôl a rhoi cariad mawr iddi. 'Shwsh nawr â'r llefen 'na, ti'n saff nawr.'

Dat-cu gymerodd yr awenau. 'John, rhed 'nôl i'r tŷ. Ffonia'r doctor a gweud wrtho fe am ddod â *tetanus*.'

Dyma oedd y pennawd yr wythnos ganlynol: 'Merch leol yn cael ei chnoi gan gath fawr "debyg i lewpart".' Chwap, trodd y lleol yn genedlaethol. Ac roedd Dat-cu a Myn-gu Cae Uchaf yn bobol fawr am dipyn, ar *GMTV* a chwbwl. Fe gadwyd y ffermwyr, y potswyr a'r helwyr lleol yn fishi am wythnosau. A chollodd sawl cath ei bywyd trwy hap a damwain, a'r hen Sinsir yn eu plith.

3

Cyfaddawd oedd e. Ei henw hi. Ond dyna sut y dewiswyd 'Rhian'. 'Rhiannon' oedd ei dewis cyntaf hi, a fyntau'n dweud wrthi am beidio bod mor ddwl.

'Wel, na beth 'yf fi, ontefe? Rhiannon, y fenyw gafodd ei chyhuddo.'

'Ar gam.'

'O ie, ar gam.'

Chwiliodd yn ei bag llaw a chodi ei mobeil, a'i tsecio yn frysiog am neges.

'A wy'n ffodus i ti aros, na wnest ti mo 'ngwrthod i.'

'Paid â bod yn ddwl.'

'O'n i'n meddwl tasen i'n neud fy mhenyd, dishgwl yn amyneddgar, y dele fe 'nôl i fi.'

'Dele pwy 'nôl?'

'Wel, fy mhryder i.'

'Ti'n siarad yn sofft nawr.'

'Ond fe dda'th e 'nôl yn y chwedl. Fe gas hi blentyn.'

'Chwedl... A ma 'da ni blentyn. Bydda'n –'

'Beth? Yn ddiolchgar?' Ni ddywedodd hynny'n gas.

Chwedl. Doedd e ddim yn credu yn rheini, oedd e? Beth oedden nhw ond geiriau'n mynd o geg i glust i geg? Llinyn stori i'w droi a'i droelli'n garped hud i deithio ar hyd y canrifoedd.

Ni fynnai am funud iddi gymryd enw un oedd wedi cael ei chosbi mor greulon a hynny heb achos o fath yn y byd. Felly, cyfaddawd fu. Ac ni soniwyd amdano fyth eto.

4

Ai'r lle hwn a'u denodd nhw, neu ai nhw wnaeth y dewis mewn gwirionedd? Do, fe daflodd yr hen drigle ei hud a lledrith drostyn nhw, fel gwe sidanaidd y pry cop yn ei ddal. Ond *fe* ddewisodd fan hyn ac nid damwain mohoni. A bu'n rhaid i Helen fodloni iddo wneud hynny – nes iddi gamu allan o'r car ar yr hen darmac am y tro cyntaf a chael ei swyno yn syth. Gan beth? Gan atgofion am ddoe a phosibiliadau am fory?

Ei ddewis a wnaeth am fod y tŷ allan yn y wlad, ond ddim yn rhy bell o'r dre, ac am fod nifer fawr o gathod gwyllt wedi eu gweld dros y blynyddoedd yn yr eangderau mawr gerllaw. A stori Megan Lloyd Cae Uchaf yn fwy na'r un. Clytweithiau o gaeau oedd ar ei stepen drws, weithiau'n codi'n fryniau ac yna'n suddo'n ddyffrynnoedd drachefn. Tyfai cloddiau i'w hamddiffyn, coed â'u canghennau praff yn tewychu fel gwyddau gyda dail breision yn y gwanwyn a'r haf ac yn troi'n furiau trwchus rhwng fan hyn a fan draw. Ac roedd un stori yn goron arnyn nhw i gyd. Dyma ardaloedd ble roedd adar, trychfilod ac anifeiliaid o bob math wedi ymgartrefu – creaduriaid bach – a mawr – y maes.

I rai, chwedl yn unig oedd eu bodolaeth, y cathod hyn – fel dynion bach gwyrdd, y Loch Ness Monster, corachod, ellyllon a'r tylwyth teg. Ond roedd un ffermwr yn credu'n iawn. Sut gallai beidio ac yntau'n cadw praidd ar dir cyfagos Cae Uchaf ac wedi colli sawl anifail i'r llabwst llwglyd, ac yn cofio'n iawn am hanes Megan ei wyres fach?

Nid dod yma i fyw oedd Dafydd, ond dod yma i weithio. Roedd ganddo gynllun, cynllun fyddai'n ei helpu i godi'r bore a chysgu'r nos. Ie, ei ddewis e oedd y lle hwn. Ond pan welodd e'r tŷ am y tro cyntaf, wel, fe aeth â'i wynt. Weithiau, ni chofiai pam, ond fe fyddai'n deg dweud iddo gwympo mewn cariad ag e. Ni feddyliai amdano'i hun fel person byrbwyll, ond fe fyddai wedi bod yn barod i dynnu ei got a gosod ei fag ar lawr yn y fan a'r lle.

Cofiodd y foment gyntaf honno wedi iddo gamu o'r car pan stopiodd yn stond a syllu. Pwy a ŵyr nad oedd rhuo'r gwynt trwy'r coed a'r gwair wedi ei hudo fel si hei lwli? Anghofiodd bopeth am bawb a phob dim.

Tŷ cerrig ar ei ben ei hun oedd hwn. Ac nid tŷ brics wedi ei addurno â haen o gerrig crynion glan y môr, ond adeilad wedi ei godi o feini chwarel. Slabiau sgwâr wedi eu dwyn pan aeth hen gastell y dre yn adfail, meddai rhai. Yn sicr, fe fyddai'n rhaid i rywun dalu trwy ei drwyn i godi rhywbeth tebyg y dyddiau hyn. Dim ond rhywun ag arian fyddai wedi gallu ei godi'n wreiddiol. Tŷ â statws oedd e i fod, wedi ei godi ar fryn serth yn edrych i lawr dros ehangder o dir a llwybrau troellog. Roedd gan y lle statws o hyd a theimlodd bwl o falchder ffug o achos hynny.

Roedd ei bensaernïaeth yn dweud stori oes ei greu, rhyw gan mlynedd yn ôl, credai Dafydd. To o lechi oedd iddo ac arno chwe chorn simne â photiau cyrn ar bob un. O dan y to roedd y bondo agored yn llwyd a'r paent yn pilio fel plisgyn wy a'r preniau fel perfedd cwch. Roedd iddo ffenestri tal, pob un angen cot newydd o baent. Tipyn o waith felly! Ond nid ofnai dorchi llewys. Yn wir, byddai'n croesawu bach o waith corfforol i fynd â'r boen. Chwe chwarel oedd i bob ffenest, pedwar mawr ar y gwaelod a dau llai o faint ar eu pennau, fel llygaid yn pipo. Dychmygai Dafydd weld tân oddi fewn yn rhoi gwrid groesawgar i'r gwydrau i'w ddenu fel gwyfyn at olau.

Byddai'r mwg yn codi o'r simne ganol fel corn ar long stêm. Gwelai Helen ac yntau yn eistedd ill dau o boptu'r tân unwaith y byddai Magw wedi setlo, yn rhannu potel o win well na'r cyffredin, fel y gwnâi cyplau oedd yn lico esgus eu bod nhw'n waraidd. Ni allai lai na meddwl mor braf fyddai cael marw o flaen y tân yn eich cartre eich hun.

Ac roedd y tŷ'n help iddo. O fod wedi byw mewn tŷ newydd ar stad foel, lân a chyfforddus, byddai'n symud i hen dŷ a fu'n wag am flynyddoedd. Byddai'n mwynhau'r anesmwythder corfforol. Byddai'n tynnu ei feddwl oddi ar ei flinderau ei hun.

Doedd dim gwres canolog, a hen *storage heaters* fyddai'n gwresogi'r lle gan ollwng gwres yn araf trwy'r dydd nes bod eu gallu i gynhesu yn annigonol gyda'r nos. Roedd pob man yn frwnt. Doedd neb wedi glanhau ers blwyddyn neu ddwy. Roedd y porslen ar y bowlen yn y tŷ bach yn frown. Doedd yna ddim brys i ddwyn hwn oddi ar y farchnad. Yn waeth na hynny, roedd hi'n llaith yno a'r tamprwydd yn ddiferion du ac yn batshys mawr tywyll oedd yn ddigon i dynnu papur a phlastr mewn rhannau o'r waliau a'r to.

Y lolfa oedd y stafell orau. Roedd hi'n fawr ac yn hir a chanddi ffenestri'n edrych ar yr ardd. Roedd trawstiau ar hyd y to ac addurniadau pren hir ar y waliau. Yn un pen roedd lle tân nad oedd wedi gweld ei debyg o'r blaen. Pren tywyll tebyg i fahogani oedd y ffrâm oddi amgylch, gyda lluniau lliw o fyd gamblo wedi eu fframio uwchben y silff ben tân. Ac os nad oedd copr y tân ei hun at ei ddant e, roedd yn wahanol. Eisteddodd i lawr ar hen sedd ledr a theimlo sbring yn ei ben-ôl. Oedd, roedd e gartre. Edrychodd trwy'r ffenestri bach ar hyd y lawnt fawr, trwy'r bylchau rhwng brigau'r coed ac at y caeau tu hwnt ac yn y pellter, ar ddiwrnod braf gallai ddychmygu cael cipolwg o'r goedwig. Ar noson lonydd dychmygai ei hun yn clustfeinio ac yn tybio iddo glywed sŵn udo yn dod ohoni.

Yr ochr arall i'r goedwig honno roedd Fferm Cae Uchaf lle roedd Idris a Beryl Jenkins yn byw. Dyna lle'r arferai'r wyres fach ddod o Gastellnewydd Emlyn i chwarae ac i grwydro amser gwyliau. Doedd hi ddim yn dod mor aml y dyddiau hyn, medden nhw. Ac nid coel hen wrach mo'r stori. Digon hawdd oedd dod o hyd i'r clip o *GMTV* ar YouTube. Roedd wedi bod yn chwilio am y stori yng nghronfa ddata'r Llyfrgell Genedlaethol o bapurau lleol a chofiodd y gorfoledd o'i ffeindio: 'Merch leol yn cael ei chnoi gan gath fawr "debyg i lewpart".'

Gyda help un arall dadlwythodd y rhan fwyaf o'r bocsys o'r fan a'u rhoi yn y stafelloedd cywir yn barod i'w hagor. Yna aeth i'r lolfa ac eistedd yn y gadair gyfforddus Ercol, yr unig beth yr oedd wedi mynnu ei gael yn gyfan gwbwl iddo'i hun ar gyfer y tŷ newydd. Ar ôl poen gadael eu cartre, roedd Helen wedi ymlâdd ac wedi cytuno y byddai noson fach mewn B&B yn gwneud lles iddi hi a Magw. Yn rhoi cyfle iddyn nhw ddod i nabod y dre. Felly, byddai gweddill y teulu yn ymuno ag e drannoeth. Gobeithiai'n fawr y gallen nhw i gyd setlo er gwaetha'r newid byd, y gallai Helen ymlonyddu yng nghanol y diffeithwch a'i greaduriaid cudd. O'i gadair, wrth edrych allan ar ddawns y dail afreolus ar lawnt yr ardd, dechreuodd fwrw ei feddwl. Byddai ganddo rywbeth i ganolbwyntio arno tra'i fod yn ceisio creu cartre cysurus i'w deulu. Gallai droi ei feddwl at y boen gorfforol o adeiladu a cheisio ei orau glas i anghofio am ei wewyr.

5

Fe wnaethon nhw ystyried y peth cyn symud: newid eu hiaith wrth newid eu henwau. Byddai hynny'n un ffordd sicr o ddieithrio rhag y bywyd a fu. Byddai Andrew, Rhian (wedi ei ynganu yn Saesneg: Riyn) a Chloe, y mewnfudwyr di-Gymraeg, yn bobol dra gwahanol i Dafydd, Helen, Pryderi a Magw, y teulu bach Cymraeg. Er nad oedden nhw'n aelodau o Blaid Cymru nac yn gweithredu dros Gymdeithas yr Iaith, ro'n nhw'n gwneud eu tamaid bach dros yr iaith yn eu ffordd eu hunain – trwy ei siarad bob dydd, trwy sicrhau bod y plant yn gwylio *Cyw* ar S4C, yn tanysgrifio i gylchgrawn *Wcw* ac yn mynd i Gylch Meithrin Cymraeg. Ond, yn y diwedd, roedd e'n ormod o gam. Roedd meddwl am newid iaith y cartre o'r Gymraeg i'r Saesneg yn chwith. Ac roedd e'n ormod o risg i siarad Cymraeg adre a chadw'r Saesneg ar gyfer bywyd cyhoeddus. Roedd siarad Cymraeg fel anadlu bron. Bydden nhw'n siŵr o anghofio un dydd. A byddai clywed llond ceg o Gymraeg sydyn gan Saeson pybyr yn tynnu sylw ac yn codi amheuon.

Bu gwneud y penderfyniad hwnnw'n rhyddhad. Yna, roedd modd ymroi i'r cyffro oedd ynghlwm â bywyd newydd. Gallen nhw gymryd arnyn nhw eu bod yn ffarwelio â chamgymeriadau'r gorffennol, fel petaen nhw'n gosod shîts glân ar wely eu bywyd. Teimlai fel diwrnod cyntaf Ionawr. Yn newydd, yn ddisglair ac yn llawn posibiliadau. Roedd fel dechrau'r flwyddyn ysgol nesaf ac agor y llyfr ar ddalen wen.

Roedden nhw wedi cael cyngor i'w helpu gydag ymarferoldeb y newid: dewis ardal i'w cartre newydd, newid eu manylion personol ar y myrdd o bapurach cyhoeddus oedd yn bla yn y byd modern, ffarwelio â theulu a ffrindiau, heb gael gwneud hynny'n deidi chwaith gan nad oedd modd dweud wrthyn nhw yn blaen, ynghyd ag ochr emosiynol yr holl bethe hyn.

O'i ran e, roedd e'n edrych 'mlaen, ar ôl symud, at gael bod yn debycach iddo fe'i hunan unwaith eto. Ac, o, oedd, roedd e'n gweld eironi hynny yn iawn. Trwy fod yn berson arall, câi ddianc rhag bod yn 'dad Pryderi – y bachgen a laddwyd gan gath wyllt' a bod yn foi cyffredin unwaith eto. Roedd cael rhoi'r meddwl ar waith yn ei dynnu oddi ar y golled. Ac roedd e'n sobor o falch o gael rhywbeth i ffocysu arno ar wahân i'r galar. Câi gau'r drws ar y cyfnod tywyll pan âi i'r gwely'n crio a dihuno yn ei ddagrau. Bu'r boen fel y llosg cylla gwaethaf erioed. Oni bai am Chloe fe fyddai wedi mynd i'w wely ac aros yno. Roedd e mor falch mai merch oedd hi: mor wahanol fyddai hi i'w brawd.

Roedd galw ei gilydd wrth enwau gwahanol fel bod yn gymeriadau eraill. Roedd yn haws dod o hyd i ffordd o geisio bod yn normal, o ddod o hyd i rywbeth arall i'w ddweud bob bore, bob nos. Fe dyfodd farf, un fawr bigog oedd yn gorchuddio ei wyneb o'i fochau yr holl ffordd lawr i'w wddw. Doedd hi ddim yn farf hir at ei frest. Doedd ganddo ddim awydd ymdebygu i ryw ddewin coll a phrynodd eilliwr arbennig i'w thrin bob deuddydd a chadw'r blew o dan reolaeth.

Estynnodd hithau siswrn iddo. Roedd hi'n gafael yn y min.

'Beth ti'n disgwyl i fi neud â hwn, Hel– Rhian?' gofynnodd Andrew.

'Torri 'ngwallt i i fi, A– Andrew.'

'Ond alla i ddim –'

'Bydd rhaid i ti, Charles Worthington. Ma'n ormod o risg mynd i siop trin gwallt ac alla i ddim ei neud e fy hunan.' Roedd Rhian yn bendant.

Cymerodd Andrew y siswrn. Roedd yn drymach nag yr oedd e wedi meddwl. Llyncodd ei boer. A chydag un brathiad, torrodd y sgarff o wallt hir coch roedd e wedi cwympo mewn cariad ag e.

Ar ôl iddo orffen aeth hi lan staer yn dawel. Pan welodd e hi nesaf roedd ei hugan fach goch yn flonden drawiadol.

'Ti'n edrych yn...'

'Beth?' gofynnodd Rhian.

'Ifanc.'

Ddywedodd hi ddim mo hynny ond gallai weld ei fod wedi ei phlesio... Trodd a throellodd ar hyd llawr y lolfa yn llawn hwyl – nes iddi gofio.

Roedd am gadw'r ddalen yn ddifrycheuyn ac ni châi Sky na band llydan ddod ar draws hynny. Am gyfnod o leiaf, fe gelen nhw ddibynnu ar y radio i rannu newyddion y byd a châi'r iPad aros heb *charge* yn y drôr. Câi roi ei bryderon am eu perthynas â gweddill Ewrop i'r naill ochr, ynghyd ag ofnau am gynhesu byd-eang a'r NHS. Ond ddim yn llwyr chwaith. Dim ond agor ei lygaid oedd raid pan oedd hi'n bwrw glaw, eto, i'w atgoffa o newidiadau yn yr hinsawdd a diflaniad y tymhorau traddodiadol. Ac roedd trip i lawr y stryd fawr yn ddigon iddo sylweddoli bod siopau bach yn cau yng nghysgod y we a'r archfarchnadoedd.

Ond ar ben y bryn, gallen nhw fyw breuddwyd fach am gyfnod. Gallai ganolbwyntio ar droi tŷ yn gartre, yn ôl y dywediad. O'u rhan nhw ill dau, roedd fel bod mewn perthynas hollol newydd. Roedd e yno, gartre, er gwaetha'r gwaith roedd angen ei wneud ar y tŷ. Roedd hynny'n wahanol i sut buodd pethe gyda'r cyntaf. Os oedd angen, gallai gadw golwg ar Chloe i Rhian gael amser iddi hi ei hun. Roedd yna agosatrwydd yn y stafell wely – er ei fod wedi blino'n siwps yng nghanol y gwaith corfforol ac yn barod i fynd i gysgu ar ôl y cwtsio cynnes.

Doedd Rhian ddim mor siŵr am yr ieir.

'So ti'n meddwl bod digon 'da ni ar ein plât?'

'Bydd Chloe wrth ei bodd.'

'Dim Chloe fydd yn gorfod gofalu ar eu holau nhw.'

'Fydd hi'n gallu helpu. Rhoi bwyd. Casglu wyau. Fyddi di'n joio helpu Dad, byddi di, Mag– Chloe fach?'

Edrychodd Chloe i fyny ato a dangos ei dant cyntaf. 'Dadi.'

'Dim ond bo Dad yn sylweddoli bo Mam ddim yn mynd i ofalu amdanyn nhw.'

'Ie, ie.'

Cafodd rif y ddynes ieir o'r papur hysbysebion lleol ac ar ôl trefnu ei bod yn dod â dwy *ex-battery* ddiwedd yr wythnos prynodd gwt pren iddyn nhw.

'Bydd rhaid iddyn nhw ddodwy yffach o lot o wyau i dalu amdanyn nhw eu hunain,' oedd ei hymateb hithau.

'Ond meddyliwch chi'ch dwy am flas yr wyau ffres fydd gyda ni… Dim cymhariaeth ag wyau siop. Meddylia, Chloe, wy bach ffein i frecwast, y tost yn diflannu mewn i'r melyn-melyn. Fydd hynny'n codi archwaeth arnoch chi'ch dwy, yn bydd e, Rhian?'

'Swno'n fendigedig,' gwenodd Rhian.

Gwenodd Andrew hefyd wrth feddwl am ei wraig yn bwyta'n iawn unwaith eto. Fe allai darparu ar ei chyfer gyda phethe fel hyn fod yn gam bach i'w gwella hi.

Yn llon, aeth Andrew ati i ffenso gardd i'r ieir gael lle i estyn eu coesau a phigo'r ddaear y tu hwnt i'w cwt drudfawr.

'Fe fydd rhaid i ti gofio eu cadw nhw cyn iddi dywyllu.'

Daeth Chloe i fusnesu, a Rhian i holi cost y ffens newydd.

'Pam?' gofynnodd Andrew.

'Ma'r hen bethe 'na o gwmpas. O'n i'n gwbod mai fel hyn fydde hi.' Daeth yr hen fwganod yn ôl i lenwi ei hwyneb â gofid.

'Beth, Rhian?'

'Cadnoid, ma'n nhw mas yna.'

'Shwt wyt ti'n gwbod?'

'Wy 'di clywed nhw.'

Roedd hi'n wir dweud bod Mew weithiau'n dod trwy'r catfflap fel creadures ar dân.

Roedd e'n mwynhau cwmni'r ieir, pan oedd e'n gweithio tu allan yn y glaw. Roedd Rhian yn meddwl bod colled arno, yn dal ati i drwsio'r gwter a hithau'n bwrw hen wragedd a ffyn. Ond y gwir oedd, ac ni allai gyfaddef hyn iddi hi, bod Andrew'n lico teimlo'r dafnau dyfrllyd yn ei wlychu, yn ei oeri – a'i ddiflasu, ie, ond hefyd yn ei lanhau a'i aileni.

6

Roedd hi'n syndod pa mor hawdd oedd cadw at eu cwmni eu hunain. Fe fyddai e'n mynd i'r llyfrgell yn rheolaidd. Roedd yn cael blas ar yr ymchwil – trueni na fu mor ddyfal yn yr ysgol. Roedd y rhyngrwyd ar y ffordd i'r tŷ ond, am y tro, fe fyddai'n gosod archeb fwyd y teulu yno er mwyn osgoi mynd i'r archfarchnad a dod i nabod cymeriadau siopau bach y dre.

Ond roedd yn rhaid creu rhyw fath o gylch iddyn nhw eu hunain a, chyda'i anogaeth, roedd e'n falch bod Rhian a Chloe wedi dechrau mynd i'r Cylch Ti a Fi agosaf. Doedd e heb ddod adre i weld ffrind newydd wedi sêto yn y lolfa yn yfed coffi hyd yn hyn, ond roedd Rhian yn ddigon call i beidio â bod yn rhy gyfeillgar nes bod pethe wedi tawelu a bod gwell trefn ar y tŷ.

'Wyt ti'n gweld ei heisie hi?' gofynnodd iddi wrth godi o'r ford i ddychwelyd at ei waith labro un pnawn.

'Pwy?' gofynnodd Rhian.

'Pwy ti'n feddwl, 'chan?' Roedd hi'n gibddall weithiau. 'Ner.' Clywodd y crygni yn ei lais wrth ddweud ei henw.

'Odw. Odw, wrth gwrs bo fi. Ond 'na ni. Naethon ni'r peth iawn, siŵr o fod.'

Roedd wedi clirio'r llestri cinio ac yn dangos i Chloe sut i ddal brwsh paent wrth fwrdd y gegin. Roedd honno'n ei roi yn syth yn ei cheg.

'Ti'n gweld eisie Carwyn?' gofynnodd iddo.

Fe drawodd yr emosiwn ef fel ergyd annisgwyl.

'Beth? Y mwlsyn yna?' gwenodd, gan geisio cadw'r sgwrs yn ysgafn. Ond doedd hi ddim yn gwenu ac ildiodd Andrew o weld ei wraig mor ddi-hwyl. 'Odw, wy'n gweld ei eisie fe a'r bois *five-a-side*,' meddai mewn llais bachgen yn ei arddegau.

'Dim bo ti'n mynd yn aml. Chloe – mas o dy geg ac ar y papur, plis.'

'Ddim yn rhwydd, 'da gwaith a phopeth. Wy'n gweld eisie hwnnw weithie 'fyd – hyd yn oed Phil,' chwarddodd.

'Hyd yn oed Phil?' Ceisiodd hithau chwerthin.

'A ma'n chwith heb Mam a Dad, 'nenwedig ar ôl yr holl help dros y miso'dd dwetha.' Teimlodd y dagrau'n dod i'w lygaid.

'Wyt ti moyn mynd 'nôl, 'te?' Roedd ei llygaid yn fawr.

'Na... Wyt ti?' Roedd arno ofn gofyn. Doedd e ddim eisiau meddwl amdani wedi ei siomi.

'Na... Da iawn, Chloe! Ma hwnna'n lliwgar iawn – fel enfys yn saethu trwy'r awyr.'

Yr ieir oedd y peth cyntaf ar ei meddwl hi pan ddaeth Andrew trwy'r drws ar ôl diwrnod cyfan yn tynnu'r hen render oddi ar wyneb y tŷ nawr bod y tywydd yn gwella. Roedd hi'n paratoi bwyd a Chloe wrth ei thraed yn cnoi ar foronen dew. Galwodd Chloe arno ac estyn ei breichiau ato. Yn ymwybodol o'i ddillad gwaith, ni feiddiai ei chodi a bodlonodd ar boerad o eiriau cariadus yn lle hynny.

'Sut wyt ti, cariad bach? Wel, 'na beth yw moronen! Fydd Dadi'n tyfu moron fel'na i ni erbyn blwyddyn nesa.'

'Ti 'di cadw'r ieir?' gofynnodd Rhian.

'Dim 'to,' atebodd gan dynnu ei fŵts. 'Dim ond chwech yw hi.'

'Ma hi'n tywyllu, ...'

'Odw, wy yn gwbod. Wna i e yn y munud nawr, ar ôl i fi ga'l gweud "helô" wrth fy ngwraig. Sai 'di gweld lot 'not ti heddi.'

Esgusodd ei fod yn mynd i roi cwtsh mawr iddi, er bod ei ddwylo'n faw a dwst i gyd. Ac esgusodd hi ei hel ef oddi arni yn llawn ffŷs.

'Ti o'dd moyn nhw,' meddai hi'n ysgafn.

'Oreit, oreit.' Ochneidiodd mor uchel ag y gallai ac estyn ei welintons a'u rhoi nhw 'mlaen.

Roedd hi wedi dweud o'r cychwyn cyntaf nad hi fyddai'n gyfrifol am yr ieir. Ac eto, teimlai Andrew weithiau fel petai dim byd arall ar feddwl Rhian. Roedd hi wrth ei bodd yn y bore yn ei holi, 'Wyt ti 'di bwydo'r ieir 'to?... Sawl wy sy 'na heddiw?... Pryd gafon nhw wely glân ddiwetha?' fel petai hi'n bennaf cyfrifol am eu hiechyd a'u ffyniant. Roedd Chloe yn cerdded o gwmpas yn dda, ac roedd gofalu nad oedd y dwylo bach yn mentro i'r man anghywir yn waith llawn-amser. Fe ddylsai fod yn ddigon iddyn nhw'll dau, ond nid i Rhian. Roedd hi wedi gadael y gwaith mawr iddo fe hyd yn hyn, ond efallai ei bod yn teimlo'n barod i helpu ychydig nawr.

'Paid bod yn rhy hir, 'te.' Gwenodd Rhian.

Siglodd Andrew ei ben. 'Wy'n dishgwl Gari nes 'mlaen, i fesur am y radiators newydd.'

'Amser hyn? Bydd angen rhoi bàth i Chloe.'

'A chynted yn y byd cawn ni Gari i ddechre arni, gynted y bydd dŵr twym yn dod mas o'r tap a dim angen llenwi'r tecil i'w golchi hi.'

Aeth allan a chymryd ei amser yn cloi'r ieir yn eu cwt am y noson, yn fwriadol. Ond wrth ddychwelyd i'r tŷ sylweddolodd y byddai Rhian a Chloe wedi bwyta eu bwyd erbyn iddo ddod 'nôl. Cafodd bwl o deimlo'n ddiflas reit wrth feddwl am fwyta'i swper ar ei ben ei hun, ac addawodd y byddai'n trio'n galetach gyda'i deulu y tro nesaf.

7

Fuodd yr iPad ddim yn segur yn hir. Roedd technoleg fodern yn ormod o demtasiwn, yn rhy ddefnyddiol ac yn golygu nad oedd yn rhaid ffarwelio am byth. Gallai gadw mewn cysylltiad, a hynny heb gysylltu hyd yn oed. Aeth ar Facebook yn ddifeddwl amser te, ar ôl iddo sicrhau bod Rhian yn brysur, a chwiliodd amdani: 'Nerys Bailey'.

Roedd gweld ei hwyneb yn syllu arno unwaith eto fel gwayw trwy ei galon. Dyna lle roedd hi'n wên deg i gyd, mewn gwisg Rala Rwdins yn codi arian i'r Cylch Meithrin... o gwmpas y bwrdd ym mhen-blwydd ffrind, glased o win yn ei llaw... yn pôsian ar y prom ar benwythnos gyda'r merched. A gwaeth na'i gweld mor hapus, mor ddi-hid am ei cholled, oedd sylwi ar ei statws. Roedd wedi ei newid o'r 'sengl' a fu yno mor hir a gosod marc cwestiwn pryfoclyd wrth ei ymyl. Fedrai e ddim credu'r peth. Cafodd ei lorio. Oedd e'n wir? Oedd ganddi gariad mor glou â hyn? A aeth e'n angof yn barod? Neu, yn waeth na hynny, oedd 'na rywun arall cyn iddo adael hyd yn oed? O leiaf roedd e'n onest am ei statws perthynas. Fe wyddai hi'n iawn ei fod e'n ŵr ac yn dad.

'Andrew?'

Daeth yr alwad o'r gegin, yn gythreulig o agos.

'Bydda i 'na nawr, cariad.'

Cariad? Byddai'n rhaid iddo fod yn ofalus wrth ddefnyddio geiriau mor anghyfarwydd. Caeodd gaead yr iPad yn glep. Dim ond pan welodd ei bod hi'n ddiogel y mentrodd ailagor y peiriant, cau'r dudalen Facebook, a mynd i'r adran 'History' a'i ddileu. Roedd ganddo enw newydd, ond doedd *e* ddim wedi newid mewn gwirionedd, oedd e?

Roedd Clive Edmonds yn cadw mewn cysylltiad, mor gefnogol ag erioed i'r ddau. Roedd yn dal i fod yn gadarn ei gred bod yna fwystfilod yn crwydro cefn gwlad Cymru. Ond er bod Dafydd wedi bod yn falch o'i gefnogaeth, doedd Andrew ddim mor siŵr. Roedd am drio rhoi'r cyfnod hwnnw o'i fywyd y tu cefn iddo, ac roedd hynny'n golygu ymddihatru rhag y cawr mwyn a fu'n gymaint o gefn. Cafodd help Edmonds gydag un gymwynas olaf ac yn ddiolch iddo fe anfonodd Andrew garden a datgan eu gwerthfawrogiad yn ysgrifenedig ac yn derfynol.

Roedd e'n gwybod ei bod hi'n galw, ond cymerodd arno nad oedd yn ei chlywed. Golchwyd ei chri gan y glaw. Fe wyddai beth oedd hi moyn ac fe wyddai hithau beth oedd e moyn 'fyd – y llonydd i gario 'mlaen. A hynny er gwaetha'r gwlybaniaeth oedd yn bygwth ei wlychu trwy ei het wlân, a'i anorac denau heb hwd, ac at ei ddillad gwaith a'r trôns a sanau a wisgodd ddoe. Cariodd 'mlaen i daro'r cŷn â'r morthwyl nes i gawod arall o render syrthio i'r llawr oddi tano. Daliodd ati er y gwyddai ei fod yn chwarae â thân, yn gadael yr hen dŷ heb ei got aeaf yntau, er mor ddiffygiol oedd y got honno, a hynny am gyfnod amhenodol. A hithau wedi bod yn addo tywydd gwell! Ond roedd yn rhaid i bethe fynd yn waeth cyn y gallen nhw wella. Tap-tap-tap, stop. Tap-tap-tap, stop – a hynny nes iddo deimlo ei phresenoldeb ar waelod yr ysgol a gweld trwy gornel ei lygad bod Chloe yno'n stryffaglu yn ei breichiau.

'Andrew! Mae Chloe'n gwlychu.' Sgrechiodd yn ddiangen a hithau'n ddigon agos i'w dynnu oddi ar yr ysgol pe dymunai hynny.

'Wel, cer â hi tu fewn, 'te,' galwodd yn ôl heb edrych arni. Tap, tap, tap, stop. Tap, tap, tap, stop a'r glaw yn poeri'n ddi-stop.

'Pryd wyt ti'n dod?'

'Pan fydd y glaw 'ma di cwpla.'

'A phryd fydd hynny?'

'Dim dyn tywydd odw i. Cer mewn, wnei di – sai moyn i chi sythu!'

Roedd y glaw yn ei daro yntau fel ergydion y morthwyl yn erbyn y cŷn wrth iddi fynd. Teimlodd ei hun yn slipo a daliodd 'mlaen i fraich yr ysgol, yn benderfynol na fyddai yntau'n llithro'n garreg ar lawr.

Plannodd lafn y rhaw yn y pridd. Disgwyliodd gael ei rwystro gan y ddaear galed a chafodd ei synnu gan ba mor feddal oedd. Bu'n bwrw'n ddi-baid ers dyddiau ac ergydion y glaw yn taro'r ffenest fel dwrn yn drymio'i rat-tat-tat a'i gadw'n effro.

'Ma eisie fe'n ddyfnach na hynny.'

'Ma croeso i ti neud e dy hunan os ti moyn.' Roedd e'n gwneud ei orau, a doedd e ddim yn ddigon. Cwmpodd y pridd ar ei fŵts gwaith.

'Ma Chloe 'da fi.'

'Wel, alla i gadw llygad ar Chloe, os ti moyn.'

'Alli di?' mwmiodd.

Roedd e'n meddwl iddo glywed yr ergyd, ond penderfynodd ei hanwybyddu a chanolbwyntio ar yr orchwyl.

'Hwnna'n ddigon i ti?'

Gorffwysodd Andrew y rhaw, yn fodlon bod maint a dyfnder y twll yn addas. Crymodd Rhian ei hysgwyddau. Cymerodd y goeden oddi wrthi a gosod y gwreiddiau yn ofalus yn y twll. Roedd yn ffitio.

'Wyt ti'n siŵr bo ti moyn neud hyn?' gofynnodd iddi.

'Odw.'

Tynnodd y tegan o'r plastig oedd yn ei orchuddio o hyd ers ei daith o swyddfa heddlu DI Clive Edmonds. Doedd e ddim yn teimlo'n reit i'w daflu i mewn. Penliniodd Andrew a gosod Ffred y Ci i mewn gyda'r gwreiddiau.

Edrychai'r pentwr pridd fel bedd bach a symudodd i'w chwalu gyda'r llafn metel cyn iddo feddwl gormod am hynny. Ar ôl llenwi'r twll, tapiodd dop y pridd rhydd â chefn y rhaw. Yn gwibio trwy ei feddwl aeth llun ohono'n tapio top y fwced wrth wneud castell tywod gyda Pryderi ar y traeth. Gallai deimlo rhywbeth yn drwm fel llond traeth o dywod ar ei frest.

'Ti'n meddwl ddylen ni weud rhywbeth?'

Tynnodd Rhian ar lewys ei chot. Oedd hi'n meddwl yr un peth?

'Sai'n gweddïo iddo Fe.' Trawodd Andrew y ddaear yn galed.

'Gair bach symbolaidd, 'te?'

'Clatsia di bant. Ma'r weithred yn ddigon i fi.' Roedd e'n cael gwaith siarad ac roedd pob gair oedd yn dod allan yn anfwriadol o gas.

Pesychodd Rhian yn ysgafn a hanner penlinio o flaen ei merch, gan afael ynddi ar yr un pryd.

'Mag– Chloe, ma Mami a Dadi yn plannu'r goeden fytholwyrdd hon er cof am Pryderi, dy frawd annwyl...' Cnodd ei gwefus yn galed. 'Bob tro fyddwn ni'n gweld y dail gwyrdd byddwn ni'n cofio ei fod e'n fyw yn ein calonnau ni. Pryderi, fyddwn ni byth, byth, byth yn dy anghofio di, byth, byth...' Diflannodd ei llais yn ddim wrth iddi ymladd i gadw'i galar o dan gaead. Cydiodd yn dynn yn Chloe a'i gwasgu'n galed.

'Ti 'di bennu?' gofynnodd yntau mor ysgafn ag y gallai.

Gallai weld bod Chloe yn trio rhyddhau ei hun.

Nodiodd Rhian, yn methu ateb gyda geiriau.

'Ti eisie dod i helpu Dad?'

Estynnodd ei breichiau a chymerodd Andrew hi a'r rhaw fach a'i gosod i eistedd ar ei lin.

'Falle gallen ni chwilio am gerrig bach a neud patrwm ar lawr o fla'n y goeden.'

'O, 'na syniad neis...' Cafodd llais Rhian ei golli eto.

Daliodd y ddau lygaid ei gilydd.

'Wy'n falch i ni aros i'r tywydd. 'Drych, ma'r haul yn gwenu.'

'O's rhaid i ti?' Diflannodd gwên Rhian.

'Beth?'

'Ca'l y gair ola.'

Yn carlamu o'r tu ôl i goeden daeth chwa o ffwr, yn prancio wysg ei hochr fel rhywbeth o'i cho'. Diflannodd yr ofn unwaith i Andrew sylweddoli beth oedd yno. Cyrcydodd ac estyn ei fysedd. Yn araf bach daeth pws i fyny'n araf gan sniffian yr awyr wrth iddi ddod. Modfedd neu ddwy ymhellach. Bron iawn y gallai gyffwrdd yn ei ffwr. Yna, ar y foment olaf, rhedodd i ffwrdd. Sythodd Andrew ei hun.

'Paid ti meddwl am biso ar y pridd yma, gath.' Hanner o ddifri oedd e.

'Andrew!' ceryddodd Rhian. 'Fydde Mew byth yn neud shwt beth. O'dd hi a Pryderi yn ffrindie.'

'Anifail yw hi, Rhian. Felly, bydde, wrth gwrs y bydde hi'n neud. Dere, Chloe, i helpu Dad! Alli di fynd 'nôl i'r tŷ os wyt ti eisie, Rhian.'

Cynnig hanner awr fach iddi oedd ei fwriad. Cyfle iddi ddod ati ei hun ar ôl y ddefod. Ond aeth oddi yno fel petai wedi cael pryd o dafod, gyda'i chynffon rhwng ei choesau a'i phen yn isel. Gwyliodd hi'n mynd, ei galon yn gwaedu drosti, ac roedd ar fin galw ar ei hôl pan dynnwyd ei sylw gan ei ferch.

8

Roedd y blinder yn hyfryd, fel cymryd rhyw gyffur cryf dienw. Doedd e erioed wedi smocio ddim byd cryfach nag ambell sbliff mewn gwirionedd. Roedd diwrnod o waith corfforol yn creu pinnau bach ar hyd ei groen. Roedd e'n gweld ôl y gwaith, nawr bod cot o render newydd ar y tŷ a'r gwres canolog yn ei le. Dechreuodd gysgu fel na chysgodd ers cyn cael y plant. Ac roedd e wrth ei fodd gyda hynny, tan y noson pan ddihunodd e a doedd hi ddim wrth ei ochr. Pat-patiodd y gwely wrth ei ymyl. Disgwyliodd deimlo tonnau o gnawd iddo gael eu hanwesu. Ond aeth ei law yn syth i lawr at y shîten a'r fatres. Teimlodd amdani, ond roedd y lle'n annisgwyl o wag.

'Rhian?' galwodd yn ysgafn. Cododd lan yn y gwely yn glou. Yna clywodd 'whoosh' o'r stafell folchi a chlywed ei thraed yn dod ar hyd y landin. 'Rhian, ti'n iawn?' gofynnodd, er ei fod yn gwybod yn iawn mai hi oedd yno. 'Odw,' daeth yr ateb wrth iddi ddod 'nôl mewn i'r gwely a throi ei chefn arno.

Erbyn y bore, roedd wedi anghofio am y peth – tan y tro nesaf, hynny yw. Rai wythnosau'n ddiweddarach dihunodd a synhwyro'n syth ei fod ar ei ben ei hun. Teimlodd am y golau bach wrth y gwely ac ar ôl ei gynnau trodd at ochr Rhian o'r gwely a gweld yr hyn yr oedd wedi'i amau, nad oedd hi yno. Gwrandawodd am synau o'r tŷ bach. Ddaeth yr un. Arhosodd am 'chydig, gan ddisgwyl ei chlywed yn dod o rywle. Doedd dim sôn amdani. Felly, gorfododd ei hun i godi gan osod ei draed yn ofalus yn ei slipers a lapio ei hun mewn gŵn nos. Grwgnachodd Mew ar y gwely, troi rownd a mynd 'nôl i gysgu.

'Le ma dy fam, gweda?' Rhoddodd fwythau i'r gath, oedd wedi magu bola ers symud yn ôl at y teulu.

Rhoddodd bip trwy ddrws Chloe ar y ffordd gan baratoi ei hun i wenu o'i gweld yn cysgu fel angel fach. Oedd yna adeg pan oedd dyn yn teimlo mwy o gariad at ei blant na phan oedden nhw mewn trwmgwsg? Ond roedd y cot yn wag. Roedd y sylweddoliad hwnnw fel cawod oer yn ei ddeffro. Teimlodd ei ymysgaroedd yn troi. Aeth lawr staer ar garlam, ac anadlu'n drwm mewn ofn. Roedd yna furmur yn dod o'r gegin a brysiodd yno gan agor y drws a theimlo'r rhyddhad o weld y ddwy, grŵn Radio 2 yn y cefndir.

'Beth y'ch chi'n neud fan hyn?' Gallai weld Chloe yng nghôl ei mam yn sugno llaeth o'i bîcer.

'O'dd Chloe yn ffaelu cysgu.' Roedd llygaid Rhian yn goch.

'Ma Chloe wastad yn cysgu'n dda yn ei chartre newydd.'

'Dim wastad. O'dd hi'n llefen. Breuddwyd cas arall siŵr o fod.' Dywedodd y peth yn ddifater.

'Shwt ti'n gwbod ei bod hi'n ca'l breuddwydion cas?' Aeth Andrew'n agosach atyn nhw. Roedd oglau anghyfarwydd yn yr awyr.

'Ma rhwbeth yn ei dihuno hi.'

'Ers pryd?'

'O, ti'mod. Sai'n siŵr.' Roedd wedi cynnau'r tân letrig a throdd 'nôl at ei wres. Penderfynodd Andrew mai dyna oedd ffynhonnell yr oglau.

'Ond bydden i'n 'i chlywed hi,' meddai.

'Ti'n hwrnu.'

'Sai byth yn hwrnu!'

'Wyt, fe wyt ti weithie.' Rhoddodd Rhian ei merch i lawr ar y llawr ac anwybyddu'r protestio. Aeth draw at y peiriant golchi, agor y drws a dechrau pentyrru'r dillad a fu'n gorwedd mewn pentwr anniben ar y llechen dan draed i'w berfedd.

'Amser od i fod yn neud y golch, Rhi. Pam na ddewch chi 'nôl i'r gwely?'

'Iawn.' Ond doedd dim siâp symud arni.

Gwnaeth ei orau i siarad â gwên ar ei wyneb. 'Dere nawr. Dyw Chloe ddim fel Pryderi.' Gorfododd ei hun i ddweud ei enw ac, o'i ddweud, i gario 'mlaen i siarad amdano. 'O'dd ddim fel tase angen cwsg ar hwnnw o gwbwl. Ond ma Chloe'n wahanol, on'd yw hi? Ti'n gwd gyrl, on'd wyt, yn cysgu i Mami a Dadi? Fydde Dadi 'di clywed ti fel arall, yn bydden i?'

'Os wyt ti'n gweud.' Caeodd ei wraig y drws, gwasgu'r botwm a chyn pen dim llenwyd y gegin gan sŵn y dŵr yn llenwi bola'r peiriant.

Fe chwaraeai'r peth ar ei feddwl fyth ers hynny. Bu mor sicr ei feddwl ei fod yn rhiant da, y byddai – ers geni Pryderi a Chloe – yn clywed pob smic, y byddai'n effro i bob un o'u hanghenion dim ots faint o'r gloch oedd hi. Ond sgwn i? Oedd hi'n bosib, mewn gwirionedd, y gallai Rhian ddihuno ac nad oedd e'n ei chlywed? A allai fod yn wir ei fod e'n medru cysgu hefyd i gyfeiliant cri Chloe, ei ferch fach? Yn ei feddwl fe fu'n gefn i'w deulu, gymaint ag y medrai. Ond sgwn i a fu Rhian ei angen lawer, lawer mwy nag y bu ar gael? Difarodd yr holl adegau roedd e wedi mynd yn syth o'r gwaith i'r gampfa yn lle mynd adre i helpu 'da'r plant, yr holl weithiau yr oedd wedi aros dros nos mewn gwesty ar ôl cyfarfod hwyr gyda chleient yn lle teithio 'nôl i fod gyda'i deulu. Beth ddywedodd hi pan ofynnodd gohebydd y papur newydd iddi: 'Ydych chi'n credu mewn cathod mawr?' 'Nagw.' Yn blwmp ac yn blaen. Pwy oedd hi'n meddwl oedd wedi lladd eu mab nhw, 'te? A mynnodd gymryd yr enw

Rhian, a hynny er ei fod wedi dadlau nes ei fod yn biws mai enw Saesneg fyddai orau. Rhiannon – y fenyw gafodd fai ar gam. Ond sgwn i? Oedd pob chwedl yn dechrau gyda hedyn o wirionedd? Teimlodd ei ben yn ysgafn a'i galon ar garlam. Gwasgodd ei law ar ei frest a cheisio rheoli ei anadlu, rheoli ei feddyliau. Yn araf bach daeth ato'i hun.

Ceisiodd wared yr hen syniad hurt o'i feddwl. Ond doedd pethe ddim mor hawdd â hynny. Gweithredu, dyna oedd angen iddo wneud nawr. Rhoi ei gorff ar waith unwaith eto. Roedd e'n caru Pryderi, yn caru Chloe ac yn caru Rhian ac achos ei fod yn eu caru fe fyddai'n meddwl am gynllun, a'i weithredu hefyd. Fe fyddai'n ffeindio ffordd o roi stop ar y bwystfil. Fe fyddai'n creu dyfais i'w ddal. Ar ôl wythnosau lawer o bori dros erthyglau am DIY, o wylio Gari yr adeiladwr a'i fois wrth eu gwaith, ac o wneud jobsys ei hun, credai Andrew fod ganddo'r sgiliau i daclo cynllun fel hwn nawr. Fe fyddai'n mynd ati i greu gyda'i ddwylo ac fe fyddai, fel Noa, yn achub ei deulu.

9

Caeodd ac agor ei lygaid sawl gwaith cyn y gallai arfer gyda'r blodau lliwgar ar y lliain papur. Roedd Rhian wedi treulio trwy'r bore yn glanhau'r hen gegin fel ei bod yn ddigon da i rywun arall ei gweld. Tynnodd hi'r plastig oddi ar y platiau pinc a dechrau eu gosod yn eu lle. Byddai'n dynn braidd rownd y bwrdd, ond roedd y plant yn ddigon bach. A gallai'r rhieni sefyll y tu ôl i'r cadeiriau. Ni allai lai na theimlo'r pilipala yn ei fol, a gwenodd.

'Oes cwpanau? Neu fydd pawb yn dod â botel ei hun? Ha, ha.' Daeth Andrew i mewn i'r gegin a rhoi ei freichiau am ei wraig a'i gwasgu'n dynn.

'Watsia!' gwgodd Rhian.

'Sori.'

'Ti 'di neud i fi fynd yn rong.'

'Wedes i bo fi'n sori.'

Wrth yr olwg ar y gacen, roedd pethe wedi mynd o le fwy nag unwaith. Roedd wedi gofyn iddo brynu bag eisin yn yr archfarchnad mewn ymdrech i drawsnewid ei hun yn *domestic goddess* o flaen y mamau eraill.

'Beth arall wyt ti moyn i fi neud?'

Rhoddodd y bag i lawr a throi i edrych arno. 'Ti'n cynnig?'

'Ti'mod, meddwl y bydden i'n helpu ar ddiwrnod arbennig. Alli di ddim neud popeth dy hunan, fel wyt ti'n gweud.'

'Bach yn gynnar i roi'r bwyd ar y bwrdd, sbo. Alli di roi'r ffwrn 'mlaen os ti eisie, i ni ga'l cwcan y sosejys.'

'Skilled job.'

Roedd e'n falch i weld y gallai ddod â gwên i'w hwyneb o hyd.

Aeth at y cwpwrdd llestri a dechrau chwilota am y parasetamol. 'Beth ti'n neud nawr?' gofynnodd Rhian.

'Hawl 'da dyn dorri syched.'

Tasgodd y dŵr o'r sinc dros bob man a llyncodd ddwy dabled yn llechwraidd. Fuodd e'n rhy frwd yn ei barodrwydd i fynd â'r poteli i'r ailgylchu ddoe?

'Faint o'r gloch fyddan nhw 'ma?'

'Sai'n credu wedes i amser pendant.'

'Faint ni'n ddishgwl? O's angen mynd drws nesa i ofyn am gadeiriau sbâr fel naethon ni amser pen-blwydd Pryderi?' Sylweddolodd beth roedd e wedi ei ddweud, a hithau hefyd.

'Sai'n siŵr iawn,' atebodd yn dawel.

Doedd e ddim am roi pwysau arni.

'Hei. Ma'n edrych yn neis.' Edmygodd y gacen dros ei hysgwydd.

'Ddechreuais i sgrifennu heb feddwl. O'n i wedi peipo'r "M" a'r "a" cyn i fi gofio mai "Chloe" ddyle fe weud. "Pen-blwydd Hapus Chloe", ondefe?'

''Na'r enw ddewison ni.'

'Ma fe mor ddieithr rywffordd.'

'A 'na pam ddewison ni fe. Ti'n cofio?'

Nodiodd Rhian.

'Ma'n haws, on'd yw e?'

'Ydy, mae'n haws.'

Torrodd y gri o lan staer ar eu traws, fel gwylan yn hedfan heibio.

'Ar y gair. Wyt ti moyn i fi ei newid hi tra'i bod hi lan 'na? Party frock?' Ceisiai Andrew ei orau i swnio'n hwyliog.

'Wy 'di estyn ffrog. Ma hi'n hongian ar y cwpwrdd dillad.'

'Odi, siŵr o fod.'

'Beth ti'n feddwl wrth 'ny?'

'Dim byd, cariad.' Rhoddodd gusan ysgafn ar ei boch.

'Caria di 'mlân. Ma popeth yn edrych yn lyfli. Gei di newid wedyn i dy ddillad gore.'

Bydden nhw fel tri actor yn chwarae eu part.

Chwarter wedi tri, blinodd ar yr aros. Cydiodd yn Chloe a'i rhoi i eistedd yn ei chadair. 'Reit, 'te, Misus. Ma 'da ti ben-blwydd i'w ddathlu. Bach yn hwyr falle, ond o'dd Mam a Dad eisie ca'l bach o drefn gynta, on'd o'n ni, Mam?'

Crafodd y gadair yn erbyn y llawr llechen. Eisteddodd a dechre pentyrru brechdane ar ei blât. 'Sai 'di ca'l caws a *pineapple* ar stic ers...' Cofiodd mewn pryd. 'Dere, Rhian. Beth gei di?' Arhosodd y plât yn wag o'i blaen.

'Bydda'n ofalus wrth roi'r ffon 'na i Chloe. Sai moyn hi'n tagu.'

'Wy'n gwbod beth wy'n neud,' meddai Andrew rhwng ei ddannedd. Rhoddodd ei law am ei braich. 'Paid â phoeni. Wnewn ni joio – ni'n pedwa– Ni'n tri.'

Rhoddodd frechdanau ar ei phlât a chwpwl o sosejys bach a chreision.

'Sdim eisie mynd dros ben llestri,' meddai Rhian wrth weld yr holl fwyd.

Dilynodd ei llygaid at ganol y bwrdd lle roedd fas o flodau ffres bytholwyrdd o ardd Pryderi. Dyna un o'r pethe cyntaf roedden nhw wedi ei wneud ar ôl symud, dewis lle mewn cornel fach breifat, ond yn llygad haul y bore. Yna fe aethon nhw i'r ganolfan arddio pan o'n nhw'n teimlo'n barod, i brynu blodau a'u plannu – blodau byw, nid rhai marw, yn firi o liw parod ddiwedd Awst.

'Ti ddim wedi eu lladd nhw 'to, 'te.' Pwyntiodd at y begonias gyda sosej, ei geg yn llawn bwyd.

Edrychodd y ddau ar ei gilydd.

'Popeth yn iawn yn Ti a Fi?' Gwnaeth ymdrech i droi'r sgwrs.

'Odi, wrth gwrs.'

'Ti'mod, ti'n clywed am ambell gymuned ble dy'n nhw ddim yn lico pobol newydd.' Ceisiodd swnio'n joli.

'Ma pawb yn lyfli.'

'Da iawn. Byt' nawrte, Chloe fach. Bydd jeli ac eis crîm nesa.'

'Fyddet ti 'di gallu gwahodd Dat-cu a Mam-gu.'

'Fyddwn ni wedi gorffen neud y gegin erbyn y Nadolig. Gân nhw ddod pry'ny, falle.'

Daeth Rhian â'r gacen i'r bwrdd. Canodd y ddau 'Penblwydd Hapus' yn uchel ac edrychai Chloe wrth ei bodd.

'Beth fydd hi'n meddwl pan fydd hi'n hŷn? Bydd "Magw" ar y tystysgrif geni,' sibrydodd Rhian.

'Ni 'di trafod hyn. Wy'n siŵr y bydd hi'n deall yn iawn o dan yr amgylchiade. Fyddwn ni'n gallu egluro ein bod ni wedi ca'l parti iddi'n hwyr.'

'Fisoedd yn hwyr.'

'Ie, er mwyn i ni allu dathlu ei phen-blwydd yn un oed yn iawn, yn ein cartre newydd.' ceisiodd swnio'n llon.

Chwython nhw y fflam gyda'i gilydd. Roedd oglau cysurlon arni.

Wrth gasglu'r platiau daliodd Andrew ei hun yn eu cyfri fel plentyn bach. 'Un, dau, tri' i'r ailgylchu ac 'un, dau, tri, pedwar, pump, chwech, saith' yn lân. Rhoddodd nhw yn y drôr o'r ffordd. Meddyliodd eto am y ddau ohonyn nhw'n helpu Chloe i chwythu'r gannwyll gyntaf. Blwyddyn gyfan o'i bywyd wedi mynd i'r gwynt. Gwnaeth ddymuniad ar eu rhan: 'Plis a gaiff hi fod mor hawdd â hyn i chwythu ein gofidie i ffwrdd.'

Doedd e ddim yn ei dilyn hi. Dyna ddywedodd e wrtho'i hun pan ddechreuodd e gerdded lawr yr hewl, lai na phum munud ar ôl iddi hi adael yn y car. Dim ond y Toyota Freelander newydd oedd ganddyn nhw ers gorfod rhoi car Peugeot y cwmni yn ôl. Roedd Andrew yn ffansïo newid bach, 'na i gyd. A heb ei llygaid gwyliadwrus o sinc y gegin, yn gwneud iddo deimlo'n euog am gymryd hoe, roedd e'n rhydd i gael sbel. Cerddodd i mewn i'r dre gan feddwl mynd i'r siop fach bob dim. Roedd angen rhyw fanion arno i'w helpu gyda'r cynllun newydd oedd ar waith yn y garej. Roedd yr haul mas a sylweddolodd na fyddai'n ormod o wâc i'r siop DIY fawr lle byddai mwy o ddewis, wrth gwrs. A doedd y neuadd lle roedden nhw'n cynnal y sesiynau Ti a Fi wythnosol ddim yn bell iawn i'r cyfeiriad arall. Fyddai e'n syrpréis bach neis iddyn nhw weld Dadi. Menywod oedd yn mynd yna'n bennaf, yn ôl Rhian, er bod yna dadau yn dod o dro i dro. Efallai gele fe goffi bach a lifft 'nôl lan i ben y bryn. Dyna oedd e'n ei ddweud i dwyllo ei hun wrth gerdded at y maes parcio ta p'un 'ny. Wrth gwrs ei fod e'n disgwyl gweld y car yno, mor agos at y drws â phosib fel nad oedd yn rhaid cario Chloe yn rhy bell. Glynodd at wal y neuadd wrth edrych o gwmpas. Ond doedd y Toyota ddim wrth y drws. Roedd y car yng nghornel pella'r maes parcio ac roedd hi ynddo, a dim arwydd symud arni.

Anghofiodd Andrew am y DIY a mynd yn syth i'r orsaf a dal tacsi. Roedd ar ben ysgol yn sandio hen baent oddi ar y ffenestri erbyn i Rhian a Chloe gyrraedd adre.

'O'dd lot yn Ti a Fi heddi, 'te?' Ffrydiodd y dŵr o'r tap ac aeth ei hanner i geg y tecil a'i hanner dros ben Andrew.

'Chwech neu saith.'

Roedd Chloe ar y llawr yn symud blociau o un lle i'r llall a Rhian yn ei gwylio o'r gadair.

'Cymry?' Sychodd Andrew ei hun gyda'r tywel sychu llestri.

'Bytu hanner a hanner siŵr o fod.'

'Beth fuoch chi'n neud, 'te?' Estynnodd fŷg yr un iddyn nhw.

'O, ti'mod.'

'Nagw. Gwed wrtha i.' Trodd Andrew i'w hwynebu hi a'i gwylio'n ofalus.

Ochneidiodd Rhian a gwneud ymdrech i gynnwys ei merch yn y sgwrs. 'Fuest ti'n chware caffi 'da dy ffrindie yn y gegin fach, on'd do fe – ac yn neud siapiau gyda sbynjis a phaent.'

'Swno fel pnawn prysur.'

'Dadi wedi gweld ein heisie ni, ma'n rhaid. Dwyt ti ddim fel arfer mor fusneslyd â hyn.'

'Cymryd diddordeb, 'na gyd. Sdim byd yn bod ar 'ny, oes e?'

'Nag oes.'

'Coffi neu de?'

'Te.'

'Te amdani.'

Gallai holi, wrth gwrs, yn uniongyrchol. Efallai fod yna esboniad digon diniwed dros ei methiant i rannu'r gwir ag e. Efallai ei bod hi'n methu wynebu gwneud ffrindiau newydd... efallai fod arni ofn mynd yn rhy agos at neb. Gallai fod wedi holi, ond wnaeth e ddim.

Roedd e ar ei ffordd i glwydo pan sylwodd fod y golau tu allan wedi mynd.

Penderfynodd Andrew newid y bylb, rhag ofn y byddai ei angen. Gwyddai fod yna gadnoid o gwmpas. Pan ddaeth 'nôl i mewn, yn falch o allu dweud iddo gwblhau'r dasg yn llwyddiannus, gallai ei chlywed hi'n crio. Taflodd ei fŵts gwaith i ffwrdd a llamu i fyny'r grisiau. Daeth Rhian i gwrdd ag e o'r stafell folchi. Roedd hi'n waglaw.

'So ti'n ei chlywed hi'n crio?'

'Beth?... Odw.' Roedd hi yn ei byd ei hun.

'So ti'n mynd ati hi, 'te?'

'O'n i'n mynd i fynd nawr.'

Edrychai mor welw ag ysbryd. Ceisiodd yn galed i beidio â'i beirniadu. Dychmygai nad oedd yn hawdd, gofalu am yr un fach bob dydd. Aeth at Chloe'n syth a chael cwtsh mawr ganddi. Buodd yn rhaid i Rhian fodloni ar wylio'r ddau ym mreichiau'i gilydd yn yr hanner golau. Trwy'r ffenest, gwelai frigau'r llwyfen yn torri'r lloer yn ddarnau.

10

Un noson, roedd newydd eistedd i fwyta'i swper ar ôl diwrnod hir ond llawn boddhad.

'Ieir yn eu cwt?' gofynnodd Rhian.

'A' i mas ar ôl swper nawr.'

'Mae'n dechrau tywyllu.'

'Ti'n gallu'u gweld nhw, on'd wyt ti, dyw hi ddim yn dywyll iawn.'

'Nagw. 'Na'r peth. Sai'n gallu'u gweld nhw o gwbwl.'

Fe aflonyddodd hynny arno. Ond arhosodd i fwyta'i swper yn bwyllog cyn mynd allan i weld drosto'i hun. Fe oedd yn iawn, doedd bosib – roedd hi'n gynnar 'to. Aeth allan atyn nhw a phipo dros y ffens, ond doedd dim golwg ohonyn nhw. Doedd hynny ddim yn anarferol. Ro'n nhw'n aml yn ffeindio eu ffordd eu hunain i'r gwely.

'Hei, tsiwc, tsiwc,' clywodd ei hun yn dweud wrth droedio trwy'r baw at y cwt. Cododd ran o'r to gan ddisgwyl eu gweld yn ei lygadu'n llechwraidd ac yn unllygeidiog wrth glwydo, ond doedd dim sôn am yr ieir. Doedd dim byd ar y gwellt ar wahân i ddomi.

Ddywedodd e ddim byd wrthi hi. A sylwodd hi ar ei ddiffyg hwyliau? Ni wyddai. Aeth Andrew i'r gwely'n gynnar ond ni chysgodd ryw lawer. Drannoeth, roedd e lan yn blygeiniol. Gwisgodd ei ddillad gwaith a mynd allan â'i baned yn ei law. Doedd yr un bluen yno. Dim un diferyn o waed. Dim byd ond baw yn dyst i fodolaeth y ddwy iâr. Aeth i fyny'r allt tu cefn i'r cwt gan alw amdanyn nhw a chan wybod mai ofer oedd ei ymdrechion. Ni fyddai dwy a gafodd eu hadenydd wedi'u clipio yn gallu hedfan yn bell.

'So nhw 'na,' meddai Rhian ar ganol ei Weetabix pan gerddodd e mewn gan gicio ei fŵts gwaith gwlyb i ffwrdd.

'Sdim sôn amdanyn nhw.'

Fe allai hi'n hawdd fod wedi edliw hynny iddo, ond wnaeth hi ddim, ac roedd e'n ddiolchgar am hynny. Roedd sylwi arni'n gwelwi yn ddigon.

Nabyddodd hi'n syth. Y twmpath o wallt, yn gwrs fel gwellt wedi'i wynnu gan yr haul. Yr wyneb llawn yn lân o golur, a'r cochni ar ei bochau fel gwrid y machlud. Siaradai yn Saesneg, yn llawn ohoni ei hun. Doedd hon ddim yn goddef ffyliaid na gohebwyr busneslyd.

'Wnes i ddim ei nabod e i ddechre. Ond wnes i ddim ei lico fe. Weda i hynny.'

Gorweddai'r meicroffon o dan ei thrwyn fel cath flewog. Un gohebydd oedd yno, ond safai crowd o bobol yn blith draphlith o gwmpas y lle. Rhai'n gwrando a rhai'n cymryd arnynt feindio eu busnes eu hunain.

'Roedd y gath fach yn crynu ac yn crio'n ddi-stop. Sdim syndod, o's e? O'dd hi'n dyner iawn ar ei hochr, fel tase rhywun wedi ei chicio hi. Ges i fet i edrych arni ar ôl iddo fe fynd ac er nad o'dd yna anaf penodol, ro'dd e o'r farn iddi gael cic ddigon milain.

'Os mai ei gath e, Dafydd Morgan, o'dd hi... wel, alla i ddim â deall pam ei fod e wedi ei gwared hi. Cath fach drilliw bert. Gas hi ei mabwysiadu gan ddynes rai wythnosau yn ddiweddarach. Alla i ddim mo'i henwi hi. Ma'r manylion yn gyfrinachol. Do'n ni ddim yn gallu mynd ar ei ôl e achos o'dd e wedi gwrthod llenwi'r gwaith papur. Od. Dwi ddim yn cyhuddo neb o ddim byd, ond, wel, ma fe'n neud i chi feddwl, on'd yw e – sdim mwg heb dân.'

Daeth llais y newyddiadurwr yn ei holi, er na welwyd ei

wyneb digywilydd. 'Fel rydych yn dweud eich hun, dydych chi ddim yn cyhuddo neb o ddim byd: ond beth oedd eich argraff ar y pryd?'

'Dwi erioed wedi lico neb sy ddim yn hoffi anifeiliaid. Os allwch chi fod yn gas i anifail, wel, gallwch chi fod yn gas i rywun – sdim ots beth yw ei oedran. Petawn i'n gwbod ei gyfeiriad e fe fyddwn yn anfon notis at Dafydd Morgan, yn ei gyhuddo o greulondeb tuag at anifeiliaid.'

Yr hen bitsh! Diffoddodd y teledu a mynd allan trwy'r drws.

Cydiodd yn y rhaw oedd yn gorffwys yn erbyn wal y tŷ a mynd draw at y patshyn gwair gyferbyn. Dechreuodd waldio'r porfa'n ddidrugaredd nes ei fod yn methu cael ei wynt ac yn gorfod stopio.

Pan aeth 'nôl i mewn i'r tŷ gallai ogleuo gwynt cras llosgi yn syth. Yna, clywodd tsiaen y sistern yn clecian a dŵr yn ffrydio. Nid arhosodd amdani. Aeth i'r gegin yn ei fŵts gwaith a gweld dwy sosban ar y stof – un o'u sosbanau dur nhw a sosban blastig Chloe, a stepen ar lawr oddi tani.

Roedd Chloe ar lawr y gegin.

'Bybis,' meddai pan welodd e.

'Ti bach yn ifanc i fod yn cwcan Jelly Babies.'

Symudodd y sosban blastig a'i thynnu oddi ar y gwres mewn chwinciad.

'Mae wastad gryn ddyfalu a damcaniaethu. Hyd yn oed os ydyn nhw'n dweud y gwir.' Dyna roedd eu ffrind, Edmonds, y ditectif, wedi'i ddweud wrthyn nhw am achosion ble oedd plant ar goll neu wedi marw mewn amgylchiadau anarferol.

Daeth Rhian i'r golwg.

'Ble o't ti?' Roedd e'n gacwn.

'Tŷ bach.'

'Wy'n gwbod 'ny. *Ble* o't ti? O'dd Chloe 'di bod ar ben y stepen yn neud swper ar stof boeth. Gallai fod wedi llosgi ei hun. Beth fydde wedi digwydd wedyn?!'

Roedd ei hwyneb yn syn.

Gafaelodd Andrew yn ei ferch a mynd â hi o'r ffordd i chwarae.

11

Yn eisiau: Person brwdfrydig a chyfrifol/
trwyddedig i ofalu am ferch 1 oed.
Cysylltwch â rhian13@hotmail.com am fanylion.

Siomedig oedd yr ymateb i'r hysbyseb roedd e wedi'i gosod
ar safle we'r Cylch Meithrin ac ar yr hysbysfwrdd yn y siop
leol – a hynny er iddo fod yn ofalus i roi ei henw hi ar y notis
rhag ofn y byddai rhai yn ofni cysylltu â dyn ar ei ben ei
hun. Roedd hynny'n dweud y cyfan am y byd heddiw, ac eto
roedd pethe ofnadwy wedi digwydd erioed, glei, dim ond
bod cymdeithas yn llai goddefgar o bob dim erbyn hyn.

'O'n i'n meddwl y byddai'n syniad i ni ga'l bach o help,'
cyfaddefodd wrthi'n betrus. Roedd yn gyfle i siarad tra bod
Chloe'n cael cysgad fach. Roedd e wedi dewis ei eiriau'n
ofalus yn yr hysbyseb. Doedd e ddim am funud eisiau i bobol
feddwl eu bod nhw'n methu ymdopi.

'O's arian 'da ni? Dim ond cyflog Gari sy yn y gyllideb.'

'Ie, ie, ti'n iawn. Dim gyda'r gwaith ar y tŷ. Gyda Chloe o'n
i'n feddwl. Rhywun i helpu gyda'r gofal.'

'Wy'n gofalu ar ôl Chloe.'

'Wrth gwrs bo ti. A ti'n fam grêt, wrth gwrs. Ond tasen
ni'n ca'l bach o help falle y bydde amser 'da ti i roi dy feddwl
ar rywbeth arall – neud bach o beintio, neu ddechre dy
broject dy hunan ar y tŷ?'

Ddywedodd hi ddim byd, dim ond edrych draw ymhell.
Roedd hynny'n arwydd da. Aeth Andrew ymlaen i drefnu
cyfweliadau gyda'r ddwy oedd wedi cysylltu. Dim ond un
ohonyn nhw ddaeth ar y dydd. Roedd y llall yn sâl. Tybiai
Andrew fod hynny'n dweud digon. Os oedd hi'n methu

ymrwymo i fod yno ar ddydd y cyfweliad yna roedd hi'n *dead loss* cyn cychwyn.

Wrth iddo agor y drws, clywai Andrew ddiwedd y sgwrs ffôn symudol.

'Fi 'ma nawr, bydd rhaid fi fynd. Siarad â ti wedyn.'

Doedd e ddim yn gwybod beth i'w ddisgwyl, ond nid hon yn sicr. Roedd hi'n flonden fawr oedd yn poeni dim am gael ei chyfweld. Yn hytrach na gwneud ymdrech fawr, edrychodd arno'n eithaf amheus.

'Fi 'ma i weld Rhian?' Roedd hi'n dal ei mobeil yn ei llaw o hyd.

Yna cofiodd yr enw ar y cyfrif Hotmail ac iddo benderfynu parhau i gyfathrebu fel 'Rhian' ar ôl i'r ymgeiswyr gysylltu am y swydd.

Gwyddai un peth am Hannah Walker yn barod. Roedd ei Chymraeg ysgrifenedig hi'n warthus.

'Helô Hannah. Andrew dw i. Gŵr Rhian. Ma Rhian a Chloe yn y lolfa. Dere mewn.' Gwnaeth ymdrech i fod yn serchog a sefyll o'r neilltu fel ei bod yn gallu ei basio ar y ffordd i mewn.

'Rhian! Hannah sy 'ma!' galwodd.

Roedd Rhian wedi defnyddio'r sychwr i roi bach o steil i'w gwallt y bore hwnnw a gwisgo tamed o golur ar ei bochau. Edrychai'n bert, er ei fod yn amau ei fod e'n gweld 'mbach o wreiddiau cochlyd yn dod o gorun ei phen.

'Helô Hannah,' meddai'n gyfeillgar.

'Haia. Ti yw Chloe, ife?'

Roedd y ferch fach ar ei phen-ôl ar y llawr yn dal pêl fel petai ei bywyd yn dibynnu ar hynny. Eisteddodd Hannah gyferbyn â hi ac estyn ei llaw i ofyn am y bêl. 'Pwsh e nawrte – at Hannah.'

Ufuddhaodd Chloe.

'O, 'na ti, gwd gyrl. 'Co ti 'nôl.' Rholiodd Hannah y bêl yn ôl. 'Mae'n ciwt, on'd yw hi? Mae 'run sbit â ti, Rhian. Ti a fi yn mynd i fod yn ffrinds mawr, on'd y'n ni, Chloe?'

Edrychodd Andrew a Rhian ar ei gilydd a gwenu. Dwy funud ac roedd hi wedi penodi ei hun ac yn galw 'ti' ar y bòs. Fe fyddai gwrthod Hannah yn anfoesgar.

'Oes rhywbeth arall wyt ti eisie gofyn?' gofynnodd Andrew ar ôl treulio rhyw ugain munud yn cael ei holi ganddi.

'Na, fi'n hapus, fi'n credu,' atebodd Hannah. Doedd e ddim yn siŵr pwy oedd wedi bod yn cyfweld pwy.

'Fi 'di ca'l *police check*, ond sdim *certificate* NNEB 'da fi. Fi'n babysitto i fy whâr er bo fi'n *sixteen* a ma 'da fi Jamie wrth gwrs.'

'Ma plentyn 'da ti?'

'*Yeah*. Ma fe'n dri. Newydd ddechre ysgol, *thank God*. Ma fe'n ddiawl bach – ond ma fe'n werth y byd.' Gwenodd lond ei hwyneb. 'O'n i'n neud y *course* NNEB pan gas Jamie 'i eni. Ma Dad a Mam yn gwitho a o'dd Jamie 'da fi, so o'dd raid i fi adel.' Ac, yna, cyn cael cynnig y swydd, roedd mor bowld â gofyn, 'Pryd ti moyn fi dechre, 'te, Rhian?'

'Dere dydd Llun. Hanner awr 'di naw? Rhoi amser i fi a Chloe ga'l brecwast a gwisgo.'

Bu bron i Andrew a Rhian fethu cau drws y ffrynt y tu ôl iddi cyn dechrau chwerthin fel dau blentyn drwg.

'Fel awyr iach bytu'r lle 'ma!'

'Bydd hi'n neis ca'l cwmni.'

'Ma bach o arian yn y cyfrif os wyt ti moyn dechre ar brosiect dy hun,' cynigiodd Andrew.

'Y stafell wely. Wy'n mynd i ddechre yn y stafell wely, wy'n credu.' A rhoddodd gusan ar ei wefus farfog, oedd yn dipyn o sioc iddo.

Doedd e erioed wedi teimlo iddo ddod i nabod rhywun mor glou. Byddai'n cael hanes Hannah i gyd ar ddiwedd dydd gan Rhian, neu gan Hannah ei hun pan fyddai e'n cael hoe am baned, neu ginio. Roedd hi fel fflach o heulwen ar ddiwrnod pŵl.

Fe fu cysgod y noson honno dros bob dim. Dros bawb yn yr hen fywyd, p'un a oedden nhw'n eu nabod erioed neu'n eu cyfarfod am y tro cyntaf. Fyddai neb yn meiddio cwyno am dywydd gwlyb neu ben tost anarferol. Doedd eu gofidiau nhw'n ddim o'u cymharu â cholled Dafydd a Helen. Gwingodd wrth gofio. Ond roedd Andrew a Rhian yn rhydd i greu cymdeithas o'r newydd, heb ofni nad oedd pobol yn gwybod beth i'w ddweud wrthyn nhw neu eu bod nhw'n dymuno dod i'w nabod am y rhesymau anghywir.

Roedd Hannah yn halen y ddaear, yn gariad i gyd – yn geg i gyd. Roedd Rhian fel petai wedi cael awydd i wneud rhywbeth newydd, a chryfder i fwrw ati. Roedd wedi dewis gwyn a llwyd ar gyfer y stafell wely. Ac ar ôl i'r ddau ohonyn nhw dreulio dau ddiwrnod yn papuro gyda phapur leinio, roedd hi'n barod i fynd ati i beintio ei hun – yn fwy na hynny, roedd hi'n dymuno cael gwneud hynny ei hun a rhoddodd hwp chwareus i Andrew allan o'r stafell wely ar y bore cyntaf hwnnw.

'Coffi,' cynigiodd Andrew i Hannah am un ar ddeg, tra oedd Rhian yn hapus yn gweld ôl ei gwaith i fyny'r grisiau.

'Aye, go on 'en. Lla'th. Dim siwgwr.'

'Fi yn gwbod erbyn hyn!' gwenodd Andrew.

'Ma cêcs ar y top 'na. Ffresh o'r *bakery* bore 'ma.'

'Lyfli jybli. Helpa dy hun i'r *petty cash* i dalu am rheina.'

'Ie. Diolch. Ma Mam yn ca'l nhw *half price*, cofia.'

'Grêt.'

Rhwng 'Mam' yn gweithio yn y siop fara a Hannah yn

llac ei thafod doedd yna ddim llawer nad oedd Andrew yn ei wybod am fywyd y dre erbyn hyn. Os oedd Austin Price wedi dod 'nôl o'i ddathliadau deugain oed a darganfod bod ei dorwyr gwallt yn gweithio mewn salons eraill a pharti o chwech o gyfreithwyr wedi cael gwenwyn bwyd ar ôl swper cocos ym mwyty newydd Sea You There, roedd Andrew gyda'r cyntaf i glywed – roedd e hefyd yn gwybod hanes sboner 'y fenyw drws nesa' yn *number three* oedd yn arfer byw gyda 'hi' yn *number fifteen* a'r hen foi 'a cnoc yn'o fe' gafodd ei ddal yn dwgyd *panties* oddi ar leins dillad hen fenwod y stad: 'na'th y polîs ddim byd, cofia.' Gallai wrando arni am oriau. Ac roedd e'n methu peidio â sylwi ar Chloe wrth iddi gwtsio lan yn ei mynwes, a meddwl ei fod e'n edrych fel lle braf iawn i fod.

Roedd ganddi galon mor fawr â'i mynwes. Roedd pob stori'n cychwyn gyda 'Sai'n bod yn gas ond...', y math o ddywediad oedd wedi peri i Rhian gyfaddef wrtho un noson ei bod yn falch nad oedd hi'n un o ffrindiau Hannah. Ond roedd hi'n dwlu ar Chloe!

Roedd hi'n donic, fel yr arferai mam Andrew ei ddweud. O fewn pythefnos ro'n nhw'n gwybod ei hanes i gyd.

'O'n i'n mynd i briodi, t'wel. O'n i wedi bwco'r *registry* a'r *hotel* a o'dd ffrog 'da fi o Wendy's Boutique a popeth. Fel newydd 'fyd. Ond pan ffindodd y jawl mas bo fi'n dishgwl legodd e hi, on'd do fe? Wedi mynd. Dros nos. Fel 'sen i ddim yn nabod e. O'dd e'n horibl.' Stopiodd i chwythu ei thrwyn. 'Roies i'r ffrog i *cousin* fi. O'dd hi'n dishgwl yn biwtiffwl 'fyd. Ond sai'n bod yn gas, o'dd e bach yn dynn. Ti'mod, rownd y *bust* a'r bola. Gofynnodd sawl un i fi os o'dd hi'n dishgwl 'fyd. Blydi *cheek* â nhw.

'Oreit iddo fe yn y Ship and Castle bob wîcend. Sai moyn cinog wrtho fe, ond os yw e eisie gweld y crwt bydd rhaid iddo fe dalu.'

Rhoddodd fyged o goffi poeth ar y bwrdd iddi.

'Dere, Hannah fach. Lawr yr *hatch*! Ti'n haeddu brêc tra bo Chloe'n ca'l napsen.'

'Yeah. Ti'n ca'l *cake* 'da fi, Andrew?' Gwnaeth y cwdyn sŵn siffrwd wrth i Hannah agor ei geg.

'Sai'n gwbod. Wy'n watsio'n *waistline*.' Pat-patiodd Andrew ei fol yn chwareus.

'Sdim isie. Dyn ffit fel ti.'

'Jawch, diolch yn fowr, Hannah.' Estynnodd ddau blât.

''S alright. Dere i ishte cyn bo ti'n mynd 'nôl at yr *hard labour*.' Eisteddodd Hannah wrth y bwrdd a gorffwys ei mynwes ar y pren.

'Pum munud fach, 'te.'

'Rhian yn fodlon i ti ishte am bum munud, yw hi, Ands?' Roedd yr hylif yn boeth ar ei gwefus.

'Sai'n credu bo Rhian yn becso beth wy'n neud y funud 'ma.'

'Na. Ti'n reit. Mae fel *Grand Designs* lan 'na.'

Chwarddodd y ddau gyda'i gilydd gan edrych tua'r nenfwd. Edrychodd Andrew ar y plât llawn o'i flaen. Roedd tipyn o seis ar yr *iced bun*, ond cymerodd Andrew y cnoad cyntaf a llyfu ei wefus wrth fwynhau'r siwgwr.

12

Trawodd y larwm ar ei ben i'w ddiffodd. Ochneidiodd Rhian nesaf ato. Roedd hi'n dywyll o hyd y tu allan. Cafodd ei demtio i dynnu'r dwfe fel diwrnod braf o'i gwmpas. Ers symud roedd e wedi mwynhau moethusrwydd cael codi pan oedd ei gorff yn dweud, yn hytrach na phan oedd y larwm yn dweud bod raid – ac roedd hi'n syndod pa mor aml yr oedd yn dihuno'n naturiol, cyn Chloe hyd yn oed. Ond heddiw, fel bob diwrnod yn ddiweddar, roedd gwaith i'w wneud. Tynnodd y gorchudd oddi arno, ac roedd ar fin estyn ei ddwy droed allan i'r awyr oer ac ar y carped pan deimlodd law gynnes yn cripian i fyny o dan ei grys-T.

'Aros am funud,' mwmiodd hithau'n hanner cysgu.

'Wy 'di seico'n hunan lan i godi nawr, 'chan.'

'Mmm.' Symudodd y llaw yn ysgafn lan a lawr ei groen. 'Un cwtsh fach?'

Cafodd ei synnu. 'Nôl i'r gwely'r aeth ei ddwy goes a throdd tuag ati a rhoi ei freichiau am ei chorff cynnes.

'So fe'n rhwydd gweud "na" wrthot ti.'

Chwarddodd hithau. Trodd tuag ato a chwtsiodd y ddau'n dynn. Yna, ffeindion nhw wynebau ei gilydd a chyffyrddodd blaenau eu trwynau, ac yna eu gwefusau. Tynnodd y gorchudd amdanyn nhw, roedd e'n grychau i gyd erbyn hyn. Gafaelodd yn ei bronnau a dechrau mwytho a chlywed yr ymateb yn y griddfan uchel o gefn ei llwnc.

'Cofia bo Chloe drws nesa,' rhybuddiodd Andrew hi.

Ond doedd hi ddim am adael llonydd iddo bore 'ma.

'Fydd raid i ti fod yn dawel, 'te.'

Gwenodd wrth godi yn nes ymlaen. Edrychodd arni yn llawn edmygedd.

'Beth?' gofynnodd yn chwareus.

Fe fu bron â dweud wrthi bryd hynny. Dweud wrthi iddo ei gweld yn y car y tu allan i Ti a Fi. Gofyn iddi beth oedd hi'n ei wneud yno. Pam nad aeth hi i mewn gyda'r rhieni eraill? Pam nad oedd neb wedi dod i'r parti pen-blwydd, a pham eu bod nhw wedi cario ymlaen gan esgus nad oedd dim byd yn bod? Ond ddywedodd e ddim byd. Roedd e wedi cael ei frecwast pan drawodd y syniad ef: oedd yna bethe eraill doedd hi ddim yn eu dweud wrtho fe?

Roedd hi'n pori yn y papur lleol ar yr iPad tra bod Chloe yn sefyll yn rhy agos i'r teledu yn gwylio *Cyw*. Roedd y ddwy yn eu pyjamas o hyd. Safodd Andrew wrth ddrws y gegin yn gwylio ei wraig. Gwelai'r penawdau dros ei hysgwydd – dau fachgen lleol wedi eu lladd mewn damwain car... archfarchnad newydd y tu allan i'r dre – oedi mawr... diwrnod o hwyl yn yr ysgol... 2 ffor 1 yn Iceland. Llusgodd ei bys i symud y ddalen ymlaen... Swyddi.

'Beth ti'n ddarllen?' gofynnodd yn joli wrth dynnu ei fŵts.

'Meddwl o'n i...'

'Ie...?' Sylwodd ar ôl ei sanau yn wlyb ar y llawr cerrig. Aeth tuag ati gan frasgamu ac eistedd wrth y bwrdd.

'Wel, ma Hannah 'da ni nawr. Falle allen i neud rhwbeth, ca'l fi mas o'r tŷ.' Doedd hi ddim yn edrych arno wrth siarad.

'Fel beth?' gofynnodd, ei lais yn gadarn.

'Sai'n gwbod 'to. Rhywbeth mewn swyddfa falle,' meddai Rhian.

'Gwaith?'

'Ie.'

'Rhwbeth i gadw'r blaidd o'r drws –'

'Sai'n credu bo hynny'n syniad da,' atebodd Andrew'n chwim.

'Pam?'

'Bydde eisie CV a geirda. Bydde peryg bod pobol yn dod i'n nabod ni. Dy'n ni ddim eisie symud eto.'

'Fydden i'n ofalus.'

'Wy'n gwbod. Ond well i ni beidio bod yn fyrbwyll, so ti'n cytuno?' Difarodd Andrew ei ymateb yn syth a dweud yn fwy mwyn, 'Dwyt ti ddim wedi ca'l cyfle i newid bore 'ma. Fydd Chloe a fi'n iawn, cer di lan.'

Edrychodd arno a nodio ei phen. Caeodd glawr yr iPad. Symudodd y gadair yn swnllyd yn erbyn y llawr wrth iddi fynd.

13

Er gwaethaf ei ymdrechion ar y cychwyn i ddianc rhag y byd, roedd hi wedi bod yn amhosib i ymddihatru yn llwyr. Roedd ynddo awydd naturiol i wrando ar y newyddion neu i bori ar y we. Ac roedd rhywun yn bownd o weld pennawd trwy gornel ei lygad wrth dalu am beint o laeth, neu glywed darn o stori wrth brynu sanau newydd mewn siop. Prynu torth oedd e'r bore hwnnw pan welodd y stori: 'Menyw gafodd ei chnoi gan gath – Ie, celwydd oedd e.' Cafodd ei siglo. Anghofiodd y dorth, cydio yn y papur a rhuthro o'r siop. Doedd e ddim am wneud sioe ohono'i hun yn darllen yn y stryd, a doedd e ddim yn gallu aros nes ei fod adre chwaith. Aeth i'r caffi agosaf, archebu coffi mawr a darllen 'mlaen, bron yn methu credu ei lygaid.

'Mae'r fenyw oedd yn honni i gath fawr ymosod arni wedi cyfadde yn y llys mai celwydd oedd yr honiad. Dywedodd Teresa Jones, tri deg pedwar oed, i'r ymosodiad gan gath wyllt ddigwydd ger ei chartre yn Llangadog, Caerfyrddin wrth iddi fynd â'i chi am dro. Gwerthodd Miss Jones ei stori i bapur cenedlaethol am swm cudd o arian.

"Roedd angen yr arian arna i," meddai. "Ces fy nghnoi gan fy nghi fy hun a gwelais gyfle. Dwi'n flin iawn am unrhyw ofid dwi wedi ei achosi i deulu Pryderi Morgan."

"Fe arweiniwyd yr ymchwiliad i gyfeiriad penodol gan ei gweithred," meddai'r Ditectif Arolygydd Clive Edmonds. "Mae'n amhosib dweud yn union pa effaith gafodd hynny ar yr ymchwiliad."

Cafodd Miss Jones ei chyhuddo o wastraffu amser yr heddlu a chafodd ddedfryd ohiriedig a dirwy o £2,500.'

Roedd Andrew wedi llyncu'r cyfan gan deimlo ei hun yn gwylltio fwyfwy gyda phob gair. Roedd o'i go', a phob blewyn ohono ar dân. Gan fethu atal ei hun, cododd a rhwygo'r papur yn swnllyd. Clywodd hen wreigen wrth y bwrdd drws nesaf yn ochneidio'n uchel a theulu bach ger y ffenest yn arswydo rhagddo. Gadawodd y darnau papur ar lawr a rhuthro allan cyn ei fod yn cael ei hel o'na.

Baglodd dros riniog y drws, a'i ben yn troi, a dychmygodd ei hun yn troelli fel car *waltzers* yn y ffair. Rhoddodd ei law yn erbyn ffenest siop i'w sadio a chanolbwyntio ar gerdded at y car yn bwyllog. Unwaith yr oedd y tu mewn i'r cerbyd, teimlai'n ddiogel yn ei fyd bach ei hun unwaith eto a theimlodd ei gorff yn ymlacio. Os mai twyll oedd yr ail ymosodiad, ble gythrel oedd hynny yn eu gadael nhw, 'te?

14

Roedd yna bobol yno, ond teimlai fel petai ar ei ben ei hun yn y llyfrgell. Câi ddihangfa rhag cleber a chyffro bywyd yn y tŷ a chael ymlacio am dipyn bach. Er bod y wybodaeth yn ymddangos ar y sgrin mewn cyffyrddiad bys, byddai ei ben yn clirio. Byddai'r mwdwl hwnnw yn llenwi ei feddwl ac yn peri penbleth iddo, nes y gallai gwympo fel top tegan yn dod i ddiwedd ei ddawns chwyrlïo.

Roedd y cyfrifiaduron yn brysur, neu wedi torri, a chafodd fenthyg gliniadur wrth y ddesg, y ddynes frwd yn fwy awyddus nag arfer i'w helpu. Edrychai hi yn ôl ac ymlaen arno wrth iddi baratoi'r peiriant, fel petai'n ei astudio, ac ofnai am funud ei bod wedi ei nabod. Roedd wrthi'n pori arno pan fflachiodd neges Messenger ar y sgrin. 'A wnewch chi dderbyn neges Doctor Who?'

Edrychodd o'i gwmpas yn wyliadwrus. Oedd rhywun yn tynnu ei goes? Merch mewn Parka â gwallt pigog du. Dyn canol oed mewn anorac, yn moeli. Criw bach o blant ysgol yn eu harddegau. Ni allai weld bod neb yn cymryd diddordeb ynddo mewn gwirionedd. 'Derbyn/ Gwrthod.' Beth oedd e'n mynd i'w wneud? Byddai'n hawdd iawn gwrthod y neges. Ei hanwybyddu'n llwyr. Ond yna fe fyddai'n pendroni trwy'r dydd. Byddai cywreinrwydd yn ei fwyta'n fyw. Teimlai ei galon yn curo'n gyflym. Lle mor waraidd oedd llyfrgell. Magodd blwc a gwasgodd 'derbyn'.

Helô Dafydd – neu, ddylen i dy alw di'n Andrew nawr?

Dychrynodd. Oedd y ddynes yn y Parka newydd edrych arno? Os felly, pwy oedd hi? Aelod o'r heddlu... neu'r wasg?

Neu waeth? Oedd yna rywun eisiau ei frifo ar ôl cyfaddefiad Teresa Jones mai celwydd oedd ei stori hi am y gath wyllt?

Pwy wyt ti? (Teipiodd yn gyflym ac anfon y neges cyn iddo newid ei feddwl.)

(Atebwyd ei neges yn syth.) Hen ffrind...

(Doedd dim rhaid iddo ateb. Gallai hon fod yn gêm beryg.)

(Ymddangosodd neges arall.) Smo ti am ddyfalu?

(Roedd e'n ysu i wybod. Ond oedd hi'n saff? Mentrodd:)

Pwy sy 'na? Mae gen ti un cyfle i ateb.

(Aeth eiliad neu ddwy heibio.)

Ner os oes raid i ti wbod.

Nerys. Ffeindiest ti fi. (Roedd ei feddwl yn gymysg o ryddhad a chyffro.)

Doedd e ddim yn anodd.

Sut ydw i'n gwbod mai ti yw ti... nad newyddiadurwr wyt ti... neu ryw seico arall?

Mae gen i smotyn harddwch ar fy mol a ti'n hoffi ei lio fe pan wy'n noeth. A wy'n credu y byddet ti'n lico gwneud hynny o hyd.

(Curai ei galon yn galed.)

Sut ffeindiest ti fi? (Roedd ei fysedd yn siglo wrth iddo deipio.)

Lwc.

Sut?

'Da fi job newydd yn y llyfrgell. Ni'n gwneud ymchwil i 'systemau archif llyfrgelloedd dros Gymru'. Llond ceg! Benderfynais i wneud ymchwil fy hun... Gweld faint o lyfrau oedd yna am gathod gwyllt, a faint o bobol oedd yn eu benthyg nhw. Roedd diddordeb mawr gan un llyfrgell, diddordeb annaturiol fysen i'n gweud.

Ma hynny yn erbyn deddfau diogelu gwybodaeth.

Dim os ti'n aelod o staff. Aelod o staff, sy'n nabod aelodau eraill o staff, sy'n fodlon helpu un o gwsmeriaid y llyfrgell i ddefnyddio'r gliniadur.

(Oedd hi newydd edrych arno fe, y ddynes wrth y ddesg a fu mor barod ei chymwynas?)

Beth wyt ti moyn?

Hei, sdim eisie bod fel'na. O'n i'n meddwl y byddet ti'n falch o glywed llais hen ffrind.

Paid bo'n ddwl.

Eisie gwbod shwt y'ch chi, 'na gyd. Wy'n meddwl amdanoch chi, meddwl amdanat ti.

Ni'n – sai'n gwbod beth i'w ddweud.

Sut mae Magw? Bishi siŵr o fod.

Odi.

Dechre siarad?

Gwneud rhyw sŵn yn ddi-stop.

Setlo'n iawn?

Odyn. Pobol ffor' hyn ddim yn busnesu.

Yn wahanol i fi.

Ti'n rhoi geiriau yn fy ngheg i nawr... Sut wyt ti? Oes cwmni 'da ti? (Roedd ei eiriau yn fwy tyner nawr.)

Dyn ti'n feddwl?... Wyt ti'n genfigennus?

Neu fenyw? Ffrind?

Haws ffeindio sboner na ffrind gore newydd.

(Aeth amser heibio.)

Dafydd, wyt ti yna?

Beth wyt ti moyn? (Roedd yn rhaid iddo wybod.)

Wy moyn eich gweld chi. Wy moyn dy weld di.

Na... Sori, Ner... Sori, wy wir yn sori... Yr ateb yw 'NA'. (Caeodd y gliniadur yn glep.)

Roedd wedi ei siglo hyd fêr ei esgyrn yn ei annifyrrwch. Ner, ei Ner annwyl ef. Oedd hi wir wedi llwyddo i sleifio i mewn trwy furiau'r gaer roedd wedi ceisio ei chreu i ddiogelu ei deulu? Llwyddodd i'w cau nhw allan, y bobol roedd e'n eu caru, yn gorfforol ac yn feddyliol. Nawr roedd wedi cael ei orfodi i feddwl amdanyn nhw. Teimlodd y golled yn ei fwrw fel taran. Gwelodd lun newydd yn ei ben. Ei gwella hi oedd ei fwriad. Ond roedd Helen, na, Rhian, wedi rhoi ei phen yn ei phlu yn lle cael cysur yn eu cartre newydd. Onid dyna'r gwir reswm dros gyflogi Hannah, am na allai ymddiried ynddi i ofalu am Chloe fach ar hyn o bryd? Cafodd ei sobri'n llwyr. Roedd wedi cael ei demtio eto – ganddi hi, Hannah. Ceisiodd siglo'r boen o'i ben. Os cafodd ei gosbi am ei anffyddlondeb, roedd wedi edifarhau. Ei deulu oedd ei ganolbwynt nawr.

Yn sydyn, teimlai aelodau ei gorff yn ysgafn ac yn ddi-ddim, fel petai e'n ysbryd. Daeth y ddynes frwd oedd wedi ei helpu i ddeall y gronfa ddata ar y gliniadur tuag ato. Agorodd Andrew ei geg i ddweud rhywbeth wrthi. Ddaeth dim byd. Ceisiodd siarad, ond roedd e'n methu ffurfio geiriau. Gwyddai fod yn rhaid iddo geisio rheoli curiadau ei galon fel yr oedd wedi ei wneud o'r blaen. Eisteddodd ar y gadair agosaf a chanolbwyntio ar anadlu i mewn ac allan, i mewn ac allan, yn araf bach.

Cymerodd lymaid o'r whisgi a'i deimlo'n goglis ei dafod ac yna'n brathu ei lwnc wrth iddo fynd i lawr. Ar ôl ychydig bach teimlai aelodau ei gorff yn dechrau ymlacio. Roedd yn deimlad bendigedig! Roedd Andrew'n gwbwl argyhoeddedig ei fod yn helpu'r meddwl. Felly, twyll oedd stori Teresa Jones. A beth am eu stori nhwythau? Oedd hi'n bosib, hyd yn oed, bod y gath fawr wyllt hon, os oedd hi'n bodoli, wedi dod mewn i'r tŷ? Trwy ffenest a agorwyd i adael awyr iach i mewn i'w cartre? Oedd hi wedi neidio ar do'r estyniad, gan ddefnyddio'r gasgen ddŵr, a dod i mewn drwy ffenest y stafell folchi, ar hyd y landin ac i mewn i stafell y plant? Ond beth oedd wedi ei denu yn y lle cyntaf? Newyn? Ffroenodd fwyd y gath a dod mewn â'i bol yn grwgnach. Neu, efallai fod Edmonds yn iawn yn ei ddamcaniaeth mai ar Mew oedd y bai. I'r gath fawr gael ei denu gan gêm o gwrso gyda'r gath fach?

Ffrydiodd ton benderfynol trwy ei waed. Roedd e'n mynd i ddal y creadur – y gath wyllt, y ci dieflig, y blaidd rheibus – hwn neu hon a geisiodd eu dinistrio. Ac roedd e'n mynd i'w ladd. Nid dial oedd y bwriad, er na allai wadu y câi fwynhad o weld y corff yn gelain. Fe fyddai'n ei ddifa er mwyn ei gael, yn gig ac yn waed, i'w ddangos i bawb. Pan fyddai'r dystiolaeth ganddo, câi'r byd wybod, câi yntau a'i wraig eu rhyddid, rhyddid oddi wrth bopeth, gan gynnwys Ner. Byddai'n profi ei fodolaeth unwaith ac am byth. Byddai ei gydwybod e'n glir wedyn, eu cydwybod nhw ill dau. Byddai'n tewi'r amheuon gydag un ergyd. Achos os nad cath wyllt oedd wedi codi ofn ar Pryderi, yna beth, neu bwy? Fe a hi oedd yr unig oedolion yn y tŷ. Teimlodd ias i lawr asgwrn ei gefn... Rhaid i Rhian gael llonydd i wella'n iawn.

15

Newydd droi hanner awr wedi un ar ddeg oedd hi, ac roedd haul y bore hwyr yn Rhagfyr yn goleuo ei stafell wely. Tu hwnt i'r gwydr gwelai Rhian yr awyr yn las ac o dan y glesni, y cymylau llonydd gwelw llonydd a phennau'r coed yn suo'n dawel i'w canol fel ffyn mewn candi-fflos.

Tu mewn, edrychodd o'i chwmpas ac edmygu gwaith ei llaw. Roedd hi wedi gwneud dewis da. Roedd y gwyn nad-oedd-yn-wyn yn ffres ar y waliau a theimlai'n bles iddi fentro'r llwyd golau chwaethus ar y gwaith pren, lliw y foment wrth gwrs. Agorodd y ffenest ac anadlu'r awyr iach. Roedd am sicrhau y byddai modd iddyn nhw gysgu yma heno, y tro cyntaf ers wythnosau. Eisteddai dau hanner winwnsyn bob pen i'r stafell – un ar ymyl y ffenest a'r llall ar y cwpwrdd dillad i wared yr oglau paent. Fe allai fyw gyda'r oglau siarp am y gwyddai y byddai'r chwerwedd yn colli min. Roedd hi eisoes wedi gosod shîten lân ar y gwely dwbwl mawr a nawr câi'r pleser o dynnu'r dillad gwely newydd o'r bag: gorchudd cotwm lliw wy hwyaden wedi ei frodio gyda phatrwm coeden lwyfen. Gwenodd ar y dewis gan fenyw mewn oed, llawer aeddfetach na steil 'tŷ mam-gu' y byddai'n ei weld yn y catalogau Cath Kidston fyddai'n arfer dod i'r tŷ. Siglodd y gorchudd glân wrth iddo ddod o'r pecyn, yn wahanol iawn i'w breichiau a'r smotiau paent ar eu hyd. Câi'r rhychau yn y cotwm lyfnhau ar eu pennau eu hunain.

Roedd hongian y llenni glas wy hwyaden yn haws nag yr oedd hi wedi'i ddychmygu. Unwaith iddi dynnu'r llinynnau ar dop y defnydd aeth y bachau plastig i'w lle yn gymharol ddidrafferth. Dringodd ar ben yr ysgol a mwynhau gweld y golau naturiol yn dod trwy'r ffenest. Oedd pethe'n gwella ychydig? Allai hi odde gweld Nadolig ar y gorwel? Gŵyl gyntaf Chloe yn y tŷ newydd. Roedd hwnnw'n rhywbeth i'w ddathlu. Blasodd ef yn felys fel taffi. Gorffwysai canol y llenni dros ei braich chwith a rhoddodd y bachau trwy'r llygaid ar y rheilen a theimlo'r pwysau ar ei braich yn ysgafnhau. Taflai'r coed eu cysgodion fel cyrff ar hyd y gwair. Yn y gornel safai cwt yr ieir, a'r ddwy iâr newydd yn pigo'r llawr, yn dew ac yn iach. O gwmpas y ffens oedd yn ffurfio ffin eu bodolaeth roedd yna ffens dalach, ond fwy tila, ac arni'n hongian roedd llinynnau hir a thuniau bwyd gwag yn sownd iddynt. Diolchodd Rhian eu bod yn dawel heddiw. O'u hamgylch roedd y tir eang, yn llonydd ar yr wyneb ac yn galed ar ôl diwrnodau heb yr un diferyn o law. Anhysbysrwydd anhygoel. Daeth oddi ar y gadair ac agor y llenni led y pen.

Gallai fod wedi galw Andrew i'w helpu gyda'r ymdrech i gael gorchudd mor fawr ar y dwfe, ond diogi fyddai hynny. Roedd e wrthi'n galed yn y garej, yn llifio ac yn drilio, yn bangian, curo a grwnian fel petai ei fywyd yn dibynnu ar hynny. Eu bywyd nhw. Doedd dim awydd arni i bipo'i phen rownd drws y garej – roedd hi'n hapus i'w adael i'w fwdwl ei hun.

Gallai fod wedi holi Hannah hefyd i'w helpu i newid y gwely, ond roedd hithau'n hapus gyda Chloe, ac er bod croeso iddi yn y tŷ wrth reswm, ei stafell wely hi ac Andrew oedd hon. Roedd hi'n gyfarwydd ag ymdopi. A'i mam yn y Cartre, a'i chwaer Sera bron yn ddieithryn yn Awstralia, roedd hi'n gyfarwydd â byw i'w theulu bach.

Wedi cael y gorchudd am y dwfe, gydag ymdrech a blynyddoedd o brofiad, smwddodd ei llaw ar ei hyd. Yna dychmygodd ei hun yn dod o'r bàth yn bersawrus ac yn lân fel gwyryf ac yn gorffwys oddi tano. Gwelodd ei hun yn dihuno gyda golau'r wawr yn credu bod ddoe y tu cefn iddyn nhw.

16

Yr oerfel ddihunodd hi. O leiaf dyna oedd hi'n ei feddwl i ddechrau. Tynnodd y cwrlid amdani a rhegi Andrew yn dawel am fod mor fên gyda'r gwres canolog. Trodd tuag ato yn y gwely gan estyn ei breichiau amdano a sylwi am y tro cyntaf nad oedd e yno. Oedd e ddim wedi dod i'r gwely o hyd? Roedd e ar y cyfrifiadur yna cyn gynted ag y byddai'n cyhoeddi ei bod hi'n mynd i'r gwely. Yn gwneud beth? Pa gynllun? Doedd hi ddim yn holi. Trodd 'nôl at y cwpwrdd bach a goleuo'r cloc. Deg munud wedi tri. Ble yn y byd oedd e? Nawr ei bod hi ar ddihun, gallai glywed rhyw fath o sŵn – sŵn dierth. Aeth ofn trwy ei chalon a chafodd ei themtio i dynnu'r cwrlid dros ei phen a chau ei chlustiau iddo. Goleuodd y lamp ac edrych o'i chwmpas yn wyllt i wneud yn siŵr bod yna neb yno, neb na ddylai fod yno. Ond yna clywodd e – yn glir y tro hwn. 'Mami?... Mami?' Cododd Rhian ar ei heistedd. 'Chloe? Ma Mam yn dod nawr.'

Deffrodd Andrew'n sydyn, yn oer hyd at ei esgyrn. Oedd e wedi pendwmpian yn y cawell? Roedd wedi cael breuddwyd o fath ac roedd hi'n dal yn fyw yn ei ben. Ond ai breuddwyd oedd hi, neu oedd y stori yn ei ben yn wir? Yn sydyn, ac yntau'n sownd yn y fagl, gwelai'r gwir o'i flaen, yn dywyll ac yn ddiofn fel hunllef.

Roedd wedi dal ati i weithio'n fwriadol o hir er mwyn ceisio cael trefn ar bethe i Rhian, ac i Chloe oedd yn mynd yn fwy a mwy prysur bob dydd. Roedd e eisiau iddyn nhw geisio bod yn hapus, yn un teulu bach dedwydd. Ond roedd cymaint i'w wneud o gwmpas y lle i wneud y tŷ'n gartre clyd i'r tri ohonyn nhw, ac roedd e mor benderfynol o gael gwneud cymaint o'r gwaith ag y gallai ei hun nawr bod Gari a'r bois wedi gorffen y gwaith mwyaf. Gwrthododd ei phle i bacio bag a mynd i aros mewn fflat yn y dre dros dro tra bod y gwaith brwnt yn cael ei orffen. Roedd yn ormod o risg bod yng nghanol pobol. Roedd e'n mwynhau'r unigedd. Roedd ganddi Hannah a Chloe yn gwmni. Ac roedd wedi cael ail wynt yn ei hwyliau wrth ailwneud y stafell wely. Gallai e ganolbwyntio ar y boen gorfforol ac roedd e'n boenus o ymwybodol o'r straen ar ei gefn, y sgrwb ar ei freichiau, y pothelli ar ei fysedd, y blinder affwysol oedd yn golygu y câi syrthio i drwmgwsg a gorffwys weithiau. Weithiau.

Roedd y gwaith yn ei gadw rhag meddwl, rhag pendroni. Yr eironi. Pan oedd e'n ddyn PR roedd e'n byw am y dau ddeg wyth diwrnod o wyliau a gâi bob blwyddyn. Ond heb y rwtîn a ddeuai yn sgil bod yn gaethwas i gyflog roedd e'n ei chael hi'n anodd cadw ei feddwl rhag troi fel top o gwmpas. Y gwir chwerthinllyd oedd bod ganddo ormod o amser i bendroni nawr. Dechreuodd feddwl... Beth oedd stori heb wirionedd? Mi oedd yna gathod gwyllt yn crwydro, yn ysglyfaethu, yn llarpio. Petai'n dal un ohonyn nhw fe fyddai'r byd yn gwybod hynny. Fe fyddai'n fendith i Rhian.

Yn sydyn, roedd Andrew yn ôl yn y caetsh a theimlodd ei anadl yn dod yn dew ac yn fuan. Roedd ei galon yn drybowndian yn ei frest ac ysai am allu rhoi ei law yn ei herbyn i'w chadw rhag llamu o'i gorff yn llwyr. Ond roedd Andrew'n sownd. Roedd ei ben yn troi a throi yn ddiddiwedd a theimlai allan o reolaeth yn llwyr. Roedd rhywbeth wedi dechrau na allai roi stop arno, rhywbeth na wyddai beth oedd e. Trawodd yr atgof ef ar ei ben gyda chnoc. A'r eiliad nesaf fe beidiodd â meddwl. Aeth yn stiff, yna dechreuodd ei gorff siglo'n wyllt ac yn ddireolaeth yn y gell fetel.

Dihunodd. Pan ddaeth Andrew ato'i hun roedd pâr o lygaid yn syllu arno. Llygaid mawr. Llygaid y clefyd melyn yn ei rybuddio? Oedd hi yno? Y gath? Cythrodd 'nôl mewn ofn cyn sylweddoli mai llygaid cyfeillgar oedden nhw.

'Andrew? Andrew? Elwyn Rhys yw'n enw i. Ry'ch chi wedi cael ffit – chi wedi cael *seizure*, Andrew – ond ry'ch chi'n ddiogel nawr, chi'n OK nawr, Andrew.'

Doedd Andrew ddim yn siŵr iawn ble oedd e, doedd e ddim yn siŵr iawn pwy oedd e. Daliodd i edrych i ffwrdd a'i weld, rhyw gysgod, rhyw symudiad. Anifail yn y gwyll. Oedd hi yno, yn y pellter, yn llercian, yn llawn diawlineb? Teimlodd y contrapsion oddi tano. Roedd e yn y gell o hyd! Cafodd awydd i godi mewn panic, ond ni allai. Roedd rhywbeth yn ei rwystro. Daeth blas cas i'w geg. Bustl.

'Peidiwch â cheisio codi, Andrew. Ry'n ni am eich cario chi lawr i'r tŷ ar stretsier. Mae ambiwlans yn aros amdanoch i fynd â chi i'r ysbyty. Does dim angen gofidio. Anafiadau arwynebol sydd ganddoch chi.'

Edrychodd o'i gwmpas a gweld y stretsier. Doedd e ddim yn y gell wedi'r cwbwl. Roedd yn rhydd. Y funud nesaf roedd yna wyneb arall uwch ei ben. Wyneb benyw hardd, yn gwenu ac yn cnoi ei gwefus yr un pryd.

'Ti'n ocê nawr, Andrew. Ma'r paramedics yn mynd i ofalu ar ôl ti. Beth o't ti'n neud, y twpsyn?' Roedd cerydd yn y cwestiwn a dagrau yn y llais. Pwy oedd hi, sgwn i?

'Reit. Un, dau, tri, hyp. Gorweddwch lawr nawr, Andrew. Mae siwrnai fach o'n blaenau ni, ond fyddwn ni ddim yn hir yn mynd â chi adre.'

Ufuddhaodd gan deimlo'n ddiogel er gwaetha'r siwrne gloncog i lawr y bryn coediog. Mentrodd gau ei lygaid.

'Cariwch 'mlaen i siarad ag e, Rhian,' clywodd y llais mwyn yn siarsio.

'Sai'n gwbod beth i weud – ar wahân i ofyn iddo fe beth yn y byd o'dd e'n neud.' Roedd gofid yn y llais.

'Rhian?' Roedd Andrew'n dechrau cofio.

'Paid â phoeni. Ma Chloe'n saff. Ma Mrs Jenkins, Cae Uchaf, lan yr hewl yn cadw llygad arni hi. Menyw neis. Mrs Jenkins. Ni 'di bod yn mynd lan i weld y defaid a'r cathod bach, fi a Chloe. 'Nes i ddim gweud wrthot ti achos o'n i'n becso byset ti ddim yn fodlon, rhag ofn bod rhywbeth yn digwydd iddi hi.'

'A Pryderi? Ble ma Pryderi? Odi fe'n cysgu o hyd?' Câi drafferth i siarad.

Ond gofyn yn ofer oedd e achos er gwaetha'r boen yn ei ben roedd y niwl yn ei feddwl yn dechrau clirio.

'Helen. Wyt ti yno?' galwodd a theimlodd ei dafod yn dew.

'Wy fan'yn. A Rhian dw i nawr, ti'n cofio? Rhian, ac Andrew, a Chloe.'

'Beth… beth sy'n bod ar fy llais i?'

'Fe gnoiest di dy dafod, pan gest ti'r ffit. Ond fe wellith e, Andrew bach, fe wellith e, cariad.'

Fe gafodd ei archwilio unwaith eto gan y paramedic 'nôl yn y tŷ. Roedd e eisiau mynd ag Andrew i'r ysbyty, ond roedd Andrew'n gwrthod a chyda'r ysbyty lleol eisoes yn llawn aeth y paramedic ddim i ddadlau. Aeth Andrew i'w wely a dihuno wedi iddi oleuo. Cododd ac, ar ôl pipo rownd y drws i wneud yn siŵr bod Chloe'n cysgu'n sownd, aeth lawr staer i gael llonydd i yfed paned. Ond roedd rhywun yn y gegin o'i flaen. Trodd y ddynes pan ddaeth i mewn a sylwodd fod golwg ofnus yn ei llygaid.

Daeth hi tuag ato a gafael yn ei ddwylo oer. Gafaelodd yntau yn ei bysedd hithau. Ro'n nhw'n gynnes braf.

'Ma'n rhaid gadel iddo fe fynd. Ti'n addo i fi?' Roedd ei llygaid yn llawn gofid.

Nodiodd ei ben. Eisteddodd, ei gorff yn swp. Edrychodd i lawr ar ei ddwylo'n ddi-weld. Ac aros fel'na am gyfnod hir. Yna daeth o hyd i'w lais, llais oedd yn swnio'n floesg, fel petai'n perthyn i ddieithryn.

'Wy'n dy garu di... 'Na pam wnes i fe, y caetsh, i ddal y peth yna. I'n teulu ni 'nes i fe. Wy'n dy garu di. Eich caru chi i gyd... Ti'n deall, on'd wyt ti?'

'Iawn, Andrew,' criodd. Gwrandawodd arni'n llefain am ychydig nes iddi ddechrau dod ati ei hun. 'Fi'n credu bo Chloe 'di d'uno.' Ond ni thynnodd ei dwylo o'i rai yntau.

'Wedes i bo fi wedi gweld cath y noson 'nny. Ond wrth i amser fynd 'mlân, do'n i ddim yn siŵr. Yr holl holi 'na. Yr holl ame 'na. Weles i hi? Dofe?... Do fe? Ond tasen i'n ei dal hi, fydden i'n gallu dangos i bawb ei bod hi'n real... profi i bawb pwy fath o bobol y'n ni.'

Roedd y bwystfil mor glir ar y noson honno, ond doedd e ddim yn siŵr o ddim byd... nes heno. Yna gwelodd ef yno, yn ei wylio fe. Ac roedd ei feddwl e'n gryf unwaith eto.

'Gad e fynd, Andrew... Andrew, ti'n clywed?'

'Dim Andrew 'yf fi.'

Hitiodd y boen ef fel gordd. Gwasgodd ei ddwylaw yn erbyn ei dalcen. 'Fy mhen i!'

'Ti moyn mynd 'nôl i'r gwely?' Roedd golwg bryderus arni.

Byddai wedi nodio yn ateb ond roedd yr artaith yn ormod iddo nawr. Baglodd oddi yno a chropian i fyny'r grisiau. Cyrraedd y gwely, dyna i gyd oedd yn bwysig.

Dyna fe! O'i flaen. Y gwely mawr i ddau. Gorweddodd lawr ar y cynfas, roedd ei ben ar y pilw. Roedd e'n troi a throi, yn drwm fel arch. Caeodd Andrew ei lygaid gan obeithio y byddai'r lluniau du'n diflannu ac y byddai'n cael llonydd i

orffwys. Daeth Mew fach o rywle a throi a throi ar y gwely nes gwneud man fflat iddi hi gael setlo. Y gath fach yn ei wylio, yn gwmni iddo.

Shh nawr, bydd dawel, meddai wrtho fe ei hun. Cwsg, hyfryd gwsg, a byddai popeth yn well yn y bore.